ANIOŁOWIE UMIERAJĄ OD NASZYCH RAN

YASMINA KHADRA

ANIOŁOWIE UMIERAJĄ OD NASZYCH RAN

Z języka francuskiego przełożyła
Bożena Sęk

WYDAWNICTWO
SONIA DRAGA

Tytuł oryginału:
LES ANGES MEURENT DE NOS BLESSURES

Copyright © Editions Julliard, Paris, 2013
Copyright © 2015 for the Polish edition by Wydawnictwo Sonia Draga
Copyright © 2015 for the Polish translation by Wydawnictwo Sonia Draga

Projekt graficzny okładki: Monika Drobnik-Słocińska

Redakcja: Ewa Penksyk-Kluczkowska
Konsultacja arabistyczna: prof. Marek Dziekan
Korekta: Iwona Wyrwisz, Anna Just

ISBN: 978-83-7999-416-8

Sprzedaż wysyłkowa:
www.merlin.pl
www.empik.com
www.soniadraga.pl

WYDAWNICTWO SONIA DRAGA Sp. z o.o.
Pl. Grunwaldzki 8-10, 40-127 Katowice
tel. 32 782 64 77, fax 32 253 77 28
e-mail: info@soniadraga.pl
www.soniadraga.pl
www.facebook.com/wydawnictwoSoniaDraga

Skład i łamanie:
Wydawnictwo Sonia Draga

Katowice 2015. Wydanie I

Druk:
Drukarnia POZKAL Spółka z o.o. Spółka komandytowa; Inowrocław

Nazywam się Turambo i o świcie po mnie przyjdą.

– Nic nie poczujesz – zapewnił mnie szef Borselli.

Co może o tym wiedzieć człowiek, którego móżdżek zmieściłby się w naparstku?

Mam ochotę wrzasnąć, żeby stulił mordę, żeby raz na zawsze o mnie zapomniał, ale jestem załamany. Jego nosowy głos przeraża mnie tak samo jak minuty, o które skracają się resztki mojego życia. Szef Borselli jest wnerwiony. Nie umie znaleźć kojących słów. Cała jego elokwencja ogranicza się do paru ordynarnych odzywek, które podkreśla waleniem pałą. „Roztrzaskam ci pysk jak lusterko – odgrażał się. – I jak się będziesz potem przeglądał, za każdym razem se doliczysz siedem latek nieszczęścia..." A to pech, w mojej celi nie ma lusterka, a w przedsionku śmierci odroczenia nie liczy się w latach.

Tego wieczoru szef Borselli musi zdusić w sobie złorzeczenia i przekleństwa, co wyprowadza go z równowagi. Doraźna życzliwość ani trochę nie pasuje do jego roli bydlaka; powiedziałbym nawet, że go wynaturza. Moim zdaniem zrobił się patetyczny, nieszczery, upierdliwy jak kostucha. Nie ma zwyczaju dogadzać skazańcowi, którego tarmosi tylko odrobinę, by nie wyjść z wprawy. Nie dalej jak dwa dni temu przyparł mnie przodem do ściany i wgniótł mi w nią twarz – dotąd mam ślad na czole. „Wydłubię ci gały i wetknę do dupska! – ryknął tak, żeby wszyscy usłyszeli. – Jak będziesz miał cztery jajca, nie wkurwi mnie, że się na mnie gapisz..." Żłób, któremu dali w ręce pałkę i pozwolili jej używać. Gliniany kogucik. Choćby się wspiął na czubki palców, nie sięgnie mi do pasa, ale jak myślę, nikt nie zawraca sobie głowy wspinaniem się na stołek, jeśli zwykłą pałą może chłopa jak dąb rzucić na kolana.

Odkąd szef Borselli ustawił sobie krzesło przed moją celą, nie czuje się dobrze. Bez przerwy wymiętą chustką ociera twarz i do znudzenia wałkuje teorie, które go przerastają. Jasne, że wolałby teraz być gdzie indziej, w ramionach jakiejś pijanej w sztok lafiryndy albo w środku radosnej popijawy z tłumem porąbanych facetów, którzy wydzierają się jak poparzeni, żeby trzymać z dala troski tego świata, albo gdzie bądź, byle daleko od tego smrodliwego korytarza i nieboraka nie wiedzącego, gdzie podziać głowę, póki jej go nie pozbawi człowiek do tego uprawniony.

Chyba przeze mnie jest mu przykro. Bo w sumie czym jest klawisz? To facet z drugiej strony kraty, niezagospodarowany wyrzut sumienia. Szef Borselli na pewno żałuje, że taki bywał nadgorliwy, teraz, gdy w grobowej ciszy dziedzińca coraz wyżej wznosi się szafot.

Nie sądzę, żebym go nienawidził ponad miarę. Biedak wypełnia tylko żałosną rolę, która przypadła mu w udziale. Bez munduru, który dodaje mu odrobiny godności, zostałby żywcem pożarty szybciej niż małpa wrzucona do sadzawki pełnej piranii. W więzieniu jest jak w cyrku: z jednej strony mamy drapieżniki w klatce, z drugiej treserów uzbrojonych w bat. Linie podziału są wyraźne; kto ich nie przestrzega, może mieć żal tylko do siebie.

Kiedy skończyłem jeść, wyciągnąłem się na pryczy. Pytałem sufit, ściany zryte obscenicznymi rysunkami, światło zachodzącego słońca, które bladło na kratach, i nie otrzymałem odpowiedzi. Jakich odpowiedzi? Na jakie pytania? Dyskusje skończyły się w dniu, kiedy sędzia grobowym głosem odczytał, co jest mi przeznaczone.

Pamiętam, że muchy przerwały swój taniec w ciemnej sali i spojrzenia wszystkich obecnych padły na mnie jak grudy ziemi rzucanej łopatą na nieboszczyka.

Pozostało mi już tylko czekać, aż ludzka wola się dokona.

Próbuję przywołać przeszłość i wyczuwam jedynie swoje serce odmierzające nieodwołalnie kadencję pozbawionych echa chwil, które stopniowo wydają mnie na pastwę kata.

Poprosiłem o papierosa. Szef Borselli czym prędzej mnie poczęstował. Podałby mi gwiazdkę z nieba na tacy. Czyżby racja bytu istoty ludzkiej sprowadzała się jedynie do wyreżyserowanych okoliczności, w których na przemian występuje wilk i owca, aby równowaga rzeczy została zachowana?

Paliłem, aż zaczęło mnie parzyć w palce, później spojrzałem na peta wyrzucającego z siebie ostatnie demony w mdłych smużkach szarego dymu. Całkiem jak w moim życiu. Niedługo ciemność zagości w mojej głowie, tyle że raczej nie zapadnę w sen. Będę się czepiał każdej sekundy z uporem rozbitka uwieszonego okrucha wraku.

Nie przestaję sobie powtarzać, że jakimś cudem się z tego wykaraskam – aha, akurat! Kości zostały rzucone, bez dwóch zdań, tu niespecjalnie jest nadzieja. Nadzieja? To jeden wielki kant! Są dwa rodzaje nadziei. Nadzieja będąca pochodną ambicji i nadzieja, która oczekuje cudu. Ta pierwsza zawsze goni naprzód, druga może wiecznie czekać; ani jedna, ani druga nie jest końcem samym w sobie, ponieważ takim końcem jest tylko śmierć.

A szef Borselli znowu gada od rzeczy! Czego się spodziewa? Że udzielę mu rozgrzeszenia? Do nikogo nie mam żalu. Więc na litość boską, stul pysk, szefie Borselli, i daj mi święty spokój. Jestem jak strumień ołowiu, w głowie mam zupełną pustkę.

Udaję zainteresowanie żyjątkami, które biegają tu i ówdzie, spękaniami w nierównej podłodze, w sumie wszystkim, co może oderwać moją uwagę od smęcenia strażnika. Na darmo.

Dziś rano po przebudzeniu znalazłem pod koszulą karalucha albinosa. Pierwszy raz takiego widziałem, gładkiego i błyszczącego jak kamyk szlachetny, i pomyślałem, że to ani chybi dobra wróżba. Po południu usłyszałem, jak t a ciężarówka wesolutko parkuje na dziedzińcu, i wtedy szef Borselli, który w i e d z i a ł, zerknął na mnie z ukosa. Wszedłem na pryczę i podciągnąłem się do okienka; udało mi się dojrzeć jedynie kawałek dziedzińca, na którym sterczeli dwaj strażnicy. Nie pamiętam tak ogłuszającej ciszy. Zazwyczaj klawisze darli mordy, walili pałami w kraty, ewentualnie przełożeni głośno ich sztorcowali. Tego popołudnia żaden dźwięk nie zmącił mojego strachu. Strażnicy potem znikli. W korytarzach nie słychać ani ich wrzasków, ani kroków. Jakby więzienie pozbawiono ducha. Zostałem sam w obliczu swojej zjawy i już nie potrafię rozeznać, kto z nas dwojga jest z ciała i kości, a kto z dymu.

Na dziedzińcu wypróbowano nóż gilotyny. Trzykrotnie. Łup!... Łup!... Łup!... Za każdym razem serce podskakiwało mi w piersi jak przerażone zwierzątko.

Masuję palcami podbiegnięty krwią ślad po uderzeniu na czole. Szef Borselli porusza się na krześle.

– W cywilu nie jestem świnia – mówi, odnosząc się do mojego guza. – W tym fachu tak trzeba. Mam dzieciaki, kapujesz?

– Dla mnie to nic nowego.

– Nie lubię patrzyć, jak ludzie umierają – dodaje. – Potem życie mnie brzydzi. Będę chorował przez następny tydzień albo i dłużej... Niechże się zamknie. Jego słowa są gorsze od uderzeń pałką.

Próbuję o czymś myśleć. W głowie mam pustynię myśli. Przeżyłem raptem dwadzieścia siedem lat, lecz w ten czerwcowy dzień 1937 roku, gdy w upale hartuję się do czekającego mnie piekła, czuję się wiekowy jak starożytna budowla. Chciałbym się bać, drżeć jak liść, doświadczać strachu przed minutami upływającymi w otchłani, krótko mówiąc, udowodnić sobie, że jeszcze się nie nadaję dla grabarza – a tu ani krzty emocji! Ciało mam drewniane, oddech jest rozrywką. Z całych sił wytężam pamięć w nadziei, że wyłoni się z niej postać, twarz lub głos, który dotrzyma mi towarzystwa. Daremne starania. Moja przeszłość gdzieś się ukryła, ścieżka życia znosi mnie na bok, a historia się mnie wypiera.

Szef Borselli umilkł.

Cisza trzyma więzienie w napięciu. Wiem, że w celach nikt nie śpi, że klawisze są niedaleko, że m o j a g o d z i n a niecierpliwie drepcze w końcu korytarza...

Wtem zadumę kamiennych skał zakłóca zgrzyt otwieranej kraty i na posadzce rozlegają się stłumione kroki.

Szef Borselli o mało nie przewraca krzesła, zrywając się na baczność. W anemicznym świetle korytarza na ziemi kładą się cienie podobne do kleksów z atramentu.

Daleko, bardzo daleko, dobywając się z mętnego snu, rozbrzmiewa wezwanie muezina.

– *Rabbi ma'ak!* – krzyczy któryś więzień.

Trzewia zawiązują mi się w supły, przypominając gniazdo węży zamknięte w glinianym garncu. Moje jestestwo opanowuje coś niezgłębionego. Już p o r a. Nikt nie ucieknie przed swoim przeznaczeniem. Przeznaczenie? Tylko istoty wyjątkowe je mają. Zwykłym ludziom musi wystarczyć fatum... Wezwanie muezina wnika we mnie raptem, doszczętnie rozbija mi zmysły ogarnięte paniką. Przez jedno mgnienie przerażenia doprowadzonego do kulminacji chodzi mi po głowie myśl, by przebyć mur i wybiec na zewnątrz, nie oglądając się za siebie. I przed czym bym uciekał? Dokąd bym podążył? Jestem niczym szczur. Nawet jeśli nogi odmówią mi posłuszeństwa, strażnicy dostarczą mnie katu jak należy.

Skurcze analne zagrażają moim spodenkom. Do ust napływa mi ziemisty smak; wyczuwam w nim przedsmak grobu, który czeka, aby zacząć mnie trawić, aż obrócę się w proch... Głupio tak skończyć. W wieku dwudziestu siedmiu lat. Czy miałem czas, aby pożyć? I jakie było to życie?... „Znowu się wpakujesz w jakieś gówno, a ja nie mam zamiaru więcej sprzątać po tobie", ostrzegał mnie Gino... Co się stało, to się nie odstanie; żaden żal nie zamortyzuje upadku. Szansa jest jak młodość. Każdemu należy się kawałek. Niektórzy ją chwytają w locie, inni przepuszczają między palcami, jeszcze inni wciąż na nią czekają, chociaż została daleko za nimi... Co ja zrobiłem ze swoją?

Urodziłem się z uderzeniem gromu. W burzliwą wietrzną noc. Z pięściami do bicia i ustami do gryzienia. Pierwsze kroki postawiłem w łajnie i uczepiłem się cierni, aby się podnieść.

Sam.

Dorastałem w dzielnicy nędzarzy u bram Sidi Balabbas. Na wewnętrznym podwórku, na którym żyły myszy wielkości cielaków. Głód i łachmany były mi duszą i ciałem. Zrywałem się przed świtem w wieku, kiedy poważne sprawy nie powinny mnie dotyczyć, i gnałem do roboty. Czy to w deszcz, czy w mróz musiałem wytrzasnąć coś na ząb, żeby nazajutrz mieć siły harować i nie zemdleć. Tyrałem bez ustanku i bez wytchnienia, często za frajer, i wieczorem wracałem na czworakach. Nie skarżyłem się. Tak było i już. Oprócz ganiających na golasa dzieciaków, które biły się ze sobą, tarzając się w kurzu, i żebraków o żyłach przepalonych sikaczem, którzy gnili pod mostami, każdy od siódmego do siedemdziesiątego siódmego roku życia zdolny utrzymać się na nogach harował jak wół.

Zasuwałem w sklepiku w samym sercu zakazanej dzielnicy, gdzie gnieździły się tysiące zbiegłych z domu gówniarzy i ukrywających się bandziorów. Właściwie to nie był sklepik, lecz przegniła ziemianka, którą zajął sobie Zan, kanalia najgorszego rodzaju. Moja robota nie była skomplikowana: sprzątałem półki, zamiatałem podłogę, dostarczałem do domu toboły dwa razy cięższe niż ja albo stałem na czujce, kiedy jakaś zadłużona po uszy wdowa zgodziła się na zapleczu zadrzeć kieckę w zamian za kawałek cukru.

Dziwne to były czasy.

Widziałem proroków chodzących po wodzie, żywych bardziej zgaszonych niż nieboszczycy, szubrawców zanurzających się tak głęboko w podłość, że ani wszyscy diabli, ani Anioł Śmierci nie mieli odwagi zapuszczać się tam po nich.

Chociaż Zan zgarniał forsy jak lodu, wiecznie biadolił, aby nie zapeszyć, narzekając, że interes nie idzie, że spłukanych ludzi nie stać nawet na kupienie kawałka sznura, aby się powiesić, że wierzyciele cisną go bez ceregieli, a ja, biorąc te lamenty za szczerą prawdę, współczułem mu serdecznie. Oczywiście dla zachowania twarzy od czasu do czasu przypadkiem albo przez nieuwagę wsuwał mi jakiś grosz do ręki, lecz gdy pewnego dnia straciłem cierpliwość i zażądałem wyrównania zaległości, skopał mi dupsko i odprawił mnie do matki, za całą wypłatę dając obietnicę, że porachuje mi kości, jeśli mnie przyłapie w okolicy.

Zanim osiągnąłem dojrzałość, myślałem, że dotarłem do kresu, że wszystko już widziałem, wszystko poznałem, wszystkiego doświadczyłem.

Byłem uodporniony, jak to się mówi.

Miałem jedenaście lat, ale każdy rok liczył się dla mnie jak dziesięciolecie. W potępieniu zastygłym w swej nijakości, anonimowym niczym ciemność, bez końca obracającym się wokół własnej osi jak śruba. Nie widziałem końca tunelu, ponieważ go nie było; podążałem tylko przez noc, która wciąż od nowa się odradzała...

Szef Borselli majstruje przy zamku mojej celi, odciąga zasuwę, z niemiłosiernym zgrzytem otwiera drzwi i odsuwa się, aby przepuścić komisję. Naczelnik więzienia, mój adwokat, dwaj urzędnicy w garniturach i pod krawatem, blady jak kreda golibroda z torbą na ramieniu oraz imam podchodzą z dwoma strażnikami po bokach jak wyciosanymi z granitu.

Ich oficjalna sztywność mrozi mi krew w żyłach.

Szef Borselli przysuwa mi swoje krzesło i zaprasza, abym na nim usiadł. Ani drgnę. Nie mogę się ruszyć. Ktoś coś mówi do mnie. Nie słyszę. Widzę jedynie poruszające się usta. Dwaj strażnicy pomagają mi wstać z pryczy i sadzają mnie na krześle. W ciszy bicie mojego serca rozbrzmiewa niczym warkot werbli pogrzebowych.

Golibroda przesuwa się za moje plecy. Szczurzymi palcami dotyka mi szyi, aby odchylić kołnierzyk koszuli. Skupiam wzrok na świeżo wypastowanych butach, które błyszczą wokół mnie. Całe moje jestestwo wypełnia teraz strach. Koniec się zaczął! Tak zostało zapisane, a ja jestem analfabetą.

Gdybym choć przez sekundę przypuszczał, że tak właśnie opadnie kurtyna, nie czekałbym na ostatni akt; pognałbym prosto przed siebie szybko jak kometa i zlałbym się z nicością, aby uciec przed samym Bogiem. Niestety, gdybanie nigdy nie pomaga, zawsze przecież odbywa się za późno. Każdy śmiertelnik ma swoją chwilę prawdy, moment, gdy zostaje zaskoczony, taka jest zasada. Moja chwila prawdy dopadła mnie znienacka. Jawi mi się jako wypaczenie moich modłów, bezdyskusyjne odchylenie, totalna negacja; może sobie przybierać dowolną postać, a i tak zawsze będzie miała ostatnie słowo, i to nieodwołalne.

Golibroda zaczyna mi odcinać kołnierzyk koszuli. Każdy ruch nożyczek powiększa pustkę w moim ciele.

W przebłyskach niewiarygodnie wyraźnych wracają do mnie wspomnienia. Widzę siebie jako dziecko w gandurze z jutowego worka, biegnącego na bosaka po pylistych ścieżkach. „Skoro natura – twierdziła moja matka – w swej nieskończonej dobroci obdarza nas porządną warstwą brudu na nogach, można się obejść bez sandałów". I miała słuszność. Ani pokrzywy, ani ciernie nie wadziły mi w uganianiu się po ugorach. Za czym właściwie tak goniłem?... W głowie dudniły mi tyrady Szawali, osobliwego wariata w turbanie, który tak w zimie, jak i w lecie nosił zawszoną opończę i wysokie gumiaki czyściciela rynsztoków. Wysoki, ze zmierzwioną brodą, o żółtych oczach podkreślonych kajalem, lubił wspiąć się na jakieś podwyższenie na placu i celując w ludzi palcem, przepowiadać im okrutną przyszłość. Godzinami łaziłem za nim od trybuny do trybuny cały zachwycony, tak olśniony, że miałem go za proroka... Widzę Gina, mojego przyjaciela Gina, mojego kochanego Gina, który szeroko otwiera niedowierzające oczy w ciemnościach tamtej przeklętej klatki schodowej, i słyszę głos jego matki przekrzykującej walenie piorunów: „Obiecaj, że będziesz nad nim czuwał, Turambo. Obiecaj mi to, żebym mogła odejść w spokoju...". I widzę Norę, biedaczkę!... Nora. Myślałem, że jest moja, tymczasem nic nie należało do mnie. Nie do wiary, że zwykły ruch palcem mógłby zmienić bieg historii. Nie żądałem gwiazdki z nieba; prosiłem tylko o swoją cząstkę szansy, bo czy inaczej można by wierzyć w jakąkolwiek sprawiedliwość na tym świecie?... Obrazy kłębią mi się w głowie, w końcu ustępują szczękowi nożyczek, które w kosmicznej ciszy więzienia zdają się wchłaniać powietrze i czas.

Golibroda składa do torby swoje przybory i czym prędzej się ulatnia szczęśliwy, że nie musi oglądać gwoździa programu.

Imam kładzie mi na ramieniu władczą dłoń. Choćby przygniotła mnie ściana, nie poczułbym takiego ciężaru. Pyta, czy chciałbym usłyszeć jakąś konkretną surę. Ze ściśniętym gardłem mówię, że nie mam żadnych preferencji. Wybiera zatem dla mnie surę Ar-Rahman. Jego głos przedziera się do najdalszych głębin mojego jestestwa i wtedy cudem jakimś znajduję w sobie siły, aby stanąć na nogi.

Dwaj strażnicy proszą, abym szedł za nimi.

Wychodzimy na korytarz, komisja depcze nam po piętach. Podzwanianie kajdan wlekących się po posadzce sprawia, że każdy dreszcz jest jak cięcie brzytwą. Imam nadal recytuje surę. Jego przepojony życzliwością głos dobrze na mnie działa. Już nie boję się kroczyć w ciemności, Pan jest blisko mnie. *„Maut wakif!* – woła jakiś więzień, wymawiając z kabylska. – *Ilik dh'arguez!*" „Do zobaczenia, Turambo! – krzyczy Gégé Pechowiec, które dopiero co wyszedł z karceru. – Trzymaj się, bracie. Niedługo się spotkamy..." Rozlegają się inne głosy, towarzysząc mi na miejsce kaźni. Potykam się, lecz nie upadam. Jeszcze pięćdziesiąt metrów, jeszcze trzydzieści... Trzeba mi wytrwać do końca. Nie tylko dla siebie, ale także dla innych. Wbrew sobie muszę dać przykład. Jedynie właściwy sposób odejścia zdoła zrehabilitować nieudany żywot. Chciałbym, aby pozostali przy życiu wspominali mnie z szacunkiem, aby mówili, że odszedłem z podniesioną głową.

Z podniesioną głową?

Chyba z głową w koszu!

„Godna śmierć jest tylko dla tego, kto chędożył jak królik, żarł jak smok i szastał forsą jak bogacz", mawiał Sid Roho. „A jak ktoś jest spłukany?", pytałem. „Taki człowiek nie umiera, on zwyczajnie znika".

Dwaj strażnicy niewzruszenie kroczą przede mną. Imam ciągle recytuje surę. Kajdany ważą tonę. Korytarz ciśnie mnie z obu stron, prostuje drogę, którą idę.

Otwierają się drzwi na zewnątrz.

Rześkie powietrze dosłownie pali mnie w płuca. Jak pierwszy oddech noworodka...

Widzę ją!

Stoi w rogu dziedzińca.

Zimna i straszna.

Jak modliszka czekająca na ucztę.

Nareszcie ją widzę. Widzę Panią Gilotynę. Sztywną w szatach z drewna i żelaza. Z ukośnym grymasem. Równie odpychającą jak fascynującą. Stoi tam – lufcik na koniec świata, bród bez powrotu, łapka na dusze pokutujące. Wyrafinowana i prosta zarazem. Absolutnie królewska w swoim powołaniu, którym jest doprowadzanie do utraty głowy.

Naraz wszystko wokół mnie znika. Rozwiewają się więzienne mury, ludzie i cienie, powietrze zastyga, niebo pierzcha; pozostaje tylko moje oszalałe serce i Pani z Nożem, tkwią naprzeciw siebie na kawałku dziedzińca zawieszonego w próżni.

Czuję, że słabnę, rozpadam się, rozwiewam jak garść piasku rzucona na wiatr. Chwytają mnie silne ręce, zbierają do kupy. Dochodzę do siebie nerw po nerwie, dreszcz po dreszczu. W głowie kłębią mi się przebłyski. Widzę swoją rodzinną wioskę, szpetną, że aż odrzuca, i złe duchy, i mannę z nieba, rozległy teren, po którym krążą nędzarze o szklistym wzroku i ustach złowrogich jak szramy. Turambo! Łachudra wypróżniający się w plenerze, wydany na pastwę spojrzeń kóz i gówniarzerii, która pęka ze śmiechu... Widzę Oran, wspaniały kwiat górujący nad morzem, wesołe tramwaje, bazary i festyny, neonowe szyldy nad wejściem do kabaretów, dziewczęta piękne i niesamowite jak obietnice, bary z dziwkami pełne marynarzy pijanych jak bele... Widzę Irène galopującą na koniu po wzgórzach, Gina zbryzgującego swoją krwią stopnie schodów, dwóch bokserów okładających się na ringu, który aż drży od wrzasków, Village Nègre i natchnionych kuglarzy, czyścibutów z Sidi Balabbas, przyjaciół z dzieciństwa: Ramdana, Gomriego, Capa... Widzę smarkacza biegnącego na bosaka po cierniach, swoją matkę klepiącą się w uda na znak rozpaczy... Nieskładnie brzmiące głosy wprowadzają zamęt do czarno-białego filmu, mieszają się we wrzawie, wypełniają mi głowę rozpalonym gradem...

Popychają mnie ku szafotowi.

Próbuję stawić opór; nie słucha mnie żaden mięsień.

Podchodzę do gilotyny, jakby lewitując. Nie czuję ziemi pod nogami. Nic nie czuję. Wydaje mi się, że już jestem martwy. Białe rażące światło porywa mnie i przenosi daleko, bardzo daleko w czasie.

I

Nora

1

Swój przydomek zawdzięczam sklepikarzowi z Graby. Kiedy po raz pierwszy wylądowałem w jego budzie, zmierzył mnie od stóp do głów, wstrząśnięty moim nędznym wyglądem i bijącym ode mnie smrodem, i zapytał, czy wziąłem się spod ziemi czy z nocy. Byłem w strasznym stanie, półżywy z powodu kolki i zmęczenia długim szybkim marszem przez makię.

– Przychodzę z Turambo, proszę pana.

Cmoknął wargami szerokimi jak u ropuchy. Nazwa mojej wioski nic mu nie mówiła.

– Z Turambo? W której części piekła leży to zadupie?

– Nie wiem, proszę pana. Poproszę drożdży za pół doro. Spieszę się.

Sklepikarz odwrócił się do wyszczerbionych półek, powtarzając z brodą między kciukiem a palcem wskazującym:

– Turambo?... Turambo?... W życiu nie słyszałem.

Odtąd ilekroć przechodziłem w pobliżu jego sklepiku, wrzeszczał na całe gardło: „Hej! Turambo! W której części piekła leży to twoje zadupie?". Głos niósł się tak daleko, że powoli wszyscy zaczęli mnie nazywać Turambo.

Moją wioskę wymazano z mapy tydzień po osunięciu się ziemi. To był istny koniec świata. Błyskawice jedna za drugą przecinały niebo, pioruny waliły dokoła, jakby chciały skruszyć wzgórza na proch. Nie dało się odróżnić ludzi od zwierząt, wszystko co żywe biegało jak oszalałe, zewsząd rozlegały się przeraźliwe wrzaski. W kilka godzin strugi deszczu zmyły nasze chaty, kozy i osły, nasze krzyki i modlitwy, i wszystko co znajome.

Rankiem oprócz ocalałych, którzy po szyję w błocie dygotali na skałach, z osady nic nie pozostało. Mój ojciec się rozpłynął. Udało nam się wydobyć z błota kilka ciał, lecz ani śladu nie było po jego pokiereszowanej twarzy, chociaż przeżył morze ognia i stali podczas Wielkiej Wojny. Poszliśmy śladem niszczycielskiego strumienia aż na równinę, szukaliśmy w zaroślach i rozpadlinach, podnosiliśmy zwalone pnie drzew – na próżno.

Jakiś starzec pomodlił się, by ofiary spoczywały w spokoju, moja mama uroniła łezkę dla uczczenia pamięci męża i tyle.

Myśleliśmy zrazu o doprowadzeniu do porządku tego, co zmiotła nawałnica, nie mieliśmy jednak środków na to ani nawet siły, by wierzyć, że nam się uda. Zwierzęta nie żyły, nędzne plony przepadły, budy z blachy cynkowej i zagrody były nie do odzyskania. W miejscu wioski widniał potok błota na zboczu wzgórza przypominający rzygnięcie jakiegoś giganta.

Oceniwszy straty, mama powiedziała do nas: „Śmiertelnik ma tylko jedno pewne domostwo: grób. Póki żyje, niczego nie ma na zawsze, ani domu, ani ojczyzny”.

Spakowaliśmy w węzełki nieliczne rzeczy cudem ocalałe z katastrofy i ruszyliśmy prosto do Graby, getta w Sidi Balabbas, gdzie tłoczyli się bez ładu i składu nędzarze wypędzeni ze swojej ziemi przez tyfus albo przez chciwość możnych...

Ponieważ mój ojciec zniknął, głową rodziny ogłosił się wujek Mekki, który świeżo wyszedł z wieku dziecięcego. Należało mu się. Był najstarszą osobą płci męskiej.

W piątkę zajmowaliśmy budę wciśniętą między śmietnisko wojskowe a rachityczny sad. Była więc moja mama, krzepka Berberyjka z tatuażem na czole, niezbyt urodziwa, ale dzielna; moja ciocia Rokaja, której mąż, wędrowny handlarz, nie dawał znaku życia od przeszło dziesięciu lat; jej córka Nora mniej więcej w moim wieku; mój piętnastoletni wujek Mekki i ja, młodszy od niego o cztery lata. Nie znając nikogo, mogliśmy liczyć tylko na siebie.

Brakowało mi ojca.

Dziwne, ale nie pamiętam, żebym widział go z bliska. Odkąd wrócił z wojny z twarzą pokiereszowaną odłamkiem pocisku, trzymał się na uboczu, całymi dniami przesiadując w cieniu samotnego drzewa. Kiedy moja kuzynka Nora zanosiła mu posiłek, skradała się na palcach, jakby karmiła drapieżnika. Z początku czekałem, aż tata wróci na ziemię, on jednak odmawiał zejścia ze swojej posępnej chmury. Z czasem przerodził się w moich oczach w niezrozumiały skrawek pejzażu, a w końcu zupełnie go ignorowałem. Zniknięcie w czasie nawałnicy tylko przyklepało jego n i e o b e c n o ś ć.

Mimo to w Grabie nie mogłem się pohamować – codziennie o nim myślałem.

Mekki zapewniał, że nasz pobyt w tym dziadowskim miejscu nie potrwa długo, jeśli będziemy ciężko pracować, aby zarobić pieniądze, za które pobudujemy się gdzie indziej. Mama z ciocią wzięły się za pieczenie podpłomyków, które wujek starał się upłynniać w garkuchniach. Ja też chciałem się dołożyć. Chłopaki mniejsze ode mnie były tragarzami, prowadziły osły, handlowały zupą i wyglądało na to, że wychodzą na swoje. Wujek nie chciał mnie wziąć na pomocnika. Jestem bystry, przyznał, ale nie dość sprytny, żeby się targować z cwaniakami, którzy samego diabła puściliby z torbami. Bał się zwłaszcza, że pierwszy lepszy wypierdek wypruje mi flaki.

I tym sposobem byłem odtąd zdany tylko na siebie.

W Turambo mama opowiadała mi o zakątkach zamieszkanych przez straszne istoty, które potem nawiedzały mnie we śnie, w życiu jednak nie sądziłem, że i ja kiedyś wyląduję w takim miejscu. No i znalazłem się w nim, w samym środku, i to nie była żadna opowieść. Graba była istnym szaleństwem pod gołym niebem. Można by powiedzieć, że wysoka fala wdarła się w głąb lądu i cofając się, zostawiła tutaj w totalnym chaosie tony rupieci i ludzkiej nędzy. Zwierzęta pociągowe i ludzie harujący jak woły robocze deptali po sobie. Skrzypienie wózków walczyło o lepsze z ujadaniem psów, aż od harmidru dostawało się kołowacizny. W tym szambie roiło się od kulawych wieśniaków i skazańców szukających swojej galery, żebracy zaś mogli zdzierać sobie głos do woli – nie doprosili się nawet ziarenka kukurydzy. Tylko biedą ludzie mogli się tu dzielić.

Wszędzie między walącymi się budami, gdzie każda uliczka była drogą krzyżową, usmarkane dzieciaki okładały się po pyskach w regularnych bitwach. Ledwie odrosły od ziemi, musiały radzić sobie same, dla nich bowiem jutro zapowiadało się równie paskudnie jak w czasach walki o ogień. Pierwszeństwo z urzędu przypadało temu, kto mocniej walił, a przywiązanie do rodziców przestawało obowiązywać każdego, kto uznał przywództwo szefa bandy.

Nie bałem się uliczników – bałem się, że stanę się tacy jak oni. W Turambo nie używało się przekleństw, nie podnosiło się wzroku na starszych od siebie; rozmawiano półgębkiem, a kiedy wyrostek za bardzo się podniecił, zwyczajne chrząknięcie przywoływało go do porządku. Tymczasem w tym rynsztoku cuchnącym szczynami każdy wybuch śmiechu, każde pozdrowienie, każde wypowiedziane zdanie brzmiało obscenicznie.

Właśnie w Grabie po raz pierwszy usłyszałem dorosłych, którzy dogadywali sobie ordynarnie.

Sklepikarz wietrzył się przed wejściem do swojej budy z wydatnym brzuchem wspartym na kolanach. Jakiś woźnica rzucił do niego:

– To kiedy poród, tłuścioszko?

– Bóg jeden wie.

– Chłopak będzie czy dziewucha?

– Słoniątko – odparł sklepikarz, sięgając ręką do rozporka. – Pokazać ci trąbkę?

Byłem wstrząśnięty.

Trzeba było poczekać do zachodu słońca, by usłyszeć swój oddech. Getto pochylało się wtedy nad własnymi koszmarami i kołysane echem swoich niegodziwości ulegle rozpływało się w mroku. W Grabie noc nie nadchodziła, nie zapadała – ona spływała niczym smoła wylana z gigantycznej beczki, lała się z nieba gęsta, ciągliwa, oblewała wzgórza i lasy i wdzierała się swoją czernią nawet do głów. Ludzie, niczym wędrowcy zaskoczeni lawiną, na kilka chwil milkli nagle. Cichło wszystko, nawet szelesty w zaroślach. Po czym z wolna rozlegało się a to skrzypnięcie paska, a to brzęk metalu, kwilenie niemowlęcia, krzyk dziecka. Pomalutku życie na powrót brało sprawy w swoje ręce i nocne lęki, jak termity żerujące po ciemku, znowu wypływały na powierzchnię. A dokładnie w chwili, gdy zdmuchiwaliśmy świeczkę, położywszy się spać, przerażającym chórem wybuchały pijackie wrzaski; maruderzy musieli się spieszyć z powrotem do siebie, jeśli nie chcieli, aby rankiem ich ciała znaleziono w kałuży krwi.

– Kiedy wrócimy do Turambo? – dopytywałem bez przerwy Mekkiego.

– Jak morze odda ziemi, co jej zabrało – odpowiadał z westchnieniem.

Mieliśmy sąsiadkę, która straszyła w budzie naprzeciwko. Młodą, mniej więcej trzydziestoletnią wdowę, która może i byłaby ładna, gdyby choć trochę o siebie zadbała. Byle jak odziana w starą suknię, ze skołtunionymi włosami, przychodziła do nas czasem po chleb na kredyt. Wpadała jak burza, mamrotała przeprosiny, wyrywała zakupy z rąk mojej mamy i uciekała do siebie szybciej, niż przyszła.

Dziwna była naszym zdaniem; ciocia miała pewność, że biedaczkę opętał dżinn.

Wdowa miała synka, też dziwnego. Z rana wyprowadzała go na powietrze, stawiała pod ścianą i nakazywała, aby nie ruszał się stamtąd pod żadnym pretekstem. Chłopiec był bardzo posłuszny. Mógł stać w skwarze godzinami, pocił się i mrużył oczy, z mdłym uśmiechem na ustach śliniąc się nad skibką chleba. Kiedy widziałem, jak stoi ciągle w jednym miejscu, mamląc kawałek spleśniałego podpłomyka, robiło mi się tak niedobrze, aż odmawiałem werset z Koranu, by oddalić złe duchy, które jak mi się wydawało, dotrzymywały mu towarzystwa. Po czym ni stąd, ni zowąd malec zaczął za mną łazić, trzymając się w pewnej odległości. Czy szedłem w makię, czy na wojskowe śmietnisko, dość mi było się obejrzeć, a widziałem za sobą to straszydło z nieodłącznym kawałkiem chleba. Na próżno odganiałem go groźbami i kamieniami – znikał na krótko, lecz za najbliższym zakrętem pojawiał się znowu, trzymając się w bezpiecznej odległości.

Poszedłem do jego matki z prośbą, by przywiązała dzieciaka albo co, bo mam dość jego szwendania się za mną. Wdowa bez słowa mnie wysłuchała, po czym wytłumaczyła, że chłopiec nie ma ojca i potrzebuje towarzystwa. A ja na to, że trudno, ale nie mogę ścierpieć, gdy snuje się za mną jak cień. „Masz prawo", westchnęła. Spodziewałem się, że skoczy do mnie z pyskiem jak każda inna kobieta z sąsiedztwa, kiedy coś jej nie pasowało; wdowa tymczasem jakby nigdy nic wróciła do swoich zajęć. Żal mi się jej zrobiło, że taka jest zrezygnowana. I wziąłem dzieciaka pod swoje skrzydła. Był starszy ode mnie, ale sądząc po głupiej minie, która zdobiła mu facjatę, rozumu miał pewnie tyle co kot napłakał. W dodatku nie mówił. Zabierałem go do lasu na zbieranie owoców jujuby albo na wzgórze, aby się pogapić na tory kolejowe błyszczące wśród kamieni. W oddali widać było pasterzy wśród chudych kóz, których dzwonki mąciły ciszę przesiąkniętą martwotą. U stóp wzgórza w sfatygowanych wozach koczował tabor cygański.

Cyganie w nocy rozpalali wielkie ogniska i rzępolili na gitarach do świtu. Chociaż w większości tylko się wałkonili, w kociołkach zawsze coś im się gotowało. Myślę, że ich Bóg to porządny gość. Pewnie, że nie obsypywał ich dobrodziejstwami, ale dbał, żeby zawsze jedli do syta.

Pedra Cygana spotkaliśmy w makii. Był mniej więcej w naszym wieku i z zamkniętymi oczami trafiał do nor, w których kryła się zwierzyna. Kiedy tylko napełnił kosz zdobyczą, wyciągał kanapkę i dzielił się z nami. Zaprzyjaźniliśmy się w końcu. Pewnego dnia zaprosił nas do obozowiska. Tym sposobem nauczyłem się z bliska obserwować te intrygujące istoty, którym pożywienie spadało z nieba.

Matka Pedra, chociaż popędliwa, miała dobre serce. Była grubą kobietą z wąsami, rudowłosą i żywą jak ogień, z piersiami tak ogromnymi, że nie wiadomo było, gdzie się kończą. Ponieważ pod suknią nic nie nosiła, widać było jej zarost na łonie, kiedy siadała na ziemi. Jej mąż, powykrzywiany siedemdziesięciolatek, używał trąbki słuchowej, żeby coś usłyszeć, i przez cały czas nic, tylko pykał z długiej fajki starej jak świat. Śmiał się, ledwie ktoś na niego spojrzał, w otwartych ustach odsłaniając poczerniałe pieńki zębów, które wyglądały obrzydliwie. Wieczorami jednak, gdy słońce kryło się za wzgórzem, starzec układał skrzypce między brodą a ramieniem i wydobywał z instrumentu rzewne dźwięki w barwach zachodu napełniające nas słodką melancholią. Nigdy później nie słyszałem, żeby ktoś grał na skrzypcach lepiej niż on.

Pedro miał liczne talenty. Umiał zapleść nogi na karku i stanąć tak na rękach, umiał żonglować pochodniami; marzył o występach w cyrku. Opisywał mi wielki namiot z ławkami do siedzenia i okrągłą areną, miejsce, gdzie ludzie nagradzają oklaskami dzikie zwierzęta robiące niezwykłe sztuczki i artystów, którzy wykonują niebezpieczne akrobacje dziesięć metrów nad ziemią. Pedro wpadał w ekstazę, gdy mówił o arenie, na której pokazuje się także ludzi potwory, karłów, dwugłowe zwierzęta i przecudnej urody kobiety. „Oni są jak my – mówił. – Bez przerwy w drodze, tyle że ciągną ze sobą niedźwiedzie, lwy i boa".

Uważałem, że zmyśla. Jakoś nie mogłem sobie wyobrazić niedźwiedzia pedałującego na rowerze czy wypacykowanych gości w półmetrowych butach. Pedro miał jednak dar opowiadania, toteż nawet jeśli świat, który opisywał, przechodził ludzkie pojęcie, chętnie słuchałem jego nawiedzonych historii. Zwłaszcza że w obozowisku każdy mógł sobie gadać do woli. Można się było poczuć jak w szkole mistrzów bajania. Żył tam stary Gonszo, mikrus wytatuowany od ud po szyję, utrzymujący, że został zabity w zasadzce.

– Byłem martwy przez tydzień – opowiadał. – Nie przyszedł ani jeden anioł z harfą, żeby mnie ukołysać, nie zjawił się ani jeden diabeł, żeby mnie tryknąć widłami w dupsko. Tylko się unosiłem od nieba do nieba. I wyobraźcie sobie, nie widziałem ani rajskiego ogrodu, ani piekła.

– Normalne – zauważył Pepe, starszy obozowiska, wiekowy jak eksponat muzealny. – Najpierw przecie wszyscy muszą pomrzeć. Potem będzie Sąd Ostateczny i dopiero po nim jedni trafią do raju, a drudzy do piekła.

– Nie powiesz chyba, że goście, którzy kojfnęli tysiące lat temu, muszą czekać, aż na ziemi nie zostanie nikt żywy, żeby stanąć przed Panem Bogiem.

A na to Pepe z wyższością:

– Już ci tłumaczyłem, Gonszo. Czterdziestego dnia od śmierci człowiek przechodzi reinkarnację. Pan nie może nas osądzać na podstawie jednego życia. Dlatego pozwala nam się odradzać w skórze bogatych, potem biednych, potem władców, potem żebraków, pobożnych, bandytów i tak dalej, żeby zobaczyć, jak się prowadzimy. Nie ma prawa stworzyć na ten przykład nędzarza i zaraz go potępić bez szansy na poprawę. Chce być sprawiedliwy, więc każe nam się stroić w różne piórka, a później wszystko sobie oblicza z tych różnych żywotów, żeby zdecydować o naszym losie.

– Jeśli prawdę mówisz, to jakim sposobem ja zmartwychwstałem z tą samą mordą i w tym samym ciele?

I Pepe cierpliwie pouczał:

– Nie żyłeś tylko tydzień. A trzeba czterdziestu dni, żeby wejść w inną skórę. Poza tym jedynie Cyganie mają ten przywilej, że odradzają się jako Cyganie. Bo my mamy misję. Wędrujemy przez świat, żeby badać ścieżki losu. Przypadł nam w udziale obowiązek poszukiwania Prawdy. Gdyby tak nie było, jak byś wytłumaczył, że od najdawniejszych czasów nie możemy usiedzieć na miejscu?

Pepe pukał się palcem w skroń, zachęcając Gonsza, by pomyślał chwilę nad tym, co mu powiedział.

Taka wymiana zdań mogła trwać w nieskończoność i żaden nie zgadzał się ze zdaniem rozmówcy. U Cyganów spór zasadzał się nie na słuszności przekonania, lecz na uporze. Jeżeli ktoś wbił sobie coś do głowy, trwał przy tym za wszelką cenę, bo na utratę twarzy nie było lepszego sposobu niż rezygnacja ze swojego poglądu.

Cyganie byli ludźmi bardzo malowniczymi, niezwykłymi i szalonymi, każdy wobec rodziny miał obowiązki. Można się było nie zgadzać ze sobą, można się było kłócić, mogło nawet dochodzić do rękoczynów, lecz hierarchia była niewzruszona, ponieważ Mama czuwała.

Ach! Mama! Dała mi swoje błogosławieństwo, ledwie mnie ujrzała. To była jakby wdowa bez pieniędzy na dożywociu, rozparta na haftowanych poduszkach w wozie zawalonym relikwiami i prezentami; klan czcił ją jak świętą krowę. Miałem ochotę paść jej w ramiona i zlać się z nią w jedno.

Dobrze mi było u Cyganów. Każdy dzień wypełniały mi zabawy i niespodzianki. Karmili mnie i pozwalali mi bawić się do woli... Aż pewnego ranka się okazało, że tabor znikł. Z obozowiska pozostały tylko ślady popasania, koleiny podobne do blizn, dziurawe buty, chusta zwisająca z krzaka i psie odchody. Nigdy żadne miejsce nie wydało mi się tak odmienione jak to, gdy opuścili je Cyganie, przywracając do zwyczajnej nijakości. Przez wiele tygodni wracałem tam powspominać, licząc, że usłyszę jakieś echa, śmiech, głos, ale nic nie dobiegało moich uszu, nawet dźwięk skrzypiec, które mogłyby ukoić mój smutek. Po odejściu taboru znów widziałem tylko pospolite perspektywy i czułem odrazę do bezbarwnych dni, które przewijały się w kółko jedne podobne do drugich.

Następowały te dni po sobie, nie posuwając nic naprzód, monotonne, ślepe, przegrane; odnosiłem wrażenie, że depczą po mnie.

W domu tylko zawadzałem. „Wracaj na ulicę, niech cię ziemia pochłonie. Nie widzisz, że pracujemy?"

Ulica mnie przerażała.

Na wojskowe śmietnisko nie dało się już chodzić, odkąd rozmnożyły się tam stada śmieciożerców – i biada temu, kto by próbował pozbawić je zdobyczy.

Przerzuciłem się na drogę żelazną i czas spędzałem na wypatrywaniu pociągu, wyobrażając sobie, że nim jadę. W końcu wskoczyłem do jednego. Ciuchcia się zepsuła, stała na torach jak przyspawana, a pociąg przypominał kolosalną zdychającą gąsienicę. Dwaj mechanicy uwijali się przy lokomotywie. Podszedłem do ostatniego wagonu. Drzwi były otwarte. Wciągnąłem do środka mojego towarzysza niedoli, przysiadłem na pustym worku i z piętą założoną na kolano gapiłem się na niebo przez szpary w dachu. Widziałem, jak jadę przez zielone okolice, przez mosty i wsie, uciekając od getta, w którym żaden dzień nie przynosił nic dobrego. Wtem wagonem szarpnęło. Gamoniowaty syn wdowy zachwiał się i przytrzymał ścianki. Gwizdnięcie lokomotywy poderwało mnie na nogi. Na zewnątrz krajobraz wolno zaczął się przesuwać. Wyskoczyłem pierwszy, o mało nie skręciłem sobie nogi na podsypce. A sierota stał jak wryty pod ścianą. „Skacz, nie bój się, złapię cię!", krzyknąłem. Nie skoczył, dalej tkwił w miejscu. Im szybciej pociąg jechał, w tym większą wpadałem panikę. „No skacz, skaczże!..." Ruszyłem biegiem po podsypce, w której pełno było kawałków szkła. Chłopak głośno płakał. Jego porykiwanie przebijało się przez łoskot wagonów bydlęcych. Dotarło do mnie, że nie wyskoczy. Że muszę po niego iść. Jak zawsze. Biegłem, biegłem, płuca mnie paliły, nogi miałem zakrwawione. Wyciągniętą ręką już prawie dotykałem uchwytu, ale się oddalił, i jeszcze, i jeszcze... Ja nie zwalniałem – żelazny potwór jechał coraz szybciej, w miarę jak lokomotywa wyrzucała z komina większe kłęby dymu. W końcu po szalonej gonitwie przystanąłem z poharatanymi nogami. Mogłem tylko patrzyć za oddalającym się pociągiem, aż zupełnie rozmył się w kurzu.

Kuśtykając, pokonałem wiele kilometrów po torach. W palącym słońcu... Gdy w polu widzenia pojawiła się jakaś postać, przyspieszyłem, sądząc, że to mój chłopak. To nie był on.

Słońce zaczynało się chylić ku zachodowi. A ja byłem bardzo daleko od Graby. Musiałem wrócić, nim zapadnie noc. Inaczej ja także mógłbym się zgubić.

***

Wdowa była u nas pobladła z niepokoju. Kiedy zobaczyła mnie samego, wybiegła na ulicę i wróciła jeszcze bledsza.

– Coś zrobił z moim dzieckiem? – Potrząsnęła mną gniewnie.

– Gdzie mój syn? Był z tobą. Miałeś czuwać nad nim.

– Pociąg...

– Co pociąg?

W gardle mnie ścisnęło. Nie byłem w stanie przełknąć śliny.

– Co z tym pociągiem? Mów!

– Zabrał go.

Zapadła cisza. Wdowa jakby nie rozumiała. Zmarszczyła brwi. Poczułem, że przestaje ściskać moje ramię. Wbrew oczekiwaniom zaśmiała się i popadła w zamyślenie. Spodziewałem się, że rzuci się na mnie z pazurami, w szale rozniesie naszą budę i nas razem z nią; tymczasem oparła się o ścianę i osunęła na ziemię. Siedziała z łokciami na kolanach, obejmując głowę rękami, z mrocznym wzrokiem. Po policzku spłynęła jej łza; nie otarła jej.

– Co Bóg postanowi, powinniśmy przyjąć – westchnęła w końcu grobowym głosem. – Wszystko na tym padole dzieje się z Jego woli.

Moja mama chciała jej położyć współczującą dłoń na ramieniu. Wdowa uchyliła się z odrazą.

– Nie dotykaj mnie. Nie chcę twojej litości. Litością jeszcze nikt się nie najadł. Nie potrzebuję już nikogo. Teraz, gdy mojego syna nie ma, ja też mogę odejść. Od lat myślę, żeby skończyć z tym pieskim życiem. Ale syn miał w głowie nie po kolei. Nie bardzo by sobie poradził wśród ludzi gorszych niż wilki... Chcę jak najszybciej powiedzieć dwa słowa Temu, który mnie stworzył, żebym tylko cierpiała.

– Co ty wygadujesz? Oszalałaś? Zabić się to grzech.

– Nie sądzę, żeby istniało piekło gorsze niż moje. Ani w niebie, ani nigdzie indziej. – Podniosła wzrok na mnie; w jej spojrzeniu jakby się skupiła rozpacz całej ludzkości. – Rozjechany przez pociąg! Boże! Jak mogłeś w taki sposób skończyć z dzieckiem, skoroś tak ciężko je doświadczył?

Nie mogłem słowa z siebie wydobyć wstrząśnięty jej bredzeniem.

Oparła się na dłoniach, stanęła chwiejnie.

– Pokaż mi, gdzie jest moje dziecko. Zostało coś z niego, żeby je można pogrzebać?

– On nie umarł! – krzyknąłem.

Zadrżała. Jej oczy spoczęły na mnie, ciskając błyskawice.

– Co? Zostawiłeś mojego syna, żeby się wykrwawił na torach?

– Nie przejechał go pociąg. Weszliśmy do wagonu i jak lokomotywa ruszyła, ja wyskoczyłem, a on został. Wołałem, żeby skakał, ale się bał. Biegłem za pociągiem, a potem szedłem i szedłem po torach, ale nigdzie nie wysiadł.

Wdowa chwyciła się za głowę oburącz. Znowu jakby nie rozumiała. Nagle zastygła. I zobaczyłem, jak na jej twarzy rezygnacja ustępuje uldze, ulga panice i wreszcie panika histerii.

– O Boże! Mój syn jest zgubiony. Pożrą go przecież żywcem. On nie umie nawet wyciągnąć ręki. Boi się nocy, boi się ludzi! O Boże! Gdzie jest moje dziecko?

Złapała mnie za gardło i zaczęła mną tak potrząsać, że o mało nie ukręciła mi szyi. Moja mama i ciocia próbowały wyrwać mnie z jej rąk; odtrąciła je obie kopniakiem i w furii zaczęła krzyczeć i miotać się jak oszalała, przewracając wszystko na swej drodze. Naraz ryknęła i zwaliła się na ziemię z wywróconymi oczami i ciałem wstrząsanym drgawkami.

Mama podniosła się cała podrapana. Zdumiewająco spokojnie poszukała wielkiego klucza i wsunęła go wdowie do ręki – tak powszechnie postępowano, mając do czynienia z osobą, która straciła przytomność z powodu choroby albo szoku.

Osłupiała ciocia kazała córce lecieć po Mekkiego, żeby przyszedł, zanim wariatka dojdzie do siebie.

***

Mekki się nie certolił. Nora wszystko mu wygadała. Po powrocie o więcej nie pytał. U nas najpierw się wali i dopiero potem, jeśli nic nie stoi na przeszkodzie, zaczyna się rozmawiać. „Ty psie! Zatłukę cię!" Rzucił się i metodycznie zaczął mnie okładać. Myślałem, że nigdy nie przestanie.

Mama się nie wtrącała.

To była męska sprawa.

Złoiwszy mi skórę, wujek kazał się zaprowadzić na tory i pokazać, w którym kierunku odjechał pociąg. Nie mogłem ustać na nogach. Podsypka na torach pokiereszowała mi stopy, a lanie dopełniło dzieła.

– Gdzie ja mam go szukać po nocy? – wyrzekał wkurzony Mekki, wychodząc z chaty.

O świcie Mekkiego jeszcze nie było. Wdowa co pięć minut przychodziła po wieści, kompletnie rozklejona.

Minęły trzy dni i nic. Po tygodniu zaczęliśmy się obawiać najgorszego. Ciocia nic, tylko się modliła. Mama chodziła w kółko po jedynej izbie, która służyła nam za dom. „Pewnieś dumny z siebie – gderała, hamując się, żeby mi nie przylać. – Widzisz, do czego doprowadziły twoje głupie pomysły? Wszystko przez ciebie. Bardzo możliwe, że szakale już dawno ogryzły kości twojego wujka. Co będzie z nami bez niego?"

Kiedy zaczynaliśmy już tracić nadzieję, wdowa podniosła wielki krzyk. Było koło czwartej po południu. Wybiegliśmy z chaty. Mekki ledwie stał na nogach, na twarzy miał zmęczenie, utytłany był od stóp do głów. Wdowa z całych sił ściskała synka, oglądała go ze wszystkich stron, sprawdzając, czy nie jest ranny, grzebała mu we włosach w poszukiwaniu guza lub skaleczenia; chłopakowi dała w kość wędrówka i głód, ale był cały i zdrowy. Gapiąc się tym swoim ponurym wzrokiem, pokazywał mnie palcem, jak pokazuje się winnego.

2

Potwory to tylko urojone owoce i usprawiedliwienia naszych przesądów, toteż siłą rzeczy niewiele więcej od nich jesteśmy warci, ponieważ będąc zarazem fałszywymi świadkami i pochopnymi sędziami, często ferujemy wyroki skazujące, zanim rozpatrzymy sprawę.

Potwór Graba nie był aż taki straszny.

Ze wzgórza, które było moim punktem obserwacyjnym, postrzegałem mieszkańców jako zadżumionych, a podłe rudery jako śmiertelne pułapki. Myliłem się. Widziane z bliska getto było miejscem, gdzie dało się żyć. Chętnie by je przyrównano do czyśćca, lecz nie było czyśćcem. W Grabie nikt nie płacił za zbrodnie ani za grzechy, tam byli sami nędzarze, koniec, kropka.

Pod wpływem nudy i bezczynności zacząłem się zapuszczać coraz dalej w getto. Zaczynałem się integrować, kiedy dostąpiłem chrztu bojowego. Spodziewałem się go oczywiście.

Pewien woźnica zaproponował mi drobną zapłatę, jeśli mu pomogę załadować na wóz dobre sto wiązek chrustu. Po robocie wręczył mi połowę obiecanej kwoty, klnąc się na głowy swoich dzieci, że to wszystko, co ma przy sobie. Sprawiał wrażenie szczerego. Patrzyłem za nim, gdy odjeżdżał, i wtedy z tyłu dobiegł mnie głos:

– Kombinujesz na czarno na moim terenie?

To byli bracia Daho. Zastawiali mi drogę. Poczułem, że nie jest dobrze. Byli nieprzeciętnymi rozrabiakami, rządzili niepodzielnie całą dzieciarnią. Jeśli jakiś smarkacz z rozbitą twarzą wpadał w tłum, znaczyło to, że bracia Daho są niedaleko. Mieli jakieś dwanaście, trzynaście lat i wyrażali się jak stare więzienne wygi, cedząc słowa półgębkiem. Za nimi ich przyboczni zacierali ręce, szykując się do nawalanki. Bracia Daho nie potrafili spokojnie iść swoją drogą. Gdziekolwiek się zatrzymali, krew musiała popłynąć. Takie były zasady. Władza nie znosi zawieszenia broni, a bliźniacy nie wierzyli w odpoczynek wojownika. Przysadziści i szpetni, podobni do siebie jak dwie krople wody, aż człowiek miał wrażenie, że dwoi mu się w oczach, byli szybcy niczym smagnięcie bata i jak ono zadawali ból. Dorośli wołali Gog i Magog na te dwie małe niepoprawne zmory, których przeznaczeniem była szubienica, jak przepowiedziały braciom podstarzałe dziewice. Nie miałem z nimi szans i zły byłem na siebie, że wlazłem im w drogę.

– Nie chcę się bić – powiedziałem.

Drwiącym śmiechem przyjęli moje spontaniczne poddanie.

– Dawaj, co masz w kieszeni.

Wyjąłem monetę, którą dał mi woźnica, i podałem ją komu należało. Ręka mi nie drżała. Nie szukałem awantur. Chciałem wrócić do chaty cały.

– Tylko frajer bierze tak mało – rzekł Daho 1, pogardliwie ważąc na dłoni mój zarobek. – Nie ładuje się fury za taki marny grosz, wyskrobku. Największy kretyn chciałby trzy razy tyle.

– Nie wiedziałem – tłumaczyłem się.

– Wywróć kieszenie, ale już.

– Dałem wam wszystko, co miałem.

– Kitujesz.

W ich oczach czytałem, że zabranie mi zarobku to jedynie wstęp, a liczy się nawalanka. Przyjąłem zaraz postawę obronną, zdecydowany drogo sprzedać swoją skórę. Bracia Daho zawsze uderzali pierwsi, bez ostrzeżenia, aby wykorzystać efekt zaskoczenia. Bili równocześnie, idealnie synchronicznie, cios pięścią w nos i strzał w krocze, żeby zdetonować ofiarę. Reszta była czystą formalnością.

– Nie wstyd wam napadać w kilku na dzieciaka? – rozległ się opatrznościowy głos.

Tak odezwał się sklepikarz, który stał w progu swojej budy. Podparty pod boki, w tarbuszu zsuniętym zawadiacko na oko, z wąsem podkręconym do góry, poruszył zwalistym cielskiem, poprawiając szarawary, i wyszedł na słońce. Obrzuciwszy czujnym wzrokiem całą bandę, popatrzył na bliźniaków.

– Jak chcecie się z nim spróbować, bijcie się po kolei.

Spodziewałem się, że sklepikarz wyciągnie mnie z kłopotu, ale tylko ustawił bójkę bardziej konwencjonalnie, co niezbyt zmieniało moje pechowe położenie.

Daho 1 podjął wyzwanie i z szyderczym uśmiechem, ze złośliwym błyskiem uciechy w oku zaczął podwijać rękawy.

– Cofnąć się – rozkazał sklepikarz reszcie bandy – i nie próbujcie się wtrącać.

Wszczęło się poruszenie, takie ścichapęk i brzemienne w skutki. Banda otoczyła nas kręgiem. Daho 1 jeszcze mocniej się wykrzywił, mierząc mnie wzrokiem. Zamarkował uderzenie z lewej i wymierzył sierpowy, który musnął mi skroń. Nie zdążył poprawić. Zamierzyłem się pięścią z rozmachem i ku swojemu zaskoczeniu trafiłem! Znienawidzony przez całą dzieciarnię chojrak złamał się jak marionetka i wzbijając kurz, legł na ziemi z rozkrzyżowanymi ramionami. Banda okopała się za zirytowanym zdumieniem. Drugi bliźniak przez kilka chwil tkwił bez ruchu oniemiały, niezdolny pojąć tego, co oglądały jego oczy, ani pogodzić się z tym, po czym wściekłym głosem kazał bratu wstać. Ale brat się nie podniósł. Spał snem sprawiedliwego.

Domyślając się, jaki obrót mogą przybrać sprawy, sklepikarz podszedł do mnie i obaj patrzyliśmy, jak banda zbiera swojego męczennika pogrążonego w oparach snu przenikanego dzwonieniem i świergotami.

– Nieprzepisowoś to zrobił – rzucił pod moim adresem kędzierzawy cherlak na bocianich nogach. – Podstępem. Drogo za to zapłacisz.

– Znajdziemy cię – obiecał Daho 2, wycierając grzbietem dłoni usmarkany nos.

Sklepikarz trochę był zawiedziony, że tak szybko załatwiłem sprawę. Liczył na dłuższe widowisko, takie z upadkami i niepewnością, z unikami i potężnymi fangami, i na dobry kawał rozrywki tanim kosztem. Niechętnie wyznał, że w sumie jest zadowolony, iż wreszcie ktoś dał popalić temu złemu nasieniu, które zachwaszcza getto i nie mając godnych przeciwników, myśli, że mu wszystko wolno.

– Szybkiś, mały – pochwalił. – Gdzieś się nauczył tak bić?

– To był pierwszy raz, proszę pana.

– No proszę! Dobrze się zapowiadasz... Może byś robił u mnie? Żadna filozofia. Pilnujesz interesu, jak mnie nie ma, i wykonujesz takie tam różne drobne prace.

Połknąłem haczyk, nie negocjując w sprawie zapłaty, za bardzo bowiem się ucieszyłem, że będę zarabiał na swój chleb i dołożę się w ten sposób do rodzinnego wysiłku.

– Kiedy mam zacząć?

– Od zaraz! – zawołał, z ukłonem wskazując szerokim gestem drzwi swojej spróchniałej budy.

Nawet przez myśl mi wtedy nie przeszło, że kiedy miłosierna dusza ratuje ci skórę, niekoniecznie zostawi ci ją na grzbiecie.

Sklepikarz nazywał się Zan; dzięki niemu się dowiedziałem, że diabeł ma imię.

To, co Zan nazywał „drobnymi pracami", właściwie godne było miana prac Herkulesa. Jedną robotę kończyłem tylko po to, by zabrać się za następną. Nie miałem prawa ani do przerwy śniadaniowej, ani do chwili wytchnienia. Musiałem uporządkować tę graciarnię (istną jaskinię Ali Baby), poukładać towar na półkach, przywrócić blask starociom, przegonić pająki z wiadrem w jednej ręce i szczotką w drugiej, zająć się dostawą zakupów do klientów. Zanim Zan mi to powierzył, poddał mnie „testom na zaufanie". Zostawiał byle gdzie drobniaki i różne inne przynęty, aby ocenić poziom mojej uczciwości; niczego nigdy nie tknąłem.

W ciągu kilku miesięcy dowiedziałem się więcej o naturze ludzkiej niż stary wiarus. Sklepik był pierwszorzędną szkołą, a znajomi Zana udzielali wspaniałych lekcji życia. Przez sklepik przewijały się różne dziwne typki, wszyscy skradali się na paluszkach, jedni z podejrzanymi pakunkami, drudzy z poronionymi pomysłami. Przemytnik, szantażysta, paser, kapuś, stręczyciel – Zan żelazną ręką kierował swoim światkiem, każdy palec maczając w innej machlojce; w getcie żadna wymiana, najdrobniejsza nawet transakcja nie odbyła się bez odpalenia mu udziału. Sam kupował za półdarmo i sprzedawał po niebotycznych cenach, był nieustępliwy i bez skrupułów. Każdy w Grabie był mu coś winien. Ludzie klękali przed nim i zaklinali się, że wezmą najgorszą nawet robotę, by zasłużyć na jego szczodrość. A Zan się nie szczypał. Za byle konserwę czy nędzną pożyczkę domagał się nie wiadomo czego. Bez umiaru wykorzystywał zawsze okazję i do przesady żerował na ludzkim nieszczęściu. Pożyczał także pod zastaw. Kiedy w grę wchodziło coś wartościowego, mówił, że nie ma dość pieniędzy, i prosił klienta, by przyszedł następnego dnia – potrzebował czasu na zastawienie pułapki. Następnego dnia klient się zjawiał, oddawał mu zastaw, przeliczał pieniądze i odchodził... po czym dziesięć minut później wracał z zakrwawioną facjatą i ciuchami w strzępach, jakby walczył z niedźwiedziem. „Napadli mnie! Okradli niedaleko stąd!" A na to Zan spokojnie: „A co mnie do tego? Nie mam obowiązku eskortować klientów do domu". I wypraszał nieboraka. Było jasne jak słońce, że napad był dziełem mojego pracodawcy. Zan miał pomagierów, którzy tylko czekali na jego znak. I wcale nie ograniczał się do takich w sumie pospolitych numerów. Chełpił się, że ma gliniarzy na swoich usługach, i groził, że dość, by strzelił palcami, a każdego może posłać do pierdla. Wszyscy się go bali jak diabeł święconej wody i nikt się z nim nie targował. Często do sklepiku zachodziły kobiety okryte od stóp do głów brudnymi sukniami z rozcięciem jedynie na wysokości oczu, żeby widziały, gdzie stawiają nogi. Zwykle miały nóż na gardle i gotowe były na każde poświęcenie za kawałek cukru albo drobną monetę. Zan popychał taką na zaplecze, przypierał ją do stołu zawalonego różnymi rzeczami, zadzierał jej suknię, odsłaniając gołe pośladki, i chędożył ją bezceremonialnie. Z rozkoszą zawsze je poniżał i zadawał im ból, po czym wyrzucał na zewnątrz jak zużytą ścierkę. Myślę, że był wariatem. Bo musiał być wariatem człowiek, który osiadł w Grabie, chociaż stać go było na dom w mieście; musiał być kompletnie stuknięty człowiek, który afiszował się swoim bogactwem przed przybłędami bez grosza przy duszy biorącymi metalowy znaczek za monetę; musiał być pomylony i nie dbać o życie człowiek, który taśmowo gwałcił matki, siostry, ciotki, skoro wiadomo było, że na tej zabójczej ziemi niczego nie da się długo utrzymać w tajemnicy i że sprawiedliwość wymierza się szybko ostrzem równie ostrym jak precyzyjnym. Zan miał to wszystko w głębokim poważaniu, wierząc, że z zamkniętymi oczami przejdzie przez pole minowe. Nosił przy sobie talizmany silniejsze od wszystkich uroków i klątw razem wziętych. Urodził się pod betonową gwiazdą i nie bał się ani ludzi, ani bogów.

Pewien marabut twierdził, że kiedy Zan wyzionie ducha jako grzesznik, nie pójdzie ani do piekła, ani do nieba, ponieważ Bóg wyprze się, że go stworzył.

Przez pierwsze tygodnie bracia Daho zjawiali się, by mi przypomnieć, że mam wobec nich dług. Trzymali się za rogiem, aby uniknąć konfrontacji z moim groźnym pracodawcą, i rzucali mi wyzwania, jak rzuca się urok. Wykonywali pod moim adresem obsceniczne gesty, dawali do zrozumienia, że poderżną mi gardło. Spokojnie siedziałem sobie na stopniu przed sklepikiem... Wieczorem przychodził po mnie wujek Mekki z nabijaną gwoździami pałką na ramieniu.

Posłaniec akordowy gania we wszystkich kierunkach. Z początku dostarczałem zakupy, potem zacząłem przyjmować zlecenia – poszerzałem zakres działania i niebawem nawiązałem sporo znajomości. Najpierw z Ramdanem, wątłym chłopakiem, który zwiał się jak w ukropie, by zaspokoić potrzeby licznej rodziny z beznogim ojcem. Ledwie wyszedł z łona matki, a już rozumował jak dorosły. Darzyłem go podziwem i nawet jeżeli tylko w połowie podzielałem jego poglądy, wiedziałem, że mają sens i odznaczają się pogrzebaną pod gruzami stuleci i porażek cechą, którą starcy nazywali godnością. Ten chłopak naprawdę miał charakter. Chociaż był młodszy ode mnie o dwa lata, dałbym sobie rękę i nogę uciąć, żeby być jego synem. Koiła mnie świadomość, że jest i że wnosi choć krztynę lojalności w naszą upadłą społeczność, która wartości uniwersalne sprowadziła do egoistycznych imperatywów, a odwieczną mądrość do trywialnej żądzy przetrwania. Dzięki Ramdanowi odkryłem, o ile chwalebniej jest być użytecznym niż bogatym.

Później poznałem Gomriego, ucznia kowalskiego krzepkiego i silnego jak byk, dość zabawnie wyglądającego w za dużym skórzanym fartuchu. Kędzierzawy dziobaty rudzielec, jasnooki i o skórze białej jak u albinosa, z początku źle na mnie działał z powodu starego przesądu ludowego, który mówił, że rude włosy oznaczają diabelskie myśli krążące po głowie. Myliłem się. Gomri nie miał złych myśli i nikogo nie zamierzał naciągać. Między podkuwaniem jednej i drugiej szkapy zachodził do Zana, proponując mu młotki, grace i inne narzędzia własnej roboty. Ponieważ kuźnia była o rzut kamieniem od sklepiku, Zan kazał mi sprawdzać, czy nie ma tu jakiegoś krętactwa, bo jego zdaniem wytwory małego kowala były za dobre jak na jego wiek. Gomri brał wtedy kawałek żelaza, wsadzał go do paleniska, aż zrobiło się jasnoczerwone, po czym kładł je na kowadle i na moich oczach kuł; i widziałem, jak niczym za sprawą czarów zwykły kawałek metalu przekształca się stopniowo w narzędzie prawie bez zarzutu.

Ramdan poznał mnie z Sidem Rohem, piętnastoletnim Murzynem, na którego wołano Cap, odkąd ludzie go naszli w krzakach ze spuszczonymi portkami, gdy używał sobie na starej wyleniałej kozie. Złośliwi powiadali, że kiedy koza się okociła, delegacja żartownisiów udała się do niego z pytaniem, jak zamierza nazwać swojego potomka. Sid Roho wysłuchiwał docinków, nie tracąc spokoju. Był zabawny i usłużny i bez wahania oddałby ostatnią koszulę potrzebującemu, co nie przeszkadzało, że żył w grzechu. Otóż wobec Boga był złodziejem. Chociaż handlarze bardzo na niego uważali, w okamgnieniu zawsze im zwędził, co chciał. Nieraz widziałem, jak zwija coś ze straganu i wrzuca do czyjegoś kaptura, po czym odzyskuje łup przy wyjściu z targowiska. Nie sądzę, żeby gdzieś na świecie był zręczniejszy złodziejaszek.

Ramdan, Gomri, Sid Roho i ja zaprzyjaźniliśmy się zupełnie niepostrzeżenie. Niewiele nas łączyło, lecz rozumieliśmy się dobrze. Po całodziennej harówce spotykaliśmy się wieczorem w zdziczałym sadzie, żeby wymieniać najnowsze kawały i śmiać się ze swoich porażek, póki ciemność nie wycięła nam trawy pod nogami.

W domu jakoś nam szło. Wujek odkrył w sobie smykałkę do handlu i całkiem dobrze sobie radził. Ze starych taczek zmajstrował wózek, stawiał na nim żeliwny kociołek i od rana do wieczora sprzedawał zupę na placyku. Mama, ciocia i Nora zwijały się jak w ukropie, żeby mu jej nie zabrakło i żeby na czas dostarczyć świeży chleb do jadłodajni. Ich mozół już nie wbijał mnie w kompleksy; dzięki swojej pracy miałem prawo do poważania i modlitwy z błogosławieństwem na dobranoc. Czułem się dorosły, wart prawie tyle samo co mój przyjaciel Ramdan, i teraz ja również nie bez kozery pozwalałem sobie mówić, że wkrótce na policzki wrócą nam rumieńce i stać nas będzie na przeprowadzkę do prawdziwego domu z ryglowanymi drzwiami i okiennicami gdzieś, gdzie sklepy będą lepiej zaopatrzone i łaźnia na każdym rogu.

Ustawiałem rzeczy na półkach, kiedy jakiś cień przemknął za mną i wśliznął się na zaplecze. Zdążyłem dojrzeć tylko biały welon znikający za zasłonką. Zanowi przez twarz przewinął się uśmiech zadowolenia. Mój pracodawca najpierw sprawdził zawartość szuflady, po czym przygładzając wąsa, wzrokiem wskazał mi drzwi, żebym stanął na straży.

Zan skrupułów miał tyle co hiena, bał się jednak, że jego damskie zdobycze mogą być śledzone przez zazdrosnych mężów albo członków rodziny o wysokim poczuciu honoru.

– Nikogo mi tu nie wpuszczaj, kapujesz? – powiedział. – Żebraków przeganiaj, a klienci niech przyjdą później.

Kiwnąłem głową.

Zan odchrząknął i podążył do swojej ofiary za zasłonkę. Nie widziałem ich, ale słyszałem.

– No proszę – rzekł tym swoim grubym despotycznym głosem.

– Wreszcie poszłaś po rozum do głowy...

– Mój syn i ja nie mamy co jeść – odparła kobieta, dusząc szloch.

– A czyja to wina? Złożyłem ci propozycję, aleś ją odrzuciła.

– Jestem matką. Nie... nie sprzedaję się mężczyznom.

Byłem pewien, że znam ten głos.

– To czego szukasz w moim sklepie? Myślałem, żeś zmieniła zdanie, żeś zrozumiała, że trzeba iść na ustępstwa, jeśli chce się dostać to, na co człowieka nie stać...

Cisza.

Kobieta płakała po cichu.

– W życiu zawsze jest coś za coś – pouczał ją Zan. – Nie myśl, że mnie wzruszysz zgrywaniem się na niewiniątko. Albo zadzierasz kieckę, albo wracaj, skądeś przyszła.

Cisza.

– No to jak? Chcesz zarobić cztery doro czy nie?

– Mój Boże! Co ja pocznę później?

– A to już twój problem. Odsłonisz w końcu tę ładną dupcię?

Płacz.

– Mądra dziewczynka. Odwróć się teraz, laleczko.

Słyszałem, jak Zan przypiera kobietę do stołu. Rozległ się przeraźliwy krzyk. Raz-dwa żywiołowe poskrzypywanie zagłuszyło jęki kobiety, po czym triumfalne rzężenie Zana zakończyło bzykanko.

– Widzisz? – powiedział. – To nie takie trudne... Możesz przychodzić, kiedy chcesz. Idź już teraz!

– Obiecałeś mi cztery doro.

– Ano, masz dwa dzisiaj, dwa dostaniesz następnym razem.

– Ale...

– Wynocha, mówię.

Zasłonka się uchyliła i kobieta wypchnięta przez Zana padła na czworaki. Podniósłszy oczy, zobaczyła mnie. Jej posiniała twarz w jednej chwili zbielała jak całun. Tak zmieszana, aż straciła dech, porwała welon i uciekła, jakby zobaczyła diabła.

To była wdowa, nasza sąsiadka.

Wieczorem, gdy wracałem do domu, dopadła mnie na rogu. W ciągu kilku godzin postarzała się o dwadzieścia lat. Włosy miała rozczochrane, oczy rozbiegane, pianę na ustach – istna czarownica po wyjściu z transu. Wczepiła się palcami w moje ramiona i konającym bezbarwnym głosem rzekła:

– Błagam, nie mów nikomu, coś widział.

Było mi za nią wstyd i zarazem wzbudzała we mnie litość. Jej palce miażdżyły mi ramiona. Musiałem je odgiąć jeden po drugim, żeby mnie puściła.

– Nic nie widziałem – zapewniłem ją.

– Widziałeś przedtem w sklepie.

– Nie wiem, o jakim sklepie mówisz. Puścisz mnie wreszcie? Chcę iść do domu.

– Zabiłabym się, chłopcze. Nie masz pojęcia, jak żałuję, że uległam głodowi. Nie jestem rozpustna. Myślałam, że nigdy mnie to nie spotka. Ale spotkało. Nikt nie jest bezpieczny. To nie wytłumaczenie, to rzeczywistość. Nikt nie może się dowiedzieć, rozumiesz? Umarłabym w następnej sekundzie.

– No przecież mówię, że nic nie widziałem.

Rzuciła się na mnie, całowała mnie po głowie, po rękach, przypadła do moich stóp, żeby je także ucałować. Odepchnąłem ją i pobiegłem do naszej chaty. Kiedy już się oddaliłem, zobaczyłem, że skuliła się przy kupie złomu i płacze rzewnymi łzami.

Nazajutrz okazało się, że zniknęła.

Zabrała syna i odeszła nie wiadomo dokąd.

Nigdy więcej jej nie zobaczyłem.

Uświadomiłem sobie, że nie wiedziałem nawet, jak ma na imię ani ona, ani jej latorośl.

3

Znikniecie wdowy i jej syna wstrząsnęło mną do głębi. Miałem
do siebie żal, że byłem świadkiem gwałtu, który strącił naszą
sąsiadkę w otchłań. Jak się pozbyć wspomnienia tej zaszczutej kobiety? Jej głos wciąż dźwięczał mi w głowie; oczy miałem pełne jej
rozpaczy i to budziło we mnie odrazę do rodzaju ludzkiego.

Wściekły byłem na tych, którzy wegetowali z dnia na dzień,
jakby jutro nie było ciekawsze od wczoraj. Oglądałem ich w sklepie, chorych z głodu i rozpaczy, gotowych lizać ladę, jeśli była na
niej choćby odrobina cukru. Kichali na odzienie, kichali na swoją dumę – ważniejszy był kęs pożywienia. Próbowałem jakoś ich
usprawiedliwiać, a sobie szukać alibi, lecz na próżno. W cieniu Zana
kisiłem się w rozgoryczeniu i zawodzie od rana do wieczora; we
śnie nawiedzali mnie żebracy, chamy, złodzieje, zhańbione kobiety,
rozczochrane jędze, rozradowani despoci, którym z pysków bucha-
ły wirujące płomienie. Budziłem się zlany potem, z trzewiami wywróconymi na nice, i wybiegałem na dwór krzyczeć do upadłego.
Nienawidziłem Zana. Czy był kiedyś dzieckiem? Jeśli tak, to czy ja
będę do niego podobny, gdy dorosnę? A może będę jak te odreal-
nione zjawy, które ciągną za sobą swój dopust niczym kulę u nogi,
na ciele nosząc warstwę brudu tak grubą, że można by wbić nóż,
nie kalecząc skóry? Nie, mówiłem sobie, Zan nigdy nie był dzieckiem. On już taki się urodził, od razu duży i z podkręconymi wąsami, i obleśnymi ustami. Był śmieciem w ludzkiej skórze, cuchnął

jak padlina w słońcu, tyle że – szczyt potworności! – chodził sobie po świecie żywy.

Zan uważał, że jakiś jestem roztrzepany i markotny. Groził, że mnie wywali. Sam byłbym odszedł, gdyby mi wypłacił zaległe pieniądze.

Koledzy stale mnie wypytywali, co mi jest, zmartwieni moją smętną miną. Nie zdradzałem jednak swojego sekretu. Bo jakże im powiedzieć, co się dzieje na zapleczu sklepu, i nie być wspólnikiem tego? Jak wyjaśnić zniknięcie wdowy i nie być współwinnym?

Zan w końcu mnie wylał i poczułem się trochę lepiej. Powodem mojej chandry był on. Jeśli ktoś żyje po sąsiedzku ze zboczeniem, musi zostać w taki czy inny sposób zbrukany. Że postępowanie Zana mnie splamiło, to za mało powiedziane; byłem cały unurzany.

Jeszcze dzisiaj ciszę wypełnia mi skrzypienie stołu na zapleczu i płacz kobiet, które Zan do woli ujeżdżał od tyłu. „Mam dość gąb do wyżywienia, żeby jeszcze zawracać sobie głowę wypierdkami", oznajmiał im na koniec niecnie.

Wujek o mało nie padł, gdy usłyszał, że zostałem wylany. A kiedy się dowiedział, że Zan nie zapłacił mi ani grosza po tylu miesiącach niewolniczej harówki, złapał swoją nabijaną gwoździami pałkę i poszedł z nim pogadać. Wrócił w strasznym stanie: przywieziono go na wózku poobijanego od stóp do głów. „Znowu przez ciebie!", krzyknęła do mnie oskarżycielsko mama.

Ponownie nie mając co ze sobą począć, chodziłem do Gomriego do kuźni. Po kilku dniach przegonił mnie jego pracodawca pod pretekstem, że moja obecność zmniejsza wydajność kuźni. Ramdan wtedy zaproponował, żebym mu pomagał na targowisku. Braliśmy każdą robotę, nie patrząc na zarobek, byle nazajutrz znowu nas wzięto. Ramdan nie potrafił ani odpoczywać, ani spośród dwóch katuszy wybierać lżejszej. Pod koniec miesiąca rzuciłem to – wolałem już byczyć się na łąkach albo chodzić na suk i podpatrywać, jak Sid Roho z talentem obrabia swoje ofiary. Sid był istnym magikiem. Kiedyś zwędził Lawetowi małpkę, marmozetkę. Na oczach i pod nosem wszystkich. Laweto był szacownym gościem, który handlował cudownymi miksturami przy wejściu na targowisko. Jeśli naciągnięci klienci chcieli zwracać mu te świństwa, wymyślając mu od szarlatanów, odpowiadał: „A co masz do szarlatanów? Medycyna więcej odkryć zawdzięcza im niż uczonym". Aby zwabić widzów, zmuszał swoją małpkę, żeby wykonywała zbereźne akrobacje, z których śmialiśmy się do rozpuku.

Tamtego dnia zachwalał nadzwyczajne właściwości kolca pewnej rośliny jako afrodyzjaku, a tak naprawdę żądła skorpiona, gdy naraz spostrzegł, że nie ma małpki na ramieniu. W jednej chwili rzucił wszystko. Z wrzaskiem przepychał się przez tłum, przewracał ludzi, zaglądał do koszy, pod stragany, za kramy, zaczepiał podejrzanych i rwał włosy z głowy. Jego zdenerwowanie poruszyło nawet żebraków, którzy zaniechali na chwilę swoich sztuczek, aby wspomóc poszukiwania. Nigdzie jednak nie było ani śladu marmozetki. Laweto był cały chory. Płacząc rzewnymi łzami, zapewniał, że bez małpki nie ma dla niego życia i że dojdzie do nieszczęścia, jeśli nie odzyska zwierzątka przed nocą.

Noc zapadła, a marmozetki ani widu, ani słychu.

– Ktoś widział Capa? – odezwał się Gomri.

Faktycznie nikt przez cały dzień nie widział Sida Roha ani na bazarze, ani w czasie poszukiwań. Zdaniem Gomriego normalne to nie było. Kazał nam się zbierać i we trzech, Gomri, Ramdan i ja, udaliśmy się do Capa.

Gomri dobrze trafił: Sid Roho niczym młody basza na letnisku wylegiwał się na złamanej nosiłce znalezionej na wysypisku z jedną nogą opartą piętą o kolano drugiej, z gałązką lukrecji w zębach, a obok... przywiązana do kołka zmartwiała ze strachu małpka Laweta zastanawiała się, co do licha porabia z tym pomylonym chłopakiem, którego w życiu na oczy nie widziała.

– Wiedziałem, że to ty! – huknął Gomri rozjuszony. – Myślałem, że masz jakiś respekt dla biednego Laweta.

– To tylko tak dla hecy – rzekł na to Sid Roho, któremu nawet w głowie nie postało, jakiego zamieszania w całej dzielnicy narobiło porwanie małpki.

– Laweto o mało nie strzelił kopytami – oburzył się Ramdan. – Masz mu zaraz oddać zwierzaka, inaczej przysięgam, że do śmierci się do ciebie nie odezwę.

Następnego dnia Laweto z małpką na ramieniu chodził krokiem lunatyka, zaklinając się, że przeżył cud, i opowiadając każdemu, kto chciał słuchać, że skrzydlaty anioł uwolnił małpkę od zaklęcia i przyprowadził mu ją we śnie.

Mój młody wujek był już zmęczony oglądaniem mnie co wieczór, gdy wracałem bez grosza. Załatwił mi robotę posługacza w przedpotopowym hamamie w Kasdirze, dawnej wiosce, gdzie noc przychodziła szybciej niż dzień. Była to teraz arabska dzielnica uwieszona w południowej części Sidi Balabbasu z pobielonymi wapnem chatami i cuchnącymi rowami biegnącymi środkiem drogi. Ludzie tam byli nieufni, krzywo patrzyli na wszystko, co pochodziło z Graby – dziecko, zwierzę, owoc czy kurz. Nie mam pojęcia, jak Mekki zdołał przekonać właściciela, żeby mnie przyjął. Robota była uczciwa i czysta. Przynosiłem ręczniki kąpiącym się, wyżymałem ich opaski biodrowe, pucowałem dzieciaki. O napiwkach mogłem najwyżej pomarzyć, ale zarabiałem siedemnaście doro na tydzień, co bardzo wspomagało rodzinną kasę. Wszystko szło pięknie aż do pewnego wieczoru, gdy jeden spłukany klient, nie mając czym zapłacić, zwyczajnie oskarżył mnie, że go okradłem.
Natychmiast zostałem wylany.

Nie leżało w moim interesie przyznanie się wujkowi, że znowu nie mam pracy. Za dnia kryłem się w makii, żeby go gdzieś nie spotkać. Po zachodzie słońca dołączałem do swojej paczki w sadzie. Koledzy wiedzieli o mojej porażce i każdy miał jakiś pomysł na załatwienie sprawy. Sid Roho zaproponował, żebym filował dla niego. Potrzebował pomocnika, by rozwinąć skrzydła. Odmówiłem. Kategorycznie.
– Nie zamierzam skończyć w pace – oświadczyłem.

– Znam takich, którzy wracają stamtąd cali i zdrowi.

– Możliwe, ale to jest haram.

– Przestań, Turambo. Bieda jest haram. Myślisz, że jak ludziom udaje się tu przeżyć? Jak kto nie ma szczęścia, to i wycierając dupę, palec złamie.

– W naszej rodzinie nikt nigdy niczego nie ukradł. Wujek by mnie przepędził na cztery wiatry, gdyby się dowiedział, że kradnę.

Sid Roho popukał się palcem w czoło; nie nalegał.

Dwa dni później odszukał mnie z jakąś skrzynką zawieszoną na ramieniu.

– Chcesz zarabiać na życie w pocie czoła? Proszę bardzo. Nauczę cię swojego dawnego fachu pucybuta. Ale to robota w mieście, w dzielnicach europejskich. Pasowałaby ci? Pójdziemy do Sidi Balabbas.

– O nie, tylko nie w mieście. Zgubimy się.

– No co ty? Stale tam chodzę.

– Wujek mówi, że tam co dzień ludzie wpadają pod koła.

– Ten twój wujek to wsiok. W życiu nie postawił nogi na chodniku... No chodź. Mówię ci, Sidi Balabbas to naprawdę coś. Nie jest dla nas, ale nie ma tam zakazu wstępu.

– Nie, boję się takich bogatych miejsc.

– Mój dziadek mawiał: kto się w piekle urodził, nie boi się wulkanów. Zaufaj mi. Pokażę ci rzeczy, o jakich ci się nie śniło. Mówisz choć trochę po francusku?

– Jasne. Wychowałem się w gospodarstwie osadnika. Tata pracował w stajni, a mama sprzątała. Pan Xavier pozwalał mi się bawić ze swoimi dzieciakami. Potrafię też rachować. Z dzieleniem idzie mi gorzej, ale dodawanie i odejmowanie bez problemu: starczy tablica i kawałek kredy.

– Dobra, dobra, nocować tam nie będziemy – przerwał mi z zazdrością. – To idziesz ze mną do miasta czy nie?

Ponieważ nadal się wahałem, dodał:

– Naucz że się sam decydować, Turambo. Ktoś powiedział: jak chcesz dosięgnąć księżyca, zacznij się wspinać od razu.

Sid Roho przekonał mnie w końcu i pobiegliśmy umyć się w korycie, w którym czyjaś mulica zaspokajała pragnienie. Potem Sid Roho zabrał mnie do siebie, by wybrać mi koszulę, spodnie do kostek i sandały na konopnej podeszwie.

– W tych wiejskich łachmanach gliny by cię zgarnęły, zanim doszedłbyś do miasta.

Sidi Balabbas to był dla mnie szok.

Dotąd mój świat ograniczał się do Turambo i gospodarstwa osadnika oraz Graby. Domostwo Xavierów to była w moim mniemaniu zamożność i komfort, nowoczesność w szczytowej formie. Nie znałem nic równie bogatego. Godzinami gapiłem się na duży dom pokryty dachówkami, z obwiedzionym balustradą podjazdem rozszerzającym się przed wejściem, z szerokimi drzwiami z rzeźbionego drewna otwierającymi się na salon zalany światłem, z pomalowanymi na zielono przeszklonymi drzwiami wychodzącymi na ukwieconą werandę, na której w niedziele gospodarz wraz ze współbiesiadnikami raczył się pieczonym mięsem i zimną oranżadą ze szklanek pokrytych mgłą. Myślałem, że to szczyt wyrafinowania, najwyższy poziom sukcesu, przywilej tak rzadki, że jedynie wybrańcy bogów mogą się nim cieszyć.

Wcześniej nigdy nie byłem w mieście, a o Europejczykach miałem bardzo mgliste pojęcie oparte na wyobrażeniu sułtanów, o których Norze i mnie opowiadała ciocia Rokaja, kiedy chciała, abyśmy zapomnieli o głodzie albo gorączce.

Dla dzieciaka takiego jak ja, z zapadłej wsi, istniały tylko dwa przeciwstawne światy: świat osadnika Xaviera, rosłego mężczyzny, właściciela sadów, posiadacza uniżonej służby i kolaski ciągnionej przez wspaniałego konia czystej krwi, człowieka, który w każdy świąteczny dzień jadał pieczyste, oraz świat Turambo, gdzie czas jakby zatrzymał się w miejscu, świat pozbawiony radości i obycia, toksyczny, grubiański, bez perspektyw, ponury, aż żałość brała, świat, w którym jak krety skazani byliśmy na mieszkanie w nędznych ruderach.

I oto znalazłem się w Sidi Balabbas, w mieście, które z rozmachem wymiatało moją dotychczasową wiedzę, rozpościerając przed oczami świat, o jakim mi się nie śniło, świat asfaltowych ulic, latarni ulicznych, podczas gdy my ciągle jeszcze korzystaliśmy z lampek z innej epoki, świat chodników ocienionych drzewami, wystaw z cieniutką bielizną, którą wystarczyło mi sobie wyobrazić na ciele Nory, aby zdrętwieć ze wstydu, kawiarni ze słonecznymi tarasami i odświętnie wystrojonych ludzi spokojnie pykających z fajeczki.

Z otwartą buzią na długo przystawałem, gapiąc się na dorożki, które miarowym tempem jeździły w tę i we w tę; na automobile zaparkowane tu i ówdzie albo pędzące z rykiem silnika szeroką aleją; na kobiety w obcisłych błyszczących sukienkach, jedne pod rękę z dystyngowanymi panami, inne w kapeluszu z szerokim rondem, a wszystkie piękne, aż dech zapierało; na dziarskich oficerów w mundurach jak spod igły, z wypiętą piersią i marsową miną; na dzieci w krótkich spodenkach harcujące jak frygi na placu udekorowanym proporczykami.

To odkrycie wyryło mi się w pamięci niczym objawienie.

Dla mnie Sidi Balabbas było nie tyle przypadkowym spotkaniem z nowym światem, ile dowodem, że możliwe jest inne życie, odległe o lata świetlne od mojego. Chyba właśnie tego dnia zacząłem marzyć, nie przypominam sobie bowiem, żebym robił to wcześniej. Powiedziałbym nawet, że snucia marzeń na wzór nadziei wcale nie znałem, tak mocno byłem przekonany, że role zostały z góry rozdane, że jedni się rodzą, aby paradować w światłach rampy, inni zaś są skazani na pobyt w mroku za kulisami. Byłem wstrząśnięty, oczarowany i sfrustrowany zarazem...

Sidi Balabbas wzbudziło we mnie odczucia, których istnienia nie podejrzewałem. Znalazłem się wobec wyzwania: być albo nie być. Zdecydować się lub zrezygnować. Miasto nie natrząsało się ze mnie, ono dawało mi do myślenia, otwierało mi oczy na nowe perspektywy; już wiedziałem, czego nie chcę więcej. Zanim przyszła pora powrotu do domu, miałem pewność: nie ma mowy, żebym zapuścił korzenie w Grabie. Byłem gotów zrobić wszystko, nawet zgrzeszyć, byle zamieszkać gdzie indziej, w mieście, gdzie dźwięki brzmią melodyjnie, a ludzie i ulice pachną szczęściem istnienia.

Kiedy Sid Roho trudził się pucowaniem butów, ja nie mogłem się napatrzyć temu, co odkrywałem; każdy szczegół chłonąłem niczym wysuszona gąbka, którą wrzucono do potoku. Ach! Ten przepiękny kościół górujący wyniośle nad placem i te witryny, które słały mi odbicie mojego nędznego żywota, i te cudowne dziewczęta chodzące tanecznym krokiem, i te czyściutkie aleje, na które nie miał prawa spaść żaden śmieć, i te obsadzone różami kwietniki, i te dzieci, które były w moim wieku i miały wszystko, dzieci w marynarskich ubrankach i kaszkietach, w podkolanówkach i miękkich bucikach, dzieci, które przechodziły obok, nie widząc mnie, przecinały powietrze niczym odpryski szczęścia... Ach! Te dzieci... Kiedy patrzyłem na ich beztroskę, powiedziałem sobie – nie uwłaczając żadnemu ze świętych – że ich Bóg jest znacznie milszy niż nasz i że nawet jeśli raczej my trafimy w końcu do raju, i tak nie zawadziłaby odrobina przyzwoitości w odniesieniu do naszego życia.

– Wróć na ziemię, Turambo, nie obijaj się. Tak to się robi. Patrz, jak się posługuję szczotką, jeśli chcesz się nauczyć zawodu.

Sid Roho kończył glansować skórzane buty żołnierza. Po wypastowaniu przecierał je szmatką, a ręce mu tylko migały. Wojak nie zwracał na nas uwagi. Z rękami w kieszeniach i krzywym uśmieszkiem podrywał dwie dziewczyny na chodniku naprzeciwko.

– Gotowe, proszę pana. Buty są jak nowe.

Żołnierz rzucił monetę na ziemię i pogwizdując, przeszedł na drugą stronę jezdni.

– Myślisz, że kiedyś uda mi się zamieszkać w mieście takim jak to? – spytałem przepełniony kolorowymi obrazami.

– Kto wie? Mój dziadek mawiał, że jeśli coś jest trudne, wcale nie musi być niemożliwe.

– Co robił twój dziadek?

– Dzieci. Produkował je taśmowo... I co? – dodał, wskazując szerokim gestem okolicę. – Teraz mi wierzysz? Prawda, że Sidi Balabbas jest magiczne?

– Nie chce się wierzyć, że tyle wspaniałych domów jest w jednym miejscu.

– A nie widziałeś jeszcze, jak jest w środku. Każdy ma tam swój pokój, pokoje są przedzielone korytarzem. Ich lampy świecą bez knota. Mają tam pełno luster i obrazków w złotych ramkach. I dywany na podłogach, żeby nie poranili sobie stóp. Mają też łóżka. Żadne tam sienniki czy maty, tylko żelazne łóżka ze sprężynami, które kołyszą do snu. U niektórych jest pianino. Ci ludzie nie muszą chodzić po wodę do studni. Woda płynie do nich rurami. Dociera do izby, w której gotują, i do izby, w której załatwiają swoje potrzeby. Ty, zanim spuścisz portki za krzakiem, musisz się rozejrzeć na wszystkie strony, a oni tylko popychają drzwi nogą, żeby się zamknęły. I wiesz co? Podobno czytają gazetę, jak załatwiają grubszą potrzebę.

– Trochę takich rzeczy widziałem u Xavierów, ale tego z wodą nie było, trzeba było chodzić do pompy na podwórku.

– To co innego. Jesteś w mieście, chłopie. Tutaj ulice i place mają nazwy, a bramy numery. W tych domach nie żyjesz, tylko się byczysz w słodkim nieróbstwie. Jesteś cholernym szczęściarzem, wszyscy bogowie jedzą ci z ręki. A to nie koniec. Jutro, w niedzielę, po mszy na tym placu będzie gęsto od wystrojonych ludzi. Czasem orkiestra gra na powietrzu, a panie pudrują sobie nosy, żeby wyglądać piękniej od swoich córek.

– Przyjdziemy tu jutro?

– W jeden dzień wszystkiego się nie nauczysz.

I poleciał zaproponować swoje usługi jakiemuś elegancikowi.

Wróciłem do getta z płonącą głową. W nocy nie zmrużyłem oka, tak mnie opętało Sidi Balabbas. W pamięci znów przemierzałem niezwykłe ulice i wspominałem jedną po drugiej wytworne osoby, które się nimi przechadzały, jakby nie miały nic innego do roboty. Z rana pognałem do Sida Roha, żeby jak najszybciej iść do miasta i w jego słońcu czerpać światło, którego brakowało mojemu życiu. Udało nam się wyczyścić buty paru chętnym, później poszliśmy do parku pogapić się na młodych zakochanych, którzy migdalili się na ławkach. Zapomnieliśmy o wszystkim, nawet o głodzie.

Sid Roho nauczył mnie, jak wyczyścić buty z błota i kurzu, a potem wypastować, uważając, by nie pobrudzić sznurowadeł, i na koniec wyglansować skórę. Pod koniec dnia odstąpił mi dwie pary buciorów, z którymi miałem twardy orzech do zgryzienia, ale poradziłem sobie w miarę przyzwoicie. Następnie poszedł odpoczywać na murku, a ja zostałem sam.

– I jak? – spytał po powrocie.

– Nie najgorzej.

– No widzisz... Szybko, dawaj narzędzia – powiedział na widok zbliżającego się funkcjonariusza. – Muszę się dzisiaj obłowić.

Pan policjant postawił stopę na skrzynce, podciągając lekko nogawkę, aby się nie pobrudziła. Sid Roho wspiął się na szczyty swoich umiejętności, jakby mundur wzbudzał w nim szczególną gorliwość. Na koniec policjant mruknął z zadowoleniem i poszedł dalej, nie sięgnąwszy do kieszeni.

– Nie zapłacił ci.

– Widać nie musi – rzekł Sid Roho, składając rzeczy do skrzynki. – Ale grubo się myli.

Kiedy oddaliliśmy się wystarczająco, wyciągnął z kieszeni gwizdek.

– Pan policjant myślał, że wszystko mu wolno. Ja też – cieszył się mój przyjaciel. – Zwędziłem gwizdek temu nadętemu sknerze.

– Jak to zrobiłeś?

– Niezbadane są ścieżki Pańskie.

Sid Roho naprawdę mi imponował.

Wieczorem nie od razu wróciliśmy do getta. Sid Roho chciał mi pokazać, na co go stać. Kiedy ciemność spowiła miasto, zaprowadził mnie do dzielnicy oświetlonej latarniami gazowymi i zaczął dmuchać w gwizdek. Zaraz w pobliżu odpowiedziały inne gwizdki i zobaczyliśmy dwóch gliniarzy, którzy zasuwali biegiem. Sid Roho zwijał się ze śmiechu z ręką na ustach. „Do samego rana będę przeganiał tych mundurowych dupków, którzy nie chcą zapłacić biednemu pucybutowi za robotę". Sądząc, że to włamanie albo napad, gliniarze przetrząsnęli okolicę, po czym odeszli. Sid Roho pociągnął mnie do innej dzielnicy i powtórzył swój cyrk. Znowu odpowiedziały mu gwizdki. Pośmialiśmy się i ruszyliśmy na następne przedmieście. Biedni gliniarze przemykali przed nami, jedną ręką przytrzymując kepi, a w drugiej ściskając pałkę, zapuszczali się w plątaninę uliczek, nawoływali się regulaminowo, zawracali galopem, po czym zdyszani, wściekli, że nie rozumieją, co się dzieje, narzekając, wracali na swój posterunek. A my schowani w mroku pokładaliśmy się ze śmiechu, przebierając w powietrzu nogami, z zaciśniętymi ustami, żeby nas nie usłyszeli. Od tych wygłupów dostawaliśmy gęsiej skórki, przyjemnej i strasznej zarazem. Kilka kwartałów dalej Sid Roho wyciągał gwizdek i dalejże od nowa. Biedni gliniarze wyłaniali się z ciemności i jak zdezorientowane psiaki gonili za niczym. Jeden z nich, strasznie zaspany, wyrzygał się dziesięć kroków od naszej kryjówki, rzężąc jak zdychające zwierzę. Niesamowity był to widok, aż mnie brzuch rozbolał. Musiałem błagać Sida Roha, żeby przestał, bo ze śmiechu nie mogłem ustać na nogach. Koło północy, niebotycznie uszczęśliwieni całą tą diabelską błazenadą, wróciliśmy do Graby i udaliśmy się na zasłużony spoczynek.

Rano na widok getta jakbym dostał obuchem w łeb.

Teraz, gdy już zobaczyłem Sidi Balabbas, nie chciałem oglądać nic innego.

W Grabie nie było ani wystaw, ani muszli koncertowych, ani placów obsadzonych szpalerem drzew, ani sal balowych. Był tylko smród, który szczypał w oczy i gardło; były poczerniałe ze starości lepianki, które skutecznie zarastały chwasty; były kundle przenoszące swoje kolonie pcheł z miejsca na miejsce, takie chude, że mogłeś im policzyć żebra; byli żebracy skuleni we własnym cieniu i gołe dzieciaki, które ganiały na wszystkie strony niczym odpryski szaleństwa.

Nie mogłem dłużej znieść tego piekła, które wypalało nam mózgi i wysuszało żyły, tak że nie pozostawała w nich ani kropla wody mogąca się przemienić w łzę. Obiecałem sobie, że kiedyś w bezksiężycową noc podłożę w getcie ogień i będę patrzył, jak płomienie pożerają rozczochrane strzechy ruder, które chciały mi wmówić, że są moim cmentarzem, a ja zjawą.

– Co jest? – zapytał Mekki, gdy naszedł mnie mówiącego do siebie w progu naszej budy.

– Chcę, żebyśmy się stąd wynieśli.

– Niby jak? Na latającym dywanie? Nie mamy forsy. Lepiej idź do hamamu, zamiast tu opowiadać głodne kawałki.

– Szef mnie wylał.

Oniemiał.

– Kiedy?

– Tydzień temu.

– I nic mi nie powiedziałeś?

– O mniejsze rzeczy się wkurzasz.

– Coś ty znowu narozrabiał?

– To nie moja wina.

– A może moja? Nie potrafisz utrzymać się w robocie, to jak chcesz stąd się wynieść? Bierz przykład z Nory. Tak haruje, że prawie już nie ma skóry na rękach. I nie skarży się. A twoja matka? A ciotka? A ja? Już nie pamiętam, co znaczy wytchnienie, a ty sobie bimbasz z ciężaru, który my dźwigamy.

– Przecież nie zmuszę go, żeby mnie przyjął z powrotem.

– To przyzwoity człowiek. Masz to załatwić, jeśli zostało ci choć trochę pomyślunku. Znudziło mi się pieszczenie się z tobą.

– Będę pracował na własny rachunek.

Mekki zaśmiał się sucho. Bardziej przypominało to pogardliwe parsknięcie.

– Na własny rachunek? Otworzysz jakiś interes? Za co? Na piękne oczy?

– Będę pucybutem.

Mekki się zachwiał, jakby niebo runęło mu na głowę. Zmarszczył brwi, trawiąc to, co usłyszał, po czym pobladły na twarzy, z nozdrzami rozdętymi z wściekłości, złapał mnie za gardło i przycisnął do ściany, najwyraźniej pragnąc mnie w nią wprasować.

– Pucybutem?... W naszej rodzinie nikt nigdy nie całował nóg żadnego pana. Prawda, że domy nam się zawaliły, a pola skonfiskowano, ale honor pozostał. Kiedy wreszcie wbijesz to sobie do tego zakutego łba, psie?

Odepchnąłem go ze złością.

– Nie ubliżaj mi!

– Czy można ubliżyć komuś, kto zniża się do czyszczenia butów ludziom takim samym jak my?

– To robota jak każda inna. I nie życzę sobie, żebyś podnosił na mnie rękę. Nie jesteś moim ojcem.

– Gołymi rękami wyrwałbym ci serce, gdybym był twoim ojcem! A skoro ja tu rządzę, zabraniam ci hańbić dobre imię naszej rodziny. Pucybut!... Jeszcze tego brakowało! A jak szczotka całkiem ci wyłysieje, może jeszcze będziesz sobie pomagał językiem, co?

Sam nie wiedziałem, czy mam się śmiać czy płakać. Mekki miał czelność prawić mi o honorze i abstrakcyjnych świętych powinnościach, gdy ja wdychałem wstyd, ilekroć nabierałem powietrza do płuc. Był ślepy czy głupi? Czy nie rozumiał, że tak samo jak on pragnąłem uciec z tego blaszanego grajdołu, w którym ludzka nieszczęśliwa dola trwała jak żar pod popiołem, nigdy nie wygasając? Czy nie rozumiał, że właśnie sobie uświadomiłem istnienie rzeczywistości innej niż ta, którą uważałem dotąd za nam przypisaną, że w chwili gdy stawiałem mu czoło, przeobrażałem się w innego człowieka, że mieliśmy niedzielę, jedyną w swoim rodzaju niedzielę, która już nie była dniem Pana i rumich, lecz przełomowym dniem w moim życiu, a ile jest takich dni ważniejszych od innych, dni, kiedy człowiek się rodzi na nowo? Pewnych rzeczy nie potrafiłem jeszcze nazwać, czułem je wszakże w głębi ducha. Dziwne to było uczucie, przejmujące i mgliste, podobne do tego, którego się doświadcza, gdy ma się coś na końcu języka, ale nie można tego nazwać. Byłem zdecydowany to coś znaleźć.

Sid Roho dał mi zaliczkę na zakup skrzynki, szczotek oraz pasty i pospieszyłem na polowanie na buty. Szybko się zorientowałem, że nie ja jeden wpadłem na ten pomysł. Musiałem się targować zgodnie z obowiązującymi zasadami, ponieważ konkurencja była ostra, a zapotrzebowanie na usługę ograniczone. Jauladzi, którzy parali się tym samym, walili mocno i nie potrafili się powstrzymać, gdy intruz włazi im w paradę. Nie dawałem się jednak i twardo broniłem swojego terytorium.

Dla mnie najważniejsze było zgromadzenie jak największej kwoty, aby Mekki poszukał dla nas murowanego domu przy prawdziwej ulicy, w prawdziwej dzielnicy mieszkalnej z latarniami zapalanymi wieczorem i sklepami z oknami wystawowymi. Pragnąłem za swoim oknem oglądać eleganckich ludzi, mieć możliwość odpoczynku na ławce publicznej i – dlaczego nie? – czuć, że przynależę do swoich czasów i mogę z tego korzystać. Aby to osiągnąć, musiałem zasłużyć na marzenia i na nadzieję. Nie łudziłem się raczej, że dorównam rangą rumim; to było nieosiągalne, natomiast chłopak taki jak ja, ofiara garbatego losu, mógł liczyć na inną drogę, inne życie i przy odrobinie szczęścia wyrwać się definitywnie z tych ponurych trupiarni, w których śpiew rozbrzmiewał jak przekleństwa, a przyszłość karmiła się przeszłością czarniejszą niż noc. Widziałem ze dwóch, trzech Arabów wyglądających na takich, którym się udało. Nosili porządne ubrania, a na fezie nie było widać ani jednej plamki. Każdy pewnie obracał się wśród rumich, mieszkał w pobielonym domu z drzwiami zamykanymi na klucz i okiennicami w oknach – w domu, o jakim marzyłem. I to mnie gruntownie mobilizowało.

Wczesnym rankiem zjawiałem się na placu w Sidi Balabbas ze skrzynką zawieszoną na ramieniu i wyeksponowaną szczotką, czyhając na strzelenie palcami albo przywołanie głową – dopadałem wtedy butów klienta i nie odszedłem, póki nie mogłem się przejrzeć w skórze. Parę kuksańców wystarczyło, żebym dogłębnie nauczył się fachu; gdy klient był zły, uwijałem się szybciej; uważałem, by nie wychodzić poza powierzchnię czyszczoną, co było jedynym grzechem w tym zawodzie; w locie łapałem rzucaną monetę, oczami wyobraźni widząc się już, jak z własnego balkonu pozdrawiam kolegów na ulicy.

Niestety, klientów było tyle co kot napłakał. W niektóre dni wracałem z niczym, a żołądek przyrastał mi do kręgosłupa. Europejczycy nie łaknęli moich usług; wielu chodziło w klapkach niewiele lepszych od moich. Nie poddawałem się jednak. Krążyłem bez wytchnienia w okolicy kawiarń, kościoła, merostwa i burdelu, bo zdaniem Sida Roha niektóre prawiczki chciały się przyzwoicie prezentować na swoim „chrzcie bojowym". Moje przybory codziennie więcej ważyły, lecz nie zważałem na to. Po tylu latach wciąż jeszcze czuję, jak pasek od skrzynki wrzyna mi się w szyję i policzek mnie pali po uderzeniu urażonego klienta. Wyraźnie pamiętam tego człowieka, który o mało mnie nie zlinczował z powodu nieznacznego zabrudzenia skarpetki. Potężnego jegomościa z obliczem szkarłatnym od słońca, w hełmie korkowym i nieskazitelnie białym garniturze, z zegarkiem z dewizką w kieszonce kamizelki. Wyszedł od golibrody i przywołał mnie. Kiedy się biedziłem, przywracając blask jego butom, on nie odrywał oczu od jakiejś panny, która rozwieszała pranie na balkonie. Nie wiem, jak to się stało, że szczotka mi się ześliznęła. Jegomość o mało nie zemdlał na widok pobrudzonej skarpetki. Jego niedźwiedzie łapsko spadło na mój policzek z taką siłą, że w środku dnia zobaczyłem gwiazdy. Ale nie przejąłem się tym. Razy stanowiły część życia; były ceną za wytrwałość, kosztem ponoszonym za prawo do wiary i marzeń. A ja wierzyłem i marzyłem z narażeniem głowy. Uważałem, że co wolno jednym, wolno także drugim, a jeśli ci drudzy zwiesili ręce, mnie wystarczy ich nie zwieszać. Stara maksyma mówi, że kto ma nadzieję, więcej jest wart od tego, kto czeka, a tego, kto czeka, mniej trzeba żałować niż tego, kto się poddaje. Moje aspiracje były równie wielkie jak głód i tak samo obnażone jak ciało. Chciałem kiedyś nosić piękne czyste ubrania z szelkami na koszuli, namydlać się dotąd, aż będę niewidoczny spod piany, czesać włosy grzebieniem i ganiać po ulicach jak fryga... W przerwach między jednym a drugim klientem stałem na chodniku i wyobrażałem sobie, jak wychodzę z cukierni obładowany ciastkami albo z jatki z porządnie zapakowanymi dużymi kawałami mięsa, albo jak siedzę na ławce i palę papierosa jak tamten pan, który przegląda gazetę. Wystarczyło, że przejechał autobus, a już widziałem siebie tuż za kierowcą, śledziłem każdy jego gest, bo kto wie? Może przyjdzie mi przytrzymać kierownicę? Kiedy mijała mnie para idąca pod rękę, czułem obejmujące mnie w pasie delikatne serdeczne ramię... Słyszałem, jak dziadek Sida Roha szepcze mi: „Co jest trudne, wcale nie musi być niemożliwe", „Co jest trudne, wcale nie musi być niemożliwe", „...nie musi być niemożliwe", „...możliwe, możliwe, możliwe", i kiwałem głową z przekonaniem, jakby staruszek stał przede mną.

4

Marzenie jest stróżem biedaka i jego oprawcą. Prowadzi nas za rękę, a potem trzyma w garści i wreszcie zostawia, przeprowadziwszy przez niezliczone obietnice. Przechera z niego i wytrawny psycholog: potrafi nas złapać za uczucia, jak łapie się za słowo skończonego łgarza; powierzamy mu swoje serce i myśli, a ono porzuca nas w samym środku zamieszania – pozostajemy z pustką w głowie i dziurą w piersi, i z oczami, które mogą już tylko wylewać łzy.

Cóż mogę powiedzieć o swoim marzeniu? Było cudowne jak każde marzenie. Kołysało mi duszę tak czule, że z zamkniętymi oczami zamieniłbym je na matkę. Tak, tak, oczy faktycznie miałem zamknięte, ponieważ patrzyłem tylko przez pryzmat marzenia. Tyle że marzenie nie ma ani odwagi, ani ciągłości idei. Ulatnia się, gdy nadchodzi pora podsumowania; jego filary rozpadają się ze starości i człowiek ląduje na ziemi równie głupi jak przed wzlotem, przy czym na dokładkę z przykrością stwierdza, że punkt, z którego startował, jest w jeszcze gorszym stanie. Naraz zmierzch przypomina całopalenie złudzeń, a kolor nocy – proch naszego daremnego zapału, albowiem nic z tego, cośmy przywoływali, nie odpowiedziało na nasze wezwanie.

Moja matka mawiała, że bogowie są wielcy tylko dlatego, że spoglądamy na nich z dołu. To samo odnosi się do marzeń. Podnosząc głowę znad czyszczonych butów, uświadamiałem sobie wyraźnie, jaki jestem mały. Moja szczotka nie miała w sobie nic z czarodziejskiej lampy, żaden dżinn nie wybierał na kryjówkę znoszonego buta. Po pół roku harówki wciąż nie miałem za co kupić sobie spodni; numerowane domy na ulicach z nazwą odpływały w siną dal niczym parostatki wyruszające do krainy mlekiem i miodem płynącej, a ja gniłem na swojej wysepce, przesypując piasek między palcami. Nawet gdyby moja ręka pozieleniała, to czy ktoś widział kwitnącą pustynię?

Wystarczyło, że jeden dzieciak wskazał mnie palcem, by moje marzenie pękło jak wrzód. Siedząc na skrzynce z przyborami w cieniu drzewa, zamierzałem coś przetrącić, gdy usłyszałem: „To ten, panie władzo!". Zawołał tak mały Europejczyk ubrany jak książątko, z latem we włosach i morzem w oczach. Nigdy wcześniej go nie widziałem i nie rozumiałem, czego ode mnie chce. Jednakże nieszczęście nie potrafi usiedzieć w miejscu. Czeka na ciebie, czeka, aż znużone wyglądaniem samo cię znajduje. Policjant się nie certolił, tylko przyłożył mi pałką w łeb. Arab z natury jest winny. Nawet jeśli nie wiadomo czemu, nie warto pytać. Nie miałem pojęcia, o co oskarża mnie mały rumi. Przypuszczam, że dopytywać o to też nie było sensu. Kęs chleba utknął mi w gardle; krew, która trysnęła w ustach, nie pomogła mu przejść. Pan policjant przylał mi jeszcze parę razy pałą i skopał mnie po żebrach. „Obwiesiu! – krzyczał. – Ty gnoju! Wszarzu! Spadaj do swojej nory i nie wytykaj z niej nosa! Jak mi się tu będziesz wałęsał, wsadzę cię do paki i będę trzymał, póki szczury nie ogryzą ci kości!"

Poobijany na całym ciele, z rozkwaszoną twarzą, wziąłem nogi za pas i uciekłem z miasta, zostawiając w nim skrzynkę pucybuta, głupie marzenia i mnóstwo innych rzeczy, w które tylko naiwny kmiotek w moim wieku mógł wierzyć.

Nigdy więcej nie postawiłem nogi w Sidi Balabbas.

Przeciągał się nasz postój w Grabie.

Dwa lata minęły, a myśmy ciągle dreptali w miejscu.

Pracowałem z Mekkim, bo chciał mieć na mnie oko. Zmajstrował stragan z desek i sprzedawaliśmy razem oprócz zupy także jajka na twardo i pomidory z cebulą.

Z przyjaciółmi widywałem się raz na dziesięć dni. Spotykaliśmy się w tym samym miejscu, w zapuszczonym sadzie, tyle że rzadko byliśmy w komplecie; co rusz któryś nie stawiał się na apel. Ramdanowi zrobiła się paskudna wypukłość na brzuchu. Znachor powiedział mu, że to przez te ciężary, które całymi dniami dźwiga na okrągło. Ramdan nie przejął się zaleceniami znachora. Obandażował sobie brzuch, żeby podtrzymać przepuklinę, i wrócił do roboty. Marniał w oczach. Gomri natomiast podłapał „narzeczoną" i zaczynał nas zaniedbywać na rzecz schadzek z nią za zadrzewionymi pagórkami. Jednego wieczoru Sid Roho i ja poszliśmy za nim, żeby się upewnić. Narzeczoną była dziewczyna z Kasdiru, uciekinierka albo sierota, bo w tamtych czasach tylko takie włóczyły się po nocach i umawiały z chłopakami. Miała dużą podłużną głowę owiniętą chustą, wąskie ramiona, płaskie piersi i strasznie długie chude nogi. Wyglądała jak pasikonik. Śmiała się bez powodu, kiedy Gomri, trzymając ręce w kroczu, jakby mu się chciało sikać, pożerał ją wzrokiem. Niczego nie uronił. Trzeba przyznać, że z tej małej była nielicha kokietka, istna piekielnica. Wykręcała się niby to zawstydzona z palcem w buzi, gruchała, stopniowo odsłaniała pączkujące dopiero piersi i nawet poddarła sukienkę powyżej ud, żeby narobić smaku kowalskiemu terminatorowi. Ukryci w zaroślach obserwowaliśmy te zaloty – Sid Roho pocierając sobie fajfusa, a ja myśląc o Norze.

Zima roku 1925 była straszna. Najstarsi nie pamiętali takiego chłodu w tych stronach. Po ulewnych deszczach, które zalały nasze rudery, ścisnął mróz i zamienił getto w lodowisko. Przez trzy dni bez przerwy sypał śnieg. Ludzie zapadali się w nim po pas, dzieci nie wychodziły z nor. Wiele chat zbudowanych z trzciny zawaliło się pod ciężarem opadów, niektóre spłonęły od ognisk rozpalonych w środku. Przez dwa tygodnie kramy stały zamknięte, a bazar świecił pustką. Dziesiątki ludzi pomarły z głodu i chłodu. Kiedy śnieg zaczął topnieć, na rudery spłynęło błoto i znowu były ofiary w ludziach i rozwalone chaty. A gdy dojechały pierwsze dostawy żywności, wybuchły rozruchy; Ramdan stracił w nich swojego beznogiego ojca, którego zadeptano.

W mojej rodzinie też nie obeszło się bez szkód. Nora złapała jakieś choróbsko i o mało się nie przekręciła. Mekki i moja mama przeleżeli okrągły tydzień na posłaniu; zwracali nawet wypitą wodę. Zresztą prócz wody nie było co włożyć do ust. Ja płonąłem z gorączki, na całym ciele miałem wrzody, a w nocy przywidzenia: widziałem rojące się wokół karaluchy. Potem kolejno wracaliśmy do zdrowia. Z wyjątkiem cioci Rokai, której zesztywniały kolana. Nie potrafiła zgiąć nóg ani usiąść. Wcześniej myśleliśmy, że umrze, a teraz była prawie jak nieżywa. Kończyny dolne przestały jej słuchać. Leżała na posłaniu jak drewniany kloc. Kiedy widziałem, jak Nora i mama wleką ją w krzaki, żeby załatwiła potrzebę, uświadamiałem sobie, co w ludzkiej nędzy jest najbardziej upadlającego na tym świecie.

Wiele rodzin spakowało skromny dobytek i wyruszyło ku innym czyśćcom. Ci ludzie nie mieli teraz dachu nad głową i żadnej nadziei na odrobienie strat w Grabie. Ramdan należał do odchodzących. Zapakował matkę i rodzeństwo na wóz i pojechali pochować zmarłego ojca w rodzinnej wiosce. Nie zamierzał wrócić.

Sid Roho opłakiwał stratę obojga rodziców; głód i choroba okazały się silniejsze. Przyszedł się ze mną pożegnać, zanim opuścił to szambo.

– Współczuję z powodu rodziców – powiedziałem.

– Powinieneś współczuć tym, którzy przeżyli, Turambo. Moi staruszkowie zakończyli swój występ. Dla nich kurtyna opadła. A ja zostałem na scenie i nie wiem, co począć ze swoim bólem.

– Mektub – rzekłem, nie mając argumentów.

– Mektub? Kto to jest, co to jest? Mój dziadek mówił, że zły los dotyczy tylko tych, którzy stanęli na głowie i nic nie osiągnęli. Jak kto ma połamane ręce, żadne tłumaczenie nie zmniejszy mu bólu. Ja tam myślę, że moi staruszkowie do niczego nie dążyli. Umarli, bo tylko znosili to, z czym powinni byli walczyć...

– Gdzie chcesz iść?

Wzruszył ramionami.

– Wszystko mi jedno. Jak się zmęczę wędrowaniem, zatrzymam się gdzieś. Ziemia jest duża, a kto poznał Grabę, spokojnie może iść byle gdzie. Najgorsze zawsze będzie miał za sobą.

Odprowadziłem go aż do „arabskiej" drogi i patrzyłem za nim, gdy włókł się ku swojemu przeznaczeniu z węzełkiem na głowie i skrzynką pucybuta zawieszoną na ramieniu.

Poranek był ciemny i brzydki, nawet ptaki przestały śpiewać. Mekki także dojrzał do tego, żeby gdzieś przeflancować rodzinę. Zebrał nas w budzie, której blaszany dach nadwerężyły opady śniegu.

– Myślę, że mamy dość pieniędzy, by spróbować szczęścia gdzieś daleko stąd – powiedział, wysypując na chustkę nasze oszczędności.

– Tak czy owak z tego grajdołu niewiele pozostało.

Słusznie mówił. Połowa getta uległa zniszczeniu pod wpływem warunków atmosferycznych, a nieliczni sprzedawcy, którzy jeszcze handlowali, poddawali się jeden po drugim z braku klientów i zaopatrzenia. Dostawcy woleli dowieźć towar tylko do Kasdiru i czym prędzej uciekali. Droga prowadząca do Graby była praktycznie nieprzejezdna, wszystkie ścieżki opanowali bandyci. A najgorsze były epidemie, które wybuchały to tu, to tam. Ludzie mówili o tyfusie i cholerze. Co rusz jakaś rodzina pogrążała się w żałobie. Prowizoryczny cmentarz za wojskowym wysypiskiem świadczył o wielkości katastrofy.

– Gdybyś nie podjął wreszcie tej decyzji, ja bym i tak odeszła z własnej woli – oznajmiła mama. – Od początku mówiłam sobie, że w końcu dotrze do ciebie, że nie mamy tu czego szukać. Ale mężczyzn chyba trudniej do czegoś przekonać niż muła.

Zdumiało nas rozgoryczenie mojej matki. Zawsze skrywała troski jak kwoka jajka, a teraz bez ceregieli dawała upust rozżaleniu. Jej niespodziewane oświadczenie było w gruncie rzeczy dowodem, że w swojej drodze do piekieł sięgnęliśmy dna.

Mama rozrzuciła stertę tobołków w kącie izby, wydłubała z nich ścierkę mocno obwiązaną sznurkiem i rozpakowała zawiniątko na naszych oczach. Ujrzeliśmy szczerozłoty chulchal cudownie cyzelowany, z łbem ryczącego lwa na każdym końcu, na obwodzie ozdobiony kaligraficznie wykonaną inskrypcją o rzadkiej finezji; prawdziwe dzieło sztuki czasów dawno minionych, kiedy każda z naszych kobiet była rozpieszczaną sułtanką.

– Weź go – powiedziała do swego brata.

Mekki pokręcił głową.

– Nie mam prawa go tknąć. Ten klejnot należał do twojej prababki.

– Ona już go nie potrzebuje.

– Teraz jest twój.

– Jeść mi się chce, a nie chciałabym połamać sobie zębów na nim.

– Nie, nie mogę... Tylko to nam zostało z historii rodziny.

– Nie bądź głupi. Nieważna historia, liczy się tylko teraźniejszość, a przymieramy głodem. Jeśli zostało zapisane, że ten klejnot ma być w naszej rodzinie, to wróci do nas na pewno... Mam dość tej dziury. Znajdź nam jakieś siedlisko, gdzie ludzie wyglądają jak ludzie, żebyśmy także mogli wylądać jak niegdyś.

Chwyciła dłoń Mekkiego, włożyła w nią imponujący klejnot i zacisnęła na nim palce brata. Po czym odeszła do swoich tobołków i zaczęła je porządkować.

Zastanawiałem się często, czego naprawdę spodziewała się od życia moja mama. Jestem pewien, że niczego, tak samo jak niczego nie oczekiwała od śmierci – może jedynie ulgi, że wszystko, absolutnie wszystko nareszcie się skończyło i potem nie będzie ani piekła, ani raju.

Mekki wyruszył nazajutrz na poszukiwanie siedliska. Bez wytyczonego konkretnego miejsca. Miał pytać o radę ludzi spotkanych po drodze. Upłynęło dziesięć dni, a o głowie rodziny nie było żadnych wieści. Nie mogliśmy przełknąć bulw przynoszonych z makii ani spać. Ilekroć ktoś przechodził koło naszej budy, modliliśmy się, żeby to był Mekki. Jednakże o Mekkim nie było ani widu, ani słychu. W tym oczekiwaniu narastał w nas strach przy każdym zachodzie słońca, aż zaczęliśmy się lękać najgorszego.

Pewnego ranka Rokaja obudziła się zlana potem, z oczami wielkimi jak spodki.

– Miałam zły sen, jeszcze cała się trzęsę. Chyba coś się przydarzyło Mekkiemu.

– A odkąd to twoje sny są prorocze? – sucho rzekła moja mama.

– Co widziałaś? – zapytała Nora.

Rokaja z trudem poruszyła się na posłaniu.

– Przez ten czas Mekki doszedłby już na koniec świata i z powrotem...

– Wróci – przerwała jej mama. – Obiecał nam spokojne miejsce, a spokojnego miejsca nie znajdziesz za rogiem.

– Mam złe przeczucie, Taos. Serce mi zamiera. Nie powinnaś była dawać mu chulchalu. Tylu łajdaków chodzi po drogach...

– Cicho! Bo zapeszysz.

– Może zło już się stało. Może Mekki nie żyje. Ten twój klejnot ściągnął na niego zgubę. I na nas.

– Milcz, wiedźmo! Bóg nie może nam tego zrobić. Nie ma prawa.

– Bóg do wszystkiego ma prawo, Taos. Dlaczego bluźnisz?

Mama wybiegła rozzłoszczona na podwórko, gdy zabrakło jej ciętej odpowiedzi.

Nigdy wcześniej nie widziałem, żeby na starszą siostrę podnosiła głos albo nie okazywała jej należnego szacunku.

Mekki ostatecznie wrócił wyczerpany, lecz promieniejący radością. Z daleka zobaczyłem, że macha do mnie entuzjastycznie, i zrozumiałem, że nasz postój w Grabie dobiegł końca. Powitaliśmy wujka niczym wybawcę. Poprosił, żebyśmy najpierw pozwolili mu się najeść, po czym nasyciwszy się naszą niecierpliwością, oznajmił, że wyruszamy do Oranu. Moja mama zwróciła mu uwagę, że Rokaja w tym stanie tak długiej drogi nie pokona. Mekki ją uspokoił: przewoźnik z Kasdiru mający coś dostarczyć do Oranu zgodził się nas zabrać swoją ciężarówką w zamian za kilka franków.

Pozbieraliśmy swoje szmaty i sprzęty, tobołki i modlitwy i o świcie wsiedliśmy na pakę ciężarówki, po czym zamknęliśmy oczy, by nie widzieć getta zostającego w tyle; już byliśmy gdzie indziej.

***

Mekki wynajął dla nas lokum na północnych obrzeżach Madina Dżadidy – dzielnicy arabsko-berberyjskiej, którą urzędowo nazywano „Village Nègre" – murowaną przybudówkę na patiu, z balkonem i okiennicami w oknach, położoną przy skrzyżowaniu rue du Général-Cérez i boulevard Andrieu naprzeciwko koszar artylerii. Mieszkanie było przestronne, składało się z dwóch przyległych pokojów, jednego wychodzącego na ulicę i drugiego na plac z ubitej ziemi, oraz z izby kuchennej; ustępy znajdowały się na podwórku przy patiu, które mieliśmy wspólne z właścicielką, turecką wdową, i z kabylską rodziną prowadzącą łaźnię. Bardzo byliśmy zadowoleni z nowego miejsca pobytu. Nora uroniła nawet kilka łez, aby je pobłogosławić.

Trochę czasu mi zeszło, nim przywykłem do miejskich rzeczy: do prostych chodników, do ulic śmiertelnie niebezpiecznych dla nieuważnych, do strachu, który wzbudzały automobile pobekujące klaksonami. Ale byłem w siódmym niebie. Nasz dom miał drzwi zamykane na klucz i numer od frontu – dla mnie był to szczyt spełnionych marzeń.

Nareszcie.

W pierwszych dniach lubiłem stanąć sobie na chodniku z jedną nogą opartą o ścianę i tkwić tak godzinami, aby przechodnie wiedzieli, że mieszkam w pięknym domu ze szklonymi oknami; wydawało mi się to równie ważne jak czerpanie ze studni na patiu wody, której nie musieliśmy już przynosić z potoku odległego o parę kilometrów. Wieczorami zaś z balkonu kontemplowałem domostwa mauretańskie ozdobione latarniami gazowymi, ich powyginane fasady pomalowane na biało, muszaraby, za którymi w świetle lamp poruszały się cienie, i na spokojnym placu nielicznych spacerowiczów z latarenką w ręce przypominającą gigantycznego świetlika niesionego wiatrem. Wilgotny opar znad morza, którego w życiu nie widziałem, podnosił się nad portem i niesiony bryzą zwilżał mi twarz milionami chłodnych drobinek wody. Chłonąłem powietrze tak głęboko, że o mało mi płuca nie pękły, i ze zdziwieniem łapałem się na tym, że nucę nieznane melodie, jakby przez długi czas skrywały się gdzieś w zakamarkach mojego jestestwa i dopiero radość pozwoliła im się stamtąd wydostać, abym cisnął je w niebo wraz z nowym tchnieniem.

Pogubiony w gąszczu identycznych domów i splątanej sieci jezdni, kilkakrotnie przemierzyłem swoją ulicę od początku do końca, aby zapamiętać punkty orientacyjne. Kiedy z zamkniętymi oczami nauczyłem się trafiać do swoich drzwi, ciekawość popchnęła mnie w przyległe uliczki, a potem w okoliczne aleje, tak że w ciągu tygodnia poznałem na pamięć Madina Dżadidę.

Wujek wszedł w spółkę z pewnym Mozabitą zielarzem i prowadził sklepik na bazarze arabskim. W południe zanosiłem mu posiłek, a przez resztę czasu błąkałem się po okolicy.

Oran był przygodą zapierającą dech w piersiach, skrzyżowaniem, na którym spotykały się różne epoki, każda prezentująca się po swojemu. Nowoczesność kusiła swoimi urokami, których nawykli do starego kosztowali półgębkiem, jak próbuje się podejrzany owoc. Miejscowi rozumieli, że wkraczają do nich nowe czasy, i zastanawiali się, co im przyniosą i za jaką cenę. Europejskie miasto afiszowało się ze swoimi ambicjami, tętniło życiem i onieśmielało, lecz w jego łapczywości coś nie pasowało do wstrzemięźliwości mieszkańców, którzy uważali się za zbyt skromnych, aby domagać się swojej części tortu. Podział wcale nie był sprawiedliwy, a możliwości cechowała zbyt duża zezowatość, żeby wszyscy widzieli to samo w taki sam sposób. Gdzieś źle rozdano karty. Zbyt duże rozdźwięki sprawiały, że ścieżki były niebezpieczne; segregacja, która z jednych czyniła abstrakcyjną istotę, a dla drugich była faktem, podtrzymywała w poszczególnych grupach wzmożoną nieufność. Oran w tamtej epoce kisił się w mieszaninie wątpliwości i niepewności karmionej przesądami i dogmatami o zamknięciu się w sobie. Nikt nie był na tyle szalony, aby powierzyć swą matkę sąsiadowi.

Włóczyłem się godzinami, nieświadom upływu czasu, pochłonięty tajemnicami przedmieść, które niechętnie powoli się przede mną otwierały. W poszukiwaniu pracy wędrowałem z jednego końca na drugi południowej części miasta usianej namiotami koczowników przybyłych z pustyni. Za cmentarzem żydowskim, na istnej ziemi niczyjej wciśniętej między dzielnicę Sananès i wojskowy teren manewrów, przetrwał skrawek wsi o poetyckości wypaczonej przez miejską pazerność, która sielskie widoki przeobraziła w rozkopany plac budowy; pośród nędznych sadów nieliczne domki jeszcze ociekające gliną, pokryte blaszanymi dachami, stawały się zaczątkiem przyszłego osiedla. Nieco dalej rozpościerał się Lamur, rozległa przestrzeń purpurowej gliny pocięta prymitywnymi patiami. „Miastowi" muzułmanie krzywym okiem patrzyli na namioty, które wieśniacy przybyli z głębi kraju wznosili wokół ich terenu ze zbutwiałych płacht tkaniny i drągów; na porządku dziennym były przepychanki między miejscowymi i coraz bardziej natrętnymi przybyszami, którzy musieli się usuwać ku Dżinan Dżatu, podejrzanej okolicy, gdzie po nocy lepiej się było nie zapuszczać. Na zachodzie dzielnica Eckmühl opadała aż do położonego w dole Ras el-Aïn ustrojonego ogródkami warzywnymi, piętrowymi domami, cienistymi uliczkami i arenami, na których święcili triumfy toreadorzy. Mieszkańcy w większości byli Hiszpanami, na ogół ubogimi, i osiadłymi Cyganami, którzy wegetowali ciut lepiej albo gorzej zależnie od okoliczności, między jedną a drugą modlitwą oczekując czegoś na kształt cudu i odmiany złego losu. Ich kobiety, przeważnie wróżki, chodziły od drzwi do drzwi, oferując na sprzedaż stare koronki albo przepowiadanie z ręki przyszłości zgoła nieprawdopodobnej. Miały dar wyczuwania na odległość naiwnych i kiedy ktoś się wahał, dotąd natrętnie go namawiały, aż w końcu zawsze coś mu wcisnęły. Zadziwiające były te spryciary, niesamowicie zadziorne i tak przebiegłe, że samemu diabłu wmówiłyby dziecko. Na północny wschód od Madina Dżadidy, tam gdzie kończył się boulevard Magenta, leżał Derb, dzielnica Żydów sefardyjskich, gdzie mężczyźni w czarnych jarmułkach krzątali się w swoich kramach, zamknąwszy żony na klucz. Jak u nas. Oprócz kilkuletnich dziewczynek z warkoczami, grających na chodniku w kostki z małymi chłopcami, nie uświadczyłeś tam żadnej dorastającej panny. Była to uboga dzielnica, chociaż udawała, że jest inaczej. A wieczorami na dowód, że radość tam jest, z kawiarń wylewała się na ulice różnoraka muzyka, która budziła tęskne westchnienia w dziewicach ukrytych za okiennicami...

Mniej więcej wszędzie panowała podobna atmosfera.

Każda społeczność na swoją modłę radziła sobie z przeciwnościami losu. Ot, kwestia dumy i woli przetrwania. Muzyka była w tym ważnym orężem, stanowczym odrzuceniem kapitulacji. W Médioni, Delmonte, Saint-Eugène, od lasku sosnowego Planteurs aż do fortu Santa Cruz śpiewano, żeby nie zniknąć. Beduińska fujarka odpowiadała bębenkom, a kiedy akordeon wydawał ostatnie tchnienie w głębi bramy wjazdowej, pałeczkę przejmowała cygańska gitara, żeby w uszach orańczyków ani na chwilę nie ucichło życie. Albowiem w Oranie nędza była stanem ducha, a nie położeniem. Widziałem ludzi w ubraniach sto razy łatanych i w dziurawych butach, chodzących jednak z podniesioną głową. W Oranie tolerowano pozycje na dole drabiny, ale nie u czyichś stóp. Od Chollet do Ras el-Aïn, gdzie chadzałem podglądać praczki suszące bieliznę na skarpie nad rzeką, od Scalery, którą dzielili Hiszpanie i muzułmanie ogłupieni trzema wiekami wojen i represji, po Victor-Hugo, gdzie nieubłaganie wdzierały się odnogi dzielnicy nędzy, wypierając warzywniki, wszędzie się mówiło o wzorach do naśladowania. Każdy czuwał nad honorem swoich. Bywało oczywiście, że w jakimś zaułku dopadały mnie młode wilczki zazdrosne o swoją dziedzinę i żądne łupu, lecz zawsze znalazł się ktoś dorosły, kto je przywołał do porządku.

W Oranie były również obszary wyklęte, gdzie światło dnia gasło wcześnie, były jaskinie opanowane przez sutenerów i obrzydłych kanciarzy, burdele zalatujące tryprem i klatki schodowe, na których bzykanko odbywało się raz-dwa na stojąco. Tych cieszących się złą sławą miejsc orańczycy się wypierali; udawali, że nie istnieją. Kogo raz tam zauważono, ten był dożywotnio zhańbiony. Spotykano tam jedynie obcych z miasta, żołdaków rozpieranych przez żądzę i marynarzy przybyłych z daleka.

Idąc w górę od Kasby, wychodziło się na place d'Armes obsadzony wiekowymi drzewami grubymi jak baobaby; właśnie w tym miejscu stykały się, nie łącząc ze sobą, różne społeczności, które niewidoczna linia graniczna skrycie rozdzielała. Plac był piękny, zalany słońcem, z przystankiem tramwajowym, kawiarniami i tarasami, ze spieszącymi dokądś kobietami i wypomadowanymi paniczykami, z hałaśliwymi automobilami, które wyprzedzały dorożki wyłącznie dla popisu, z ratuszem przy południowym boku i jego dwoma lwami z brązu strzegącymi wejścia do gmachu, z teatrem na boku zachodnim i Cercle Militaire na północnym. Po czym naraz, pokonawszy pnący się w górę boulevard Seguin, odsłaniał się rozległy płaski place Karguentah! Zupełnie inny świat. Plac ciągnął się aż do Miramaru. Piękny. Imponujący. Zapatrzony w siebie. Był drugą stroną lustra, tą, w której eteryczne dusze rozpływały się dobrowolnie, aby nie szpecić dekoracji; świat wyższych sfer, ludzi, którzy mieli prawo wierzyć i posiadać, panować i trwać, dla których dzień wstawał tylko po to, aby stanąć na baczność, a noc zakrywała oblicze, by ustrzec ich przed złym okiem: osławione miasto europejskie z chodnikami oświetlanymi latarniami, z lśniącymi wystawami, neonowymi szyldami, budynkami w stylu Haussmana ozdobionymi posągami, które zdawały się wyłaniać z murów, z zielonymi skwerkami, ławkami z kutego żelaza i wykładanymi marmurem sieniami, miejsce, gdzie ludzie w białych ubraniach i ciemnych okularach wykazywali się odpornością na dobry humor tak drogi południowym przedmieściom i instynktowną wrogością wobec ciężkich pojazdów i bosonogich robotników; ludzie małomówni, aroganccy, tak wyrafinowani, że wszyscy co do jednego przypominali mi tamtego tłuściocha, który w Sidi Balabbas dał mi w pysk za niewielką plamkę z pasty na skarpetce.

Jeśli o mnie chodzi, byłem sobą i czułem się z tego dumny jedynie w Madina Dżadidzie, swoim porcie macierzystym, ostoi i ojczyźnie. Niestrudzenie wchłaniałem oddech dzielnicy i mierzyłem jej puls, czujny na każde drgnienie. Madina Dżadida pachniała gorączką życia wiecznego. Aromat przypraw korzennych walczył o lepsze z kadzidłami i odorem garbarni, mieszał się z woniami palarni kawy i bazarów, przesiąkał zapachem mięty rozchodzącym się z mauretańskich kawiarni i szaszłyków duszonych przed wejściem do jadłodajni, a wszystkie te wyziewy zlewały się w mieszaninę, która zagęszczała powietrze i nie pozwalała opaść kurzowi. Światło dzienne odbijało się od murów i pojazdów oślepiającymi refleksami, tnąc po oczach niczym brzytwa. Wygolone na zero łobuziaki ganiały na bosaka, wywracały stragany w pędzie, przedrzeźniały sprzedawców; pokrzykiwanie na nich nie miało sensu, nie były w stanie ich uspokoić ani groźby, ani straszenie kijem. Na ulicach roił się różnorodny rozgorączkowany tłum w fezach, szaszijjach, turbanach, gdzieniegdzie migał kask korkowy. Donośne nawoływania handlarzy w tłumie przyprawiały o ból głowy. Można się było czuć jak na festynie, tak krzyczące były kolory i atmosfera rozkosznie niezwykła. Pokochałem Madina Dżadidę, ledwie popatrzyłem na jej lud, mój lud, ale tak odmienny od ludu Graby. W Madina Dżadidzie także panowała bieda, lecz wstydliwie się ukrywała. Kaleki nie łapały przechodniów za odzież, a żebracy powściągali swoje zawodzenie. Autochtoni, w większości Araberberowie*, z burnusem przerzuconym przez ramię i z laską w garści, prezentowali się nadzwyczaj oryginalnie i godnie jak w czasach, kiedy ich przodkowie potrafili patrzyć w ziemię, nie spuszczając głowy. Tutaj nie było przekleństw ani wulgaryzmów, grzecznościowe formułki wyprzedzały innego rodzaju przejawy szacunku. Szibani z dumą nosili siwą brodę. Nie siedzieli na gołej ziemi, lecz na tapicerowanych taboretach albo na wiklinowych krzesełkach, albo w kilku na trzcinowych ławkach, przesuwając paciorki różańca przezroczystymi palcami i nadstawiając młodym łysą głowę do pocałowania. W przepełnionych kawiarniach, w których z fonografów o nosowym dźwięku bez przerwy leciała egipska muzyka, kelnerzy w bielutkich fartuchach przemykali slalomem między stolikami, na tacy niosąc imbryczek z herbatą. Nierzadko zjawiały się tam kobiety w szeleszczących chustach

---

* Neologizm autora stworzony w celu zunifikowania ludu arabsko-berberyjskiego.

– gdy przechodziły, mężczyźni przykładnie odwracali głowę. A wieczorem, kiedy skwar zelżał, na niebrukowanym placu zbierali się tłumnie ludzie, by oglądać najrozmaitsze przedstawienia. Tancerze alawiccy wyciągali bębenki i laski; zaklinacze węży odkrywali kosze i rzucali do stóp przerażonych dzieci lubieżne żmije; wirtuozi pałki prezentowali zapierające dech w piersiach pojedynki; nieco dalej domorosły pieśniarz wabił publikę na mocno naciągany występ przerywany krzykliwymi śpiewami, które bardziej zasługiwały na miano poronionej improwizacji, podczas gdy o rzut kamieniem od niego treser małpki dosłownie brał się za magika. Cały ten folklor Madina Dżadidy był jedną wielką magią.

Tak wyglądał mój świat odzyskanej godności, a moi pobratymcy znowu byli tacy jak wcześniej, zanim zły los wysadził ich z siodła – po długiej tułaczce i tylu niepowodzeniach wróciłem do swojego żywiołu.

Byłem wzruszony, czułem ulgę i pokrzepienie, a także przekonanie, że mogę dorastać jak normalny chłopiec, że teraz jestem chroniony przed ludźmi takimi jak Zan i przed perwersją dzielnicy nędzy, nawet jeżeli wciąż chodziłem głodny i nie miałem ładnego ubrania.

5

Mama znalazła pracę, chociaż Mekki odniósł się do tego z dezaprobatą. Widziała, jak ma umeblowane mieszkanie stara Turczynka i rodzina kabylska, i ona także chciała mieć materace, niskie stoliki, zastawę, garnki, wełniane narzuty, pierzyny, a nawet – bo i czemu nie? – szafę z masywnym lustrem. Wujek zarabiał akurat tyle, by wystarczyło na coś do garnka i na czynsz. Mama zaś była ambitna. Chciała mieć przyzwoity dom, w którym bez skrępowania mogłaby przyjmować sąsiadki, łóżko dla starszej siostry, coraz bardziej podupadającej na zdrowiu, ładne sukienki dla Nory będącej już prawie panienką – faktycznie Nora urosła szybko, twarz jej wydoroślała, w ogóle dziewczyna rozkwitała, w miarę jak jej wielkie czarne oczy otwierały się na świat. Nie miałem odwagi się do tego przyznać, ale Nora zajmowała dużą część moich myśli, odkąd podejrzałem ją przy myciu. Dziewczęce ciało zaczynało nabierać kobiecych kształtów, a białe piersi zdobiły jej klatkę piersiową jak dwa bliźniacze słoneczka. Oczywiście wcześniej widziałem ją nagą, lecz w ogóle mnie to nie poruszyło, tymczasem po tym ostatnim razie wystarczyło, że na mnie spojrzała, a odczuwałem wzburzenie i pierwszy odwracałem głowę.

Mama sprzątała u pewnej wdowy, która mieszkała przy boulevard Mascara, kilkaset metrów od naszego domu. Musiałem odprowadzać ją rano i przyprowadzać wieczorem, ponieważ myliły jej się domy i ulice, gubiła się, ledwie przeszła na drugą stronę jezdni.

Doprowadzałem ją do drzwi domu wdowy, dzwoniłem i odchodziłem, kiedy ją wpuszczono. Pod wieczór odbierałem ją w tym samym miejscu. W dniu wypłaty obchodziliśmy bazary i wracaliśmy potem objuczeni żelaznymi wiadrami, lejkami, samowarami, piecykami żarowymi z miechem i wieloma innymi przyborami, czasami niezbyt użytecznymi.

Pewnego dnia gdy czekałem na mamę przed domem wdowy, stanął przede mną jasnowłosy chłopiec w moim wieku, ubrany czysto, ale nie jakiś elegancik.

– Mogę ci jakoś pomóc? – zapytał po arabsku.

W niebieskich oczach nie miał wrogości. Wyglądał przyjaźnie, tyle że jeśli chodzi o młodych rumich, miałem złe doświadczenie – pamiętałem tamtego chłopaka, który rozprawił się z moim marzeniem jak z wrzodem, wskazując mnie palcem panu policjantowi w Sidi Balabbas. Teraz rozejrzałem się odruchowo, czy w okolicy nie widać jakiegoś mundurowego, po czym uspokojony mruknąłem:

– O nic nie prosiłem.

– Siedzisz przed moimi drzwiami – zauważył spokojnie.

– Czekam na mamę. Sprząta tutaj.

– Chcesz, żebym sprawdził, ile jej jeszcze zejdzie?

Jego uprzejmość wprawiała mnie w zakłopotanie. Czy usypiał moją czujność, żeby potem znienacka wymierzyć mi kopniaka?

– Poproszę – rzekłem ostrożnie. – Zaczyna mnie boleć głowa od tego słońca.

Chłopiec przeszedł nade mną, wbiegł po schodach i po kilku chwilach wrócił.

– Jeszcze ma roboty na jakąś godzinkę.

– Co ona tam robi? Przerabia ten dom czy co?

– Jestem Gino, Gino Ramoun – powiedział, wyciągając do mnie rękę. – Moja mama bardzo dobrze się wyraża o twojej. Pierwszy raz dogaduje się ze służącą. Mieliśmy ich całe mnóstwo. Jedne oszukiwały, inne kradły różne rzeczy, nie tylko jedzenie.

– My jesteśmy przyzwoici. To, że moja mama pracuje dla twojej, nie znaczy...

– Nie, nie, no co ty? Żadni z nas bogacze. Moja mama jest kaleką. Nie wstaje z łóżka. Po prostu potrzebna jej pomoc.

Machnąłem ręką, żeby dał sobie spokój z przeprosinami. Usiadł obok mnie na stopniu. Widziałem, że próbuje się zrehabilitować, ale mu w tym nie pomagałem. Miałem dość płaszczenia tyłka na schodach i oglądania, jak inni pracują.

– Zgłodniałem – rzekł rumi. – Może byś poszedł ze mną do jadłodajni tu niedaleko?

Nie odpowiedziałem. Byłem bez grosza.

– Ja stawiam – nalegał. – No chodź. Skoro nasze mamy się przyjaźnią, czemu my nie możemy?

Nie wiem, czy z nudów czy z głodu przyjąłem zaproszenie.

– Lubisz gotowaną cieciorzycę z kminkiem?

– Jak ktoś przymiera głodem, lubi wszystko.

– To na co czekamy?

Gino był szczerym chłopakiem, bezproblemowym i pozbawionym złośliwości. W dość kłopotliwym położeniu, a moje towarzystwo dodawało mu otuchy. Nie kolegował się z chłopakami z dzielnicy; bał się ich. Przywykliśmy do siebie nawzajem i po kilku tygodniach byliśmy nierozłączni. Miał w sobie coś, co budziło ufność. W jego głosie nie słyszałem szorstkości, w oczach nie widziałem fałszu. Pracował w warsztacie samochodowym przy place Sébastopol. Spotykaliśmy się wieczorem na jego ulicy. Czasem szedł z nami i kiedy odstawiłem mamę do domu, wyskakiwaliśmy na racuchy na targowisko arabskie albo z narażeniem zębów chrupaliśmy *torraicos*, prażoną cieciorzycę, którą Hiszpanie sprzedawali w papierowych tutkach.

Pewnego dnia zaprosił mnie do siebie. Chciał mi coś dać. Mieszkanie Gina mieściło się nad pasmanterią. Szło się do niego stromymi schodami prowadzącymi wprost na piętro. Wspięliśmy się na górę do zakręcającego pod kątem prostym korytarzyka, z którego wchodziło się do dwóch dużych pomieszczeń po prawej i na wiszący ganek po lewej. Kiedy doszliśmy do przedpokoju, rozległ się głos:

– Otwórz okna. Zaraz się tu rozpuszczę.

Głos z zamierającym westchnieniem dobiegł z pokoju. Zerknąłem do środka – pusto. Potem coś się poruszyło na łóżku. Zmrużywszy oczy, dostrzegłem czerwonawą masę pod białym prześcieradłem przeświecającym od potu. W rzeczywistości nie było to prześcieradło, lecz koszula ogromnego rozmiaru, mimo wielkości mająca zadawać szyk, haftowana na brzegach i obszyta przy szyi tasiemką w kwiatki. Na poduszce spoczywała jasnowłosa głowa o ładnej twarzy tonącej w purpurowym otoku zbyt rozległym, by uznać go za szyję, poniżej rysował się rozłożysty kształt usiany głębokimi krętymi fałdami. Aż mnie zatkało. Potrzebowałem czasu, by dojrzeć przeogromne piersi i ręce tak ciężkie, że ledwie były w stanie się poruszyć. Brzuch składał się z fałd tłuszczu opadających na boki, a słoniowate nogi leżały na poduszkach niczym dwie kolumny z marmuru. Nigdy, przenigdy nie myślałem, że ludzkie ciało może osiągnąć takie rozmiary. Nie była to kobieca postać, raczej gigantyczne cielsko, które zajmowało niemal cały materac; szkarłatna z gorąca flakowata masa, która straszyła, że lada chwila rozleje się galaretowatą strugą po całym pokoju.

Taka była matka Gina – otyła, potwornie gruba, tak udręczona własnym ciężarem, że z trudem mogła oddychać.

– *Sei Gino?*

– Tak, mamo.

– *Dove eri finito, angelo mio?*

– Mamo, przecież wiesz. Byłem w warsztacie.

– *Hai mangiato?*

– Jadłem, jadłem.

Przez chwilę panowała cisza, po czym spokojniejszym głosem matka Gina zapytała:

– *Chi è il ragazzo con te?*

– To Turambo, syn Taos... pani Taos.

Próbowała obrócić się do nas, ale zdołała tylko wzbudzić lawinę drgań, która przebiegła przez całe jej ciało niczym falki na powierzchni kałuży.

– *Digli di awicinarsi, cosi posso vederlo da più vicino.*

Gino popchnął mnie w stronę łóżka.

Jego matka skierowała na mnie spojrzenie niebieskich oczu. Miała w policzkach urocze dołeczki i ciepły serdeczny uśmiech.

– Podejdź bliżej.

Zakłopotany wykonałem polecenie.

Chciała dotknąć mojej twarzy, lecz jej ręka jakby przyrosła do materaca.

– Wyglądasz na porządnego chłopca, Turambo.

Nic nie powiedziałem. Byłem wstrząśnięty.

– Twoja mama opiekuje się mną jak siostra... Gino dużo mi o tobie mówił. Mam nadzieję, że się dogadujecie. Chodź tu, usiądź koło mnie.

Gino zauważył moje rosnące zakłopotanie i przyszedł mi z odsieczą, chwytając mnie za rękę.

– Zabieram go do siebie, mamo. Chcę mu coś pokazać.

– *Pòvero figlio, he solo stracci addosso. Devi avere sicuramente degli abiti che non idossi più, Gino. Daglieli.**

– Właśnie to chciałem zrobić, mamo.

Gino zabrał mnie do swojego pokoju. Było w nim rozkładane łóżko, w rogu stolik z krzesłem, sfatygowana szafka i tyle. Ze ścian odpadał tynk, zielonkawe plamy widniały na suficie, na którym spękania odsłaniały belki powały. Smutne było to pomieszczenie z oknem o popękanych szybach wychodzącym na fasadę potwornie brzydkiego budynku.

– Po jakiemu mówi twoja mama? – zapytałem.

– Po włosku.

– To szkopski?

– Nie. Włochy to kraj za morzem, niedaleko Francji.

– Nie jesteście Algierczykami?

– Jesteśmy. Tata się tu urodził. Jego rodzice też. I jego przodkowie od wieków tutaj żyli. Moja mama jest z Florencji. Poznała tatę na statku. Pobrali się i mama tutaj przyjechała. Mówi po arabsku

---

* Biedaczek, chodzi w takich łachmanach. Na pewno masz ubrania, których już nie nosisz, Gino. Daj mu je (przyp. tłum.).

i po francusku, ale jak jesteśmy tylko we dwoje, rozmawiamy po włosku. Żebym nie zapomniał języka wujków, rozumiesz? Włosi są bardzo dumni ze swojego pochodzenia. Mają piekielny temperament. Przerastało mnie to, co usiłował mi wytłumaczyć. Świat znałem tylko w takim stopniu, w jakim pozwalała codzienność i jej nikczemność. Kiedy byłem mały, wspinałem się na skałę na wzgórzach Turambo i myślałem, że horyzont jest otchłanią, że świat kończy się u jej stóp i dalej nie ma już nic.

Gino otworzył szafkę i z szuflady wyjął pudełko ze zdjęciami. Wybrał jedno i pokazał mi. Na fotografii zrobionej na tarasie zawieszonym nad morzem śmiała się kobieta w ładnym kostiumie kąpielowym opinającym jej syrenie ciało. Była piękna jak aktorki, które oglądałem na afiszach przed wejściem do kina.

– Kto to?

Gino skrzywił się ponuro. Oczy mu rozbłysły, kiedy kciukiem wskazał za siebie.

– Pani, która rośnie jak ciasto drożdżowe w pokoju obok.

– Niemożliwe.

– Przysięgam, że na tym zdjęciu jest moja mama. Na ulicy wszyscy się za nią oglądali. Proponowano jej rolę w filmie, ale tata nie chciał aktorki w domu. Mówił, że z aktorką nigdy nie wiadomo, kiedy jest szczera, a kiedy odgrywa komedię. Z tego, co mi opowiadano, z mojego taty był twardziel pierwsza klasa. Zostawił nas, żeby walczyć na wojnie w Europie. Słabo go pamiętam. Zabił go gaz w okopach. Mamie pomieszało się w głowie, kiedy się dowiedziała. Była nawet w szpitalu. Kiedy odzyskała rozum, zaczęła tyć. I do tej pory tyje. Miała przepisywane różne lekarstwa, ale ani lekarze ze szpitala, ani arabscy znachorzy nie dali rady zahamować tego grubnięcia.

Wyjąłem mu z ręki zdjęcie, żeby mu się lepiej przyjrzeć.

– Jaka była piękna!

– Dalej jest piękna. Widziałeś jej twarz? Anielska. To jedyna część jej ciała, która została oszczędzona. Jakby dla ratowania jej duszy.

– Dla ratowania duszy?

– Przepraszam cię, nie wiem, czemu tak mówię. Jak widzę, co się z nią porobiło, plotę od rzeczy. Ona nie jest w stanie nawet usiąść. Waży tyle co krowa. Z tym że krowa nie potrzebuje pomocy, żeby się załatwić.

– Nie mów tak o matce.

– Do niej żalu nie mam. Po prostu jestem rozgoryczony i nic na to nie poradzę. Ona ma serce na dłoni. Nigdy nikogo nie skrzywdziła. Nie patrzy, ile daje, i niczego w zamian nie oczekuje. Często ją okradano, ale nigdy nie miała o to urazy. Bywało, że przymykała oko, kiedy przyłapała kogoś na gorącym uczynku. To po prostu niesprawiedliwe. Uważam, że moja mama nie zasługuje, by tak skończyć.

Zabrał mi fotografię i włożył ją do kartonowego pudełka.

Otarł czoło wierzchem dłoni, popatrzył na mnie uważnie. Odchrząknął dla kurażu, po czym zagadnął:

– Mam kilka koszul, ze dwa swetry i spodnie, których już nie noszę. Nie obraziłbyś się, gdybym ci je podarował? Ze szczerego serca, naprawdę. Nie chcę, żebyś źle to odebrał. Byłoby mi miło, gdybyś je przyjął.

W jego oczach widniała zatroskana obawa.

Czekał na moją reakcję jak na wyrok.

– Tylko patrzyć, jak będę świecił tyłkiem w dziurawych portkach – powiedziałem.

Roześmiał się z ulgą i zaczął przetrząsać półki, co rusz zerkając na mnie, czy aby na pewno nie poczułem się urażony.

Kilka lat później spytałem go, dlaczego tak się certolił, skoro chciał tylko wspomóc kumpla. Odpowiedział, że to z powodu przewrażliwienia Arabów, którzy mają tak wygórowane poczucie honoru, że gotowi są dopatrywać się węgorza pod kamieniem w korycie wyschniętej rzeki.

Wróciwszy tego dnia do domu, dumny z węzełka pełnego prawie nowych ubrań, zastałem Mekkiego i mamę rozmawiających o moim ojcu. Na mój widok umilkli. Ich twarze wykrzywiała złość. Mama wyglądała, jakby zaraz miała wybuchnąć. Drżała z oburzenia, w oczach miała łzy. Zapytałem, co się dzieje, Mekki odparł, że nie moja sprawa, i zamknął mi przed nosem drzwi swojego pokoju. Nastawiłem ucha, aby pochwycić strzępki rozmowy, lecz ani wujek, ani mama więcej się nie odezwali. Wzruszyłem ramionami i poszedłem do drugiego pokoju przymierzyć po kolei ubrania, które podarował mi Gino.

Kilka chwil później przyszedł do mnie Mekki z policzkiem wstrząsanym nerwowym tikiem.

– Znaleźli ciało taty? – zapytałem.

– Po tylu latach? – odparł rozzłoszczony moją naiwnością. – Musisz znaleźć robotę – dodał, zmieniając temat. – Rokaja choruje. Potrzebne jej leczenie. Twoja matka i ja nie zarabiamy wystarczająco.

– Szukam codziennie.

– Bo nie pukasz do właściwych drzwi. Nie chcę więcej widzieć, jak włóczysz się bez celu po ulicy.

Wziąłem się znowu za poszukiwanie zarobku, nie zmieniając niczego w swoich zwyczajach; nie miałem pojęcia, gdzie się znajdują „właściwe drzwi". W każdym razie czy się zjawiałem przed rekrutacją, czy po niej, zawsze słyszałem to samo: albo posada już była zajęta, albo nie nadawałem się do tej pracy.

Siedziałem sobie na murku, marząc o kozim serze zawiniętym w liść winorośli, który jakiś smarkacz kawałek dalej próbował sprzedać przechodniom, gdy podszedł do mnie chłopak troszkę starszy niż ja. Miał pewnie piętnaście, szesnaście lat. Był wyrośnięty na swój wiek, dość szczupły; nosił okulary, w których wyglądał jak jeden z tych uczonych paniczyków, co to namiętnie zalecali się do dziewcząt przy bramie liceum. Ubrany był w kraciastą koszulę i starannie wyprasowane długie spodnie. Kasztanowe włosy miał krótko ścięte po bokach, dłonie wypielęgnowane.

– Nie mieszkasz przypadkiem naprzeciwko koszar?

– Mieszkam.

– A ja mieszkam niedaleko ciebie. Jestem Pierre – przedstawił się, nie podając mi jednak ręki. – Słyszałem przed chwilą w magazynie, że szukasz pracy. Mogę ci załatwić. Mam znajomości. Sąsiedzi muszą sobie pomagać, nie?

– Jasne.

– Niełatwo dziś przekonać pracodawcę. Nie masz doświadczenia i oczywiście wykształcenia. Jeśli się zgodzisz, żebym cię polecił, od jutra zaczniesz zarabiać na chleb.

– Zgadzam się.

– Proponuję tak: ja ci znajduję robotę, a twoim zarobkiem dzielimy się pół na pół. Pasuje?

– Pasuje.

– Ale rozumiesz warunek, tak? Dzielimy się po połowie twoim zarobkiem. Nie życzę sobie, żebyś później próbował mnie wykiwać, jasne? Twoim zarobkiem dzielimy się po połowie.

– Jasne.

Wyciągnął do mnie rękę.

– Dajemy sobie słowo. Słowo honoru warte tyle co umowa na piśmie.

Z zapałem ująłem jego dłoń.

– Kiedy zaczynam?

– Mieszkasz w domu z balkonem od strony placu? W tym z wejściem na wprost koszar?

– Zgadza się.

– Czekaj rano przed domem. O piątej. Ale pamiętaj: pół na pół. I nie próbuj mnie wykiwać, bo to ja negocjuję twoje wynagrodzenie.

– Nie jestem oszustem.

Popatrzył na mnie spokojnie, rozluźnił się.

– Jak cię wołają?

– Turambo.

– No, Turambo, sam Pan Bóg postawił mnie na twojej drodze. Jeśli zrobisz dokładnie to, co każę, i jeśli jesteś uczciwy, jak mówisz, za niecały rok będziemy robili kupę interesów.

Pierre dotrzymał słowa. Zjawił się nazajutrz o świcie i zaprowadził mnie do dużego składu, gdzie miałem nosić skrzynki z owocami i warzywami. Myślałem, że padnę od kopniaków wrzeszczącego grubasa. Wieczorem Pierre czekał na rogu rue du Général-Cérez. Przeliczył pieniądze, które zarobiłem, połowę schował do kieszeni, resztę dał mnie. Za każdym razem odbywał się ten sam rytuał. Nie co dzień Pierre miał dla mnie pracę, ale jak tylko gdzieś była robota, ja ją dostawałem. Pierre był synem urzędnika, który przepuszczał pieniądze na panienki. Pokazał mi go którejś nocy, gdy wychodził z lupanaru. Był to jegomość dobrze ubrany, w eleganckim garniturze i kapeluszu nasuniętym na oczy, żeby go nie rozpoznano w podejrzanych miejscach. Pierre wyrażał się o nim ostro. Wyznał mi, że awantury w domu są na porządku dziennym. Jego matka wiedziała, czemu mąż tak późno wraca do domu, i to ją doprowadzało do szaleństwa, bo mało, że zadawał się z nierządnicami, to jeszcze bez ceregieli sięgał po rodzinne oszczędności. Pierre, uczeń kolegium, czasami wagarował, żeby pomóc matce związać koniec z końcem. I liczył, że pomogę mu uchronić rodzinę przed bankructwem. Byłem niejako jego żyłą złota. Ja nie widziałem w tym nic złego. W każdym razie póki nie wracałem do domu goły jak święty turecki, brałem, co dawał. Harówka mnie dołowała, lecz nie zniechęcała. Tyle że Pierre chciał mnie mieć wyłącznie dla siebie. Nie spuszczał mnie z oka, pilnował, z kim się widuję, kazał mi chodzić wcześnie spać, żebym miał siłę do pracy; krótko mówiąc, wodził mnie na pasku i nie bardzo mu się podobało, że wieczorami przesiaduję z Ginem. Nie omieszkał tego zresztą zaznaczyć:

– Spław tego typa, Turambo. To nie dla ciebie kumpel, w dodatku mosiek.

– Co to jest mosiek?

– No żydek. Kurde, z księżyca spadłeś czy co?

– Skąd wiesz, że Gino to żyd?

– Widziałem, jak sikał. – Pierre złapał mnie za ramiona i popatrzył mi w oczy. – Nie byłem wobec ciebie w porządku? Zawsze uczciwie dzieliłem wszystko po połowie. Jak chcesz dalej być moim wspólnikiem, nie zadawaj się z tym pedałem. We dwóch zarobimy kupę szmalu i za parę lat rozkręcimy interes, a potem będziemy jeździli bryką jak panowie. Widziałeś, jakie mam znajomości na bazarze? Już moja w tym głowa, żebyś miał tyle roboty, ile zechcesz. To jak? Ufasz mi?

– Gino jest moim przyjacielem.

– W interesach nie ma sentymentów, Turambo. To dobre dla kociaków i maminsynków. Czy ktoś pomógł ci w biedzie, jak z pustym brzuchem kręciłeś się w kółko? Tylko ja. Nieproszony. Bo ja myślę o twoim interesie... Zapomnij o tym zmanierowanym ciapciaku. Ma gdzie zarobić. Siedzi sobie spokojnie w warsztacie i pucuje karoserie aut nadzianych gości. Czy kiedykolwiek proponował, żebyś tam z nim robił? Mówił o tobie ze swoim szefem?

Umilkł i czekał na mój znak, którego jednak nie dawałem, w końcu więc wydął policzki i opuścił ręce. Powiedział ze złością:

– Ty decydujesz. Jeśli ten pedzio liczy się dla ciebie bardziej niż kariera, twój wybór. Tylko nie mów później, że cię nie ostrzegałem.

Nie wiedziałem, co znaczy „żyd" i co ryzykuję, zadając się z kimś takim. Ale zaskoczyło mnie ostrzeżenie Pierre'a i jego zawoalowany szantaż. Dlatego kiedy następnym razem zobaczyłem się z Ginem i przysiedliśmy sobie na chodniku, obserwując kłótnię dwóch woźniców, zapytałem, czy jest żydem. Gino dziwnie zmarszczył brwi; zrozumiałem, że pytanie bardziej go zaszokowało, niż zdziwiło. Popatrzył na mnie, jakby nie posiadał się ze zdumienia. Wargi mu drżały. Odetchnął głęboko, po czym z żalem w głosie spytał:

– A to by coś zmieniło między nami?

Powiedziałem, że nie.

Podniósł się i odparł:

– To czemu zadajesz takie głupie pytanie?

Po czym zabrał się i poszedł do domu.

Strasznie był wkurzony.

Unikał mnie w kolejnych dniach, a ja zdałem sobie sprawę, jak bardzo byłem niedyskretny.

Odtąd Pierre miał mnie calutkiego. Był uszczęśliwiony, że odzyskał swoją żyłę złota, i to tylko dla siebie. „Widzisz? – zwrócił mi uwagę. – Jak tylko tknąłeś jego sekrecik, puścił cię w trąbę. Mętny typ z tego twojego Gina".

Próbowałem wskrzesić znajomość z Ginem, na próżno jednak; boczył się na mnie. Miałem teraz świadomość, jak mocno go zraniłem. Niechcący. Bolało mnie, że jest obrażony, tym bardziej że ani przez chwilę nie chciałem sprawić mu przykrości. Dla mnie było to prostu pytanie rzucone ot, tak. Nie obchodziło mnie, czy jest biały czy czarny, wierzący czy nie. Był moim kumplem, liczyło się jego towarzystwo. Często zapraszał mnie do siebie i godzinami gadaliśmy w jego pokoju. Był oddanym synem, posłusznym i grzecznym. Co wieczór czytał mamie na głos. Siadał koło niej na łóżku, otwierał książkę i ciszę domu wypełniały magiczne postacie i ich przygody. Mama Gina nie potrafiła zasnąć bez choćby krótkiej wizyty w świecie słowa pisanego. Prosiła syna, aby raz jeszcze przeczytał ten czy tamten rozdział, taki czy inny wiersz, a Gino wracał do znanych już fragmentów z zapałem, który dawał mi do myślenia. Nie umiałem czytać, lubiłem jednak przysiąść na taborecie i słuchać. Miły dla ucha porywający głos Gina zabierał mnie w różne światy i podróże. Jego mama miała jedną ulubioną książkę zatytułowaną *Cudownie ocalony*, napisaną przez niejakiego Edmonda Bourga. Z początku myślałem, że to modlitewnik. Autor mówił o przebaczeniu, miłosierdziu, solidarności, a mama Gina płakała przy niektórych fragmentach. Mnie też serce się ściskało, takie to było wzruszające. Chciałem się dowiedzieć czegoś więcej o autorze, czy był prorokiem albo może świętym? I Gino opowiedział mi historię Edmonda Bourga, o którym jak zaznaczył, rozpisywały się wszystkie gazety w ubiegłym wieku. Zanim Edmond Bourg otrzymał parafię i został w niej kaznodzieją, był inżynierem na kolei. Zwyczajnym człowiekiem, raczej samotnikiem, ale życzliwym i usłużnym. Pewnego wieczoru naszedł swoją żonę ze znajomym na szalonych igraszkach w łóżku. Zabił oboje, a potem pociął ich na kawałeczki, które policja znajdowała w różnych miejscach w lesie. Gazety codziennie donosiły o odkryciu części ciała albo jakiegoś organu, jakby morderca chciał wstrząsnąć ludźmi. Makabryczna opowieść w odcinkach zaczęła tak bardzo pasjonować ogarnięte zgrozą tłumy, że rozprawę kilkakrotnie przerywano z powodu natłoku chętnych, którzy osobiście pragnęli uczestniczyć w procesie. Obrońcy Edmonda Bourga występowali o uznanie, że ich klient był niepoczytalny w chwili popełnienia zbrodni. Lud domagał się krwi i sąd skazał mordercę na karę śmierci. Ale w dniu egzekucji nóż gilotyny się zaciął. Ponieważ kodeks karny wymaga bezwględnego wykonania wyroku, czyli aby głowa została oddzielona od ciała, kat powtórnie uruchomił urządzenie – na nic. O dziwo, kiedy zdejmowano skazańca z ławki, na której leżał, mechanizm działał, a gdy znowu go układano z szyją w wycięciu, nóż nie chciał opaść. Ksiądz krzyknął, że to znak z nieba; i Edmundowi Bourgowi zamieniono karę śmierci na dożywotnie galery. Zesłano go do kolonii karnej na Diabelskiej Wyspie niedaleko Cayenne w Gujanie, gdzie sprawował się wzorowo. Po dwudziestu latach pewien słynny dziennikarz odświeżył historię Edmonda Bourga i wywołał publiczną debatę, po artykułach zaczął pisać petycje i w końcu uzyskał dla niego ułaskawienie. Edmond Bourg nawrócił się i przez resztę życia czynił dobro, głosił słowo Boże i pomagał ludziom uporać się ze starymi demonami. Jego książka, wydana w 1903 roku, odniosła olbrzymi sukces. Grzesznicy czerpali z niej wielką pociechę, a mama Gina miała ją zawsze przy sobie, na stoliku nocnym obok Biblii. Historia Bourga wywarła na mnie takie wrażenie, że poprosiłem Gina, aby nauczył mnie czytać i pisać, tak jak kiedyś Rémi i Lucette, dzieci Xavierów, nauczyły mnie rachować... Po czym wystarczyła jedna moja niezręczność, żeby to wszystko runęło. Od tamtego głupiego pytania nie wiedziałem, co począć ze swoimi wieczorami. Czasami ze zdziwieniem stwierdzałem, że nieświadomie dotarłem na boulevard Mascara i chodzę tam i z powrotem. Widziałem światło w pokoju Gina i zastanawiałem się, czy on także o mnie myśli, czy brakuje mu mojej obecności, tak jak mnie brakowało jego. Niekiedy pchany przemożną potrzebą przystawałem przed drzwiami jego domu, podnosiłem rękę, aby zastukać, lecz w końcu nie robiłem tego. Bałem się, że Gino odtrąci mnie definitywnie.

Pierre obserwował moje napięcie. Abym nie myślał o tym stale, zaczął mi podrzucać drobne prace, uciążliwe i słabo płatne. W ciągu kilku miesięcy posmakowałem wszystkiego. Byłem kolejno posłańcem w sklepie, sprzątaczem stajni, tragarzem, wyplataczem krzeseł, sprzedawcą wafli, dostarczycielem mięsa, węglarzem, przy czym żadnego z tych zajęć nie wykonywałem nawet dwa tygodnie z rzędu. Pierre ustalał wysokość mojej płacy, nie zastanawiając się nad tym, na co mnie skazuje. Przychodził po mnie do domu, zostawiał w robocie i na koniec dniówki mnie zabierał, wypłacając mi połowę tego, co zarobiłem. Kiedy nie miał dla mnie żadnego zajęcia, w ogóle go nie obchodziłem. Mogłem się dobijać do jego drzwi – nie otwierał. Jeśli byłem zbyt natrętny, wychodził na balkon i puszczał mi wiązankę. Miałem do niego żal, że najpierw skłócił mnie z Ginem, a teraz w ogóle się mną nie przejmuje, w końcu więc uniosłem się honorem i postanowiłem, że nie dam mu się więcej nabrać. Kilka razy wykazałem się „niesubordynacją", a wtedy przyszedł do mnie. Ja też nie wpuściłem go do siebie, wyjrzałem tylko z balkonu obojętny na jego namowy. Drapał się po głowie, udając, że się zastanawia, proponował różne formy odszkodowania, obiecywał gwiazdkę z nieba; kręciłem tylko głową.

– Bądź rozsądny, Turambo. Jestem twoim wybawcą. Beze mnie daleko nie zajdziesz. Wiem, że nie jest łatwo, ale musimy iść ręka w rękę. Kiedyś dzięki mnie wzbijesz się na własnych skrzydłach.

– Nie jestem ptakiem.

– Kurde, czego ty właściwie chcesz?

– Prawdziwej roboty, nie byle czego, tylko stałej pracy – odparłem stanowczo. – Mam dość latania z jednego końca miasta na drugi za nędzne ochłapy.

Pokręcił głową, nie mając odpowiedniej propozycji.

– I dalej będzie podział pół na pół?

– Może, ale to będzie zależało.

***

Pierre przedstawił mnie Totowi La Goinche, kierownikowi knajpy położonej u stóp wzgórza Santa Cruz, poniżej starych hiszpańskich fortyfikacji. Toto był czterdziestolatkiem o skromnej powierzchowności. Kiedy przyszliśmy, półnagi, w samym tylko rzeźnickim fartuchu, akurat rozbierał świniaka na podwórku lokalu. Zapytał, czy potrafię prowadzić rejestr, odparłem, że nie. Zapytał, czy potrafię trzymać język za zębami, odparłem, że tak. Obydwie odpowiedzi były właściwe. Wziął mnie na tydzień na próbę, bez zapłaty.

Potem na drugi tydzień, by sprawdzić, czy stawia na właściwego konia; też bez zapłaty.

A na koniec powitał mnie w swojej paczce.

Jego knajpa nie była w rzeczywistości takim lokalem, jakich wiele działało na przedmieściach, lecz pokątnym burdelem, czymś w rodzaju nielegalnej oberży zalatującej podstępem i fałszowaną gorzałką, gdzie słoniowate dziwki sprowadzały mówiących w nieznanych językach cudzoziemskich marynarzy, których sprytnie oskubywały w trakcie odwalonej na odczepnego schadzki.

W pierwszych dniach bałem się jak nie wiem co. Knajpa mieściła się w zaśmieconym zaułku, w którym, o dziwo, koty i psy zgodnie przetrząsały śmietniki, a pijacy tłukli się o byle co. Szanujący zwyczaje właściciel nie pozwalał na zwady pod swoim dachem, tolerował natomiast załatwianie porachunków poza podwórkiem, na kawałku ziemi graniczącym z przepaścią. Kiedy zaczynała się lać krew, Toto wołał Babaja, wielkoluda z Sahary, byłego więźnia tak czarnego, że w ogóle nie było widać tatuaży na jego skórze. Babaj nie miał ani grama cierpliwości i nie potrafił przemawiać do rozumu awanturnikom, którzy zresztą darli pyski bez przerwy, wymachując nożami; łapał takich dwóch delikwentów za kark, stukał głową o głowę i zostawiał ich na podwórku pewien, że przed świtem żaden nie puści pary z gęby.

Nie martwiłem się utarczkami – w Grabie przywykłem do stosunków w grupie opartych na sile. W tym miejskim półświatku bałem się natomiast pań, które działały tam na podobieństwo krokodyli w mętnych wodach rzeki; były straszne z tymi swoimi pokręconymi lokami, twarzą naznaczoną upadłością, błyszczącą od taniej szminki, podkrążonymi oczami umalowanymi kajalem złej jakości i ustami tak czerwonymi, że wyglądały jak zamoczone w kielichu świeżej krwi. Dziwne z nich były istoty, niepokojące syfilityczki; paliły jak smok, cycki nosiły na wierzchu, a na tyłku ażury, bekały i pierdziały bez umiaru, były wulgarne i dzikie, zniszczone przed trzydziestką, lecz nadal władające zwierzęcym pożądaniem mężczyzn. Za dnia śmierdziały zjełczałym masłem, a gdy zapadła noc, zimnym potem, jeśli zaś były niezadowolone, waliły gdzie popadnie, zdolne wyrzucić klienta przez okno, zaciągnąć zasłonkę i bez wzruszenia otrzepać ręce.

Trzymałem się od nich jak najdalej.

Ja pracowałem w piwnicy, one królowały na piętrze i tak było dobrze.

Za zadanie miałem sprzątać stoły, opróżniać wiadra sanitarne, zmywać naczynia, wynosić śmiecie i trzymać język za zębami, bo dziwne rzeczy się działy w tej knajpie. Oprócz upadłych dziewcząt, które półżywe z głodu znajdowano w bramach, sprowadzano tam również chłopców.

Z początku nie zwracałem uwagi na korowody, które w zwolnionym tempie odbywały się w wilgotnym mroku. Ponieważ personel zajmował się głównie ocenianiem poziomu czujności ptaszków, zanim je zaczął skubać, ja uciekałem do piwnicy między swoje miednice i skrzynki z winem, żeby niczego nie widzieć. Byłem odizolowany, ignorowany i potwornie się nudziłem, powtarzając stale te same czynności i pokonując te same trasy. Nawet Babaj pokazywał się od wielkiego dzwonu. Pewnie jak dżinn chował się w jakiejś szafie, z której wyłaniał się na gwizdek szefa. Później z wolna zacząłem sobie uświadamiać, w jakie bagno wpakował mnie Pierre. Ta knajpa nie była miejscem dla mnie. Pragnąłem tylko jednego: zainkasować wynagrodzenie i zwiać gdzie pieprz rośnie, raz na zawsze położywszy krzyżyk na tej części miasta. Szef mnie uprzedził, że umowa to umowa, nawet jeżeli nie podpisano papieru, i należność dostanę dopiero na koniec miesiąca. Musiałem zatem po dwóch tygodniach próbnych przepracować kolejne cztery, zamykając oczy na pewne potworności i myjąc szklanki ze wstrzymanym oddechem.

Pewnej nocy niekompletnie ubrany marynarz zszedł do mojego azylu. Płakał jak bóbr, obijając się od ściany do ściany z flaszką wina w ręce. „Choćbym szedł po wodzie, żaden klecha by się nie przejął – żalił się do siebie. – Mógłbym całe życie czynić dobro, a i tak nikt by mnie nie traktował poważnie. Bo nie budzę zaufania. Pójdziesz na morze, a okaże się, że wyschło, przepowiadała mi świętej pamięci kochana mamusia". Kiedy zobaczył mnie w kącie nad pomyjami, stoczył się po kilku dzielących nas stopniach i chwiejąc się na nogach, wyjął z kieszeni plik banknotów, które wcisnął mi za koszulkę. „Nie chciała ich... nie chciała gruba Berta, która myśli, że jej brodawka na nosie to pieprzyk... Powiedziała, że nie chce mojej forsy, że mogę się nią podetrzeć... Zdajesz se sprawę? Nawet za własny szmal zarobiony w pocie czoła nie można teraz pociupciać... Chcesz?... Chcesz te pieniądze? No to bierz, daję ci je. Ze szczerego serca, naprawdę. Nie chcę ich. W domu mam całe stosy szmalu. Śpię na nim. A ty go potrzebujesz. Masz to wypisane na pysku. Pewnie ktoś w rodzinie ci choruje. Potraktuj moją forsę jak dar niebios. Ze mnie jest dobry chrześcijanin. Mam serce na dłoni, chociaż nie budzę zaufania". Próbował pogłaskać mnie po policzku, gmerając sobie przy rozporku...

Jakimś cudem Babaj wyłonił się z szafy i wyrzucił pijanicę na zewnątrz.

6

Mekki z rezerwą odniósł się do pieniędzy, które wcisnął mi marynarz w knajpie. Nie chciał ich tknąć. Byliśmy w jego pokoju. Skończył właśnie modlitwę, gdy podałem mu banknoty.

– Gdzieś je znalazł? – zapytał, hamując się, by nie uszczypnąć się w nos.

– Zarobiłem.

– Wygrałeś w karty?

– W pracy zarobiłem.

– Nawet odźwierny w kasynie Bastrana tyle nie zarabia.

– Czy ja cię pytam, jak ty zarabiasz pieniądze, które przynosisz?

– Masz prawo wiedzieć. Mozabita prowadzi nasze rachunki, możesz sprawdzić. W tym domu nie może się znaleźć ani jedna moneta haram. A ty nie wiadomo skąd przynosisz plik banknotów i próbujesz mi wmówić, że zarabiasz jak jakiś bogacz. Nie chcę twoich pieniędzy. Nie pachną dobrze.

Zawiedziony i urażony niechętnie włożyłem pieniądze do kieszeni i ruszyłem w stronę swojego posłania.

– Nie tak szybko – powstrzymał mnie Mekki. – Nie będziesz tu spał, póki nie wyjaśnisz, w coś się znowu wpakował.

– Jestem pomywaczem w knajpie.

– A czemu nie w dużym luksusowym hotelu? Tylko tam można zarobić taki szmal, a i to nie o tej porze roku.

Wzruszyłem ramionami i wyszedłem.

Mekki podążył za mną na ulicę, nakazując mi, abym się wytłumaczył. Przyspieszyłem kroku głuchy na jego wezwania, a stwierdziwszy w końcu, że nie słyszę, jak gdera, zwolniłem. Byłem wściekły. Ciężko pracowałem i miałem prawo do minimum szacunku. To było niesprawiedliwe.

Wyklinając na wszystko i kopiąc kamienie, błąkałem się trochę ulicami, później ułożyłem się do snu pod gołym niebem, na ławce w parku, po którym krążyli różni włóczędzy wydani na pastwę niepewności nocy. Wydawało mi się, że i oni, i ja jesteśmy jednym wielkim zaprzeczeniem siebie.

Mekki nie potrzebował wiele czasu, aby poznać moją tajemnicę. Na pewno mnie śledził. Tydzień później po powrocie do domu znalazłem się w obliczu rady rodzinnej nastawionej bojowo. Rokaja była przykuta do posłania, a Nora trzymała się z boku, choć opowiadała się po stronie mojej mamy i Mekkiego, którzy piorunowali mnie wzrokiem. Czekali w pokoju sztywni, o nozdrzach rozedrganych z oburzenia.

– Przynosisz wstyd naszym zmarłym i żywym – oznajmił Mekki, mocno ściskając w garści bicz. – Najpierw postanawiasz czyścić obcym buty, a teraz zmywasz gary w domu uciech. Skoroś tak nisko upadł i nie szanujesz sam siebie, już ja ci dam nauczkę jak psu ku chwale naszych nieobecnych.

Zamachnął się biczem, który spadł na moje ramię. Ból wyprowadził mnie z równowagi, tak że nie bacząc na prawo starszeństwa, złapałem wujka za gardło i przyparłem go do ściany na oczach wstrząśniętej mamy.

– Śmiesz podnosić na mnie rękę? – huknął wujek oszołomiony takim świętokradztwem.

– Nie jestem psem, a ty nie jesteś moim ojcem.

– Ojcem? Mówisz o swoim ojcu? Czy on cię karmi, on wypruwa z siebie żyły dla rodziny? Twój ojciec, ten przeklęty... No dobra, pogadajmy o twoim ojcu, skoroś zaczął...

– Mekki... – błagalnie odezwała się mama.

– Musi się dowiedzieć – odparł z pianą na ustach. – Chodź, gówniarzu, chodź ze mną. Pokażę ci, na jakim łajnie rośnie twoja duma, bezmyślny próżny smarkaczu.

Złapał mnie za kark i popchnął przed sobą.

Szedłem z nim ciekaw, co się kryje za jego niejasnymi słowami. Słońce przypiekało ulice. W powietrzu unosił się smród ścieków i rozgrzanego asfaltu. Mekki gniewnym krokiem parł prosto przed siebie. Gotował się z wściekłości. Starałem się za nim nadążyć. Przeszliśmy przez Madina Dżadidę przytłoczoną skwarem, przecisnęliśmy się na bazarze przez tłum, którego najwyraźniej żaden upał nie był w stanie zniechęcić, znaleźliśmy się na szerokiej ulicy prowadzącej do Porte de Valmy i do składu z paszą, po czym zatrzymaliśmy się przed cmentarzem żydowskim.

Mekki wykrzywił się do mnie jadowicie. Głową dał znak, abym poszedł pierwszy, wskazując ręką szeroko otwartą bramę, za którą widniały prostokąty grobów.

– Proszę przodem, jak mówią rumi – powiedział z okrutnym błyskiem w oku.

Swojego wujka, pobożnego dwudziestoletniego mędrca, którym był zawsze, nigdy nie widziałem ogarniętego taką pogardą i zadowoleniem, że wyrządzi mi krzywdę, domyślałem się bowiem, że nie przyprowadził mnie tutaj, aby przywołać do porządku, lecz aby mnie tak ukarać, że zapamiętam to po kres swoich dni.

– Czemuś mnie tu ściągnął?

– Wejdź dalej, to się dowiesz.

– Myślisz, że mój ojciec jest pochowany wśród żydów?

– W każdym razie czuwa nad umarłymi.

Mekki popchnął mnie dalej na cmentarz, rozejrzał się za czymś i w końcu wskazał mi człowieka siedzącego po turecku przed stróżówką. Właśnie okładał pajdę chleba plasterkami cebuli i pomidorów. Podnosił kanapkę do ust, gdy wtem dostrzegł nas. Natychmiast go rozpoznałem. To był mój pokiereszowany ojciec, chudy jak strach na wróble i jak on powykrzywiany. Serce zabiło mi tak mocno w piersi, aż zadygotałem od stóp do głów. Ziemia i niebo zlały się w jedno i musiałem się przytrzymać ręki wujka, by ustać na nogach z gulą w gardle, jakbym się zakrztusił chlebem.

– Powinien był umrzeć w okopie – rzekł wujek. – Przynajmniej zostałby po nim medal i moglibyśmy żałobę odbyć z czymś na kształt dumy.

Stróż przypatrzył się nam szczurzymi oczkami. Kiedy nas rozpoznał, zajął się posiłkiem. Jakby nigdy nic. Jakby nas tam nie było. Jakby nie miał pojęcia, kim jesteśmy.

Gdyby w tamtej chwili ziemia rozstąpiła mi się pod nogami, bez wahania pozwoliłbym, aby mnie pochłonęła.

– Mam nadzieję, że teraz przestaniesz nam truć o swoim tatusiu – rzekł do mnie Mekki. – Żyje i ma się dobrze, jak sam widzisz. Żałosny z niego gość, który woli plewić groby, niż zamiatać przed swoimi drzwiami. Wybrał żydowski cmentarz, żebyśmy go nie znaleźli. Tutaj, myślał sobie, nie przyjdzie żaden muzułmanin i nie będzie mu się przyglądał. A tym bardziej nikt z rodziny, którą zostawił swojemu losowi.

Wziął mnie za rękę i wyciągnął z cmentarza. Nie mogłem oderwać oczu od człowieka, który się posilał na progu stróżówki. Niepojęte uczucie rozlało się we mnie ołowianym ciężarem. Potwornie chciało mi się płakać, lecz nie byłem w stanie ani krzyknąć, ani jęknąć. Wpatrywałem się jedynie w tego mężczyznę, który był kiedyś moim ojcem i idolem, a teraz stał mi się zupełnie obcy. Wcinał kanapkę, całkowicie nas ignorując. Wydawało się, że nic się dla niego nie liczy prócz pajdy chleba, którym się zajadał z apetytem. Nie dojrzałem w jego twarzy ani zaskoczenia, ani choćby śladu emocji. Pominąwszy przelotny błysk, który przemknął mu przez oczy, kiedy nas rozpoznał, twarz miał zamkniętą i gładką niczym kałuża na chodniku. Było mi ogromnie smutno z jego powodu, chociaż miałem świadomość, że ze wszystkich dzieci ziemi ja jestem najbardziej godzien pożałowania.

– Chodźmy stąd – rozkazał Mekki. – Na dzisiaj masz dosyć.

Byłem zupełnie bez sił. Wujek niemal ciągnął mnie za sobą.

Kiedy już wyszliśmy z cmentarza, zobaczyłem, że ojciec zamyka bramę za nami. Bez jednego spojrzenia w naszym kierunku. Bez cienia zażenowania...

Jakiś świat właśnie zgasł dla mnie, choć nie wiedziałem który. Kilkakrotnie obejrzałem się za siebie w nadziei, że brama cmentarna się otworzy i ojciec pobiegnie za mną.

Brama pozostała zamknięta.

Zrozumiałem, że muszę odejść, oddalić się, zniknąć. Wujek mówił do mnie. Jego głos zanikał, nim dotarł do mnie. Słyszałem tylko szum krwi w skroniach. Po bokach przesuwały się budynki spowite jakby obłokami pary. Zrobiło się ciemno za dnia. Stopy mi grzęzły w ziemi jak z waty, mdłości skręcały trzewia, drżałem w blasku słońca.

Szedłem prosto przed siebie. Jak lunatyk. Niesiony bólem. Wujek zamilkł, potem zlał się z tłem. Nawet nie wiedziałem, kiedy otworzył się przede mną boulevard National, potem place d'Armes. Za dużo było tam ludzi, za dużo dorożek, za dużo rozwrzeszczanych jauladów, za dużo pozerów, za dużo pań z wózkami; za duży był zamęt i za duży gwar. Potrzebowałem powietrza i ciszy. Szedłem więc dalej ku brzegowi morza. W Cercle Militaire zabawa trwała w najlepsze. Obszedłem Chateau-Neuf, gdzie skoszarowano żuawów, i podążyłem w dół zbocza aż do promenady Létanga. W alejkach zakochane pary szeptały coś do siebie, trzymając się za ręce jak dzieci. Zalotne panie spokojnie przechadzały się rozmarzone pod umbrelkami. Na trawnikach baraszkowały dzieci. A co ja w tym wszystkim robiłem? Cóż, byłem poza nawiasem, na marginesie.

Wspiąłem się na cypelek, aby popatrzyć na statki stojące na redzie. Cztery statki Schiaffino cumowały przy nabrzeżu wyładowane zbożem po skraj burty; ich kominy czerwone jak nos klauna wyrzucały w powietrze czarne chmury dymu... Kilka miesięcy wcześniej byłem w tym miejscu, chciałem bowiem popatrzyć na morze; okazało się równie fascynujące i tajemnicze jak niebo, aż mnie zastanowiło, które którym się inspirowało. Stałem wtedy na tym samym skalistym cypelku z szeroko otwartymi oczami, oczarowany błękitną równiną ciągnącą się po horyzont. Wówczas pierwszy raz w życiu oglądałem morze. Jakiś malarz przedstawiający na płótnie zakotwiczone brzuchate frachtowce, przy których małe parostatki wyglądały jak pchełki, powiedział mi: „Morze to kropielnica, w postaci łez spadają do niej wszystkie modlitwy, które nie dotrą do Pana Boga, i tak już jest od milionów lat". Miał łeb ten malarz. Teraz na tym samym cypelku, na którym nie było widać sztalug, wspomniałem, co rzekł, gdy przed oczami w zwolnionym tempie przewijał mi się w kółko widok ojca zamykającego za mną cmentarną bramę, i te słowa głupie, choć ładne, złamały mi serce.

Zostałem na cypelku aż do zapadnięcia nocy. Przepełniał mnie smutek; rozpływałem się w nim. Nie chciałem wracać do domu. Nie zniósłbym spojrzenia matki ani wujka. Nienawidziłem ich. W i e-d z i e l i i nie pisnęli mi ani słowa. Potwory!... Szukałem winnego, a sam zbyt mało znaczyłem, aby nadawać się do tej roli. Byłem ofiarą, należało mnie raczej żałować, niż obwiniać. Potrzebowałem wskazać kogoś palcem. Ojca? On był występkiem. Nie dowodem, lecz czynem, zbrodnią, morderstwem. Na ławie oskarżonych widziałem jedynie swoją matkę i Mekkiego. Nareszcie zrozumiałem, dlaczego umilkli tamtego dnia, gdy zaskoczyłem ich na rozmowie o moim ojcu. Powinni byli mnie wtajemniczyć. Wtedy inaczej przyjąłbym ten cios. Nie zrobili tego. Toteż zrzucałem na nich odpowiedzialność za wszystkie nieszczęścia na ziemi.

Tej nocy nie wróciłem do domu.

Zapukałem do drzwi Gina.

Zobaczywszy moją twarz, od razu zgadł, że jeśli mnie nie wpuści, nieodwołalnie rzucę się w przepaść.

Jego mama spała z rozchylonymi ustami.

Zaprowadził mnie na ganek oświetlony latarnią. Na niebie skrzyły się gwiazdy. Z oddali dobiegały odgłosy kłótni. Gino wziął mnie za rękę i wyrzuciłem z siebie wszystko za jednym zamachem, na jednym oddechu. Wysłuchał do końca, nie przerywając mi i nie wypuszczając mojej ręki. Kiedy skończyłem się wywnętrzać, powiedział:

– Wiele ludzi wróciło z wojny odmienionych, Turambo. Poszli na nią w całości, a kiedy wrócili, okazało się, że część duszy zostawili w okopach.

– Lepiej by było, gdyby został tam cały.

– Nie bądź dla niego taki surowy. Nadal jest twoim ojcem, a nie wiesz, co tam przeżył. Jestem pewien, że ciągle cierpi z tego powodu. Człowiek nie ucieka od rodziny, kiedy ocalał na wojnie.

– On uciekł.

– To dowód, że się pogubił.

– Wolałbym, żeby nie żył. Jakie wspomnienie teraz o nim zachowam? Cmentarnej bramy, którą zatrzaskuje mi przed nosem?

Gino mocniej ścisnął mi dłoń.

Rzekł ze smutkiem:

– Oddałbym wszystko za wiarę, że mój ojciec gdzieś tam żyje. Żywy w końcu kiedyś może wrócić do domu, martwy nie.

Gino mówił jeszcze inne rzeczy. Nie słuchałem go. W głowie dźwięczał mi tylko zgrzyt zamykanej bramy. I chociaż ojciec chował się za nią, widziałem go wyraźnie jak przez lustro bez podlewu. Upiornego. Żałosnego. Groteskowego. Przerażał mnie. Zamykałem oczy i widziałem go; otwierałem je, a on ciągle tam był w tych swoich łachach stracha na wróble, beznamiętny jak drewniana kukła. Co się z nim porobiło? Czy to na pewno był on? Czym właściwie jest wojna? Zaświatami, z których człowiek wraca bez duszy, serca i pamięci? Te pytania mnie zżerały. Gorąco pragnąłem, aby mnie wykończyły albo przebudziły do czegoś. A tu nic. Po prostu były i tyle. Słabo mi się robiło, że nie potrafię znaleźć choćby namiastki odpowiedzi bądź jakiegoś sensu w tym wszystkim.

Gino zaproponował, żebym przenocował w jego pokoju. Odparłem, że udusiłbym się tam, że wolę ganek. Przyniósł mi matę z traw, kołdrę i położył się obok na kawałku dywanu. Wpatrywaliśmy się w niebo, nasłuchując odgłosów miasta. Kiedy ruch uliczny ustał, Gino zaczął chrapać. Ja także czekałem na sen, lecz gniew tak mną miotał, że oka nie zmrużyłem.

Gino wstał wcześnie. Zrobił mamie kawę, upewnił się, że niczego jej nie brakuje, i zaproponował, żebym został u niego, jeśli chcę. Odmówiłem, nie chciałem bowiem spotkać swojej mamy, która niebawem miała przyjść. Zjawiała się codziennie o siódmej, aby sprzątać i gotować u Ramounów. Gino niewiele więcej mógł mi zaoferować. Musiał iść do pracy. Odprowadziłem go do place Sébastopol. Obiecał, że spotkamy się pod wieczór, i pożegnał się. Zostałem sam na chodniku, nie wiedząc, co ze sobą począć. Czułem się źle w swojej skórze, w ogóle źle się czułem. Powrót do domu nie wchodził w grę.

Udałem się na położoną wysoko promenadę Létanga, by popatrzeć na morze. Było równie wzburzone jak plątanina myśli w mojej głowie. Następnie poszedłem na boulevard Marceau pogapić się na tramwaj przewożący pasażerów, którzy uwieszeni poręczy wyglądali jak wianki czosnku. Na dworcu nasłuchiwałem pociągów nadjeżdżających z przenikliwym gwizdem parowozu i wypluwających na perony gromady podróżnych. Chwilami przemykała mi przez głowę pewna myśl i widziałem siebie, jak wskakuję do wagonu i jadę przed siebie, byle dalej od uczucia wstrętu, które ciągnęło się za mną niczym kula u nogi. Miałem ochotę skopać wszystko, co się ruszało. Byle spojrzenie wzbudzało we mnie pragnienie wyładowania złości.

Odrobinę spokoju odzyskałem, dopiero gdy zjawił się Gino. Przywracał mnie do równowagi, był moją podporą. Co wieczór zabierał mnie do kina na filmy z Maxem Linderem, na *Charliego*, *Trzech muszkieterów*, *Tarzana, króla małp*, *King Konga* oraz na filmy grozy i przygodowe. Potem szliśmy do kawiarni z muzyką przy rue d'Austerlitz w Derbie, żeby posłuchać śpiewu Messaouda Médioniego. Miałem się trochę lepiej. Jednakże rano, gdy Gino szedł do pracy, wracał mi zły nastrój, który próbowałem zgubić w gwarnym tłumie.

Pierre mnie odnalazł. Oznajmiłem, że między nami koniec. Nawymyślał mi od osłów i powiedział, że „mosiek" lasuje mi mózg. Moja pięść sama wyleciała do przodu. Poczułem, jak pęka pod nią nos mojego „sutenera". Zaskoczony Pierre padł jak długi. Półprzytomny dotknął twarzy, z niedowierzaniem spojrzał na swoją zakrwawioną rękę. „No tego się nie spodziewałem – burknął głosem drżącym ze złości. – Ja ci próbuję pomóc, a ty tak mi dziękujesz. Arab zawsze będzie Arabem, niewdzięcznym zdrajcą".

Pozbierał się, na odchodnym podbił mi oko i już na zawsze zostawił mnie w spokoju.

7

Mieliśmy wyskoczyć do Ras el-Aïn, żeby połazić, ale Gino nagle zmienił zdanie. „Mam robotę w domu", oświadczył. Poszedłem z nim na boulevard Mascara. I zastałem tam swoją mamę z rękawicą kąpielową w ręce i z miednicą z wodą obok; kończyła myć mamę mojego przyjaciela. Zapytałem Gina, co znaczy ten dziwny zbieg okoliczności. Odpowiedział, że niesłusznie gniewam się na rodzinę. Minęło dziewięć miesięcy od tej sprawy na cmentarzu żydowskim – przez ten czas moja noga nie stanęła na rue du Général-Cérez. Zapytałem Gina, czy to z jego strony delikatny sposób, żeby się mnie pozbyć. Zapewnił, że jego dom jest moim domem i że mogę u niego zostać, jak długo zechcę, ale rodzina mnie potrzebuje, a gniewanie się z bliskimi to żadne rozwiązanie.

Chciałem wyjść, lecz mama przytrzymała mnie za rękę. „Chcę pogadać", rzekła. Narzuciła chustę i skinęła ręką, żebym poszedł z nią. Na ulicy nie zamieniliśmy ani słowa. Szła przodem, ja wlokłem się za nią, zastanawiając się, jakie to nowiny czekają na mnie za rogiem.

W domu mama obwieściła: „Nie jesteśmy dla ciebie surowi, życie jest surowe wobec nas wszystkich". Na moje pytanie, dlaczego nie powiedziała mi prawdy o ojcu, odparła, że nie miała nic do powiedzenia na ten temat. I tyle. Po czym udała się do kuchni szykować kolację.

Nora przyszła do mnie z pokoju obok. Jeszcze wypiękniała, jej wielkie oczy wprawiały mnie w zmieszanie.

– Brakowało nam ciebie – wyznała, odwracając się wstydliwie.

Za szybko rośnie, pomyślałem. Była już prawie kobietą. Jej ciało rozkwitło; domagało się zachwytu.

– Wróciłem i tylko to się liczy – rzekłem.

Ładnie pachniała nasza Nora, wiosenną łąką. Czarne włosy opadały jej na krągłe ramiona, piersi świadczyły o dojrzałości. Żadne z nas nie miało nic więcej do powiedzenia.

Nasze milczenie mówiło za nas.

Kochałem ją...

Ciocia Rokaja rozłożyła wychudłe ramiona, aby mnie przytulić. „Ty wariacie! – złajała mnie czule. – Nie można się gniewać z rodziną. Jak mogłeś mieszkać u przyjaciela o dwa kroki stąd i tak nas ignorować? – Rozplątała chusteczkę zawiązaną na staniku i dała mi znajdujący się w niej srebrny pierścień. – Należał do twojego dziadka. W dniu swojej śmierci zdjął go z palca i zobowiązał mnie, że oddam go swojemu synowi. Nie mam syna ze swojego łona. A ty jesteś dla mnie kimś więcej niż siostrzeńcem".

Wychudła ciocia Rokaja. Oprócz paraliżu kończyn dolnych, który przykuł ją do posłania, uskarżała się na szum w uszach i straszne bóle głowy. Amulety, które zapisywali jej szarlatani, w ogóle nie działały. Wyglądała jak zjawa o zniekształconych rysach, ziemistej skórze i suchych oczach, w których głębi stoickie cierpienie tkało swoją sieć.

Rokaja cierpiała na chorobę porzuconych. Złapała ją w Turambo, kiedy połatany namiot pełnił rolę domu. W tamtych czasach kociołek nad ogniem wrzał tylko po to, by oszukać głód. Pozbawione smaku bulwy dojrzewały raz do roku, przez resztę czasu żywiliśmy się korzonkami i gorzkimi żołędziami. Mając pięć lat, Rokaja pasała jedyną kozę dziadka – pewnej nocy zagryzł ją szakal, który dostał się do niedokładnie zamkniętej zagródki. Odtąd Rokaja przez resztę życia nosiła w sobie poczucie winy. Kiedy spadało na nas jakieś nieszczęście, mówiła, że to przez nią – i na nic było tłumaczenie, że ona nic tu nie zawiniła. W wieku czternastu lat wydano ją za pasterza o szpotawej stopie, który ją tłukł, żeby była posłuszna. Nędznik, wiedział, że jest ostatni z ostatnich, poślubił ją, by dodać sobie pewności siebie i autorytetu. Wystarczyło, że na niego spojrzała, a poczytywał to za zniewagę. Umarł trafiony piorunem i ludzie z wioski ujrzeli rękę Pańską w śmierci, która przyszła z nieba. Dziewiętnastoletnią wdowę powtórnie wydano za wieśniaka ponurego jak burza. Jej ciało zawsze już będzie nosiło ślady po okrucieństwach doświadczonych w drugim związku małżeńskim. Kiedy miała dwadzieścia sześć lat, mąż ją odprawił i po raz trzeci ją wydano za domokrążcę, który pewnego ranka wyruszył sprzedawać samowary i więcej nie wrócił, zostawiając żonę w ósmym miesiącu ciąży. Rokaja urodziła Norę w oborze, szarpiąc za sznur, ze ścierką w ustach dla stłumienia krzyków. W wieku czterdziestu pięciu lat doszła do kresu żywota. Wyglądała na dwa razy starszą. Choroba porzuconych stoczyła ją od środka z metodyczną żarłocznością termitów. Widok tej kobiety zawsze sprawiał mi przykrość. Jej twarz naznaczona była pradawnym smutkiem, który nie chciał się rozproszyć. Właśnie dzięki niej chyba zrozumiałem, że pewne dramaty dbają, by pozostawać zawsze na wierzchu niczym paskudne szramy i nie popaść w zapomnienie, wybaczając tym samym popełnione zło... albowiem zło powraca, kiedy zostało wybaczone, czując się zrehabilitowane, i nic go wtedy nie może powstrzymać. Rokaja pilnowała, by jej rany pozostawały otwarte jak oczy, aby nie stracić z widoku najmniejszej doznanej krzywdy w obawie, że mogłaby jej nie rozpoznać, gdyby kiedyś ta krzywda miała czelność znowu zapukać do jej drzwi. Jej twarz w pewnym sensie była zwierciadłem, w którym każde doświadczenie okazywało swój rachunek w pełni zapłacony. I doświadczenia te z całych sił starały się uczynić z jej zmarszczek splątany labirynt, z którego wszystkie wyjścia prowadziły do tego samego grzechu pierworodnego, grzechu polegającego na tym, że pięcioletnie dziecko niedokładnie zamknęło zagródkę jedynej kozy w rodzinie.

Kolację zjedliśmy we czwórkę przy niskim stoliku, z Rokają leżącą nieco dalej w kącie na posłaniu. Mekki po powrocie tylko uśmiechnął się lekko. Pozycja głowy rodziny pozwalała mu odstąpić od pewnych obowiązujących obyczajów. Był jednak zadowolony z mojego powrotu na rodzinne łono. Nora z trudem przełykała każdą łyżkę zupy. Moja obecność wprawiała ją w poruszenie. A raczej mój wzrok. Nie przestawałem ukradkiem się jej przyglądać, widziałem tylko jej pełne usta, które starały się przemilczeć to, czego oczy się domagały. Ja także dorosłem. Miałem siedemnasty rok, byłem dobrze zbudowany, a kiedy uśmiechałem się do swojego odbicia w lusterku, moją twarz spowijał przelotny urok. Nora darzyła mnie serdecznością, która wykraczała poza ramy niewinności. Te dziewięć miesięcy, kiedy mnie nie było, odkryły nas przed sobą nawzajem. Milczenie zdradzało przepełniające nas wewnętrzne podniecenie. W naszej tradycji nie umiano sobie radzić z takimi uczuciami. Pielęgnowano je w sekrecie, czasami dosłownie duszono. Zbyt ciężko było dźwigać takie emocje i zbyt niebezpiecznie wywlekać je na światło dzienne. Słowo w tej niemej, lecz ożywionej rozmowie byłoby nieprzyzwoite jak nagość, ponieważ u nas zmysły wypowiadały się po ciemku i wtedy dotyk był wymowniejszy od wiersza.

Po kolacji Mekki wyszedł pod pretekstem, że ma spotkanie z tym swoim wspólnikiem Mozabitą. Mama zaczęła sprzątać ze stołu. Rokaja już spała. I właśnie tego wieczoru, wykorzystując chwilę nieuwagi, podniosłem dłoń do piersi Nory. Po raz pierwszy w życiu dotknąłem wtedy pulsu ułamka wieczności. Już nigdy moje palce nie doznają silniejszego uczucia. Nora odskoczyła przerażona moim gestem, lecz w jej oczach rozszerzonych zaskoczeniem wyczytałem, że mile ją to połechtało. Czym prędzej dołączyła do mojej matki, ja zaś uciekłem na ganek, gdzie z sercem wezbranym emocjami miałem wrażenie, iż w koniuszkach swoich zuchwałych palców, jeszcze pamiętających dotyk ciała Nory, trzymam całą euforię świata.

Rankiem wydało mi się, że Madina Dżadida coś świętuje. Ludzie obnosili promienne twarze, a ulice zalane światłem zdawały się budzić ku lepszym dniom. W rzeczywistości to mnie przepełniała radość. Śniłem o Norze i w tym śnie całowałem ją w usta; w swoim odczuciu jednak pocałowałem ją naprawdę. W ustach czułem smak nektaru nie mającego sobie równych. Piersi rozsadzała mi radość, serce waliło spowite chmurą. Żadna trucizna nie kaziła mojego jestestwa. Wybaczyłem wszystko wszystkim. Nawet poszedłem do sklepiku wujka, aby pokazać, że już nie mam do niego żalu. Jego wspólnik, ten Mozabita, człowiek niedużego wzrostu, ale wielkiej wiedzy, zaprosił mnie na kawę i aniśmy się nie spostrzegli, jak opróżniliśmy dwa dzbanki. Mozabita znał wszystkie rośliny i ich działanie. Słuchałem go przez kilka sekund, po czym nazwa jakiegoś kwiatu albo rośliny o właściwościach afrodyzjaku przywoływała rozedgrany wizerunek Nory, który niósł mnie poprzez rozliczne wydumane zuchwałe gesty.

W południe Mozabita pożegnał się ze mną.

Wróciłem na rue du Général-Cérez.

Moja mama była u Ramounów. Rokaja drzemała na posłaniu. Nora w kuchni pilnowała gotującego się kociołka. Rozejrzałem się dokładnie, aby mieć pewność, że nikogo więcej nie ma w domu. Kuzynka odgadła, co mi chodzi po głowie. I zaraz przyjęła postawę defensywną. Podszedłem do niej ze wzrokiem wlepionym w jej usta. Pogroziła mi warząchwią. Jej wzrok nie odtrącał mojego, tyle że tu chodziło o cześć. U nas miłość nie była sprawą nadrzędną; podlegała najrozmaitszym konwenansom i przez to stawała się niemalże próbą sił. Ja jednak czułem się zdolny wspiąć na święte wyżyny i podeptać je, skręcić kark obyczajom, zlekceważyć diabła w jego ostoi. Ciało mi płonęło. Nora cofnęła się pod ścianę z warząchwią nastawioną obronnie jak tarcza. Nie widziałem ani barier, ani zła; widziałem tylko ją, a cała reszta dokoła nie miała znaczenia. Moja twarz była o dwa palce od jej twarzy, rozchyliłem usta. Modliłem się z całych sił, aby Nora zrobiła tak samo, i czekałem, kiedy jej usta spoczną na moich. Jej oddech mieszał się z moim w elektryzującym podmuchu. Nora nie uległa. Po policzku spłynęła jej pojedyncza łza i naraz ugasiła żar, który mnie trawił. „Jeśli masz dla mnie poważanie, nie rób mi tego", rzekła Nora... Uświadomiłem sobie wielkość swojego egoizmu. Nie można deptać świętych wyżyn. Palcem starłem łzę z policzka kuzynki. „Chyba dzisiaj za wcześnie wróciłem", powiedziałem, aby zachować twarz. Kiwnęła głową, patrząc w ziemię. Wybiegłem na gwarne ulice. Szczęśliwy. Dumny z kuzynki. Jej zachowanie stokrotnie dodało jej wielkości w moim sercu i umyśle.

Nie mam pojęcia, gdzie się podziewałem tego dnia i jak wytrwałem na ziemi do powrotu Gina.

– Jestem poważnie zakochany – wyznałem, kiedy się przebierał w swoim pokoju.

– W miłości nic nie jest poważne – zauważyła pani Ramoun z łóżka.

Gino zmarszczył brwi. Gestem dłoni dał mi znać, żebym mówił ciszej. I obaj parsknęliśmy pod nosem jak dwaj smarkacze złapani we własną pułapkę. Zerknąłem za siebie. Pani Ramoun miała szeroki uśmiech na twarzy zlanej potem.

– Potrzebna mi praca – rzekłem do Gina. – Żeby stać się mężczyzną.

– Taki warunek postawiła ci wybranka? – zakpił dobrotliwie, śmiejąc się.

– Taki warunek muszę spełnić, żeby na nią zasłużyć. Chcę wreszcie żyć, kapujesz? Dotąd tylko rozmieniałem się na drobne.

– Ale cię wzięło!

– E tam! Ledwie potrafię się odnaleźć.

– Farciarz.

– Mógłbyś szepnąć słówko swojemu szefowi?

– Nie znasz się na mechanice, a stary Bébert ma fioła na tym punkcie.

– Nauczę się.

Zakłopotany Gino zacisnął usta; obiecał, że zobaczy, co da się zrobić.

Udało mu się przekonać szefa, aby przyjął mnie na ucznia.

Stary Bébert zapowiedział: mam patrzyć, co inni robią, i niczego nie dotykać. Przedtem zadał mi mnóstwo pytań o to, czym się dotąd parałem, o rodzinę, czy chorowałem na coś i czy miałem do czynienia z policją. Następnie pokazał mi beczki, do których zlewano zużyty olej, komórkę ze szczotkami, środki czyszczące i zaraz poddał mnie próbie. Ponieważ Gino rozplątywał akurat kable w wielkim aucie, na poły skryty pod maską, musiałem radzić sobie sam, oswoić się jak najszybciej z różnymi częściami warsztatu. Stary Bébert obserwował mnie ze swojego kantorka, jednym okiem patrząc w księgi, drugim na to, co i jak robię.

O pierwszej Gino zaprowadził mnie do pawiloniku. Można było tam usiąść przy stole i zamówić kanapkę. Nie byłem głodny; zastanawiałem się, czy odpowiada mi śmierdzące powietrze warsztatu. Czułem się trochę odstawiony na bok pośród zawziętych mechaników. Gino domyślił się, że mam wrażenie obcości, i gadał o różnych rzeczach bez związku, żeby rozluźnić atmosferę.

Na tarasie pawiloniku siedzieli trzej młodzi rumi. Jeden z nich, blondyn, przestał mieszać kawę, kiedy zobaczył, że zajmujemy miejsca przy sąsiednim stoliku.

– Tu Arabowie mają zakaz wstępu – powiedział.

– Jest ze mną – rzekł Gino.

– A ty coś za jeden?

– Nie szukamy zwady. Chcemy tylko coś przekąsić.

Dwaj kumple blondyna zmierzyli nas wzrokiem. Nie wyglądało na to, żeby mieli ochotę zostawić nas w spokoju.

– Powinni zawiesić tablicę przy wejściu – odezwał się najmniejszy. – „Zakaz wstępu dla kundli i capów".

– Po co? Nie potrafią czytać.

– To czemu nie kiblują w swoich zagrodach?

– Bo nie potrafią usiedzieć na miejscu. Bóg stworzył Araba, żeby wkurzał wszystkich.

Gino przywołał kelnera, śniadego chłopaka, i złożył zamówienie.

Blondyn śmiał się szyderczo, spozierając na moje ciuchy.

– Jaka jest różnica między asfaltem a małpą? – spytał i powiódłszy wzrokiem po kumplach, zawołał: – Małpa za kratami zazwyczaj jest niewinna.

Jego koledzy wybuchnęli szyderczym śmiechem.

– Nie rozumiem – powiedziałem do blondyna, nie zważając na Gina, który dotknął mnie pod stolikiem, nakazując mi spokój.

– Nawet nie próbuj zrozumieć. Mózg ci wywiało od brandzlowania.

– Chcesz mnie obrazić?

– Daj spokój – wtrącił się Gino.

– On mnie nie szanuje.

– Wolne żarty! – rzekł na to blondyn i podniósł się z miejsca. Stanął nade mną, patrząc z góry. – Co ty wiesz o szacunku?

– Chodźmy – poprosił Gino, już stojąc.

Westchnąłem i zamierzałem z nim wyjść, lecz wtedy blondyn przytrzymał mnie za kołnierz koszuli.

– A ty dokąd, szczurku? Jeszcze z tobą nie skończyłem.

– Daj spokój – próbował go przyhamować Gino. – Nie chcemy awantury.

– Nie z tobą rozmawiam. Ty się nie wtrącaj dla własnego dobra, zrozumiano? – Obrócił się do mnie. – I co, matole, mowę ci odebrało? Co umiesz robić oprócz brandzlowania, tępa...

Nie zdążył dokończyć. Moja pięść rzuciła go na stół. Blondyn przeszorował po blacie między kubkami i butelkami, zwalił się na ziemię przy wtórze tłuczonego szkła i legł z rozbitym nosem i rozkrzyżowanymi ramionami.

– Umiem walić z pięści – odpowiedziałem na jego ostatnie pytanie.

Kumple powalonego cwaniaka podnieśli ręce na znak, że się poddają. Gino pociągnął mnie do wyjścia i pomaszerowaliśmy z powrotem do warsztatu.

Był na mnie wściekły.

– Bébert nie chce problemów w sąsiedztwie. Na głowie stawałem, żeby cię przyjął na próbę.

– A co? Miałem pozwolić, żeby ten białas gębę sobie mną wycierał?

– To zwykły obibok, któremu się nudziło. Zaczepiał cię, to fakt, ale nie musiałeś zaraz się stawiać. Trzeba umieć iść swoją drogą, kiedy wiadomo, że niczego nie zmienisz, Turambo. Jak zaczniesz się zatrzymywać na byle szczególe, który cię złości, daleko nie zajdziesz. Masz się wyuczyć zawodu, który prawie na pewno da ci robotę. Więc bądź cierpliwy, a przede wszystkim rozsądny. Taka gówniarzeria siedzi na każdym rogu ulicy. Choćbyś przez całe życie spuszczał im wciry, i tak będzie ich od metra i trochę. Mnie też stale prowokują; nie robię z tego wielkiego halo nie dlatego, że nie mam dumy.

Stary Bébert samochody klientów darzył prawdziwą czcią. Obchodził się z nimi, jakby były z nitrogliceryny albo z porcelany. Bywało nawet, że przecierał jakąś plamkę na karoserii rąbkiem własnego fartucha. Jego klientami byli nuworysze z miasta, ludzie, którzy bardzo dbali o pozory i obnosili się ze swoją pozycją społeczną jak wiarusi z medalami, brali odwet na życiu dumni ze swojej walki, dzięki niej bowiem przenieśli się z kurnej chaty na pałace, chociaż nikt nie wieszczył im powodzenia.

Trzeba było widzieć, jak ci nadziani goście ustawiali swoje wozy. Ostrożnie co do milimetra, a ile zaleceń i nakazów przy tym, ile ostrzeżeń, żeby uważać! Z warsztatu wychodzili, upewniwszy się przedtem, że ich „cacko" jest w dobrych rękach, obiecując sowite napiwki tym, którzy na nie zasłużą, i gromy z nieba za najmniejszą ryskę na karoserii.

Bébert dmuchał na zimne. Miał ekipę czterech starannie dobranych wyspecjalizowanych mechaników, których trzymał krótko, nie patyczkując się z żadnym. Mnie przydzielał prace czysto pomocnicze. Zmieniałem koła, czyściłem kanapy i podłogi, polerowałem karoserię i wykonywałem inne tego typu czynności nie niosące żadnego ryzyka i pozwalające mi podpatrywać innych, ponieważ chciałem się wyuczyć tego zawodu.

Ekipa ostatecznie mnie zaakceptowała. Składała się z dwóch starszych mechaników, którzy zjedli zęby w fabryce, z Korsykanina nazwiskiem Filippi, który silniki miał w małym palcu, i z Gina. Atmosfera była zdrowa, pracowaliśmy bez wytchnienia, a to obgadując takiego czy innego bogacza, a to dowcipkując, dzięki czemu pozostawaliśmy ludzcy pośród żelastwa i odoru spalin.

Po kilku miesiącach Bébert przydzielił mnie do Gina. Nareszcie miałem prawo dotykać wnętrzności pojazdów pod maską. Mogłem łączyć przewody diurytowe, wymienić cewkę, oczyścić gaźnik, ustawić reflektor.

Zarabiałem przyzwoicie i szef mnie ani razu nie obsztorcował.

Ale sielanka trwała krótko.

Było około czwartej po południu. Uporaliśmy się w czasie ze wspaniałą bryką, którą klient zostawił do generalnego mycia – był to citroën B14 torpédo, który dopiero co zjechał z linii montażowej. Właściciel, rudy byczek ze złamanym nosem, dosłownie za nim szalał. Co rusz przecierał palcem jakieś miejsce na masce, usuwając niewidoczne drobiny kurzu. Kiedy wrócił po samochód i zobaczył go w całej krasie pośrodku warsztatu, podparł się pod boki i długą chwilę kontemplował auto, potem zwrócił się do towarzyszącego mu człowieka, który także był pod wrażeniem: „Piękny mam wózek, co? Żadna dziewczyna mi się nie oprze". Otworzył drzwi i wtem cały spurpurowiał. „A co to za gówno?!", ryknął, wskazując plamę ze smaru na fotelu pokrytym białą skórą. Przybiegł Gino, zajrzał do środka. Klient złapał go za gardło i podniósł do góry. „Wiesz, ile kosztuje taki wózek? Choćbyś całe życie podrabiał pieniądze, nie byłoby cię stać na niego, parszywy gnoju!" Złapałem szmatę i rzuciłem się, by wyczyścić siedzenie. Ale pocieranie tylko rozmazało smar na skórze. Rozjuszony moją niezdarnością klient zaklął siarczyście i puściwszy Gina, tak mocno przyłożył mi w pysk, że obróciłem się wokół własnej osi. Gino nie zdążył mnie przytrzymać. Pięścią wymierzyłem takiego sierpowego, że klient zwalił się jak kłoda. Już leżąc na ziemi, niemrawo poruszył parę razy nogami, po czym znieruchomiał. Jego towarzysz skamieniał odchylony do tyłu, jakby robił unik przed ciosem. Mechanicy zastygli w pół ruchu, patrząc na nas z otwartymi ustami. Przerażony Gino złapał się za głowę, z czego wywnioskowałem, że dopuściłem się zbrodni obrazy majestatu. Stary Bébert wypadł z kantorka blady ze strachu. Odepchnął mnie na bok, pochylił się nad klientem. W grobowej ciszy warsztatu słychać było jedynie ciężki oddech starego Béberta, który sam już nie wiedział, czy powinien rwać włosy z głowy czy wydrapać mi oczy. „Czyś ty oszalał? – ryknął, podnosząc się cały rozdygotany. – Śmiesz podnosić rękę na klienta, wszarzu? Ty łachudro! Tak mi się odwdzięczasz? Ja ci daję pracę, a ty napadasz na moich klientów? Nie chcę cię więcej widzieć. Zjeżdżaj stąd. Wracaj do swojej nory i czekaj na policję. Bo zapewniam cię, drogo za to zapłacisz!" Cisnąłem szmatą o ziemię i poszedłem się przebrać. Bébert podążył za mną, wciąż mi wymyślając, gdy zdejmowałem kombinezon roboczy i wkładałem swoje ciuchy. Jego oślinione usta rzucały na mnie gromy, a oczy chciały mnie wbić pod ziemię. Wrócił do hali warsztatu, by pomóc klientowi stanąć na nogi. Facet jednak, mocno oszołomiony, nie mógł sam ustać. Jakoś go w końcu usadowiono w torpedzie, jego towarzysz uruchomił silnik. Kiedy samochód wyjechał z warsztatu, Bébert uczepił się Gina. Zwymyślał go za moje zachowanie, obarczył odpowiedzialnością za skutki mojej napaści i oznajmił, że jego także zwalnia.

Szliśmy na boulevard Mascara zgnębieni. Po drodze Gino słowem się nie odezwał. Szedł ciężkim krokiem, ze zwieszoną głową. Było mi strasznie przykro, lecz nie znajdowałem słów, aby go przeprosić za kłopot, który mu sprawiłem. Kiedy znaleźliśmy się przed domem, poprosił, żebym go zostawił samego, co też uczyniłem.

Siedząc na naszym patiu, czekałem na zapowiedziany pasztet. Już widziałem się na posterunku w otoczeniu rozzłoszczonych policjantów. Uderzyłem Europejczyka, nie ujdzie mi to płazem. Znałem Arabów, którzy trafili do pudła na podstawie samych podejrzeń, czasami dla przykładu. A gość, któremu przyłożyłem, musiał być nie byle kim, sądząc po wielkim aucie i panice Béberta.

Słońce zaczynało się chylić ku zachodowi, a stróże prawa nie przybywali. Czy policja czeka na noc, aby wywlec mnie z łóżka? Trzewia mi się splątały w wielki węzeł, mdliło mnie. Nie wiedziałem, co zrobić z rękami wilgotnymi ze zdenerwowania. Na pamięć przychodziły mi wszystkie zasłyszane opowieści o więzieniach i nieludzkim traktowaniu, jakiemu poddawani są osadzeni. Każdy pisk opon wzbudzał we mnie panikę...

Zamiast policji zjawili się u mnie trzej Europejczycy: starszy jegomość, przysadzisty i brzuchaty, w słomkowym kapeluszu na głowie, i dwaj inni miastowi, jeden krępy łysy, drugi wysoki chudy, którego widziałem w miejscowym kinie – pełnił tam funkcję pianisty i zapewniał akompaniament filmom niemym.

– Ty jesteś Turambo? – zapytał ten stary.

– A bo co?

– Pracujesz w warsztacie u Béberta?

– Tak.

Wyciągnął do mnie dłoń, lecz nie uścisnąłem jej, bojąc się, że drugą mi przyłoży.

– Nazywam się DeStefano. Okularnik to Francis, a ten tu to Salvo. Prowadzę stajnię przy rue Wagram, na wprost Porte du Ravin. Kurde, na placu mówią tylko o tobie. Filippi, który robi z tobą, powiedział mi, że powaliłeś Mańkuta jednym ciosem. W głowie się nie mieści. Nikomu się nie mieści...

– Wiesz, kto to jest Mańkut? – odezwał się łysy.

– Nie.

– To jedyny bokser z tej prowincji, który nie dał się Georges'owi Carpentierowi. Trzy walki i ani razu nie przegrał. A wiesz, kto to Georges Carpentier?

– Nie.

– Mistrz Afryki Północnej i świata. Spuścił łomot Battlingowi Levinsky'emu. A wiesz, kto to jest Battling Levinsky?

– Przestań – nakazał mu pianista. – Robisz mu fasolę z mózgu tymi swoimi „a wiesz, kto to jest?". Może być i tak, że chłopak nie wie nawet, kto jest jego ojcem.

Stary uciszył swoich towarzyszy. Zwrócił się do mnie:

– Słuchaj, mały, pasowałoby ci dołączyć do mojej stajni?

– Policja po mnie przyjdzie.

– Nie przyjdzie. Bokser nie wnosi skargi, kiedy ktoś go znokautuje. To kwestia honoru. Albo domaga się rewanżu, albo zapomina o fakcie. Mańkut nie zgłosi tego na policji, gwarantuję. Z jego strony nie masz czego się obawiać... To jak? Przyjmujesz moją propozycję? Kto wie? Może jesteś przyszłym mistrzem, tylko jeszcze o tym nie wiesz? Przy rue Wagram jesteśmy jak w rodzinie. Mamy wszystko co trzeba, żeby wyprodukować asa bokserskiego, trzeba tylko odpowiedniego żółtodzioba. Zdaniem Filippiego rwiesz się do bitki, a to cecha mistrza.

– Wcale nie lubię się bić. Bronię się tylko.

– Coś mi się zdaje, że chwilowo ciężko ci się myśli – powiedział pianista, przecierając przyciemnione okulary swetrem. – Zmuszać nikt cię nie chce. To za poważne sprawy, żeby je lekko brać. Przyjdziemy jutro i pogadamy z jasną głową. Pasuje?

– Jakby co, możesz wpaść do nas, do stajni – podsunął stary. – Zobaczysz na miejscu, o co biega. Ale muszę ci powiedzieć jedno, chłopcze: na gębie masz wypisane „mistrz". Jesteś dobrze zbudowany, nie uciekasz wzrokiem. Dwadzieścia lat w tym robię i nauczyłem się rozpoznawać rzadkiego ptaka na pierwszy rzut oka. Czekamy na ciebie jutro przed południem. Jak się nie zjawisz, my przyjdziemy do ciebie tutaj. Obiecujesz, że będziesz czekał w razie czego?

– Nie wiem, proszę pana.

Stary kiwnął głową. Zsunął kapelusz na czubek głowy, nie spuszczając mnie z oczu. Znowu wyciągnął do mnie dłoń, którą tym razem uścisnąłem.

– Mogę liczyć na ciebie, Turambo?

– Ja tam nie bardzo lubię się wadzić, proszę pana.

– Do licha, tu nie chodzi o uliczną bójkę. Boks to sztuka. Otwiera niejedne drzwi. Możesz zarobić kupę forsy, zyskać różne przywileje i szacunek wszystkich. Szacunek jest ważny dla kogoś, kto wyszedł z rynsztoka. Taka okazja rzadko się zdarza i Arab powinien ją łapać w locie, żeby się wspiąć wyżej. Coś mi mówi, że nie przegapisz tej szansy. Przemyśl to przez noc i jutro pogadamy.

Pożegnali się i poszli.

Wrócili nazajutrz, przychodzili w następne dni. Czasami razem, czasami osobno. Stary obiecywał mi złote góry. Mówił, że ma nieomylnego nosa, że zostałem ulepiony z tej samej gliny co centaury. Można by przysiąc, że jego przyszłość zależy od mojej decyzji. Taki był grzeczny, że nie chciałem sprawić mu przykrości. Obiecałem, że się zastanowię. Zwrócił uwagę, że nic innego nie robię od dwóch tygodni, a pytanie jest proste: zostać bokserem czy dalej smażyć się w słońcu?

Gino uznał propozycję za interesującą. „Nie umiesz robić nic innego prócz walenia pięściami – zauważył ze szczyptą wyrzutu. – Bokser to fach jak każdy inny. Facet, którego powaliłeś w warsztacie, był zwykłym ulicznikiem, zanim trafił na ring. A widziałeś, jaką bryką teraz jeździ i jakie ma ciuchy? Jak się szybko nauczysz, zajdziesz wysoko i zrobisz się sławny, zarobisz duże pieniądze".

Zachęcony przez Gina, poprosiłem wujka o radę. Mekki kategorycznie potępił mój zamiar dołączenia do stajni przy rue Wagram. „To grzech – oświadczył. – Nie można zdobywać chleba, maczając go we krwi innego człowieka. Chcesz pobłogosławić swoje jadło, skrop je potem z własnego czoła. Fach, który polega na tym, że wyprowadza się na arenę dwóch ludzi jak drapieżne zwierzęta, to żaden fach, tylko zboczenie. Zabraniam ci podnosić rękę na bliźniego, żeby zarobić na chleb. Jesteśmy wierzący, a żadnej wiary nie wyznaje się za pośrednictwem przemocy".

Kiedy DeStefano znowu przyszedł mnie namawiać, oznajmiłem, że rada rodzinna podjęła decyzję: nie będę bokserem. Był taki zawiedziony, że nic nie powiedział. Zdjął kapelusz, otarł głowę chustką i dobre pięć minut wpatrywał się w czubki swoich butów, po czym odszedł zgnębiony.

Wróciłem do punktu wyjścia.

Zatrudnił mnie pewien hurtownik w swoim składzie położonym w środku rue d'Arzew. Od rana do wieczora pchałem wózek wyładowany rozmaitymi narzędziami, które rozwoziłem do sklepów w dzielnicy. Szef, stary Maltańczyk powykrzywiany reumatyzmem, był w porządku, ale jego klienci zawsze mieli mi coś do zarzucenia i sztorcowali mnie za każdą wypatrzoną wadę towaru, jakbym był jego producentem. Nieswojo się czułem w bogatych dzielnicach, w których hałas tramwajów i przeraźliwe pobekiwanie klaksonów samochodowych tłumiły gwar czyniony przez to, co proste. W pierwszych miesiącach jakoś to znosiłem; z czasem miałem tego powyżej uszu.

Nie byłem już wygłodzonym smarkaczem gotowym podjąć się każdego zajęcia za jakieś marne grosze, a pracodawcy unikali robotników z doświadczeniem. Na budowie kierownicy na mój widok z daleka kręcili głową. Magazynierzy udawali, że patrzą w inną stronę. Wszędzie spotykałem się z taką samą odmową. W porcie na byle robotę czekały tabuny głodomorów. Wśród przepychanek często wybuchały awantury i najmniej przebojowi zostawali na lodzie. Kiedy brama się zamykała za szczęściarzami, odrzuceni zaraz zaczynali szukać kozła ofiarnego, żeby się na nim wyżyć. Polujących na robotę nędza strącała niżej niż wilki i biada temu, kto okazał słabość. Mnie też o mało się nie dostało: kiedyś jednemu bydlakowi ręka uwięzła między skrzydłami bramy. Werbownik wołał, żeby się cofnął, ale bydlak nie mógł wykonać polecenia ze względu na tę przytrzaśniętą rękę. Werbownik zaczął go okładać pałką. Z biedaka krew sikała naokoło. Skoczyłem werbownikowi do gardła i wtedy jego grube łapska spadły na mnie jak dwa sępy. Nikt nie przyszedł mi z pomocą. Nawet ten bydlak, który mimo otrzymanych cięgów chciał pokazać werbownikowi, jaki oddany byłby z niego robotnik, i dokończył za niego brudną robotę: skopał mnie, wrzeszcząc, że nie wolno podnosić ręki na pana Créona. Ryczał coraz głośniej, aby oddalający się werbownik słyszał go jak najdłużej. Tego dnia nie dostał roboty, lecz był przekonany, że zarobił punkt. Kiedy już mocno mnie obił, przyklęknął obok i powiedział: „Wybacz. Mam tuzin gąb do wykarmienia, nie miałem wyboru. Oddałbym duszę diabłu za parę miedziaków...".

Gino znalazł pracę u drukarza przy rue de Tlemcen. Nie miał już do mnie żalu za tamten incydent w warsztacie. „I tak by mi się nie chciało robić w tym fachu", wyznał. Czasami wieczorem, gdy sąsiadka zaoferowała się posiedzieć przy jego matce, Gino odkrywał przede mną lokale, w których grała orkiestra. Wspólnik mojego wujka, ten Mozabita, który w wolnych chwilach układał słowa piosenek, mawiał: „Muzyka dowodzi, że jesteśmy zdolni kochać mimo wszystko, doznawać takich samych wzruszeń, sami stawać się niesłychaną emocją, czystą, piękną jak marzenie rodzące się w samym sercu nocy... Anioł bez harfy byłby tylko smutnym bezczynnym diabłem, który miałby raj za nudne miejsce wygnania...". Gino w pełni zgadzał się z tą myślą. Kochał muzykę. Odwrotnie niż ja. Lubiłem jedynie kabylskie pieśni, które nuciła moja mama, krzątając się po domu, ale chodząc po lokalach z Ginem, siłą rzeczy oswajałem nowe światy. Zanim zacząłem się z nim kolegować, nie znałem ani kina, ani orkiestry. Później stopniowo, od jednego odkrycia do drugiego, zmysły mi się otworzyły na radość płynącą od innych ludzi i zacząłem tego pragnąć więcej.

Dziecięca rywalizacja skłaniała muzyków do współzawodnictwa. Od Madina Dżadidy przez sefardyjski Derb po Kasbę pieśniarze zaklinali los samym odchrząknięciem. Ja także zacząłem pokazywać Ginowi, co potrafią moi pobratymcy. Zabierałem go do mauretańskiej kawiarni, do której chadzali wtajemniczeni, położonej w ślepym zaułku przy placu Sidi Blel. Grał tam świetny skrzypek, lutnista, darbukarz i pieśniarz o strunach głosowych jak powrozy. Gino zakochał się w tym zespole. Zapowiedział, że kiedyś napisze książkę o repertuarze folklorystycznym różnych dzielnic Oranu.

Czasy były ciężkie, szczególnie dla mojej społeczności. Mogliśmy się czepiać szczątków statku, lecz nie wolno nam było wspiąć się na pokład. Im bardziej nasilała się nędza, tym większą nieustępliwością wykazywali się orańczycy. Na ulicach gniew i upokorzenie przechodziły ludzkie pojęcie, jednakże rany same się zasklepiały, kiedy dźwięki mandoliny zastępowały kakofonię człowieczych gardeł. W gruncie rzeczy nie mieliśmy wyboru: mogliśmy albo słuchać muzyki, albo poddać się frustracji. Kawiarnie z muzyką były miejscem gościnnym, gdzie biedacy mogli zaznać wytchnienia, a nawet przez

kilka godzin poczuć się uprzywilejowani. Siadali na rozchwieruta-
nych krzesłach, w fezie albo tarbuszu zsuniętym na bakier, co było
oznaką szyku, jedni w garniturach, inni w pięknych tradycyjnych
szatach. Najzamożniejsi pociągali nargile, popijając herbatę miętowa-
wą, na scenie zaś zmieniali się legendarni tenorzy, szczycąc się swym
pradawnym pochodzeniem. Kryłem się w świecie muzyki, by uciec
od dręczącego mnie gniewu. Był to mój sposób, aby spojrzeć na to
samo innym okiem, poczuć się szczęściarzem przez ten czas, gdy
trwała pieśń, i utopić swój smutek w smutku autora tekstu. Trwało
to ledwie chwilę, lecz dla biedaka ta chwila była łaską.

Kiedy rozstawaliśmy się z Ginem, nie miałem odwagi zaraz
wrócić do domu. Włóczyłem się do świtu po ciemnych zaułkach
z głową wypełnioną echami zasłyszanych pieśni. Aby mieć spokój,
rodzinie powiedziałem, że pracuję jako nocny stróż.

Był piątek.

Mama wróciła później niż zwykle, ledwie trzymając się na nogach. Zapytałem, co się dzieje.

– Musiałam ją umyć trzy razy pod rząd – odparła z westchnieniem, rzucając chustę w kąt. – Chyba traci rozum.

Mówiła o pani Ramoun.

– Od południa nic, tylko gadała i gadała – ciągnęła, kiedy za-
spokoiła pragnienie. – Już sama nie wiedziałam, czy mam jej słuchać, czy dokończyć sprzątanie. Biedaczka była jakaś nienormalna.
Coś tam recytowała w języku, który nie był ani hiszpańskim, ani
francuskim, ani arabskim, ani kabylskim. Myślę, że ją opętało.

– Na pewno po włosku – powiedziałem. – Zwolniła cię?

Mama poprosiła, żebym pozwolił jej chwilę odetchnąć. Położyła
się na owczej skórze i wsunęła ramię pod głowę zamiast poduszki.

– Pytała o ciebie, synu. Chce cię widzieć. Koniecznie.

Poszedłem kupić paczkę herbatników Pernot, za którymi mama
Gina przepadała, i udałem się na boulevard Mascara.

Drzwi nie były zamknięte na klucz.

Zawołałem przyjaciela, który wychylił się z ganku i dał mi znak, żebym wszedł. Nie spodobała mi się ciemność na schodach. Mgliste przeczucie ścisnęło mi serce.

Gino siedział na łóżku matki z przygnębieniem na twarzy. Pani Ramoun dyszała ciężko, rozciągnięta na materacu z Biblią na piersi. Pomalutku odwróciła do mnie głowę. Oczy jej rozbłysły, kiedy mnie poznała. Uśmiechnęła się smutno i poprosiła, żebym podszedł bliżej. Gino ustąpił mi miejsca, sam stanął u wezgłowia. Przysiadłem na brzegu łóżka z szybko walącym sercem.

– Tylko na ciebie czekałam, Turambo. Nie mogę ruszyć ręką. Połóż dłoń na mojej, proszę. Musimy pogadać.

Ilekroć ją widziałem, zawsze czułem jednakową przykrość. Tkwić na łóżku w jednej pozycji dzień i noc, miesiącami, latami być uzależnionym od innych we wszystkim, nawet w najintymniejszych potrzebach – nikt nie zasługuje na takie pohańbienie. Z pani Ramoun została już tylko udręczona dusza przytłoczona ciężarem nienormalnie rozrośniętego ciała, ta kobieta była niczym nieszczęsna święta oblepiona niedoskonałą powłoką. Nie znajdowałem ani wytłumaczenia, ani powodu jej męczeństwa.

– Kocham cię jak syna, Turambo. Znaczysz dla Gina więcej niż przyjaciel, więcej niż brat. Jak tylko cię zobaczyłam, wiedziałam, że jesteś tą bliźniaczą duszą, której zawsze brakowało mojemu synowi. Gino to przyzwoity chłopiec. Nie potrafi nikogo skrzywdzić, a nastały teraz czasy nieludzkie. Jesteś młodszy od niego, mnie się jednak wydajesz starszy. I jestem spokojniejsza. Chcę, żebyś się zaopiekował Ginem.

– Mamo, proszę – wtrącił się Gino.

– Czemu pani to mówi? – spytałem.

– Bo odchodzę... I chcę odejść spokojna. Nie mam niczego na sumieniu, ale osierocę syna. Chcę mieć pewność, że będzie w dobrych rękach.

– Jest chora? – zapytałem Gina.

– Gada od rzeczy. Od południa taka jest. Wezwałem lekarza, powiedział, że nic jej nie dolega. Nie rozumiem, dlaczego uważa, że umiera. Cały czas próbuję jej przemówić do rozumu, ale nie chce słuchać.

– Są rzeczy, których lekarz nie widzi – powiedziała pani Ramoun. – Rzeczy, które odczuwają tylko odchodzący. Nogi mam lodowate, chłód ogarnia całe moje ciało.

– Ależ nie, mamo, coś sobie ubzdurałaś.

– Połóż dłoń na mojej ręce, Turambo, i przysięgnij, że zaopiekujesz się moim synem.

Gino dał znak, żebym zrobił, co każe.

Gardło miałem ściśnięte ze wzruszenia. Przełknąłem ślinę.

– Będziesz nad nim czuwał jak nad sobą?

– Tak, proszę pani.

– Obyście nigdy nie zwrócili się przeciw sobie, ani przez pieniądze, ani przez kobietę, ani przez karierę, ani przez pożądanie.

– Nigdy nie zwrócimy się przeciwko sobie.

– Będę cię pilnowała z góry, Turambo.

– Zatroszczę się o Gina i nie wpuszczę między nas żadnego węża.

– Obiecujesz?

– Przysięgam.

Popatrzyła na Gina i rzekła po włosku:

– Przynieś mi swojego ojca.

– Mamo...

– Proszę, Gino.

Gino udał się do swojego pokoju i wrócił z ramką z kutego żelaza, z której tyralier w turbanie uśmiechał się do obiektywu z papierosem w ustach. Portret przedstawiał śniadego mężczyznę o delikatnych rysach, pięknego. Zdjęcie miejscami pożółkło, tu i ówdzie było naderwane, na szczęście twarz żołnierza pozostała nienaruszona.

– Był Arabem? – zapytałem Gina.

– Był moim ojcem i tyle – odpowiedział zirytowany moim głupim pytaniem.

Postawił portret na krześle przy stoliku nocnym, tak że matka miała go na wprost. Pani Ramoun wpatrzyła się w zdjęcie męża.

Uśmiechała się, wzdychała, znowu uśmiechała, unosiła brwi, snując przyjemne wspomnienia, które przesuwały się jej przed oczami. Całą sobą dopraszała się łaski. Już nie mogła dłużej żyć uwięziona w ciasnym sarkofagu swego ciała. Gdyby nie wiara, z pewnością już dawno skończyłaby z sobą, był w niej jednak lęk przed Sądem Ostatecznym, przed strasznym dniem, który wygraża palcem, ostrzegając cię przed sobą samym, przytrzymując cię w czyśćcu i strasząc piekłem, jeśli spróbujesz uciec. Często się zastanawiałem, co bym zrobił na jej miejscu; ani razu nie znalazłem odpowiedzi. Ograniczałem się do obserwowania, jak biedaczka grzęźnie w ruchomych piaskach swego ciała, tak jak obserwuje się nędzę świata prezentującą się na każdym rogu. Nic innego nie mogłem zrobić.

– A teraz poczytaj mi, Gino... Nie, nie, nie Biblię – powiedziała, przyciskając do piersi Pismo Święte. – Wolę Edmonda Bourga. Przeczytaj mi rozdział trzynasty, ten fragment, w którym pisze o swojej żonie...

Pani Ramoun zamknęła oczy i pozwoliła się ukołysać przejmującemu głosowi syna. Gino przeczytał rozdział 13. Ponieważ jego matka nie reagowała, przeszedł do rozdziału następnego. Pani Ramoun poruszyła się, nie otwierając oczu, i skinęła palcem, prosząc syna, aby się cofnął i raz jeszcze przeczytał ten rozdział, i znowu, rozdział, który autor poświęcił swojej żonie. Był to wzruszający ustęp – Edmond Bourg prosił w nim żonę o wybaczenie.

Pani Ramoun umarła kilka godzin później z Biblią na sercu i ze źrenicami rozświetlonymi spokojem. Przedtem westchnęła, otworzyła oczy, by po raz ostatni popatrzyć na syna, uśmiechnęła się do niego, po czym szczęśliwa, uwolniona z okowów ciała, leciutka jak pierwsze drgnienia swej idylli, przeniosła wzrok na portret ustawiony obok na krześle i powiedziała: „Długo zwlekałeś, zanim po mnie przyszedłeś, ukochany".

Znaleźliśmy z Ginem stolarza, który zgodził się zrobić trumnę, bo oferowane przez zakłady pogrzebowe nie odpowiadały gabarytom nieboszczki. Było gorąco; należało się spieszyć, aby ciało nie zaczęło się rozkładać.

To, czego Gino się bał, znacznie przerosło jego obawy. Trudniejszym od żałoby przeżyciem stało się wyprowadzenie zwłok. Pani Ramoun była zbyt otyła i za ciężka dla tragarzy.

Znaleźli się wolontariusze do pomocy, wprawiając w poruszenie całą dzielnicę. Przez zgromadzony tłum z trudem przejechał tramwaj. „Co się dzieje?", pytali pasażerowie, wychylając się z wagonu. „Zdaje się, że umarła jakaś pani... Czyżby budynek się zawalił? A nie, rozbijają ścianę, żeby ją wynieść... To żart?" Wpatrywano się w ludzi, którzy wybijali wielką dziurę, powiększając okno w pokoju nieboszczki.

Gino był załamany, że pogrzeb jego matki stał się takim widowiskiem. On, zawsze bardzo dyskretny, czuł się teraz jak dziwoląg pokazywany na jarmarku.

Po zrobieniu dziury we frontowej ścianie domu ochotnicy przystąpili do budowy rusztowania z belek, lin i bloków. Pracami kierował murarz ze szwami na czole, który otaczał dłońmi usta, ilekroć wykrzykiwał polecenia. Trumnę wielką jak szafa normańska obwiązano linami i na komendę „Raz! Dwa!" dziesięciu ludzi zaczęło ciągnąć liny, inni zaś z balkonu pilnowali, by ładunek nie rozbił się o ścianę.

Ambaras tego dnia przeszedł wszelkie pojęcie.

Kiedy trumna przepchnięta przez dziurę w murze zakołysała się nad głowami gapiów, wszyscy wstrzymali oddech. W zapadłej ciszy słychać było jedynie trzeszczenie belek. Z wielką ostrożnością opuszczano trumnę, aż spoczęła na karawanie. Kondukt zaraz ruszył, a za nim powodowane ciekawością dziesiątki gapiów.

Na ulicach ludzie przystawali, gdy mijał ich karawan; niektórzy zdejmowali nakrycia głowy, inni, siedzący przy kawiarnianych stolikach, z szacunkiem wstawali. Dzieciaki wyłaniały się spomiędzy krzewów i drzew, gdzie bawiły się w chowanego, porzucały grę w pestki, odkładały na później sprawunki, po które zostały posłane, i dołączały do konduktu, nagle milczące i poważne, gospodynie przepychały się na balkonach i przy parapetach tarasów z maluchami uczepionymi spódnicy. Przed kondukt wyszedł obłąkany brodaty starzec z pianą na ustach i wytrzeszczonymi oczami. Wskazał karawan palcem, który następnie wycelował w niebo, potrząsnął skołtunionymi długimi włosami i zawołał: „To przywołanie do porządku! Wszyscy kiedyś pomrzemy. Zdaje nam się, że coś posiadamy, a to jedynie złudzenie. Jesteśmy tylko nietrwałymi ogniwami łańcucha ciągniętego przez zjawę imieniem Czas, która pędzi w nieskończoność ku nicości". Wpadł w trans. Policjanci musieli usunąć go z drogi.

Gino szedł z nisko zwieszoną głową.

Wziąłem go za rękę, lecz wyrwał ją i przyspieszył kroku, pragnąc być sam.

Pochowaliśmy panią Ramoun na cmentarzu chrześcijańskim.

Był to potwornie smutny dzień.

Nieszczęście nigdy nie chodzi w pojedynkę. Ledwie wystawi nos, zaraz cała świta ciśnie się za nim i rozpoczyna się niepohamowane zejście do piekieł.

W pewne święto religijne, kiedy szykowałem się, aby pójść z Ginem na plażę w Kristel, gdzie mój przyjaciel lubił uciekać od śmierci matki, przed naszym domem przy rue du Général-Cérez zatrzymał się błyszczący samochód z arabskim szoferem. W mgnieniu oka z sąsiednich uliczek zbiegła się dzieciarnia i otoczyła wianuszkiem cacko na czterech kołach, oczarowana tym cudem techniki i wyrafinowania.

Kim była tęga dama o postawie sułtanki, której dwaj służący pomagali wysiąść z mechanicznej karety? Kim były kobiety w błyszczących klejnotach i jedwabiach i dla kogo niosły tace obładowane prezentami i słodkościami przewiązanymi wstążką? Co oznaczały dźwięczne pokrzykiwania i poruszenie, które zapanowało na patiu naszego domu?

Nikt mnie nie uprzedził.

Sam też nie dostrzegłem żadnych znaków.

Spadło to na mnie bez ostrzeżenia jak nóż gilotyny. „Nora to wartościowa dziewczyna – powiedziała mi mama. – Zasługuje na wszystkie radości świata, a ty niewiele możesz jej zaofiarować, synu. Trzeba spojrzeć rzeczywistości w twarz. Nora będzie się miała jak pączek w maśle. Zamieszka w dużym domu i zawsze się naje do syta. Nie bądź egoistą. Zostaw ją jej przeznaczeniu, a ty próbuj znaleźć swoje..."

Moją kuzynkę Norę, moją miłość, którą zdobyłem, jak mi się zdawało, oddawano właśnie bogatemu feudałowi z Frendy.

Jakim cudem wypatrzył ją gbur, który żył pośród swoich pól setki kilometrów od Oranu? Nora prawie nie wychodziła z domu, u nikogo nie bywała.

„Swatki! – oświecił mnie Mozabita. – To profesjonalistki, bywalczynie hamamu. A nie ma lepszego miejsca niż hamam, aby oszacować wartość towaru. Swatki świetnie znają się na rzeczy. Biorą kąpiel, potem siadają w pokoju pokąpielowym i wypatrują wśród nagich dziewic te, które mają sterczące piersi, kształtne uda, pełne biodra, krągłe pośladki, długą szyję i ładną buzię. Kiedy jakaś wpadnie takiej w oko, swatka ją śledzi, ustala, gdzie dziewczyna mieszka, i w sąsiedztwie zbiera o niej jak najwięcej informacji. Mając pewność, że wybranka nadaje się na żonę, swatka informuje zleceniodawców i w ciągu tygodnia zjawiają się, jakby spadły z nieba, damy z rękami pełnymi prezentów, aby złożyć ofertę rodzicom ślicznotki... To stary zwyczaj – wyjaśnił mi wspólnik wujka. – Bo jak inaczej wytłumaczyć, że chociaż dziewica żyje w zamknięciu, zawsze ktoś prosi o jej rękę? Swatki to najlepsi detektywi w tym kraju, a już z pewnością najlepiej opłacani. Bez problemu odnalazłyby królową Saby".

Byłem załamany.

Nie pojechałem do Kristel tego dnia.

Żadne morze nie zdołałoby utopić mojego smutku.

Zamówienie złożone, towar został zapakowany i wydany. W trzy tygodnie wszystko załatwiono i orszak ślubny odjechał z piskiem opon. Nie zdążyłem się nawet rozczulić nad swoim losem. Mój błękitny ptak trafił do klatki, a jego świergot rozpłynął się w miejskim gwarze.

W Oranie zima zjawia się jak złodziej i tak samo odchodzi. Co zabiera, wycofując się ukradkiem? Wszystko to, czego orańczycy nie lubią – szarugę, szron, krótkie dni i zły nastrój – co oznacza, że nie martwią się jej odejściem.

Ta zima była najgorsza ze wszystkich, jakie przeżyłem; pozbawiła mnie osobistego słońca. Kiedy nastała wiosna ze swoim światłem i radościami, uczyniła moje noce jeszcze smutniejszymi i chłodniejszymi. Po wyjeździe Nory nie poznawałem ludzi ani ulic. Zdradzono mnie. Ciocia wiedziała, jakim uczuciem darzę jej córkę. Jak mogła je tak podeptać? I czemu moja matka nie próbowała jej odwieść od tego zamiaru? Miałem żal do całego świata, do aniołów i demonów, i do każdej gwiazdy na niebie. Czułem się, jakbym stracił z oczu jedyny punkt orientacyjny, na którym mi zależało. Naraz już nie wiedziałem, co ze sobą począć. Pozbawiony pewności i cząstki swojej duszy, chodziłem wściekły na wszystko, co spotkałem na swej drodze.

Mama próbowała przemówić mi do rozumu. „Miłość to przywilej bogatych – mówiła. – Nędzarzom się nie należy. Ich świat jest zbyt ponury, by pasowało do niego marzenie, a szczęście to ułuda".

Nie zgadzałem się z nią. Za nic nie chciałem się pogodzić z tym, że wszystko można kupić, wszystko sprzedać, nawet własne potomstwo. Bo w moim mniemaniu Nora została sprzedana. Staremu kmiotowi z Frendy, na tyle bogatemu, żeby zafundować sobie hurysę, lecz zbyt skąpemu i ograniczonemu, by zaoferować jej raj. Nora będzie tylko kimś w rodzaju odaliski uwięzionej we wrogo nastawionym haremie. Inne będą jej miały za złe, że jest młodsza, że pan ją najbardziej lubi, i zaczną przeciw niej spiskować, aż stanie się własnym cieniem. Później pan sprawi sobie nową dziewicę, a Nora spadnie do rangi konkubiny wzywanej czasami...

W nocy na ganku, na który uciekałem zgnębiony, nie mogłem zmrużyć oka. Leżąc na plecach z rękami założonymi pod głowę, wpatrywałem się w niebo jak w kogoś niepożądanego. Wyobrażałem sobie Norę w ramionach tego odrażającego potwora, który na pewno cuchnął gnijącym sianem pod satynową szatą; jakby miażdżyła mnie jakaś diabelska machina. Już nie Nora doświadczała miłosnych szturmów kochanka, lecz ja. Czułem wyraźnie, jak brudne łapska tego ćwoka brukają moje ciało, czułem na twarzy jego oddech drapieżnika w rui, śmierdzący oddech, który wypełniał moje płuca.

Nigdy los nie wydawał mi się równie niesprawiedliwy jak w tamtym czasie.

Kochałem skrycie równą mi kuzynkę, krewniaczkę, i oto podstarzały nieznajomy osobnik, przybyły nie wiadomo skąd, odebrał mi ją, jak silne ramię pozbawia dziecko jedynego marzenia, które by je pocieszyło w zamian za wszystko, czego nigdy nie posiądzie!

– Mogę cię o coś zapytać? – rzekłem do Gina.

– Jasne.

– I odpowiesz szczerze?

– Spróbuję.

– Czy ja jestem przeklęty?

– Nie sądzę.

– No to dlaczego stale obrywam jak obuchem?

– Turambo, to, co tobie się przytrafia, może się przytrafić każdemu. Nie jesteś bardziej godny pożałowania niż robotnik, który spada z drabiny. Takie jest życie. Przy odrobinie cierpliwości przeczekasz i zła passa niedługo będzie tylko odległym wspomnieniem.

– Tak myślisz?

– A ty nie?

Czekałem, aż zła passa przeobrazi się w odległe wspomnienie, tymczasem co rano po przebudzeniu stwierdzałem, że ona nadal jest przy mnie, wszechobecna, zanieczyszczająca powietrze, którym oddychałem, i źle wpływająca na moje myśli.

Odszedł mnie sen.

Za dnia przemykałem pod murami niczym krab. Oran stał się dla mnie cyrkiem grozy. Byłem dziwolągiem wystawionym na kpiące spojrzenia sąsiadów. Żaden z nich nie śmiał podnieść oczu na Norę, kiedy rozwieszała pranie na ganku. Wiedziano, że jest m o j a, i zazdroszczono mi. Niektórych uszczęśliwiła moja porażka i nie bardzo skrywali zadowolenie. Inni bez żenady wygłaszali pod moim adresem zabójcze insynuacje. Na próżno wciskałem im je do gardła – nadal się ze mnie natrząsali... Aby uciec od dwuznacznych słów, które w trakcie wściekłej szarpaniny często interpretowałem opacznie, zacząłem się wypuszczać na Cueva del Agua, falezę we wschodniej części miasta, z dala od wrzawy i nieporozumień. Było to ponure miejsce, gdzie nieliczni obdarci moczykije udawali, że pilnują wędek, pijąc na umór, żeby lepiej do siebie pyskować. Kiedy ich obserwowałem, nachodziła mnie ochota, by również się schlać w trupa, aż napływająca fala zacznie mi się wydawać potopem. Dręczyło mnie pragnienie, aby głośno ogłaszać swój smutek, przekrzykując szum fal, aby złorzeczyć po kolei wszystkim patronom miasta, aby przeklinać bogatych i biednych, życząc im, by ziemia ich pochłonęła.

I co by to zmieniło?

Poprzestawałem na wpatrywaniu się w morze. Siadałem na dużym kamieniu i rękami słabo obejmując podkulone nogi, z podbródkiem opartym na kolanach gapiłem się na horyzont. Statki na redzie dowodziły, że są inne przystanie na innych wybrzeżach, że zdarzają się bajeczne zrządzenia losu i spotkania, że gdzie indziej żyją ludzie mówiący językami o dziwnej melodii. Myślałem o tym, by wskoczyć na któryś statek i popłynąć za byle jakim mirażem. Odkąd Nora wyjechała, nie miałem już swojego portu. Rozpacz wracała, ilekroć czyjś głos, postać, jakiś dźwięk przywoływał jej wspomnienie. „Zostaw ją jej przeznaczeniu – powiedziała mi mama – a ty próbuj znaleźć swoje". Jakże miałem wymyślić sobie przeznaczenie, skoro byle cios potrafił mnie zdyskwalifikować?

Godzinami wyczekująco gapiłem się w morze, czułem, jak wiatr wydyma mi koszulę, lecz nie koi duszy. Pragnąłem stać się bańką powietrza, wznieść się ponad burze i ludzką niegodziwość, znaleźć się poza zasięgiem swojego strapienia. Ciasno mi było w moim ciele, obco we własnym umyśle pozbawionym zarówno ciekawości, jak i rozumu.

Zobaczyłem Norę pół roku po jej zamążpójściu.

Przyjechała po swoją matkę.

Wróciłem do domu ze swojej włóczęgi, a ona była tam w połyskujących jedwabiach, istna młoda księżniczka, jeszcze piękniejsza niż dotąd. Zatkało mnie. Nie była jednak sama. Dwie szwagierki i żmijowata służąca pilnowały jej jak oka w głowie, nie odstępując ani na krok. Ledwie usłyszały szuranie moich butów w korytarzu prowadzącym na patio, czym prędzej opuściły zasłonkę w drzwiach, aby ukryć swoją podopieczną. Przez trzy dni próbowałem podejść do Nory – bez skutku. Na próżno pochrząkiwałem i pokasływałem, dając jej znać, że jestem w pokoju obok i czekam na nią. Nora się nie pokazała. Czwartego dnia zdołałem zmylić czujność jej strażniczki. Nora o mało nie zemdlała, ujrzawszy mnie przed sobą. Nawet upiór bardziej by jej nie przeraził. „Oszalałeś? – wykrztusiła blada jak płótno. – Czego chcesz? Mojej zguby? Jestem teraz mężatką. Odejdź, proszę..."

Bez ceregieli wypchnęła mnie z pokoju, poza zasięg swojego wzroku, z dala od swojego życia...

Teraz byłem dla niej niczym, no może ewentualnym źródłem skandalu.

Przypomniałem sobie wtedy propozycję DeStefana i ku własnemu zdziwieniu zapukałem do drzwi jego stajni przy rue Wagram.

Na samobiczowanie nie widziałem miejsca lepszego niż ring.

II

Aida

1

Rue Wagram rozbrzmiewała wrzaskami dzieciarni ganiającej za szmacianą piłką. Była pierwsza po południu; słońce mocno paliło. Stajnia DeStefana mieściła się w dole ulicy, zwrócona była do Porte du Ravin frontem, który zdobiły cztery cyfry, 1847, data postawienia budynku. Był ogromny, brzydki i spękany, kiedyś trzymano w nim konie, lecz pod koniec ubiegłego wieku przekształcono go w magazyn wojskowy. Kiedy zagroziło mu zawalenie z powodu osunięcia się gruntu, wojsko go opróżniło, zamknęło na kłódkę i zostawiło, by niszczał sobie zasiedlony przez szczury, po czym około 1910 roku zajęli go amatorzy boksu. Miejsce to cuchnęło końskim łajnem i ściekami, które wypływały wśród chwastów obrastających kanał.

Umordowany skwarem sprzedawca wafli drzemał w cieniu swojego kosza w kształcie afrykańskiego bębna. Naprzeciw niego dwa wychudzone brzdące, każdy obwiązany czymś, co przypominało obszarpaną starą ścierkę, siedziały na chodniku, patrząc wzrokiem równie pustym jak ich brzuchy, podobne do dwóch szczeniąt czyhających na jakiś ochłap. Kawałek dalej pomyje przed drzwiami wylewała gospodyni z suknią podkasaną powyżej kolan. Jeszcze trochę dalej banda uliczników pastwiła się nad kotem dachowcem na oczach rozbawionego starego pijaczka.

Sprzedawca wafli ocknął się, usłyszawszy moje kroki, i zaraz przyjął postawę obronną. Dałem mu znak, że nie musi się obawiać.

Obydwa skrzydła drzwi były otwarte na żałośnie wyglądającą wielką salę sportową. Strumienie światła przenikały przez dziury w dachu i okna bez okiennic, odbijały się w wyłożonej płytami utytłanej posadzce. Na prawo od wejścia czuwał nieduży stolik, leżały na nim resztki jedzenia obok brudnej szklanki i butelki po palomie napełnionej wodą. Po lewej na ścianie kołysało się kilka afiszy z bokserami. Stary ring z powodu sparciałych lin ledwie się trzymał na podwyższeniu. Za nim zwisał z haka mocno sfatygowany worek bokserski. W głębi rozmywał się w półmroku kantorek, z którego dobiegały dźwięki rozmowy dwóch mężczyzn, jednego rozzłoszczonego, drugiego pojednawczego.

Nie podobało mi się to miejsce. Zalatywało stęchlizną i porażką.

W chwili gdy już miałem zawrócić, wysoki, chudy jak tyczka człowiek wyszedł z ustępu, kuśtykając na drewnianej nodze.

– Czego tu szukasz? – zagadnął, podchodząc do stolika przy wejściu.

– DeStefana...

– Zajęty. Coś chciał?

– Prosił, żebym do niego wpadł.

– DeStefano cię prosił, a nie kto inny?

Nie odpowiedziałem. Odźwierni często roszczą sobie pretensje do władzy, która ich przerasta i której nadużywają.

Wskazał mi ławkę.

– Złą chwilę wybrałeś, chłopcze. O tej porze albo się je, albo ucina drzemkę.

Opadł na krzesło przy stoliku i odgryzł kęs kanapki.

Mężczyźni w kantorku nadal się spierali.

– Czemu nazywa mnie małpą? – denerwował się jeden. – Czy ja siedziałem na drzewie czy co?

Rozpoznałem głos DeStefana, kiedy ten drugi się odezwał:

– Wiesz, jacy oni są w „Petit Oranais". To nie dziennikarze, tylko furiaci, rasiści. Nienawidzą każdego obcego. A na dokładkę są zazdrośni.

– Na pewno to kwestia zazdrości, a nie tego, że jestem Portugalczykiem?

– Na sto procent. Świat już taki jest: jedni tworzą legendę, a drudzy robią hałas, bo nic innego nie potrafią.

Odźwierny przełknął ostatni kęs, popił szklanką wody, beknął donośnie, otarł usta wierzchem dłoni i po cichu wyjaśnił:

– Rodrigo jest stuknięty. Ani razu nie wyszedł na ring, ale ubzdurał sobie, że jest mistrzem. I uwierzył w to. Jak dopadnie go atak, przychodzi do nas i biadoli. Stale opowiada, że prasa obrabia mu tyłek, że ma tego dość i w ogóle, a DeStefano udaje, że mu wierzy, i dla jaj podnosi go na duchu...

Z uprzejmości przytaknąłem.

– Tak se myślę, że DeStefanowi to nawet pasuje – ciągnął odźwierny. – Zdaje mu się, że faktycznie podnosi na duchu mistrza, a przez to czuje się ważny. Dawniej DeStefano był kimś. Miał pod ręką obiecujący narybek. Potem wszystko się posypało i dopadła go tęsknica. No to trzyma pod ręką Rodriga, żeby nie wyjść z wprawy, i czeka, aż wrócą dawne czasy...

Wąskie drzwi kantorka otworzyły się i wyszedł rzeczony wariat, zaniedbany człek o jasnych oczach. Miał na sobie sfatygowany żakardowy sweter i wygniecione spodnie. Przebył salę, zadzierając nosa, po drodze skinął głową afiszowi z jakimś mistrzem i wyszedł na ulicę, mijając nas bez słowa.

DeStefano na mój widok rozłożył ramiona.

– No wreszcie się zdecydowałeś...

Na ulicy Rodrigo zaczął wygłaszać pogróżki.

– To Rodrigo – wyjaśnił mi DeStefano. – Były mistrz. – Za jego plecami drągal na migi pokazał, że nie. – I co? Czemu zawdzięczam twoją miłą wizytę, Turambo?

– Prosiłeś, żebym wpadł, to jestem.

– Brawo! Obiecuję, że nie pożałujesz.

– Nikogo tu nie ma...

– A bo pora za wczesna. Większość naszych bokserów pracuje, żeby związać koniec z końcem. Ale wieczorem ruch tu jak na dworcu, zobaczysz. – Zwrócił się do odźwiernego: – Zaniosłeś tę paczkę, Tobias?

– Nie jeszcze. Nie ma kto popilnować budy.

– Idź teraz. Wiesz, jaki Toni jest. Nie lubi, żeby go lekceważyć. Zabierz ze sobą Turamba. Jak wrócicie, akurat będzie paru źrebaków na ringu. I powiedz piekarzowi, żeby mi podesłał coś na ząb. Popilnuję tu, ale postaraj się za długo nie włóczyć po ulicach.

Tobias chciał sprzątnąć ze stolika, lecz DeStefano powiedział, że się tym zajmie, i wskazał paczkę leżącą w kącie.

– Możesz ją ponieść? – zapytał mnie odźwierny. – Ciężka nie jest, ale z tą protezą...

– Nie ma sprawy – odparłem, podnosząc paczkę.

Tobias szedł szybko; proteza stukała o jezdnię, przy każdym kroku zarzucało go na bok.

– Straciłeś nogę w wypadku?

– W ogrodzie – rzekł ironicznie. – Stanąłem na nasieniu, nasienie wbiło mi się w podeszwę stopy i kiedym się rano obudził, miałem drewnianą nogę.

W milczeniu przeszliśmy kilka kwartałów. Tobias był tu bardzo znany. Cały czas po drodze ludzie go pozdrawiali. A on temu rzucił jakiś żarcik, tamtemu dowcip i co rusz wybuchał skrzekliwym śmiechem, odrzucając głowę do tyłu. Był przystojnym mężczyzną, schludnym, choć w starym odzieniu; gdyby nie kalectwo, mógłby uchodzić za komiwojażera albo urzędnika pocztowego.

– Zostawiłem nogę na polu bitwy. Pod Verdun – wyznał mi znienacka.

– Byłeś na wojnie?

– Jak miliony kretynów.

– Jaka jest wojna?

Otarł czoło przedramieniem i poprosił, żebyśmy na chwilę przystanęli, bo proteza zaczyna go mocno uwierać. Przysiadł na murku, aby odsapnąć.

– Chcesz wiedzieć, jaka jest wojna?

– Tak – przyznałem, mając nadzieję, że choć trochę zrozumiem, co spotkało mojego ojca.

– Nie mogę jej porównać z niczym. Bo wojna nie jest do niczego podobna. Ma w sobie po trochu ze wszystkich koszmarów, ale żaden koszmar się z nią nie równa. Jesteś jednocześnie w jatce, na arenie z dzikimi zwierzętami, w muzeum grozy, na dnie szamba, w piekle... i tylko twoja męka nigdy się nie kończy.

– Masz dzieci?

– Miałem dwoje. Nie wiem, gdzie są. Ich matka zwiała, kiedy ja się taplałem w okopach.

– Nie próbowałeś ich odnaleźć?

– Za bardzom zmęczony.

– Miałem krewnego. Przyzwoity był. Po powrocie z wojny odszedł od swoich. Porzucił ich jednej nocy, zostawiając w błocie.

– No, dość często ludzie tak się zachowują. Bo widzisz, wojna to dziwna wycieczka. Idziesz na nią przy dźwiękach trąbki, a wracasz w skórze upiora, w głowie ci dudnią hałasy i sam już nie wiesz, co teraz począć ze swoim zasranym życiem. – Wskazał pomnik za nami i konny posąg na skwerku przy rogu ulicy. – Wszystko to mówi tylko o szaleństwie ludzi. Kiedy w rocznicę ludzie je stroją w kwiatki, tak naprawdę zasłaniają sobie twarz i sami siebie okłamują. Martwych się nie czci, tylko się im przeszkadza. Popatrz na posąg tego generała. Co nam mówi? Ano to, że człowiek darmo walczy i pali miasta i wioski, zarzyna ludzi, chlubiąc się swoim zwycięstwem, i wdowie łzy wykorzystuje jako wodę na swój młyn, bo i tak bohaterowie zawsze kończą na marmurowym cokole, żeby gołębie miały co obsrywać...

Podciągnął nogawkę, aby poprawić protezę. Czoło przecięła mu zmarszczka.

– Nigdym nie zrozumiał, że każde pokolenie tak się daje nabrać. Wygląda na to, że ojczyzna bardziej się liczy niż rodzina. Ja tam się z tym nie zgadzam. Możesz mieć ojczyzn, ile chcesz, ale jak nie masz rodziny, jesteś nikim.

Jednym ruchem opuścił nogawkę. Zmarszczka na czole jeszcze mu się pogłębiła.

– Dziwne, nie? Żyjesz sobie spokojnie z dnia na dzień, uprawiasz warzywnik, w pewnym miejscu chowasz skromne oszczędności i gdzieś w zakamarku głowy układasz plany kruche jak źdźbło słomy. Dbasz o dzieciaki przekonany, że tak będzie zawsze, póki was śmierć nie rozdzieli. Potem nagle jacyś ważniacy, obcy ludzie, których w życiu nie spotkałeś, decydują o twoim losie. Konfiskują twoje skromne marzenia i wtłaczają cię do swojego wielkiego szaleństwa. To jest wojna. Nie wiesz, czemu trwa; ale wpadasz w nią jak pestka w gówno. Zanim się spostrzeżesz, co się dzieje, burza mija. Kiedy znów robi się jasno, nie rozpoznajesz tego, co było przedtem.

Wypchnął biodra do przodu, żeby wstać.

– Wojna to coś wielkiego dla głupków, którzy wierzą, że medal wart jest życia. Nie byłem nie wiadomo kim przedtem, alem się nie skarżył. Pracowałem na kolei, miałem dom i nadzieje na przyszłość. Potem coś mi strzeliło do głowy i rzuciłem wszystko, żeby się zaciągnąć i dostosować bicie serca do rytmu werbli. Zwyczajnie zakłóciłem normalny bieg swojego życia. Do nikogo nie mam o to żalu. Tak już jest i tyle. Gdyby dało się to cofnąć, zalałbym sobie uszy woskiem, żeby nie słyszeć trąbek, rozkazów ani armat... Nic nie jest tyle warte, żeby oddawać za to życie, chłopcze. Ani sława, ani miejsce w historii. I żadne pole chwały nie równa się z kobiecym łożem.

Kiedyśmy wrócili, w stajni panował ruch. Paru chłopaków w spodenkach ćwiczyło mięśnie. DeStefano rozmawiał z krępym chłopcem, którego odprawił na nasz widok. Zapytał Tobiasa, czy Toni bardzo był zły. Tobias przyznał, że ów jegomość zdrowo popyskował, ale w sumie wszystko zostało załatwione. DeStefano burknął coś pod nosem, po czym wziął mnie na bok.

– Wejdź na ring – powiedział.

– Nie mam stroju. Ani rękawic.

– To nic. Wejdź, jak stoisz. W butach.

Wykonałem polecenie. Za chwilę dołączył do mnie tamten krępy chłopak. Nałożył rękawice i buty sportowe. Stanął przede mną, poruszył szyją, aż mu trzasnęły kości, przykucnął kilka razy, cofnął się o dwa kroki. Czekałem na wskazówki. Ale się nie doczekałem. Chłopak posłał mi serię ciosów w twarz. Bez ostrzeżenia. Pogubiłem się, nie wiedziałem, czy mam mu oddać, czy potulnie znosić uderzenia. A przeciwnik tłukł mnie ile wlezie po całym ciele. Zdawało mi się, że wszystkie żebra próbuje mi połamać. I nagle podłoga uciekła mi spod nóg. Kiedy leżałem powalony, chłopak cały czas podskakiwał w miejscu.

– Wstawaj! – ryknął DeStefano. – I broń się!

Ledwie się podniosłem, musiałem się osłonić rękami, aby zdzierżyć atak przeciwnika. Z rzadka tylko odpowiadałem ciosem – zawsze niecelnym. Chłopak był zwinny, nieuchwytny; uchylał się przed moimi fangami, odrzucał mnie, kiedy próbowałem wejść w zwarcie, robił uniki, jego głowa była w danym miejscu nie dłużej niż sekundę.

Znowu mnie powalił.

DeStefano kazał mu się odsunąć, a mnie zejść z ringu.

– Teraz już wiesz, że boks nie ma nic wspólnego z ulicznymi bójkami – powiedział. – Na ulicy jesteś jednym z wielu, a zarazem nikim. Jak stoisz na ringu, wymaga się od ciebie, żebyś był bogiem. Boks to nauka, sztuka i ambicje... Chciałbym, żebyś zapamiętał ten dzień, chłopcze. Kiedyś, gdy przejdziesz swój chrzest, to wspomnienie pozwoli ci ocenić, jak daleko zaszedłeś. Czeka cię program treningowy, musisz go w całości wykonać. Kup sobie worek marynarski, spodenki, koszulkę i trampki. Rękawice dostaniesz od firmy. Tobias ci powie, jaki jest plan treningów. Od jutra chcę cię widzieć tu codziennie.

– Muszę znaleźć jakąś robotę.

– No i właśnie po to jest plan treningów. Są trzy rozkłady, wybierzesz ten, który ci pasuje. Członkowie mojego klubu też ciężko pracują. Trzeba mieć co wrzucić na ząb, zanim się pójdzie wybijać zęby innym.

W pierwszych tygodniach nie wolno mi było wejść na ring. DeStefano czekał, aż zasłużę na ten p r z y w i l e j. Na początek poddał mnie treningowi „oczyszczającemu" i wytrzymałościowemu: musiałem zbiegać ze stromych wzgórz i wbiegać na nie, ganiać aż do lasku w Planteurs, wspinać się po zboczach góry Murdżadżu, czepiając się krzaków, słuchać swojego ciała, zmuszać je do największego wysiłku, panować nad oddechem, pilnować miarowego tempa na nierównym terenie, a na koniec trasy treningu robić przebieżki sprintem. Do domu wracałem na czworakach, z wywieszonym językiem i płonącym gardłem. Mekki, patrzący krzywym okiem na męki, jakie sobie zadawałem, próbował się wywiedzieć, co kombinuję, podejrzewał bowiem jakieś niecne sprawki czy coś w tym guście. Ponieważ nie mogłem się przyznać, że zdecydowałem się na boks, każda nasza rozmowa kończyła się bardzo źle, aż w końcu Gino, pragnąc położyć kres moim napadom buntu, zaproponował, żebym zamieszkał u niego, co uczyniłem bez wahania.

Dużo lepiej poczułem się w jego domu. Nie musząc się nikomu opowiadać, całkowicie się poświęciłem swojemu nowemu powołaniu.

W niedziele Gino szedł ze mną do stajni, gdzie spotykaliśmy Filippiego, który robił z nami w warsztacie Béberta. W wolnych chwilach i podczas urlopu Filippi dbał o formę u DeStefana. Boksował za młodu, choć bez szczególnych osiągnięć, i nadal bywał w stajni, starając się utrzymać w dobrej kondycji atletycznie zbudowane ciało. Był zadziornym zapaleńcem i potrafił mnie zmotywować. We trzech wyruszaliśmy zdobywać wzgórza i przemierzać ścieżki. Gino często odpadał w pół drogi, nie mogąc utrzymać tempa, któreśmy narzucali, ale Filippi mimo swojego wieku przechodził samego siebie i umiał mnie natchnąć pioruńską energią.

Z kawałków złomu i wzmocnionych metalowych bidonów zmajstrowaliśmy sobie z Ginem u niego przybory do ćwiczeń; z dumą prężyliśmy umięśnione klaty przed dziewczynami, które na sąsiednich gankach rozwieszały pranie.

Okazało się, że sport jest świetną terapią i dla Gina, i dla mnie. Mój przyjaciel był w żałobie po śmierci matki, a ja po swojej pogrzebanej miłości... Ach, Nora!... Jaka ona była piękna! Drobna jak kwiatuszek, obdarzona takim jak on wdziękiem i delikatnością, a kiedy się uśmiechała, przywracała nadziejom cały ich blask. Wydawało mi się, że mamy jedno wspólne serce. Wierzyłem, że jest moja, wierzyłem tak mocno, że nigdy, przenigdy nie myślałem o przyszłości bez niej... Niestety, przyszłość buduje się i rozpada bez naszego udziału. Ani nie mamy na nią wpływu, ani prawa do niej, o nas już dawno wszyscy zapomną, a ona będzie trwać.

Wieczorem, po porządnym wycisku i gorącej kąpieli, wypuszczaliśmy się na włóczęgę po mieście. Nic lepiej od wrzawy nie rozprasza złowrogich głosów, które nawołują z głębin naszych trosk, nic lepiej od tłumów nie pozwala zgubić tych, co już odeszli.

Orańskie noce chłonęły nasze obsesje jak gąbka. Na niewiele było nas stać, ale fundowaliśmy sobie fajne chwile; wystarczyło iść, gdzie nogi nas niosły. W Oranie wszystko było ładne, tak samo dorożki jak automobile, moczymordy jak linoskoczkowie, i wszystko było do wzięcia bez dotykania, jak kiedy podziwia się piękne rzeczy przez okno wystawy. Kina oświetlone *a giorno* przyciągały nocne marki jak lampa owady. Jarzyły się neonowe szyldy kabaretów, śląc pstrokate plamy światła na fasady budynków naprzeciwko. Bistra nigdy nie pustoszały, wiecznie wypełniał je gwar i gęsty dym papierosowy.

Mężnie obaj z Ginem przebywaliśmy kilometry nocami. Najpierw robiliśmy obchód kawiarni z dancingiem albo szliśmy na jakiś śmieszny film, potem stawaliśmy na nabrzeżu i gapiliśmy się na światła portu i na dokerów uwijających się przy załadunku i rozładunku. Wietrzyk od morza kołysał nasze milczenie; bywało nawet, że dopadało nas rozmarzenie, kiedyśmy stali z łokciami wspartymi na parapecie i brodą na dłoniach. Gdy znudziło nam się liczenie statków, siadaliśmy w jakimś ogródku kawiarnianym i raczyliśmy się kwaskowym sorbetem, przyglądając się dziewczynom, które paradowały po placu w gipiurowych sukienkach. Jeśli jakiś elegancik próbował je zaczepiać, panny oglądały się na niego i ze śmiechem umykały jak niesiona wiatrem mgła. Elegancik wtedy pstryknięciem odrzucał niedopałek papierosa i szedł za nimi kawałek, kołysząc ramionami, potem jak niepyszny wracał na swoje stanowisko, lecz z uporem próbował przy następnej okazji i jeszcze raz, i jeszcze, aż ulice zupełnie opustoszały.

Dziwni ludzie byli z tych elegancików. Gino twierdził, że bardziej nimi kieruje namiętność do zarzucania przynęty niż pragnienie, by coś złowić, że uszczęśliwia ich nie przygruchanie sobie kogoś, lecz samo przygruchiwanie. Przypatrzyliśmy się z bliska jednemu takiemu; jeśli chodzi o bajerowanie, nie miał sobie równych, ale gdy dziewczyna połknęła haczyk, nasz fatygant zapominał języka w gębie i gapił się w szelmę jak sroka w gnat, nie wiedząc, co jej zaproponować.

Ponieważ jakoś nie potrafiliśmy przygadać sobie siostrzanej duszy na wieczór, wypuszczaliśmy się z Ginem na przedmieścia w poszukiwaniu prostytutek. Wyłaniały się z cienia niczym zjawy, demonstrowały okazałe piersi nabrzmiałe od ssania przez anonimowych amantów i wygadywały różne świństwa, strzelając gumką od majtek. Bardzo nas to śmieszyło, Gina i mnie; śmialiśmy się głównie po to, by zagłuszyć obawy i oddalić te ochrypłe głosy, które dudniły w nas niczym rozkaz.

Dzień oznaczał dla mnie płacz i zgrzytanie zębów. Gino szedł do roboty, a ja znów w odstawkę. Nie miałem jakichś szczególnych upodobań. Nora zwróciła mi serce i nie wiedziałem, co z nim począć. Przedtem biło tylko dla niej. Teraz słońce wyciągało mnie z łóżka jak jakiegoś flejtucha, ulice zmuszały mnie do chodzenia w kółko, aż dostawałem mroczków przed oczami, a w porze podsumowań byłem przekonany, że raz jeszcze pomyliłem historie.

Potrzebowałem się zmordować, żeby oszukać głód.

Po takim plątaniu się z prawa na lewo zachodziłem do stajni DeStefana znużony i wściekły. Na treningach dawałem z siebie wszystko, by zakląć los, z niecierpliwością czekałem, kiedy wejdę na ring. A DeStefano umyślnie trzymał mnie na ziemi. Na zaszczyt przekroczenia lin trzeba było sobie zasłużyć. Przez dwa miesiące ograniczałem się do ćwiczeń fizycznych, footingu, panowania nad oddechem i zrozumienia ogólnej filozofii boksu. Musiałem sobie przyswoić taktyczne wykorzystanie różnych pozycji rąk i pięści, zgrać odruchy z myślą, robić zwody i zadawać ciosy „na sucho", tłuc w worek treningowy. DeStefano poświęcał mi więcej uwagi niż innym. Widziałem w jego oczach radość, której nie potrafił ukryć. Chociaż był zdania, że w dziedzinie agresywności przede mną jeszcze długa droga, przyznawał, że robię duże postępy, że moja praca nóg i zwinność mają w sobie c o ś, uważał, że moje wypady i odwroty są eleganckie.

Miałem i n s t y n k t mistrza, tak mówił.

Czasami zjawiał się Rodrigo i odstawiał ten swój numer ze sobą jako ofiarą, to wymachując „wrogo nastawioną" gazetą, to znów wymyślając jakieś śmiertelnie groźne spiski. Że Rodrigo był stuknięty, to za mało powiedziane – on był kompletnie zwariowany. Niektórzy w stajni nie wykluczali, że wcześniej czy później biedak rozwali kogoś albo podłoży ogień w siedzibie gazety. Tobias twierdził, że ta historia z rozdwojeniem osobowości źle się skończy. Czasem doprowadzony do rozpaczy sam wyrzucał Portugalczyka. Rodrigo dalej cudował na ulicy ku uciesze dzieciarni i psów, licząc, że DeStefano wyjdzie go uspokoić, tyle że DeStefano nie potrzebował nikogo podnosić na duchu teraz, gdy nabrał przekonania, że na starość jeszcze przeżyje piękne chwile.

Kiedy wreszcie po miesiącach siedzenia jak na szpilkach pozwolił mi wejść na ring i stanąć naprzeciw sparingpartnera, jakbym się naraz odrodził w wierze ukrytej dotąd w głębinach jestestwa. Znalazłem się na piedestale, głośno się domagając laurów tysiąc razy większych od mojej głowy. Gdy przeciwnik nie wiedział, jak uniknąć moich ciosów, od razu zrozumiałem, że jestem stworzony do boksowania. O moim lewym sierpowym zrobiło się głośno, chociaż jeszcze nie odbyłem ani jednej walki.

2

Do pierwszej walki na ringu stanąłem w trzecią niedzielę lutego 1932 roku.

Pamiętam, że na niebie nie było najmniejszej nawet chmurki.

Wczesnym rankiem wsiedliśmy do autobusu do Ajn Tamuszant: DeStefano, Francis pianista, który zajmował się w stajni papierami, masażysta Salvo, Tobias i ja. DeStefano nie zgodził się, żeby Gino nam towarzyszył.

Byłem zdenerwowany. Trochę roztrzęsiony, pewnie z powodu czterech dni spędzonych w hamamie, żeby zrzucić nadwyżkę wagi. Na siedzeniu przede mną staruszka w chuście próbowała uspokoić dwa kurczaki awanturujące się w koszyku. Jechało też z nami kilku milczących zasępionych wieśniaków w turbanach. Z przodu siedzieli rumi, z których jeden zasmradzał fajką powietrze już i tak cuchnące spalinami.

Otworzyłem okno, żeby przewietrzyć, i patrzyłem na przesuwające się widoki.

Na pokrytych rosą zielonych roślinach połyskiwały miliony ogników krzesanych przez wstające słońce. Po obu stronach gaje pomarańczowe w Musarghinie przywodziły na myśl choinki.

DeStefano przeglądał jakieś czasopismo. Pozował na spokojnego, ale czułem, że jest spięty za gazetą, garbił się, minę miał nieprzeniknioną. Jego milczenie było wymowne. Od dwóch lat czekał, żeby któryś z jego chłopaków stanął na liczącym się ringu. Zanim wsiedliśmy do autobusu, zauważyłem, że się przeżegnał – on, człowiek, który wierzył w Boga tylko w obliczu działań siły wyższej.

Dzieliło nas kilka kilometrów od Lourmel, kiedy ją zobaczyłem...

Wspaniałą na koniu, z rozwianymi włosami. Galopowała grzbietem wzgórza – amazonka, która się wyłoniła z ognistego brzasku i pędziła zerwać dzień u jego źródła. Jej smukła sylwetka, jak naszkicowana tuszem, odcinała się czarno na bladoniebieskim horyzoncie, przypominając magiczny motyw wyświetlany na ekranie.

– To Irène – szepnął mi na ucho DeStefano. – Córka Alarcona Ventabrena, kiedyś asa ringu, dziś przykutego do wózka. Mają posiadłość za tamtym laskiem. Niektórzy wysoko notowani pięściarze przyjeżdżają do nich czasem, żeby odetchnąć przed ważną walką... Piękna, nie?

– Jest za daleko, żeby ocenić.

– Ech! Gwarantuję, Irène to dynamit nie kobieta. Piękna i dzika jak perła słodkowodna.

Amazonka osiągnęła szczyt wzniesienia i zniknęła za rzędem cyprysów.

I naraz okolica jakby straciła na powabie.

Jeszcze długo po zniknięciu amazonki jej obraz plątał mi się po głowie, wzbudzając dziwne odczucia. Nic o niej nie wiedziałem, znałem tylko imię, które wyszeptał mi DeStefano w harmidrze panującym w autobusie. Jaka jest? Młoda czy nie, brunetka czy blondynka, wysoka czy niska, mężatka czy wolna? Dlaczego jej obecność przyćmiła cały krajobraz, dlaczego zastąpiła wstający dzień i resztę? Co oznaczało jej trwanie zrodzone z przebłysku i nie chcące zniknąć? Gdybym ją spotkał na drodze, gdyby jej twarz znalazła się przed moimi oczami, wtedy dreszcz, który mnie przebiegł, przypisałbym miłości od pierwszego wejrzenia i znalazłbym wytłumaczenie dla zawrotu głowy będącego jego efektem. Tymczasem była jedynie ulotnym odległym cieniem, który czym prędzej się oddalał ku nie wiadomo czemu.

Później miałem zrozumieć, dlaczego nieznana dziewczyna jadąca wierzchem na pozór bez powodu nasunęła mi tyle pytań.

Ale tamtego dnia, wczesnym rankiem w trzecią niedzielę lutego 1932 roku, nawet przez myśl mi nie przeszło, że właśnie natknąłem się na swoje przeznaczenie.

Ring ustawiono przy wjeździe do miasta na nieużytkach, które oczyszczono z roślinności. Sama konstrukcja pozostawiała wiele do życzenia, lecz organizatorzy przekształcili ugór w miejsce festynu. Setki proporczyków i trójkolorowych chorągiewek powiewały na rozpiętych linach i na masztach postawionych na tę okoliczność. Z autobusu widać było robotników zawieszających w pośpiechu ostatnie girlandy, by zdążyć przed meczem zaplanowanym na godzinę trzynastą. Kiedyśmy wysiedli z autobusu, przejął nas skromny komitet powitalny. Szybko nas zaprowadzono do baraku pełniącego rolę miejscowego posterunku policji, niedaleko „stadionu". DeStefano nie był zadowolony. Obiecano mu hotel, fotografów i dziennikarzy, a także przyzwoity posiłek przed walką, a tu omal nas nie ukrywano. Grubas wbity w prosty garnitur próbował nam wyjaśnić, że mer wydał jasne instrukcje, a on tylko wciela je w życie. DeStefano nie pozwolił sobie wcisnąć kitu, groził, że skoro tak, to wracamy do Oranu. Ktoś pobiegł po osobę decyzyjną. Ów człowiek zjawił się z szerokim uśmiechem na twarzy. Wziął DeStefana na stronę i coś zaczął szeptać do ucha, położywszy mu rękę na barkach. DeStefano się rozzłościł, tupał w ziemię na poparcie swych gróźb, ale kiedy decydent wsunął mu kopertę do kieszeni, spuścił z tonu i powoli przestał wymachiwać rękami.

– Znowu perfidne posunięcie – westchnął Francis pianista, który z tej wymiany zdań nie stracił ani drobinki.

Wrócił do nas DeStefano nieszczerze oburzony. Kazał nam iść do baraku i przygotować się, sam zaś poszedł dalej się wykłócać z decydentem.

W baraku cuchnęło zgnilizną. Stała w nim w kącie wąska metalowa szafa, poza tym szkolna ławka trwale połączona z blatem, w którym widniała obdrapana dziura na kałamarz, dwa taborety i niepasujące do reszty łóżko polowe. Okno bez szyb wychodziło na ścieżkę prowadzącą na łysy pagórek, na którym tkwił stary kundel z wywieszonym ozorem, rozglądając się na wszystkie strony. Jak na dzień historyczny było to dość przygnębiające.

– Lepiej się przebierz – poradził mi masażysta Salvo. – I spróbuj z łaski swojej znokautować faceta w pierwszej rundzie. Nie mam ochoty gnić tutaj.

Salvo także spodziewał się gorącego przyjęcia. Jako rodowity orańczyk, nie znosił, kiedy tak go traktowano na prowincji.

Tobias również nie był zadowolony. Coś go dręczyło. Nie podobało mu się, że DeStefano pękł z powodu koperty, której nawet nie otworzył, by sprawdzić, co zawiera.

DeStefano natomiast udawał złość, lecz naprawdę trudno było w nią uwierzyć. Decydent, świadom swego wpływu na rozmówcę, był zupełnie rozluźniony; przemawiał z afektowaną miną i rękami w kieszeniach, z byle powodu odrzucał głowę do tyłu i rżał jak koń, ciesząc się widokiem pierwszych widzów, którzy przybywali na „stadion" wbici w niedzielne ubrania, w słomkowym kapeluszu na głowie.

Rozwiązałem swoją torbę, żeby się przebrać.

Tobias zaczął podskakiwać na łóżku polowym. Nachylił się do Salva i wyznał:

– Coraz częściej mam problemy z kobitkami.

– Jakiego rodzaju problemy? – spytał Salvo, drapiąc się za uchem.

– No wiesz...

– Nie siedzę w twojej głowie.

Tobias nachylił się jeszcze bardziej i szepnął:

– Zanim pójdę do burdelu, stoi mi na sztywno, ale jak tylko znajdę się sam z dziwką, zaraz mi opada.

– To nie bierz pierwszej lepszej.

– Próbowałem z paroma i zimna dupa.

– A co ja ci na to poradzę? Jak nie dajesz rady fajfusem, skorzystaj z protezy. Przynajmniej będzie ci się wydawało, że masz nogę.

– Nie żartuję. To poważna sprawa... Dobry z ciebie masażysta, tom pomyślał, że znasz może jakieś sztuczki albo masz jakie ziółka czy coś w tym guście. Różnych rzeczy próbowałem, ale nic nie pomogło.

Salvo złożył dłonie pod nosem, z poważną miną rozważając sprawę. Po chwili medytacji na podobieństwo guru podniósł wzrok na Tobiasa.

– A próbowałeś metody hinduskiej?

– Pierwsze słyszę.

Salvo uczenie pokiwał głową i rzekł:

– No więc według pewnego szanowanego fakira, żeby uzyskać erekcję jak należy, trzeba usiąść na własnym palcu.

– Bardzo śmieszne. Żartuj sobie, żartuj...

Obrażony Tobias wyszedł na podwórze ścigany sardonicznym śmiechem Salva.

Jakiś wyrostek w krótkich spodniach przyjechał na rowerze, przynosząc kosz pełen owoców, butelek wody sodowej i kanapek. Przed odejściem spytał, czy jestem bokserem, i życzył mi powodzenia. DeStefano podziękował mu w moim imieniu i delikatnie wypchnął chłopaka za drzwi. Posilaliśmy się w milczeniu. Z zewnątrz dochodził gwar tłumu zajmującego miejsca wokół ringu.

Salvo owinął mi dłonie, zawiązał rękawice i spostrzegł, że zapomniał zabrać mój ochraniacz na zęby. DeStefano wzruszył ramionami, po czym poprosił, żeby zostawili nas samych, jego i mnie.

– Musisz sprawić się delikatnie, chłopcze – powiedział z zażenowaniem. – To mecz towarzyski.

– To znaczy?

– Że nie chodzi o zawody. Liczy się przedstawienie, a nie zwycięstwo. Ludzie chcą miło spędzić czas. Dlatego niech cię nie poniesie, masz przedłużać przyjemność, a swój lewy sierpowy zostaw na następny mecz.

– Co to za historia? Myślałem, że wszystko będzie na poważnie.

– Ja też. Ale tutejszy mer mnie oszukał.

– No to czemu nie odwołamy walki i nie wracamy do domu?

– Nie chcę problemów z urzędami, Turambo. Przecież to nie koniec świata. Będziesz walczył. Dzięki temu spotkaniu zmierzysz się z wrogością publiki, oswoisz się z nią. Masz się bić przez osiem rund. Organizatorzy tak zdecydowali. Postaraj się dotrwać do końca. Nie musisz wcześniej rozłożyć przeciwnika. Nie powinieneś nawet. To by zepsuło zabawę.

– Zabawę?

– Później ci wytłumaczę.

Otarł twarz chustką i poprosił, żebym wyszedł z nim na zewnątrz. Był taki zmartwiony, że przestałem protestować.

„Stadion" wydzielono metalową siatką z drutem kolczastym na górze. W jego obrębie człowiek stał przy człowieku. Byli tam sami mężczyźni w garniturach i białych kapeluszach; niektórzy posadzili sobie dziecko na ramionach. Za ogrodzeniem stały nieliczne grupki Araberberów w burnusach i jauladów, którzy wspięli się pod sam drut kolczasty, by patrzyć nad głowami widzów.

Dobre dwadzieścia minut czekałem, zanim przybył mój przeciwnik. I to jak przybył! Idol tego miasta zajechał powozem poprzedzany ogłuszającą orkiestrą dętą. Rozradowany tłum rozstępował się przed orszakiem, grzmiąc burzą oklasków. Mój przeciwnik stał na siedzeniu, podniesionymi rękami pozdrawiając swoich kibiców. Był to potężny blondyn, po bokach włosy miał wygolone, długa sztywna grzywka opadała mu na oczy. Popisywał się, boksując powietrze, mile połechtany proporczykami, którymi wymachiwano wszędzie wokół. Ludzie z jego ekipy pomogli mu wysiąść z powozu i poprowadzili go do mnie na podwyższenie. Zgiełk wzmógł się w dwójnasób, gdy ulubieniec publiczności wyrzucił w górę ręce w rękawicach. Na mnie tylko zerknął krótko i znów zaczął odgrywać swoje przedstawienie.

Zakłopotany DeStefano unikał mojego spojrzenia.

Sędzia poprosił mnie i mojego przeciwnika, abyśmy podeszli. Przypomniał nam zasady i kazał odejść każdemu do swojego rogu. Ledwie rozległ się gong, przerastająca mnie o głowę góra mięśni runęła na mnie i zaczęła mi łoić skórę zachęcana wrzaskami podnieconej widowni. Mój przeciwnik nie wykazywał się żadną techniką, bazował wyłącznie na swojej sile. Cios miał nijaki: po prostu walił i już. Przeczekałem pierwszą nawałnicę i zdołałem go odepchnąć. Pierwszym lewym sierpowym odrzuciłem go na kilka kroków. Oszołomiony stał przez kilka chwil niezdecydowanie, póki nie doszedł do siebie. Okrążył mnie potem, badawczo oglądając, zapędził w róg i przyparł swoim wielkim cielskiem. DeStefano wrzeszczał, żebym walił prawą, co miało mi przypomnieć jego instrukcje dotyczące „przedłużania przyjemności". Byłem zniesmaczony. Mój przeciwnik nie pamiętał o gardzie; mogłem go w każdej chwili powalić. Pod koniec trzeciej rundy był już wyraźnie zmęczony. Błagałem DeStefana, żeby pozwolił mi go wykończyć. Miałem już dość odgrywania roli worka treningowego dla tego wielkiego bubka. Ale DeStefano był nieprzejednany. Kiedy Salvo mnie odświeżał, przyznał, że bardzo żałuje takiego obrotu sprawy, i obiecał, że to się więcej nie powtórzy, lecz tym razem muszę „wytrwać w roli", bo dał na to słowo organizatorom.

Dławiło mnie takie draństwo. Próbowałem odganiać od siebie czarne myśli, lecz zawód wciąż brał górę i boksowałem tak, żeby zadać ból. Przeciwnik reagował dziwacznie. Kiedy tracił równowagę pod moimi ciosami, udawał, że zatacza się od liny do liny, albo zginał się wpół, kręcąc tyłkiem i niby to pyskując arbitrowi. Ewidentnie dbał o to, by publika miała uciechę. Na jego twarzy nie widziałem napięcia, a w oczach obawy, tylko teatralnie groteskową śmieszną agresywność. A mnie zależało na jednym: żeby skończyć z tym cyrkiem! To nie był mój dzień; ta cholerna niedziela nie miała w sobie nic historycznego. I pomyśleć tylko, że w nocy nie zmrużyłem oka, tak się obawiałem pierwszej walki... Taki byłem oburzony, że mimowolnie waliłem z lewej pięści, co przerywało błazeński chaotyczny łomot w wydaniu mojego przeciwnika. Dalej udawał bezsilność, jakby nie mógł sobie ze mną poradzić, po czym znowu ruszał do walki, walił na oślep, odskakiwał zadowolony z siebie i dalej stroił małpie miny dedykowane kibicom. Pajac nie bokser, większą uwagę zwracał na wesołość tłumu niż na moje riposty.

Ta szopka trwała przez sześć rund. Albowiem po szóstej wbrew oczekiwaniom arbiter zdecydował przerwać mecz i ogłosił, że zwycięzcą jest mój przeciwnik. Kibice nie posiadali się z uciechy. Rozejrzałem się za DeStefanem. Schował się w tyle za naszym rogiem. Mój przeciwnik paradował po ringu z rękami wysoko podniesionymi i oczami wytrzeszczonymi w dziecięcej radości... Dopiero w drodze powrotnej, w autobusie, dowiedziałem się, że bohater dnia zwie się Gaston, jest najstarszym synem mera Ajn Tamuszant, nie trenuje boksu i stoczył tego dnia swoją pierwszą walkę, aby uczcić urodziny ojca, a w przyszłym roku wystąpi może w zawodach pływackich albo zagra w piłkę nożną i podczas meczu zawodnicy z jego drużyny już się postarają, aby strzelił zwycięskiego gola, wcześniej zaś pan sędzia nie uzna bramek wbitych przez drużynę przeciwną.

DeStefano próbował mnie udobruchać w autobusie. Przesiadałem się za każdym razem, gdy zajmował miejsce obok mnie. W końcu mu się znudziło i poszedł na tył autobusu, a ja do samego Oranu czułem jego wzrok na swoim karku.

– Do diabła, przecież mówię, że jest mi przykro! – wybuchł, kiedyśmy wysiedli. – Mam klękać przed tobą czy co? Przysięgam, że nic nie wiedziałem. Naprawdę myślałem, że ten bokser to miejscowy mistrz. Tak mnie zapewniali organizatorzy.

– Boksowanie to nie kółko różańcowe – poparł go Francis pianista, któremu pilno było zobaczyć, co zawiera koperta wsunięta DeStefanowi do kieszeni przez gościa z magistratu. – Drogi chwały usiane są pułapkami i skórkami od bananów. Gdzie chodzi o forsę, zawsze blisko kręci się diabeł. Są walki na zamówienie, walki ustawiane, walki z góry przegrane, a jak ktoś jest Arabem, jedyny sposób na stronniczych sędziów to tak powalić przeciwnika, żeby się nie podniósł.

– To sprawa między mną a moim mistrzem – przerwał mu DeStefano. – I nie potrzebujemy tłumacza.

– Jasne – rzekł Francis, znacząco spoglądając na kieszeń szefa.

DeStefano wyjął kopertę i z niej plik banknotów, przeliczył je i wręczył każdemu należną mu część. Tobias i Salvo zaraz się zmyli zadowoleni, że nie wracają z pustymi rękami mimo mojej „przegranej". Francis został niezbyt rad z kwoty, która przypadła mu w udziale.

– Co? Chcesz moje zdjęcie? – zagadnął go DeStefano.

I Francis raz-dwa się ulotnił.

– Ten facet chce więcej, niż może – burknął DeStefano. – Podzieliłem po równo, ale jemu się wydaje, że powinien dostać więcej niż inni, skoro rozeznaje się w kwitach i umie pisać na maszynie.

– Nie chcę twoich pieniędzy, DeStefano. Możesz je dać Francisowi.

– Czemu? Kurwa, to pięćdziesiąt franków! Niektórzy za mniej własną teściową by sprzedali.

– Ja nie. Forsa haram to nie moja broszka.

– Jakie haram? Nie ukradłeś ich.

– Ale i nie zasłużyłem na nie. Jestem bokserem, nie błaznem.

Zostawiłem go na środku ulicy i pospieszyłem na boulevard Mascara, do Gina.

Gino miał minę jak w swoje najgorsze dni. Nie podniósł głowy, kiedy wszedłem. W podkoszulku i boso siedział w kuchni przy stole, nabierając kawałkiem chleba jajecznicę, którą właśnie zdjął z ognia. Od śmierci matki mój przyjaciel miał huśtawkę nastrojów i już nie udawał, że nic nie słyszy, kiedy go prowokowano. Język miał teraz twardszy, spojrzenie też. Chwilami odnosiłem wrażenie, że mu przeszkadzam, że jestem zbędny w jego domu. Jeśli trzaskałem drzwiami i szedłem do matki, nie próbował mnie zatrzymać. Następnego dnia przychodził pod stajnię i czekał, aż wyjdę. Nie przepraszał za poprzedni dzień i zachowywał się jakby nigdy nic.

– Nie spytasz, jak było w Ajn Tamuszant?

Gino wzruszył ramionami.

– Brakowało tylko Bustera Keatona i pianisty na sali.

– Mam to gdzieś – rzekł Gino, wycierając usta serwetką.

– Gniewasz się na mnie?

Ze złością walnął pięścią w stół.

– Jak mogłeś pozwolić, żeby ten gad tak mnie potraktował? Obszedł się ze mną jak z psem. Powinieneś był kazać mu stulić pysk i zażądać, że mam jechać z tobą.

– On jest szefem, Gino. Co mogłem zrobić? Widziałeś, że nie byłem zadowolony.

– Nic nie widziałem. Ten gnojek zastąpił mi drogę, a ty spuściłeś głowę. Powinieneś był się domagać, żeby pozwolił mi jechać do Ajn Tamuszant.

– Nie miałem pojęcia, jak to się odbywa. Pierwszy raz stawałem do walki. Myślałem, że DeStefano ma do tego prawo.

Gino chciał coś jeszcze powiedzieć, lecz zrezygnował; odsunął jedzenie.

Byłem już wystarczająco zły, żeby jeszcze znosić humory Gina. Obróciłem się na pięcie i zbiegłem po schodach. Potrzebowałem oczyścić się w hamamie i uporządkować myśli. Tej nocy spałem u mamy.

Przez trzy następne dni olałem treningi.

DeStefano polecił Tobiasowi, żeby przemówił mi do rozumu. Tobias nie musiał się specjalnie trudzić, przeciwnie, pozwolił mi po prostu zachować twarz, bo było mi nudno i czas się dłużył. Znów zacząłem bywać w stajni. Szedłem na ring jak nieuk do tablicy, w ramach zemsty za świństwo w Ajn Tamuszant w ogóle się nie starałem. DeStefano pokutował za krzywdę, którą mi wyrządziła jego nadmierna potulność. Miał do mnie żal, że tak głupio się zachowuję, ale bojąc się, że pogorszy sprawę, wszystko dusił w sobie. Aby się zrehabilitować, negocjował na prawo i lewo i udało mu się załatwić poważnego przeciwnika, chłopaka z Saint-Cloud, o którym zaczynało być głośno. Walka odbyła się w miasteczku na kamienistym polu. Nie było tłumów, bo słońce paliło żywym ogniem, ale mój przeciwnik ściągnął sporą część swojej miejscowości. Nazywał się Gomez i znokautował mnie w trzeciej rundzie. Kiedy sędzia skończył odliczać, DeStefano cisnął na ziemię kapelusz i zdeptał go. Tobias się zaofiarował, że nagada mi do słuchu. Przyszedł do baraku, w którym Gino pomagał mi się ubrać.

– Zadowolonyś teraz z siebie? – rzekł z rękami na biodrach. – Tak się dzieje, jak się olewa treningi. DeStefano poświęcił ci więcej uwagi, niż zasługujesz. Gdyby wybrał Maria, nie mielibyśmy tego pasztetu.

– A co ma Mario, czego ja nie mam?

– Umiar. Pokorę. Mario to facet, który myśli. Zna się na rzeczy. Ma pomysły. I to takie, że jak wpadną mu do głowy dwa naraz, jeden rozpirza drugi, bo oba nie mogą zostać.

– Twoim zdaniem ja nie mam pomysłów?

– Masz, ale takie cieniutkie, że same się rozmydlają w tym twoim ptasim móżdżku. Myślisz, że ukarzesz DeStefana, jak przegrasz walkę? Grubo się mylisz, mądrusiu. Zwyczajnie zamykasz sobie perspektywy. Jeśli chcesz wrócić na swój suk i gapić się, jak muchy podgryzają osły, wolna droga. Rób, co chcesz, tylko nie przychodź potem skarżyć się na muchy, które teraz będą się pasły na tobie. De-Stefano wcześniej czy później trafi na mistrza. A w tym wszystkim przegrany będzie tylko jeden. I na pewno nie on.

Gino wygłosił do mnie podobną przemowę, kiedyśmy wrócili do domu. „Przegrać to żaden wstyd – powiedział. – Hańbą jest nic nie zrobić, żeby wygrać".

Wiedziałem, że dałem plamę, ale z porażki zawsze jest jakiś tam zysk. Przegrana z Gomezem przebudziła mnie. Ucierpiała moja duma, obiecałem sobie zatem, że wezmę się do roboty. Już nie De-Stefano uganiał się za mną, lecz ja za nim. Trenowałem dwa razy dziennie. W niedziele Gino zabierał mnie na plażę i przeganiał po piachu, aż zaczynało mi się kręcić w głowie.

W połowie lipca zgodził się na walkę ze mną wojskowy bokser z bazy marynarki w Al-Marsa al-Kabirze. Ustawiono ring na nabrzeżu, w cieniu ogromnego okrętu. Parter widowni zapełniali prości marynarze. Oficerowie wbici w galowe mundury zajmowali pierwsze rzędy. Po zapadnięciu nocy w światłach reflektorów było tam jak w dzień. Kapral Roger wystąpił w białym szlafroku i trójkolorowym szaliku na szyi. Jego wejście wzbudziło histeryczny zachwyt. Facet był krótko ostrzyżony, istne byczysko o mocno zarysowanych muskułach, z romantycznym tatuażem na prawym ramieniu. Zrobił parę tanecznych kroków, pozdrowił licznie zgromadzoną publiczność, która powitała go owacjami. Jeszcze gong nie przebrzmiał, a już spadł na mnie grad ciosów. Kapral chciał mnie znokautować zaraz w pierwszej rundzie. Jego kumple z rękami przy ustach ryczeli, żeby mnie wykończył. Zapadła przejmująca cisza, kiedy z lewej przyrąbałem mu w skroń. Kapral się zachwiał, gdy tak znienacka wytrąciłem go z rytmu, w oczach pojawiła mu się pustka. Nie zauważył ciosu z prawej i padł jak długi. Po chwili osłupienia z różnych stron rozległy się okrzyki „Wstawaj!", które rozlały się po całej bazie marynarki. Dowódca okrętu, otoczony oficerami, o mało nie zjadł własnej czapki. Ku nieopisanej radości żołnierzy kapral wsparł się w końcu na rękach i zdołał stanąć na nogi. Dźwięk gongu nie pozwolił mi skończyć z nim od razu.

Salvo podsunął mi taboret pod tyłek i zaczął mnie odświeżać. Jednominutowa przerwa się przeciągała. W rogu przeciwnika tłoczyli się ludzie, a sędzia specjalnie robił wszystko, aby im nie przeszkodzić; pozwalał kapralowi odzyskać siły. DeStefano ostentacyjnie spoglądał na zegarek, żeby przypomnieć gościowi od gongu o jego obowiązkach. Walkę wznowiono, kiedy nareszcie kapral raczył się podnieść ze stołka.

Z wyjątkiem bawolej szarży, która sprawiała, że się odbijał i leciał na liny, kapral był naprawdę cienki. Prawą miał miękką, a lewą tylko zamiatał powietrze. Zrozumiał, że mi nie dorównuje, i próbował zyskać na czasie, zmuszając mnie do wyczerpujących zwarć. Znokautowałem go na początku czwartej rundy.

Wojskowy bokser przegrał, mimo to oficerowie zaprosili nas do mesy, gdzie czekał poczęstunek. Wyszykowano fetę za przewidywane z góry zwycięstwo lokalnego mistrza, miała przygrywać orkiestra, ale ostatecznie instrumenty zostały, a muzyków nigdzie nie było widać. Na przyjęciu nastrój panował minorowy.

DeStefano pękał z dumy. Nasz spór ambicjonalny był już tylko odległym złym wspomnieniem. Z dziką determinacją rzuciłem się do trenowania, w ciągu czterdziestu dni odbyłem dwie zwycięskie walki, pierwszą w Médioni z jakąś nieznaną mi osobistością, drugą z Bébém Rose'em, przystojniakiem z Sananès, którego w trzeciej rundzie powalił atak wyrostka robaczkowego.

Na rue Wagram małolaty zaczynały odkrywać swojego bohatera – chłopaki czekały przed wyjściem ze stajni, żeby wiwatować na moją cześć. Sklepikarze mnie pozdrawiali, podnosząc dłoń do skroni. Jeszcze nie zamieszczono mojego zdjęcia w gazecie, lecz w zaułkach Madina Dżadidy rodziła się legenda, rozrastała się przekazywana z ust do ust, aż nabrała cech niezwykłości.

3

Gino mi powiedział, że przyjechała grupa Cyganów z Alicante i ma występować w Scalerze, a on za nic w świecie tego nie przepuści. Pożyczył mi cienką marynarkę na ten wieczór i wyruszyliśmy do Starego Oranu. Bednarze wracali już do siebie, obwoźni sprzedawcy składali swój majdan. Noc spadła z nagła na miasto, kiedy próżniacy jeszcze deptali po piętach dniowi, który zdecydowanie ich porzucał. Zawsze zimą tak było. Orańczycy najpierw przywykali do długich letnich dni, a kiedy niepostrzeżenie się skracały, trochę się w tym gubili. Niektórzy odruchowo wracali do domu, inni jeszcze zwłóczyli, z braku lepszego zajęcia przesiadując po knajpkach, a nieliczne cienie wałęsające się jeszcze tu i ówdzie stawały się podejrzane.

Przeszliśmy migiem przez Derb i na skróty dotarliśmy do Kasby. Gino był niesłychanie podniecony.

– Zobaczysz, to genialna grupa. Tańczą najlepsze flamenco na ziemi.

Minęliśmy kilka schodkowych uliczek. W tej części miasta nie było lamp gazowych. Od czasu do czasu dobiegało nas kwilenie niemowląt, poza tym dzielnica zdawała się wymarła. Po czym na końcu tunelu pojawiło się jakby światełko: wreszcie latarnia zamocowana na froncie nędznej rudery. Wspinaliśmy się kolejnymi schodkowymi uliczkami. Chwilami w prześwitach między budynkami dawało się dojrzeć światła portowe. Obszczekał nas pies, lecz właściciel zaraz go uciszył. Trochę dalej ślepy akordeonista torturował instrument pod wiatą, stojąc ze swoim nieszczęściem jak posąg. Koło niego, czuwając nad swoim stadkiem dziwek, które przycupnęły w mroku, tańczył polkę brzuchaty alfons w rozpiętej bluzie odsłaniającej sprężynowiec za pasem. Z wolna tu i ówdzie pojawiały się oznaki życia, aż dotarliśmy do czegoś w rodzaju dawnej obory, gdzie stłoczyły się całe rodziny przybyłe na występ Cyganów. Przedstawienie już się zaczęło. Podwyższenie w głębi sali zajmowali muzykanci i powabna istota w obcisłej czarno-czerwonej sukni, z kastanietami na palcach, z włosami ściągniętymi w surowy kok, energicznie waląca obcasami w deski. Nie było wolnych krzeseł, nieliczne ławki ustawione przed sceną uginały się od widzów. Wspięliśmy się z Ginem na występ w ścianie, żeby patrzyć na głowami ludzi, i... wtedy go zobaczyłem małpującego tancerkę na kawałku klepiska! Aż kilka razy przetarłem oczy, aby się upewnić, że nie mam przywidzeń. Tak, to był on: przytupywał dziarsko, groteskowo kręcąc biodrami i potrząsając tyłkiem, schlany, lecz jeszcze przytomny, w rozpiętej koszuli odsłaniającej hebanową pierś i w kaszkiecie w szachownicę spuszczonym na twarz... Sid Roho! Z krwi i kości, jak zawsze szczęśliwy, że może się popisać! Nie dowierzał oczom, kiedy mnie zobaczył wymachującego rękami. Padliśmy sobie w ramiona. Nasze hałaśliwe powitanie sprawiło, że widzowie zaczęli się oglądać, marszczyli brwi i kładli palec na ustach, żądając, abyśmy się uciszyli.

Sid Roho wyciągnął mnie na zewnątrz i znowu witaliśmy się i witali bez końca.

– Skądżeś się tu wziął? – zapytał.

– Mieszkam w Madina Dżadidzie. A ty?

– Mam chatę w Dżinan Dżatu. Chwilowo.

– Jak ci leci?

– A jakoś... raz tak, raz inaczej, czasem cienko przędę, ale radzę sobie.

– Pasuje ci Dżinan Dżatu?

– Głupiś czy co? To zakazana dzielnica. Trochę jak Graba w wersji miejskiej. Gdzie się obrócisz, tam bijatyka, bywa i morderstwo.

Szybko mówił. Za szybko. Słowa na wyścigi wylatywały mu z ust.

Ciągnął z goryczą:

– Zaraz jak tu dotarłem, nie było tak źle. Ale zrobiło się piekło, odkąd były galernik paraduje po dzielnicy otoczony bandą szakali. El Moro się nazywa. Ryj ma cały w bliznach, a taki szpetny, że tynk ze ścian się sypie. I nic, tylko się czepia, kogo spotka. A jak coś ci się nie spodoba, przejedzie ci po żebrach majchrem... – Ożywił się naraz. – A wiesz? Zrobiłem się znany. Tak, tak! Twój kumpel nie wypadł sroce spod ogona. Zawsze coś znaczy. Wołają mnie Błękitny Dżinn... A ty co porabiasz? Wyglądasz cacy, byczysko z ciebie. Robisz u rzeźnika?

– Nie, trochę tu, trochę tam, ale nic na stałe. Masz wieści o Ramdanie i Gomrim?

– Ramdan nie daje znaku życia. Wrócił do swojej wioski i spuścił zasłonę. A Gomri... odszedłem przed tobą. Nie wiem, co z nim... Pamiętasz tę jego narzeczoną? Tylko jemu się podobała. Ale numer był z tego Gomriego... mysz zahipnotyzowana przez węża... Choćbyś do krwi go uszczypnął, i tak by nie przejrzał na oczy. Może się z nią w końcu ożenił.

Milczeliśmy przez chwilę, po czym znowu padliśmy sobie w ramiona. Wysoki, o ascetycznej twarzy, Sid Roho wyglądał jak szkielet obciągnięty skórą, a nieświeży oddech zdradzał jego upadek. Chociaż zaśmiewał się do rozpuku, jego oczy pozostawały poważne. Przypominał zbłąkane zwierzę wydane na podstępne ciosy codzienności. Pozbawiony rodziny i jakiegokolwiek oparcia, zdawał się jedynie na instynkty niczym dzikie oprychy, które dach nad głową znajdują tylko pod mostem.

Spytałem, czy ma jakieś plany, co zamierza robić w życiu. Najpierw zdrowo się uśmiał, a następnie wyznał, że chłopak taki jak on może liczyć co najwyżej na los baranka ofiarnego i że po prostu żyje z sezonu na sezon, bo jest w pewnym sensie niczym drzewo, które na zimę zrzuca liście i rozkwita wiosną jedynie ku uciesze widzów, ale w życiu nie posuwa się ani o krok.

– Masz sen, w którym jesteś królem – rzekł z goryczą. – Rano, kiedy wracasz na ziemię, pierwsza rzecz, którą widzisz, strąca ci koronę z głowy. Twój pałac jest norą, w której szczury udają bajkowe zwierzęta. Zastanawiasz się, czy w ogóle warto się podnosić, bo na zewnątrz czeka cię to samo, czego zaznałeś poprzedniego dnia, ale nie masz wyboru. Trzeba się zmyć. No to wychodzisz i gubisz się w nijakości.

– Kiedyś byłeś bardziej uparty.

– Może. Z czasem człowiek widzi, że oszukuje tylko siebie. Bóg, który mnie stworzył, nie miał na mnie konkretnego pomysłu. Upchnął mnie w szafie i mogę tylko obrastać kurzem.

– Przedtem zawsze spadałeś na cztery łapy.

– Ano, tyle że nie jestem już dzieckiem. Doszedłem do wieku prawdy, a prawdzie nieprzyjemnie jest spoglądać w twarz... Poznałem dziewczynę – wyznał niespodzianie. – Od nas, z Tilimsanu, jasną jak promyk słońca. Byłem gotów się ustatkować, przysięgam. Na imię miała Raszida. Powiedziała swojej kuzynce: „Sid wnosi światło w moje życie". Kuzynka się roześmiała i zawołała: „A po zgaszeniu jak znajdujesz tego swojego Murzyna po ciemku? Zwłaszcza jeśli zamknie oczy?"... Nie przyszedłem więcej do Raszidy.

– Źle zrobiłeś.

– Słowa potrafią w człowieku wszystko zniszczyć, Turambo.

– Wydawało mi się, że jesteś silniejszy.

– Silne są tylko zwierzęta pociągowe. Bo nie mogą się poskarżyć.

Zwierzył mi się, że niczego nie oczekuje od jutra, że kości zostały rzucone i jeśli udaje, że dobrze się bawi, jak tego wieczoru, to wyłącznie dlatego, że robi dobrą minę do złej gry.

– Szawala mówił: „Życie jest niczym, dopiero my robimy z niego coś" – przypomniałem.

– Szawala był stuknięty, sam nie miał własnego życia.

Mówił tonem przepełnionym gorzkim żalem, ostrymi gestami podkreślał swoje słowa.

Jakiś pijaczyna, którego nie zauważyliśmy w ciemności, wychylił nos w smudze światła i rzekł do Sida bezbarwnym głosem:

– Za przeproszeniem, mały. Ja tam pod drzwiami nie podsłuchuję, alem nie jest głuchy. Przykro słuchać twojego gadania, tyle że masz jednego asa w rękawie: młodość. I wierz mi, kto się umorduje za młodu, temu lepiej na starość. Koło trzydziestki tarzałem się w złocie. Dziś, jak stuknęła mi sześćdziesiątka, babram się w gównie. Nic nigdy nie jest dane raz na zawsze i nie ma takiej biedy, z której nie dałoby się wykaraskać. Łatwe życie to lipa. Człowiek się bawi i sam się oszukuje, żyje sobie beztrosko, pogrążając się, i ma gdzieś innych tak samo jak siebie. Ale nędza to poważna sprawa. Dławisz się nią i przez to masz się na baczności. Możesz sobie gadać „Zamawiam!”. Nikt cię nie usłyszy. Uczysz się liczyć tylko na siebie.

Sid Roho nie był przekonany.

– Widziałem nadzianych, jak sobie żyją – burknął. – Z daleka widziałem, to prawda, ale patrzyłem, jak napychają sobie kieszenie i balują. I wiesz, z całym szacunkiem, oddałbym swoją młodość za jedną taką noc.

Długo siedzieliśmy na kamieniu, skacząc z tematu na temat. Za nami cygański zespół wprawiał barak w drżenie. Słyszeliśmy wiwaty, oklaski, coś jednak Sidowi i mnie nie pozwalało się cieszyć zabawą.

Później dołączył do nas Gino. Kiedy nie wracałem do sali, zaczął sobie wyobrażać najgorsze. Odetchnął z ulgą, widząc, że jestem cały i zdrowy. Przedstawiłem mu Sida. I we trzech stwierdziliśmy, że pora wracać do domu.

Po drodze Sid zagadywał do dziwek i wreszcie uległ jednej takiej, grubej z wielkimi cyckami. Była naga pod chustą z tiulu i wystarczyło, że odsłoniła kawałek mamuciego pośladka, a Sid zaraz nas zostawił, umówiwszy się ze mną w kawiarni Hadż Ammar przy wejściu na targowisko arabskie.

Spotkałem się z nim nazajutrz, widywaliśmy się też w następnych tygodniach. Włóczyliśmy się razem po przedmieściach albo pętaliśmy się po bazarach. Czasem szedł ze mną do stajni DeStefana, lecz nigdy nie dotrwał do końca treningu. Nie przyszedł też na mój mecz z Solletem, którego trener zażądał przerwania walki w piątej rundzie. DeStefano sprosił ludzi, żeby uczcić moje szóste z rzędu zwycięstwo, a Sid odrzucił zaproszenie pod pretekstem jakichś pilnych spraw. Prawda jest taka, że nie bardzo mu się podobały moje konszachty z rumimi. Nie śmiał wytknąć mi tego otwarcie, poczekał na chwilę, kiedy się nabuzował jednego wieczoru, i oświadczył: „Facet, który każdym półdupkiem siedzi na innym krześle, w końcu kiedyś rozedrze się na dwoje". Daleki byłem od podejrzeń, że ta aluzja jest adresowana do mnie.

Z początku Sid sprawiał wrażenie, że nie zmienił się ani na jotę. Był śmieszny, trochę szalony, ale dawał się lubić, chwilami wręcz fascynował... Wkrótce jednak zmieniłem zdanie. Sid nie był taki jak przedtem. Oran sprawił, że zrobił się z niego jeszcze większy wariat. Coraz mniej mi przypominał chłopaka, którego tak lubiłem w Grabie, osławionego Capa, który śmiał się ze wszystkiego, również z własnych niepowodzeń, który zawsze znalazł właściwe słowa, aby podnieść mnie na duchu, i zawsze nas wszystkich wyprzedzał. Tamten Sid należał do przeszłości. Nowy Sid miał ogień w tyłku, ogień w oczach i ogień na języku. Nie wiedziałem, czy dojrzał czy też się zepsuł; tak czy owak martwił mnie.

– Czemuś się wziął za picie? – zagadnąłem pewnej nocy, gdy zataczając się, wychodził rozchełstany z jakiejś mordowni.

– Żeby mieć odwagę popatrzyć na siebie w lustrze – odparł. – Na trzeźwo zaraz się odwracam.

Nie mogłem się pogodzić, że taki się staje. Przypomniałem mu, że jest muzułmaninem i że mężczyzna musi być trzeźwy, by nie stracić gruntu pod nogami. Sid wściekł się na mnie i wrzasnął, że jesteśmy przecież w dzielnicy arabskiej.

– Bóg lepiej by zrobił listę świństw na ziemi, zamiast szpiegować nieudacznika, który topi żal w kieliszku.

Musiałem oburącz zasłonić mu usta, bo takie gadanie mogło w naszych dzielnicach rozpętać burzę. Sid ugryzł mnie, żeby się wyswobodzić, i dalej bluźnił wniebogłosy przy spoglądających z ukosa gapiach. Już myślałem, że nas zlinczują na miejscu.

Przyparłem go do muru i powiedziałem:

– Znajdź robotę i ścieżkę przyzwoitego życia.

– Myślisz, że nie próbowałem? Ostatnio byłem u takiego jednego hurtownika. Wiesz, jak mnie przyjął ten skurwysyn? Masz choćby blade pojęcie, jak mnie przyjął ten tłusty różowy wieprz? Przeżegnał się! Na mój widok zrobił znak krzyża jak dewotka, której czarny kot przebiegnie drogę w nocy! Masz pojęcie, Turambo? Zanim przekroczyłem próg jego magazynu, on się przeżegnał. A jak spytałem, czy nie znalazłaby się dla mnie jakaś robota, przegonił mnie ręką i powiedział, że całe szczęście, że nie mam łańcuchów na nogach i nosa przebitego kością. Zdajesz sobie sprawę? Powiedziałem mu, że jestem synem imama i swojego kraju. A on się roześmiał i mówi: „A co ten twój tatuś czarnuch umie robić oprócz dzieciaków i sprzątania po psach swojego pana?". I dodał, że nie ma u siebie służącej na wydaniu ani psów. A jaki był zadowolony, że tak wymyślił! Cytat stulecia! Co on wie o moim ojcu, hę? Mój ojciec padłby na miejscu, gdyby to usłyszał, taki był z niego pobożny człowiek. I bardzo szanował moją matkę. Sam widzisz, Turambo. Dzisiaj ma się nas za nic. Obrażają nas i dziwią się, że jesteśmy urażeni, jakbyśmy nie mieli prawa do odrobiny dumy. Gdyby mnie ktoś stale miał tak opluwać, wolę trzymać się z dala. Dla mnie, Turambo, niczego nie przewidziano. Ani na ziemi, ani w niebie. Dlatego biorę sobie, co należy do innych.

– Wśród naszych też są tacy, którym się udało. Lekarze, adwokaci, biznesmeni...

– Aha! Otwórz oczy, chłopie. Popatrz tylko na te tłumy dokoła. Twoi bohaterowie nie mają nawet prawa do obywatelstwa. To nasz kraj, ziemia naszych przodków, a traktuje się nas jak obcych i niewolników przywiezionych z sawanny. Nie możesz nawet iść na plażę, bo wszędzie natkniesz się na tablicę, która cię informuje, że tu jest zakaz wstępu dla kolorowych. Widziałem kiedyś, jak kaida, człowieka bardzo szanowanego wśród swoich, zwykły urzędnik z okienka zwymyślał od asfaltów. Trzeba mieć dystans do rzeczywistości, Turambo. Pewne rzeczy walą po oczach. Chociaż je upiększasz, prawda wyziera spod maski... Nie zgadzam się na samo cierpienie. Kolorowy nie pracuje, tylko jest żyłowany do cna, a ja na to jestem za mało elastyczny. Skoro nikt mi nie daje prezentów, sam sobie wymyślam okazje, kiedy mi pasuje. Głód i nędza doprowadziły mnie do takiego podejścia: bierz, co życie daje, a jak nic nie daje, weź sobie sam!

Odnosiłem wrażenie, że mam do czynienia z piromanem.

Sid wybrał ścieżkę inną niż moja. Budził we mnie strach. Jednego wieczoru zwyczajnie przebrał się za dziewczynę (włożył haik) i wśliznął się do hamamu, żeby podglądać nagie kobiety. Napalił się wtedy do granic, po czym zaczął szukać dziewicy, którą mógłby pozbawić cnoty gdzieś w pralni. Było to czyste szaleństwo. Mogli go zatłuc na byle klatce schodowej. W Madina Dżadidzie ludzie tracili życie za byle co. Ale Sid Roho nie chciał zmądrzeć. Miejskie powietrze uderzało mu do głowy jak dym opiumowy, tyle że Cap trwał w tym stanie na okrągło. Patrzył na wszystko przez pryzmat swoich „wyczynów", do tego samego poziomu sprowadzając kradzież owocu i honor człowieka. Jego niezdrowa pewność siebie tak bardzo go zaślepiała, że im bliżej był porażki, tym głośniej się jej dopominał. Pił tam, gdzie nie należało pić, przez co uchybiał muzułmańskim obyczajom, kradł bezczelnie na oczach wszystkich, chodził na podryw do dzielnic wrogich obcym, zachowywał się jak zgorzkniały straceniec w każdej chwili chętny narazić się na niebezpieczeństwo. Zastanawiałem się, czy Raszida i jej kuzynka, a także hurtownik nie byli tylko wymyślonym przez niego pretekstem, ciężkimi kamieniami, które przywiązał sobie do nóg, aby pogrążyć się głęboko bez nadziei na wypłynięcie. Wydawał się zadowolony z tego zjazdu do piekieł, można by wręcz sądzić, że doświadczał przewrotnej przyjemności, gdy odgrywał się na sobie, stając po stronie własnego nieszczęścia. Niewątpliwie miał wiele powodów, aby tak właśnie postępować, ale czyż niekiedy powód nie bierze się z błędu, który nas w jakiś sposób urządza?

Mając pewność, że wcześniej czy później wpadnie we własne sidła, nie chciałem być świadkiem jego rychłego zlinczowania, toteż zacząłem się wymigiwać od jego „zaproszeń" i spotykałem się z nim coraz rzadziej.

Sid Roho szybko się zorientował.

Któregoś ranka dopadł mnie na wysokości liceum żeńskiego. Mógłbym wetknąć rękę w ogień, że mój kumpel nieprzypadkowo się tam znalazł.

– O, Turambo... – udał zdziwienie. – Właśnie o tobie myślałem.

– Jestem umówiony z szefem jednego magazynu. Przyjmie mnie na próbę. Gino już tam jest, ma mnie przedstawić.

– Przeszkadzałoby ci, gdybym poszedł kawałek z tobą?

– Nie, pod warunkiem że nie zwolnimy. Jestem spóźniony.

Szybkim krokiem ruszyliśmy w stronę place de la Synagogue. Sid Roho zerkał na mnie kątem oka. Niepokoiła go moja mina i milczenie.

Przed pasmanterią przy place Hoche zatrzymał mnie.

– Jesteś na mnie o coś zły, Turambo?

– Czemu pytasz?

– Od paru tygodni unikasz mnie jak się da.

– Zdaje ci się – skłamałem. – Latam za robotą i tyle.

– To żaden powód. Jesteśmy przyjaciółmi, nie?

– Zawsze będziesz moim przyjacielem, Sid. Ale mam rodzinę i wstyd mi wisieć u niej na garnuszku. Zaraz mi stuknie dwadzieścia dwa lata, rozumiesz?

– Jasne.

– Jestem do tyłu.

Kiwnął głową i zdjął rękę z mojego ramienia.

Pod pomnikiem generała ślepiec grał na katarynce. Ta muzyka nadawała strapieniu mojego przyjaciela znamię czegoś nieodwracalnego.

Kwartał domów dalej Sid, znowu zdeprymowany moim milczeniem, wrócił do tematu:

– Masz do mnie jakieś wąty, Turambo. Chcę wiedzieć, o co chodzi.

Popatrzyłem mu w oczy. Wydawał się stropiony.

– Chcesz znać prawdę, Sid? Chodzisz z głową w chmurach.

– Długo chodziłem na bosaka.

– No właśnie. I jakbyś nie był tego świadom.

– Czego świadom?

– Że pora się ustatkować.

– Po co tyrać, jeśli można mieć wszystko za darmo? Turambo, mam to, czego potrzebuję. Wystarczy wyciągnąć rękę.

– W końcu ci ją obetną.

– Załatwię sobie protezę.

– Widzę, że masz odpowiedź na wszystko.

– Wystarczy zapytać.

– Moja matka mówi, że kto ma odpowiedź na wszystko, pozostaje mu tylko umrzeć.

– Mój ojciec mawiał podobnie, tyle że umarł, zanim znalazł odpowiedzi.

– No dobra. Widzę, że to rzucanie grochem o ścianę. Muszę już iść do Gina.

– Gino, Gino... Co ciekawego widzisz w tym D ż i n i e? Nawet nie jest śmieszny, pierdoła jeden, i czerwieni się, jak tylko zawadzi wzrokiem o tyłek dziwki.

– Gino to porządny facet.

– Ale upierdliwy.

– Przestań, Sid. Przyjaciel nie musi rżnąć głupa, żeby zasłużyć na miano przyjaciela.

– Uważasz, że dlatego rżnę głupa?

– Tego nie powiedziałem. Gino bardzo mi pomógł. Ludzie tacy jak on to rzadkość, więc zależy mi na nim.

– Hej! Nie myśl, że chcę cię nastawić przeciw niemu.

– Ani przez chwilę tak nie pomyślałem, Sid, ani przez chwilę. Nikt nie może mnie nastawić przeciw Ginowi.

Przystanął.

Ja szedłem dalej. Nie oglądając się za siebie. Nie przypuszczając nawet, że po raz ostatni się z nim rozstaję.

Czułem się niewyraźnie. Próbując przemówić Sidowi do rozsądku, zraniłem go. Docierało to do mnie, w miarę jak się od niego oddalałem. Wbrew sobie zwolniłem kroku i zwalniałem jeszcze bardziej co dziesięć metrów, w końcu zatrzymałem się na rogu. Nie ma mowy, żebyśmy się rozstali w niezgodzie, powiedziałem sobie. Sid nigdy niczego mi nie odmówił i zawsze mnie wspierał.

Zawróciłem biegiem.

Błękitny Dżinn ulotnił się gdzieś.

Szukałem Sida w Dżinan Dżatu, Madina Dżadidzie, w barach, w których bywał – ani widu, ani słychu. Po tygodniu dałem spokój. Sid Roho na pewno gdzieś rozrabiał, w ogóle się nie przejąwszy moja ostatnią wypowiedzią. Nie potrafił chować urazy do nikogo, a zwłaszcza do przyjaciela. W końcu kiedyś się pojawi i nawet jeśli nie będzie mu na tym zależało, przeproszę go. Machnie na to ręką i jako niepoprawny jajcarz pociągnie mnie za sobą swoimi krętymi ścieżkami.

Sprawy potoczyły się inaczej dla mojego przyjaciela.

Dowiedziałem się później, że Błękitny Dżinn zniknął nie z mojego powodu. Ktoś rzucił mu wyzwanie i Sid je podjął. Miał za dnia w samym środku suku zwędzić nóż El Morowi. Były galernik lubił paradować po bazarze z nożem za pasem. Wystawiał go na pokaz jak trofeum. A Sid umyślił sobie, że go tego noża pozbawi.

I został przyłapany na gorącym uczynku.

Strasznie wtedy oberwał, później galernik i jego kumple zaciągnęli go w krzaki i kolejno zgwałcili.

W tamtych czasach honor mężczyzny znaczył tyle co dziewictwo dziewczyny i jeśli ktoś go tracił, to bezapelacyjnie i raz na zawsze.

Odtąd nikt nie zobaczył Sida.

4

Siedzieliśmy w kantorku, omawiając moją najbliższą walkę, gdy Tobias otworzył drzwiczki z dykty. Nie zdążył zapowiedzieć gości, którzy go odepchnęli i wkroczyli do ciasnej kanciapy. Dwaj faceci ubrani jak spod igły.

– Ty jesteś DeStefano? – zapytał wyższy.

DeStefano zdjął nogi z biurka. Nie znał przybyłych, widać jednak było, że to nie byle kto. Wyższy miał około pięćdziesiątki. Był szczupły, o pociągłej twarzy i zimnym spojrzeniu. Drugi, krótkonogi, wyglądał tak, jakby lada chwila miał na nim pęknąć iście monarszy strój; nosił na palcu wielki sygnet, w zębach trzymał imponujące cygaro.

– Czym mogę panom służyć? – zagadnął DeStefano.

– Zbytek łaski – burknął ten z cygarem. – Zwykle ode mnie czegoś chcą.

– A mam przyjemność z panem...?

– Możesz mi mówić Panie Boże, jeśli ci się podoba. Ale to raczej nie wystarczy, żeby ci odpuścić grzechy.

– Bóg jest łaskawy i miłosierny.

– Tylko muzułmański.

Zmierzył wzrokiem nas trzech – Francisa, DeStefana i mnie (Tobias się wycofał) – jednego po drugim w ciszy przed burzą. Trudno było się połapać, z kim mamy do czynienia: z gangsterami czy bankierami. DeStefano nie mógł usiedzieć na krześle. Podniósł się, nie wykonując gwałtownych ruchów, patrząc czujnym wzrokiem.

Człowiek z cygarem wyjął nagle rękę z kieszeni i wyciągnął ją do DeStefana szybkim gestem. DeStefano odskoczył do tyłu, zanim zrozumiał, że nikt nie mierzy do niego z broni.

– Nazywam się Michel Bollocq.

– Czym się pan zajmuje, panie Bollocq?

– Tym i owym – mruknął drugi gość wyraźnie zirytowany, że nazwisko jego towarzysza nic nam nie mówi.

– A, to faktycznie poważna sprawa – ironicznie zauważył DeStefano.

– Nie będę wchodził w szczegóły – rzekł Michel Bollocq. – Mam spotkanie i spieszę się. Do rzeczy: przychodzę pohandlować. Byłem na ostatnim meczu i twój źrebak zrobił na mnie bardzo dobre wrażenie. Nigdy nie widziałem tak szybkiego i mocnego lewego. Istna torpeda.

– Siedzi pan w boksie?

– Między innymi.

Popatrzył na mnie z ukosa, wetknął cygaro w zęby i podszedł blisko.

– Widzę, że bardziej cię interesują moje ciuchy niż słowa, co, Turambo?

– Bardzo pan szykowny.

– Sam płaszcz kosztował majątek, chłopcze. Ale mogę ci go kiedyś podarować. To będzie zależało tylko od ciebie. Może nawet stać cię będzie, żeby sobie fundnąć kilka w różnych kolorach, szytych na miarę u najlepszego krawca w Oranie czy w Paryżu, gdybyś wolał, chociaż my nie mamy się czego wstydzić... Wolałbyś krawca z Oranu czy z Paryża?

– Nie wiem, proszę pana. Nie znam Paryża.

– Ha, podam ci na tacy Paryż, caluteńki. I będziesz mógł po nim spacerować w ciuchach takich jak te, z czerwonym kwiatkiem w butonierce pasującym do jedwabnego krawata, ze spinkami do mankietów ze złota inkrustowanego diamentami, z wielkim sygnetem na palcu, w butach z wężowej skóry takich eleganckich, że każdy właziduniec by się sprzedał, żeby je polizać.

Podszedł do okna, zerknął na podwórko z rękami założonymi za plecy i z cygarem w zębach.

Drugi gość nachylił się do DeStefana i powiedział cicho, lecz tak, żeby wszyscy usłyszeli:

– Pan Bollocq to Diuk.

DeStefano zbladł. Grdyka mu podskoczyła. Ledwie słyszalnym głosem wyjąkał niemal służalczo:

– Najmocniej przepraszam. Nie chciałem okazać braku szacunku.

– Bo i głupio byś zrobił – zauważył szacowny gość, nie odwracając się. – To jak, pogadamy o interesach? Jak widzę, do luksusów wam daleko. Nawet desperat, któremu śmierć deptałaby po piętach, wolałby ominąć ten twój cyrk. Stajnia się wali, skrzynie masz ewidentnie pełne pajęczyn, a ring... szkoda słów...

– Brakuje nam środków – wtrącił się Francis – ale ambicje mamy takie, że im tu ciasno.

– Ano, ambicja równoważy trochę biedę – zgodził się elegant z cygarem, wydmuchując dym na szybę upstrzoną odchodami much. – Bardzo lubię zapaleńców, którzy depczą w gównie, ale głowę mają w chmurach.

– Niewątpliwie, szanowny panie – powiedział DeStefano, ponuro zerkając na Francisa.

– To jak? Pogadamy o interesach?

– Zamieniam się w słuch! – niemal wykrzyknął DeStefano, podsuwając Bollocqowi fotel z chromowanymi rurkami.

Słyszałem o Diuku. Tego rodzaju miano niekoniecznie się zapamiętuje, ponieważ noszący je obraca się w wysokich sferach, to znaczy w świecie abstrakcyjnym dla ludzi naszego stanu, lecz jeśli już się je usłyszy, zapada w podświadomość i pozostaje w niej ukryte niczym uśpiony agent. Potem dość je usłyszeć, aby wychynęło na powierzchnię. W naszym światku zniżano głos, kiedy je wypowiadano podczas rozmowy. Instynktownie. Diuk był olejem z pierwszego tłoczenia; miał udziały w każdym dochodowym przedsięwzięciu w Oranie i wzbudzał takie same obawy jak podziw. Natura jego interesów, jego ulubione miejsca i osoby, z którymi przestawał, zmieniały się sezonowo. Dla wielu Diuk był osobistością przewijającą się tu i tam w kręgach toczących jałowe rozmowy na podobieństwo prefekta, gubernatora czy papieża, fikcyjną postacią, którą karmiły się plotki i kroniki towarzyskie, ale nikt nie mógł liczyć, że pewnego dnia spotka ją na swojej drodze. Dziwne odniosłem wrażenie, gdy ujrzałem Diuka z krwi i kości. Grube ryby, o których się mówi, rzadko odpowiadają wyobrażeniu. Kiedy zstępują z wysokości i lądują przed tobą, zawsze trochę rozczarowują. Przysadzisty, przygarbiony, z kałdunem na kolanach, Diuk przypominał buddę, którego kiedyś widziałem u handlarza starzyzną przy place Sébastopol. Miał taką samą poważną zrzędliwą minę. Okrągłe błyszczące policzki, na pewno czymś nasmarowane, zwisały mu po bokach jak fafle, natomiast świadczący o stanowczości podbródek wręcz zdumiewał w tłustej twarzy. Owłosione dłonie ułożone na przedniej części podłokietnika fotela przywodziły na myśl tarantule czyhające na ofiarę, a oczy, ledwie widoczne nad wydatnymi kośćmi policzkowymi, ciskały iskry, które przeszywały patrzącego jak strzałki wyrzucone dmuchawką. Skoro jednak siedział w sfatygowanym fotelu w nędznej kanciapie przy rue Wagram, gdzie osoby z dobrych rodzin w ogóle się nie zapuszczają, najwyraźniej dostąpiliśmy wielkiego wyróżnienia. Nasza stajnia nie była notowana w rankingach. Od dawna nie wyszedł z niej żaden mistrz, a miłośnicy boksu traktowali ją protekcjonalnie, nazywając „fabryką worków treningowych". Już samo to, że swoją obecnością zaszczyciła ją osobistość pokroju Diuka, nobilitowało stajnię DeStefana.

Diuk zaciągnął się cygarem i wydmuchnął dym w górę. Jego władcze spojrzenie spoczęło na mnie.

– Właściwie co znaczy Turambo? To nie nasze imię... Pytałem wykształconych znajomych i nikt nie umiał mi wytłumaczyć.

– To nazwa mojej rodzinnej wioski, proszę pana.

– Pierwsze słyszę. W Algierii?

– Tak. Niedaleko Sidi Balabbas na wzgórzu Xavierów. Ale już jej nie ma. Powódź ją zabrała siedem czy osiem lat temu.

Drugi gość, który nie ruszył się z miejsca, odkąd wszedł, rozciągnął usta, drapiąc się po brodzie.

– Chyba wiem, o co chodzi, Michel. Pewnie ma na myśli osadę Arthur-Rimbaud, która zniknęła pod osuwiskiem błota w początku lat dwudziestych w okolicy Tasali niedaleko Sidi Balabbas. Pisali wtedy o tym w prasie.

Diuk z grymasem w kąciku ust przyjrzał się swemu cygaru, obrócił je między kciukiem a palcem wskazującym.

– Arthur-Rimbaud, Turambo... ładny skrót! Rozumiem teraz, czemu jak się ma do czynienia z Arabami, nigdy się nie trafia pod właściwy adres. – Zwrócił się do DeStefana: – Byłem na trzech ostatnich walkach twojego źrebaka. Jak powalił Luca w drugiej rundzie, powiedziałem, że Luc się zestarzał i przyszła pora, by powiesić rękawice na gwoździu. Potem twój źrebak w dwadzieścia minut rozłożył Miccellina. Jeszcze się wtedy nie połapałem. Miccellino to twardy zawodnik. Wygrał ostatnie siedem walk. Przyszło mi do głowy, że może się nie rozgrzał... Ale przyznam, że byłem pod wrażeniem. Chciałem mieć czyste sumienie, dlatego postanowiłem obejrzeć mecz z Jąkałą. I znowu twój źrebak mnie zaskoczył. Jąkała nie wytrzymał trzech rund. Niewiarygodne. Ma co prawda trzydzieści trzy lata, w głowie mu tylko dziwki i gorzałka, olewa treningi, ale gdy twój chłopak uwinął się z nim raz-dwa, zamurowało mnie. Wtedy mój doradca, tu obecny Frédéric Pau – wskazał z szacunkiem swojego towarzysza – zaproponował mi, żebym postawił na twojego źrebaka, DeStefano. Jest przekonany, że to będzie dobra lokata.

– I nie myli się, szanowny panie.

– Problem w tym, że nie cierpię się mylić w ocenie towaru i nie znoszę przegrywać.

– I słusznie.

– Oto moja propozycja. Z tego, co wiem, za trzy tygodnie twój mistrz ma się zmierzyć z Rojem w Perrégaux. El Rojo jest młody, silny, to poważny przeciwnik. Szykuje się na tytuł mistrza Afryki Północnej, a to nie byle co. Już się rozprawił z Didą, Bernardem Holém, Félixem i tym cholernym rębajłą Sidibą Marokańczykiem.

Już-już miałem go wziąć pod swoje skrzydła, ale w ostatnich miesiącach Turambo tak dobrze się pokazał, że postanowiłem podjąć decyzję po najbliższej walce. Jeśli Turambo wygra, zostanę jego promotorem. Jeśli nie, biorę Roja. Jasno się wyraziłem, DeStefano?

– Będzie mi bardzo miło pracować dla pana.

– Nie tak szybko, stary. Wszystko rozstrzygnie się na ringu.

Diuk rzucił cygaro na ziemię, wstał i wyszedł z doradcą depczącym mu po piętach.

Staliśmy oniemiali przez dwie długie minuty, po czym DeStefano zaczął ocierać czoło chustką.

– Wiesz, co masz zrobić – powiedział do mnie. – Jeżeli Diuk weźmie nas pod swoje skrzydła, nawet zły los nam nie zaszkodzi. Ten facet to manna z nieba. Jeśli stawia na kota, z kota robi się tygrys. Pasowałoby ci, Turambo, nosić ciuchy jak wielki pan?

– Piekielnie by mi pasowało zmienić łachy, które ze mnie spadają.

– No to skop tyłek temu nadętemu Rojowi.

– Zrobię swoje. Szczęście tylko raz uśmiecha się do człowieka i nie zamierzam pozwolić, żeby mi przeciekło przez palce.

– Mądrzejszych słów nigdy nie słyszałem w całym swoim pieprzonym życiu – zapewnił DeStefano, ściskając mnie.

Gino znalazł mnie na tarasie kawiarni w Madina Dżadidzie, gdzie siedziałem przy imbryku z herbatą ozdobionym gałązką świeżej mięty. Zajął miejsce obok mnie, nalał sobie herbaty na trzy palce do mojej szklanki, którą ze swobodą podniósł do ust. Przed nami na placu marokańscy akrobaci w trykotach wyczyniali niezwykłe sztuki.

– Zgadnij, kto nas dzisiaj odwiedził.

– Boli mnie głowa – rzekł ze znużeniem w głosie.

– Diuk.

Na to ocknął się całkowicie.

– O ja cię!...

– Znasz go? Podobno śpi na pieniądzach.

– A, to pewne jak to, że dwa i dwa jest cztery. Jest taki bogaty, że najmuje ludzi, żeby zamiast niego brudzili sobie buty.

– Przyszedł powiedzieć, że jak wygram z Rojem, weźmie mnie pod swoje skrzydła.

– No to musisz wygrać... Ale uważaj, jeśli zaproponuje ci kontrakt, nie podpisuj niczego beze mnie. Nie masz szkół, a ten gość gotów cię wziąć na taką smycz, że żaden pies by na niej nie wytrzymał.

– Niczego bez ciebie nie podpiszę, słowo.

– Jeśli wszystko ci się dobrze poukłada, rzucę robotę w drukarni i zajmę się twoimi sprawami. Zaczynasz się liczyć. Chciałbyś, żebym był twoim menadżerem?

– Zatrudniam cię od dzisiaj. Dzielimy się pół na pół.

– Wystarczy zwykła pensja... powiedzmy, dziesięć procent.

Na potwierdzenie umowy uścisnęliśmy sobie ręce i wybuchnęliśmy śmiechem rozbawieni tymi marzeniami.

Diukowi zależało, żebyśmy dotarli do Perrégaux wypoczęci i w dobrej formie. Przysłał po nas taksówkę na rue Wagram. Wcisnęliśmy się do niej w piątkę, Francis i Salvo na rozkładanych siedzeniach, Gino, DeStefano i ja na tylnej kanapie. Szofer był niedużym spiętym człowieczkiem w kaszkiecie naciągniętym na uszy, takim malutkim za kierownicą, że nasuwało się pytanie, czy w ogóle widzi drogę. Jechał powoli, siedział drętwy i ponury, aż się wydawało, że udajemy się na pogrzeb. Kiedy Salvo próbował rozładować atmosferę, opowiadając sprośne kawały, szofer oglądał się na niego i lodowatym wzrokiem przywoływał go do porządku. Nie wiedząc, czy to osobisty kierowca Diuka czy też zwyczajny taksiarz, DeStefano wolał nie ryzykować, ale nie podobało mu się, że szanowny pan kierowca uczy nas dobrych manier.

Był piękny majowy dzień. Wczesne lato jeszcze nie w pełni wypakowało swój ekwipunek, a na wzgórzach już się rozpościerały dywany słomkowej barwy. Gospodarstwa migotały w słońcu. Pola i sady zapowiadały pyszne kolory: krowy będą tłuste tego roku. Jechaliśmy w kierunku na Saint-Denis-du-Sig przez Sidi Chami ku wielkiemu niezadowoleniu Francisa, który nie pojmował, dlaczego kierujemy się dłuższymi bocznymi drogami, skoro od Valmy prowadzi szosa prosta jak strzelił. Szofer wyjaśnił, że taką trasę ustalił Diuk we własnej osobie.

Dochodziła dziewiąta rano. Gromada kobiet w zasłonach wspinała się kozią ścieżką w stronę marabutu, dzieciarnia gęsiego podążała daleko za nimi. Spojrzałem w górę na grobowiec świętego wzniesiony na szczycie pagórka i złożyłem w duchu ślubowanie. Nie spałem dobrze mimo herbatek, które zaparzyła mi mama. Budziłem się co rusz zlany potem pod wpływem snów, a rankiem wstałem z ciężką głową.

Naprzeciw mnie Francis cieszył się jak głupi, oczy mu błyszczały. Ukradkiem pocierał kciukiem o palec wskazujący, trzepocząc rzęsami, żeby mnie rozbawić. Myślał tylko o forsie, ale gdy patrzyłem na jego podniecenie, malał jakby dręczący mnie niepokój. Gino z zaciśniętymi pięściami obserwował krajobraz. Byłem pewien, że modli się za mnie. DeStefano natomiast nie odrywał oczu od podrapanego karku szofera, jakby chciał go spalić wzrokiem.

Perrégaux wyłoniło się za zakrętem. Było to spore miasteczko usadowione pośród równiny usianej sadami. W oddaleniu tu i ówdzie migotały perłowe lustra mokradeł. Na poboczach drogi obsadzonej figowcami ustawili się arabscy chłopi ze swoimi zbiorami na wozach, liczne wyrostki z bidonami pełnymi ślimaków czekały cierpliwie na nabywców. Pośród pola bulgotało źródło termalne spowite białymi chmurkami pary. Gruby kolonista w towarzystwie wielkiego brytana obserwował osła krążącego wokół oślicy w rui. Odnosiłem wrażenie, że oglądam jedno po drugim wspomnienia z mojej rodzinnej wsi.

Przy wjeździe do miasteczka taksówka zwolniła, przejechała przez tory tak ostrożnie, że omal nie utknęła na szynach. DeStefano spojrzał na zegarek; byliśmy godzinę spóźnieni.

Frédéric Pau, doradca Diuka, wyglądał nas przed merostwem. On także wyjął zegarek z kieszonki kamizelki i znacząco na niego popatrzył, kiedy poznał naszą taksówkę. Czuł zarazem złość i ulgę, że wreszcie dotarliśmy na miejsce. Chodnik aż do poczty zastawiały samochody. Szofer postanowił zaparkować pod palmami na place de France, niedaleko krytego dachem targowiska. Gapie zaraz podeszli, by z bliska nas obejrzeć. Ktoś krzyknął: „To on, ten bokser z Oranu. Nasz Rojo raz-dwa sobie z nim poradzi!". Dwaj porządkowi, przysłani przez nie wiadomo kogo, utorowali nam drogę przez zbiegowisko dzieciarni, która się rozwrzeszczała, kiedyśmy wysiedli z auta.

– Już zaczynałem się martwić! – zawołał Frédéric Pau. – Gdzieście się podziewali, do diabła? Czekamy i czekamy...

– To przez kierowcę – rzekł DeStefano, wskazując kciukiem za siebie. – Skądżeście go wytrzasnęli? Z zakładu pogrzebowego?

– Szef nalegał, żeby właśnie on przywiózł was tutaj w jednym kawałku, ale kurde, bez przesady. No dobra, chodźmy szybko, bo już się tam niecierpliwią.

Diuk z cygarem w kąciku ust siedział rozparty w fotelu przed biurkiem mera. Miał na sobie biały lniany garnitur oraz tego samego koloru kapelusz i mokasyny. Nie wstał, aby się z nami przywitać, wskazał tylko ręką człowieka za biurkiem i powiedział:

– Poznajcie pana Tordjmana, dobrego ducha miasta.

– Bez przesady, Michel – rzekł na to mer, nie ruszając się z miejsca. – Jestem tylko pokornym sługą tego miejsca. To co, idziemy coś zjeść?

– Pod warunkiem, że znajdzie się tu zaprzysiężony degustator – odparł Diuk, dźwigając się z fotela. – Nie życzę sobie, żeby jakiś nieżyczliwy kucharzyna zaszkodził mojemu mistrzowi przed walką.

– Nasz Rojo nie potrzebuje takiej asysty. Łyknie za jednym zamachem pańskiego miejskiego szczura.

– To się okaże, Maklouf, to się okaże.

Mer częstował „skromną przekąską" w posiadłości jakiegoś kolonisty. W rzeczywistości była to królewska uczta. Stoły ciągnęły się na długości kilkunastu metrów, na białych obrusach poustawiano liczne półmiski i kosze z owocami. Po obu stronach zasiadło ze czterdziestu biesiadników, w większości kolonistów i urzędników, a także notabli przybyłych z Sig. Pośrodku miejsce zajął mer, naprzeciwko miał Diuka. W pobliżu nie było ani jednej kobiety; tylko mężczyźni o sumiastych wąsach i wydatnych brzuchach, rumianych policzkach i ustach ociekających sokiem, dowcipkujący o tym i owym i każdą wypowiedź mera przyjmujący tak, jakby była słowem objawionym. Salvo żarł z wypchanymi policzkami, gorączkowo skacząc łapczywym wzrokiem od półmiska do półmiska. Francis trącał go pod stołem, żeby się trochę opanował; masażysta mruczał jak drapieżny kot, któremu się przeszkadza w posiłku, i niczym się nie przejmując, pchał do ust podwójne kęsy. DeStefano natomiast taksował spojrzeniem Roja siedzącego po prawej mera. Miejscowy mistrz jadł spokojnie jakby nigdy nic, głuchy na wrzawę dokoła. Był wysoki i szeroki jak tablica reklamowa, o miedzianej twarzy, kwadratowej żuchwie, nosie tak spłaszczonym, że mógłby służyć jako deska do prasowania. Ani razu nie popatrzył na mnie. Rozległy się oklaski, kiedy służący w galabijach wnieśli meszui, pieczone nad ogniem w całości jagnięta na wielkich półmiskach wyłożonych liśćmi sałaty i krążkami cebuli. Właśnie wtedy Rojo podniósł głowę; posłał mi enigmatyczny grymas i korzystając z okazji, że wszyscy rzucili się na jedzenie, dyskretnie wyszedł.

Walka odbyła się na powietrzu, w wydzielonej części parku publicznego. Radosny tłum kłębił się wokół ringu. Akurat miałem podejść do sędziego na deskach, gdy jakiś Araberber przyodziany w gandurę szepnął mi na ucho z kabylskim akcentem: „Pokaż im, że jesteśmy nie tylko pasterzami". Podniósł się ryk, kiedy Rojo przekroczył liny ringu. Pozdrowił krótko kibiców i równym krokiem pomaszerował do swojego rogu. Ściągnięto z niego szlafrok. Chwilę rozciągał się przy linach, robił przysiady, wreszcie stanął, prężąc muskuły z twarzą bez wyrazu. Pierwsze trzy rundy nie dały nikomu przewagi. Rojo bił celnie i mocno, moje uderzenia przyjmował z olimpijskim spokojem. Zachowywał się poprawnie i uprzejmie, istny dżentelmen, słuchał uwag arbitra; świadom swojej zręczności, planował walkę jak przystało na dobrego technicznie zawodnika. Jego zwody i uniki wprawiały publikę w zachwyt. DeStefano wrzeszczał do mnie, żebym trzymał dystans, nie narażał się zbytnio na piorunujące długie ciosy przeciwnika. Po każdym moim celnym uderzeniu tak walił w deski pięścią, że o mało nadgarstka sobie nie połamał. „Atakuj!... – darł się. – Trzymaj gardę... Nie idź do zwarcia. Pilnuj prawej. Wracaj, wracaj!..." Rojo zachowywał zimną krew. Miał plan i usiłował mnie w niego wmanewrować, jakby znał mnie na pamięć – jak tylko przymierzałem się do swojej „torpedy", zawsze usuwał się w bok, aby mi przeszkodzić. W czwartej rundzie, gdy broniłem się przed zapędzeniem w róg, zaskoczył mnie lewym. Ochraniacz na zęby wystrzelił mi z ust, a ja zobaczyłem wszystkie gwiazdy nieboskłonu. Ziemia usunęła mi się spod nóg. Głos DeStefana dobiegał do mnie jak zza ściany. „Wstawaj!... Podnieś się!..." Wykrzywiona twarz Salva przypominała maskę karnawałową. Nie mogłem pojąć, co się dzieje. Sędzia odliczał, machając ręką jak maczetą. Wrzaski tłumu trzeźwiły mnie trochę. Zdołałem uczepić się liny i stanąć na uginających się nogach. Uratował mnie gong. „Co cię napadło? – sztorcował mnie DeStefano, gdy Salvo mokrym ręcznikiem obmywał mi twarz i kark. – Mówiłem, żebyś trzymał dystans. Nie pozwól zapędzić się do rogu. Nie jego prawa jest groźna, tylko lewa. Tłucz go po bokach. Zdaje się, że tego nie lubi. Jak tylko się cofnie, wal z całej siły... Kurwa, on już zaczynał się gubić! Możesz go załatwić..." Piąta runda była dla mnie drogą przez mękę. Nie zdążyłem dojść do siebie. A Rojo nie odpuszczał. Skryłem się za rękawicami i stoicko przyjmowałem ciosy, które o mało nie przyprawiły DeStefana o apopleksję. Minuty rozciągały się w wieczność. Każde uderzenie rozbrzmiewało we mnie wybuchem. Brakowało mi tchu, byłem odwodniony i spragniony. Między jednym a drugim unikiem poszukałem wzrokiem Gina w tłumie, jakby jakikolwiek jego znak miał mnie wydobyć z tarapatów; widziałem jedynie zawiedziony grymas Diuka, z którego mer się otwarcie natrząsał. Począwszy od siódmej rundy Rojo, rozzłoszczony moim uporem, zaczął popełniać błędy w obronie. Uderzał coraz mniej precyzyjnie, jego taniec stracił dużo na zwinności. Wykorzystałem zwarcie, w którym źle się ustawił, i posłałem serię ciosów, które odrzuciły go na liny. W chwili gdy ruszał do ataku, poczęstowałem go lewym w sam środek podbródka.

Padł jak długi na brzuch. W parku zapanowała przejmująca cisza. Sędzia zaczął odliczanie. „Leż! – krzyczeli kibice do Roja. – Odpocznij..." Przy ośmiu Rojo dźwignął się na nogi. Wzrok miał zamglony, gardę trzymał niedbale. Cofnął się, żeby oprzeć się o liny, a ja parłem za nim, obsypując go gradem ciosów, które zupełnie go zdusiły. Nie był w stanie robić uników, jego ciosy trafiały w pustkę, wieszał się na mnie zupełnie pogubiony. Kiedy w sukurs przyszedł mu gong, mistrz Perrégaux nie wiedział, gdzie jest jego róg. DeStefano nie posiadał się z radości; wrzeszczał mi coś do ucha, lecz nie rozumiałem ani słowa. Nie odrywałem wzroku od przeciwnika. Był u kresu sił, ale ja także. Musiałem znaleźć jakąś lukę w jego obronie, lukę, która pozwoli to zakończyć. Byłem kompletnie wyczerpany, skonany, miałem pewność, że długo już nie wytrzymam. Rojo odważnie zgodził się na dwie kolejne rundy. Prowadziłem na punkty; wiedział o tym i próbował odrobić straty. W jedenastej rundzie, gdy goniłem resztkami, sięgnąłem do najgłębszych zakamarków swojego jestestwa i dobyłem ostatnich sił, które włożyłem w lewy sierpowy. Rojowi aż zachrzęściło w kręgosłupie. Pięścią trafiłem go w skroń tak potężnie, że w przegubie poczułem potworny ból; fala uderzeniowa przebiegła mi przez całe ramię i ogarnęła bark. Rojo obrócił się wokół własnej osi i padł jak długi, wzbijając kurz. Już się nie podniósł. DeStefano, Salvo, Francis i Gino wpadli na ring i rzucili się na mnie, szalejąc z radości. A mnie ogarnęło mgliste wrażenie, że unoszę się nad ziemią.

Diuk przyszedł do naszej szatni, kiedyśmy się pakowali. Uścisnął mi dłoń, nie wyjmując cygara z ust.

– Brawo, chłopcze. Ciężko było, ale dałeś radę.

– Dziękuję. Pierwszy raz walczyłem z prawdziwym mistrzem.

– Taaa, podoba mi się jego technika. – Zwrócił się do całej ekipy: – Nie będę ukrywał, że wolałbym, aby wygrał Rojo. To wielki artysta.

W jego głosie słychać było żal. DeStefano podrapał się po głowie zaintrygowany opinią Diuka.

– Turambo tu nie zawinił, proszę pana.

– Tego nie powiedziałem. Wypadł świetnie.

– Ale nie wygląda pan na zadowolonego.

Diuk rzucił cygaro na ziemię i zgniótł je czubkiem buta.

– Muszę się jeszcze zastanowić. Turambo to dobry pięściarz, ale Rojo jest zwinniejszy, ma więcej elegancji i lepszą technikę.

DeStefano wyjął chustkę i otarł sobie twarz. Grdyka mu skakała. Musiał kilkakrotnie przełknąć, aby odzyskać głos.

– A nad czym chce pan się zastanowić?

– Powiedzmy, że nie przekonał mnie twój źrebak.

– Ależ proszę pana, Turambo stawia dopiero pierwsze kroki. Kiedy Rojo był na tym etapie, w większości walk kleił się po prostu do przeciwnika.

– Powiedziałem, że się zastanowię – uciął Diuk. – Ja będę dużo ryzykował, nie ty. O moją forsę chodzi, a nie zbieram jej na ulicy. Chcę mieć swojego mistrza i jestem gotów dać z siebie wszystko, żeby tak się stało. Ale muszę mieć gwarancje. Dziś Turambo nie dał mi ich wystarczająco. Nie był tak dobry, jak się spodziewałem, walczył nierówno i brakowało mu determinacji.

DeStefano nie chciał o tym nawet słuchać. Poczuł się zdradzony. O mało nie pękł, tak się w nim zagotowało. Zebrał się na odwagę i ośmielił się sprzeciwić bogaczowi.

– Turambo wygrał, tak? Taki był pana warunek. Rojo odbył szesnaście zawodowych spotkań i dziś pierwszy raz został na deskach.

Mógł przytaczać wszelkie argumenty – Diuk ani myślał ustąpić. Skinął na Frédérica Pau i wymaszerowali, zostawiając nas w szatni.

Nie należała nam się taksówka z powrotem.

Dotarliśmy do Oranu autobusem pełnym rozkojarzonych wieśniaków, koszy z gdakającym drobiem i tobołków cuchnących łajnem.

5

DeStefano snuł rozmaite marzenia, odkąd Diuk pomachał mu przed nosem obietnicą wsparcia finansowego. Myślał, że wyremontuje stajnię, sprawi sobie nowy ring, worki treningowe i inny sprzęt, ściągnie potencjalnych mistrzów, da wiatr w żagle swojej karierze. Było to zbyt piękne, jakże jednak nie wierzyć w spełnienie marzeń po tylu zaniesionych modłach? Od lat błagał, aby szczęście się do niego uśmiechnęło, lecz nigdy nie opuszczał rąk. Czy miał wybór? Stajnia była całym jego życiem; trafił do niej, gdy jeszcze nie umiał dobrze ustać na nogach. Doświadczył wzlotów graniczących z ekstazą i upadków na sam dół i ani razu w głowie mu nie postało, że mógłby odpuścić. Nic oprócz boksu dla niego nie istniało, jemu poświęcał pieniądze i zdrowie. Liczył, że przy Diuku jako ojcu chrzestnym wreszcie szczęście się do niego uśmiechnie. W środowisku już nawet mu zazdroszczono. A on bez żenady opowiadał wszędzie wokoło, że Diuk go odwiedził, aby pogadać o interesach i nakreślić razem z nim drogę do sławy, która naznaczy następne pokolenia. Wieczorami w knajpie gromadził przy swoim stole grupkę kumpli, przed którymi rozsiewał swoje fantastyczne wizje. Na dowód, że to nie jest czcze gadanie, stawiał wszystkim kolejkę; jego zadłużenie przypominało już chińską łamigłówkę, a barman nie kazał się prosić, żywiąc przekonanie, że stajnia przy rue Wagram jest na jak najlepszej drodze do odrodzenia.

Po powrocie z Perrégaux przez tydzień DeStefano skrupulatnie przeglądał gazety. Miał nadzieję, że znajdzie artykuł z pochwałą mojego zwycięstwa nad Rojem i że to da Diukowi do myślenia. Ani „L'Écho d'Oran", ani popołudniówka „Le Petit Oranais" nie zamieściły żadnego tekstu o mojej walce. Nawet wzmianki. DeStefano czuł się dotknięty. Jakby wszyscy bogowie sprzysięgli się przeciw niemu.

Tak naprawdę nie zdawałem sobie sprawy z wysokości stawki. Powiedziałbym nawet, że popłoch DeStefana mnie w ogóle nie dotyczył. Wiedziałem, że rumi są dziwni, że komplikują sobie życie mektubem, w który nie za bardzo wierzą. Dla mnie sprawy podlegały wymogom, które nie ode mnie zależały; trzeba się było po prostu do nich dostosować. Buntowanie się przeciwko przeznaczeniu nie tylko wcale by go nie zmieniło, lecz naraziłoby opornego na sroższe jeszcze kary, które musiałby znosić nawet po śmierci... Trenowałem rano i wieczorem z rosnącym zapałem w przekonaniu, że dostąpiłem łaski losu i swoje zbawienie mam w rękawicach bokserskich. Chociaż prasa ignorowała mnie zupełnie, arabska poczta pantoflowa działała jak należy, odpowiednio oceniając moje mecze i stawiając mi pomniki na rogu każdej ulicy. W Madina Dżadidzie żaden kawiarniarz nie pozwalał, żebym płacił za konsumpcję. Gdziekolwiek się znalazłem, dzieciaki biegały za mną z wrzaskiem, szibani przestawali przesuwać paciorki różańca, gdy przechodziłem w pobliżu, i życzyli mi powodzenia.

Zaprosiłem Gina na kolację do mojej matki. Ostatnie zwycięstwa zaowocowały niewielką fortuną, toteż chciałem to uczcić w rodzinie. Mekki dołączył do nas, acz bez entuzjazmu. Nie lubił mnie jako boksera, ale też nie żywił jakiejś przesadnej urazy. Nie byłem już dzieckiem.

Mama przygotowała pyszną kolację. Na stole znalazła się szorba z ciecierzycą, pieczony nadziewany drób z topinamburem, szaszłyki z jagnięcej wątroby z rusztu, owoce sezonowe i dwie duże butelki wody sodowej Hamoud Boualem kupione w algierskim sklepiku.

Zanim usiedliśmy do stołu, poprosiłem mamę, żeby nie podsycała smutku Gina. Miała bowiem niezrozumiałą skłonność do lamentowania nad śmiercią jego matki, ilekroć Gino gościł u nas, co skutecznie psuło nam spotkania. Mama uczyniła święty znak i obiecała, że będzie unikać smętnych tematów. Słowa dotrzymała. Pod koniec posiłku, kiedy szykowała się do sprzątnięcia ze stołu, aby podać nam herbatę, wyjąłem ze swojej torby ozdobnie zapakowane puzderko i podałem jej.

– Co to jest? – spytała.

– Otwórz.

Ostrożnie wzięła prezent, rozwiązała wstążkę. I szeroko otworzyła oczy na widok chulchalu ze szczerego złota spoczywającego w etui.

– Nie jest taki ładny jak twój, ale swoją wagę ma. Szukałem u wszystkich arabskich jubilerów. Ten był najlepszy.

Mama skamieniała.

– Musiałeś się strasznie wykosztować – wytchnęła w końcu.

Wtedy Mekki się podniósł, poszedł do swojego pokoju i wrócił z ciasno obwiązaną szmatką, którą rozwinął, klęcząc przed moją mamą. Położył na stole chulchal z lwimi łbami.

– Nie mogłem tego sprzedać ani zastawić – powiedział. – Zachowałem dla ciebie, bo to twoja własność. Za nic w świecie nie oddałbym go obcemu.

Wzruszona, cała drżąca, moja mama rzuciła mu się na szyję, następnie uściskała mnie mocno. Czułem na swojej piersi walenie jej serca, a na szyi spływające łzy. Skrępowana obecnością Gina zasłoniła twarz chustą i uciekła do kuchni.

Odprowadziłem Gina do domu. Noc była przepiękna, przesycona woniami ambry i mięty. Niebo migotało milionami gwiazd. Grupka młodzieży śmiała się z czegoś pod latarnią gazową. Szliśmy w milczeniu aż do boulevard Mascara, którym przejeżdżał akurat pusty tramwaj. Czułem się lekki, świeży; przepełniała mnie szczera radość. Byłem dumny z siebie.

– Dziś przenocuję u matki – powiedziałem Ginowi w drzwiach. – Zostawię tylko torbę.

Gino zapalił światło na schodach i ruszył przodem.

Wszedłszy do pokoju swojej matki przekształconego w salonik, wzdrygnął się mocno. Na komodzie pysznił się nowiuteńki fonograf, a obok stos płyt w obwolutach.

– To mój prezent dla ciebie – powiedziałem.

– Nie trzeba było... – rzekł zduszonym głosem.

– Podoba ci się?

– Jeszcze jak!

– Masz tu cały repertuar muzyki Żydów andaluzyjskich. Już nie będziesz musiał się zapuszczać po nocy w podejrzane dzielnice.

Gino przerzucił stos płyt.

– Gdzie je kupiłeś?

– W takim szykownym sklepie w centrum – wyjaśniłem.

Gino wybuchnął śmiechem.

– No tak, szykowny, nieszykowny, ale zdrowo cię naciągnęli. Tu są same marsze wojskowe.

– Nie gadaj!... – zdumiałem się.

– Naprawdę. Zresztą to jest napisane na obwolutach, zobacz.

– A to oszust! Skąd wiedział, że nie umiem czytać? Odstawiłem się jak amant, z brylantyną na włosach i w ogóle. Przysięgam, że tłumaczyłem mu co i jak. Że chcę płyty z muzyką Żydów z Andaluzji, że to dla miłośnika tego gatunku... A to drań! W dodatku zdarł ze mnie skórę. Zaraz jutro pójdę się z nim rozprawić.

Gino znowu wybuchnął tym swoim chłopięcym śmiechem wzruszony moim rozczarowaniem.

– To nic, daj spokój. Przynajmniej nie będę musiał chodzić na koncerty orkiestry dętej. – Podszedł i uścisnął mnie. – Dziękuję... z całego serca.

Dwa tygodnie później DeStefano przypadł do mnie w wejściu do stajni. Twarz mu promieniała niebotyczną radością. Diuk się zastanowił! „Jak w banku!" oznajmił Francis, zacierając ręce. Frédéric Pau przysiadł bokiem na skraju ringu z nogą założoną na nogę i kciukami zaczepionymi o szelki. Uśmiechał się od ucha do ucha. „Przybij, chłopcze – rzekł do mnie. – Odtąd jesteśmy wspólnikami". I dodał, że jego szef zaprasza nas, DeStefana i mnie, do siebie, aby zamknąć sprawę. Uprzedziłem, że niczego nie podpiszę bez Gina, czym sprawiłem wielki zawód Francisowi, którego twarz w jednej chwili spochmurniała. Frédéric odparł, że do tego jeszcze daleko, że to po prostu spotkanie towarzyskie. Po południu błyszczący samochód zajechał przed pasmanterię przy boulevard Mascara. Siedzieliśmy z Ginem na ganku, popijając oranżadę. Z auta wysiadł Filippi w liberii i kaszkiecie na głowie. Stanął na baczność i zasalutował nam po wojskowemu.

– Bébert wylał cię z warsztatu? – krzyknął do niego Gino.

– Nie.

– To coś się tak wystroił jak szeregowy na defiladę?

– Jestem szoferem szefa. Diuk szukał kierowcy. DeStefano powiedział mu o mnie i Diuk zaraz mnie zatrudnił. Ten to się zna na interesach! Płaci raz, a ma szofera i mechanika w jednej osobie... Mam coś dla Turamba.

– No to właź na górę, otwarte.

Filippi ostrożnie wziął z tylnego siedzenia paczkę i przyszedł do nas. W paczce były dwa garnitury, czarny i biały, dwie koszule i dwa krawaty.

– Szef ci to przysyła – powiedział mi. – Masz się wieczorem porządnie prezentować. Idź do hamamu, wypucuj się. Przyjadę po ciebie o wpół do ósmej. I uważaj, Diuk ma hopla na tle punktualności.

Filippi zjawił się o zachodzie słońca. Wziąłem kąpiel i ubrałem się w czarny garnitur. Gino pomógł mi zawiązać krawat. Stałem przed lustrem w szafie uczesany, wypachniony i... bosy. Nie miałem odpowiednich butów. Filippi zaproponował, że pożyczy mi swoje, nie te, które miał na sobie, lecz inne, z domu w Delmonte. Było to po drodze. Zboczyliśmy, aby zabrać DeStefana, i punktualnie o ósmej zadzwoniliśmy do drzwi bogacza.

Diuk mieszkał w wielkim domu w południowej części dzielnicy Saint-Eugène, a właściwie we wspaniałym dworku otoczonym bujnym ogrodem. Arabski strażnik otworzył nam bramę najeżoną kolcami barwy złota, po czym musieliśmy przebyć dobre trzydzieści metrów alejki wysypanej żwirem, obrośniętej po obu stronach hortensjami i delikatnymi krzewami ładnie przyciętymi w kształt sześcianu. Wreszcie dotarlismy do podestu ocienionego markizą, skąd prowadziło wejście do domu.

Na ostatnim stopniu czekał na nas Frédéric Pau w ciemnoszarym surducie, w którym wyglądał jak czapla. Poprawił DeStefanowi krawat, poprosił go, aby zostawił kapelusz, następnie obejrzał mnie dokładnie, a to wygładzając fałdę na marynarce, a to poprawiając mi kosmyk włosów.

Wytworne towarzystwo gawędziło w dużej sali o wysokim suficie ozdobionym wielkim żyrandolem. Były tam eleganckie panie w rękawiczkach do łokcia, towarzyszyli im dystyngowani panowie o fantazyjnie podkręconych wąsach. Na mój widok Diuk rozłożył ramiona, wołając: „A oto i nasz bohater!". Nie uścisnął mnie, nawet nie podał mi ręki; krótko mnie tylko przedstawił gościom, którzy obrzucili mnie wzrokiem – jedni z zainteresowaniem, inni z ciekawością, po czym wrócili do swoich cichych rozmów. Wszyscy, i panie, i panowie, byli w poważnym wieku, prawdopodobnie małżeństwa, od których zalatywało dochodowymi interesami i wysokimi funkcjami. DeStefano szepnął mi na ucho, że gruby jegomość o wydatnym nosie to mer, a chudzielec o szpakowatych skroniach – prefekt. Na werandzie paryski dygnitarz w cylindrze i fraku udawał, że zażywa świeżego powietrza, aby się odsunąć od lokalnego ludku i zaznaczyć swoje pochodzenie ze stolicy.

Pośród gości chodził służący z tacą zastawioną kieliszkami. DeStefano złapał lampkę szampana; ja nic nie wziąłem, taki byłem onieśmielony przepychem tego miejsca, wyszukanymi toaletami pań i wyniosłością towarzyszących im panów.

Podeszła do mnie wystrojona młodziutka dziewczyna z rękami splecionymi z tyłu, zarumieniona z zawstydzenia i ciekawości.

Była milutka z tymi jasnymi warkoczami i dużymi błękitnymi oczami.

– Jestem Louise, córka pana Bollocqa...

Nie wiedziałem, co powiedzieć.

Z daleka DeStefano puścił do mnie oko, co z jakiegoś powodu bardzo mi się nie spodobało.

– Papa wierzy, że będzie pan mistrzem świata.

– Świat jest duży.

– Jak papa coś powie, zawsze się to spełnia.

– ...

– Uwielbiam boks. Papa nie chce mnie zabierać na mecze, więc słucham transmisji radiowych. Walki Georges'a Carpentiera to coś nadzwyczajnego. Ale już nie będę mu tak kibicowała, skoro teraz papa ma własnego mistrza... – Wspięła się nieśmiało na palce. Językiem co rusz oblizywała delikatne usta. – Jak pan daje radę znosić te wszystkie uderzenia przez tyle rund? Spiker nie posiadał się ze zdumienia, kiedy opisywał te wszystkie ciosy, które wymienialiście na ringu.

– Dużo trenujemy, żeby mieć siłę.

– A boks boli?

– Nie tak bardzo jak zęby.

Naszą rozmowę przerwała jakaś wytworna pani. Miała około czterdziestki i była ostentacyjnie wyniosła. Obrzuciła mnie wzrokiem, chwyciła dziewczynę za rękę i odciągnęła.

– Louise, kochanie, nie powinnaś się narzucać temu młodzieńcowi. Niedługo siadamy do stołu.

Była to pani Bollocq.

Louise kilka razy obejrzała się z przepraszającym uśmiechem, po czym zniknęła pośród gości.

Przy stole Diuk wygłosił uroczystą przemowę, w której zapowiedział, że Oran wkrótce będzie miał mistrza pięściarskiego Afryki Północnej – czyli mnie – że to piękne miasto zasługuje na własnych bohaterów na pohybel „snobistycznemu" Algierowi i że bezwzględnie wszyscy, administracja, biznesmeni i mecenasi, powinni pracować nad przywróceniem świetności najbardziej wyemancypowanemu miastu Algierii. Dobrą minutę poświęcił na opiewanie moich możliwości i dokonań, podkreślił konieczność wspierania mnie w drodze na szczyt, serdecznie podziękował merowi, prefektowi i wszystkim notablom, którzy przyłączyli się do niego, by z tego wieczoru uczynić początek nowej ery ustrojonej licznymi trofeami, sensacyjnymi tytułami i znaczącymi sportowcami. Na koniec wzniósł toast za wszystkich, którzy z bliska czy z daleka, z wyrachowania bądź z lokalnego patriotyzmu, pieniędzmi albo samym sercem wspierają rozwój wspaniałego miasta dwóch lwów.

Przez całą kolację, gdy jaśniepaństwo opychali się, zaśmiewając z wesołych opowieści Diuka, który wspiął się na wyżyny w sztuce zabawiania współbiesiadników, Louise bez przerwy mnie obserwowała, przesyłając mi przyjacielskie znaki ze swojego miejsca przy stole.

Gino przyszedł do mojego pokoju. Nie rozumiał, dlaczego nie zgasiłem światła ani dlaczego leżę w ubraniu na łóżku ze wzrokiem wbitym w sufit. Usiadł blisko mnie na krześle, zapalił papierosa i wydmuchnął dym w moją stronę.

– Coś nie tak?

– A czy na coś się skarżę?

– Nie, ale dajesz do myślenia. Martwi mnie twoje milczenie, twoja bezsenność także. Podpisałeś coś za moimi plecami?

– Dogadałem się z DeStefanem. Tylko ty będziesz się zajmował moimi sprawami.

– No to czemu nie śpisz? Masz jutro dwa treningi, a za trzy tygodnie kolejną walkę.

Milczałem długą chwilę, w końcu wyznałem:

– Chyba się zakochałem.

– Tak szybko?

– U was chyba się na to mówi „od pierwszego wejrzenia", nie?

– To zależy od wejrzenia... Poważnie mówisz?

– No przecież nie mogę zasnąć.

– A kim jest szczęśliwa wybranka?

– Na imię ma Louise. To córka Diuka. Problem w tym, że ona ma raptem czternaście czy piętnaście lat.

– Masz pewność, że tylko w tym problem?

– Jestem już dorosłym mężczyzną. Potrzebna mi żona, dzieci.

– Przestań sam sobie wtykać patyk w szprychy. Na co ci w życiu takie komplikacje. Jesteś za młody, żeby zakładać sobie pęta. Wyrzuć ten pomysł z głowy, i to raz-dwa. Mistrz potrzebuje dobrego worka treningowego i swobody. Poza tym Diuk obdarłby cię ze skóry, gdyby się dowiedział, że masz słabość do jego córki.

– A skąd wiesz?

Następnego dnia, będąc w pół drogi do stajni, zawróciłem i wskoczyłem w pierwszy lepszy tramwaj. W kwiaciarni w Saint-Eugène kupiłem ładny bukiet różowych piwonii i dziwiąc się swojej odwadze, zadzwoniłem do bramy posiadłości Bollocqów. Arab spytał mnie, czego chcę. Pokazałem mu bukiet. Kazał mi iść za sobą i przed drzwiami dworku poczekać, co pani każe. Pani nie wyglądała na zadowoloną z mojego widoku. Powiedziałem jej, że przyniosłem kwiaty jej córce. Odparła, że to miłe, ale niepotrzebne, i kazała strażnikowi odprowadzić mnie do bramy. Nie zdążyłem nawet przelotnie zobaczyć Louise.

Koło południa Frédéric Pau powiadomił mnie, że Diuk chce ze mną mówić. Natychmiast. Zeskoczyłem z ringu i poszedłem się przebrać. Frédéric niecierpliwił się w aucie. Zawiózł mnie prosto do biura szefa przy promenadzie nadmorskiej.

Diuk kazał wyjść swojemu doradcy i zamknął za nim drzwi. Byliśmy sami w dużym pomieszczeniu ozdobionym obrazami mistrzów i posążkami.

– Podobno byłeś u mnie w domu – rzekł, wyjmując grube cygaro z kościanej szkatułki na komodzie przy wejściu.

– To prawda. Byłem w okolicy i pomyślałem...

– Mam biuro, Turambo – przerwał mi, odkładając cygaro i gromiąc mnie wzrokiem.

– Chciałem wręczyć kwiaty Louise.

– Ma wielki ogród, nie zauważyłeś?

Spodziewałem się, że będzie mu chodziło o podpisanie jakichś papierów albo o pogadanie o meczach, toteż stropiły mnie jego słowa. Nie wiedziałem, do czego zmierza, lecz zauważyłem, że o coś ma do mnie pretensje.

Kiwnął palcem, żebym za nim poszedł. Przeszliśmy przez gabinet o ścianach wyłożonych drewnem i znaleźliśmy się na balkonie wychodzącym na dziedziniec wewnętrzny, na którym pośrodku rósł ogromny platan. Diuk oparł się o balustradę z kutego żelaza, wciągnął nosem powietrze, wystawił twarz na światło dnia i nie odwracając się do mnie, wskazał platan.

– Widzisz to drzewo, Turambo?... Rosło tu na długo przed narodzinami mojej prababki. Prawdopodobnie na długo przed przybyciem pierwszych cywilizowanych ludzi do tego barbarzyńskiego kraju. Przetrwało podboje i wiele bitew. Kiedy na nie patrzę, zastanawiam się często, ile uczuć narodziło się u jego stóp, ile zwierzeń wymieniono w jego cieniu, ile spisków wykiełkowało wśród jego gałęzi... Napatrzyło się na wiele pokoleń... I mimo wszystko trwa tutaj niewzruszenie, cicho, jakby nigdy nic... Wiesz, dlaczego przetrwało stulecia i przetrwa nas? Bo twardo tkwi na swoim miejscu. Nigdy nie wchodzi na terytorium innych drzew. I słusznie. Dobrze mu tam, gdzie jest, grzecznie sobie rośnie i żadne inne drzewo nie odbiera mu światła słonecznego.

– Nie rozumiem, proszę pana.

– Musisz coś sobie uświadomić, chłopcze. Dla mnie jesteś tylko inwestycją. Nie jesteś członkiem mojej rodziny ani przyjacielem, ani nikim bliskim. Jesteś koniem wyścigowym, na którego postawiłem kupę forsy, a oszczędzam cię i cackam się z tobą nie ze względu na uczucia, tylko po to, żebyś mnie w odwecie nie zawiódł. Niezależnie jednak od satysfakcji, jaką mi przyniesiesz, zawsze będziesz Arabem z suku, który nie powinien wyobrażać sobie nie wiadomo czego, kiedy ktoś robi mu uprzejmość. Rozumiesz?

– Nie bardzo.

– Tak myślałem. Spróbuję to powiedzieć mniej oględnie... – Zabębnił palcami w poręcz. – Nie chcę, żebyś nachodził mój dom, jeśli nie jesteś zaproszony, i zakazuję ci zbliżać się do mojej córki. Nie jesteśmy tego samego stanu, a tym bardziej rasy. Dlatego zostań na swoim miejscu jak to drzewo, a nikt cię nie będzie deptał... Czy teraz dotarło do ciebie, Turambo?

Moje dłonie zostawiły wilgotny ślad na poręczy balustrady. Słońce raziło mnie w oczy. Lodowaty prysznic nie wstrząsnąłby mną tak mocno.

– Muszę iść na trening – wykrztusiłem.

– Świetny pomysł.

Wytarłem wilgotne dłonie w spodnie i ruszyłem w stronę drzwi.

– Turambo! – zawołał.

Przystanąłem w połowie gabinetu, nie odwracając się.

– W życiu, tak jak w boksie, są zasady.

Kiwnąłem głową i poszedłem dalej.

Tego dnia tak tłukłem w worek treningowy, że o mało nie wyłamałem sobie barków.

6

– Diuk dałby ci gwiazdkę z nieba, gdybyś poprosił – powiedział mi Frédéric Pau – ale nie waż się zabić muchy bez jego pozwolenia. Nikt nie ma takiego prawa. Znamy się od dziecka, ganialiśmy razem po kałużach na bosaka. Podkradaliśmy owoce w tych samych sadach i kąpaliśmy się w tym samym korycie. Mimo to każde jego polecenie wykonuję co do joty. Bo on jest szefem... Owszem, ostro się z tobą obszedł. On sam to przyznaje. Ale nie rób z igły widły. Chciał tylko ci uświadomić, że są granice, których nie wolno przekraczać. Naprawdę ogromnie cię szanuje. Chce zrobić z ciebie legendę. Wyniesie cię na szczyt, gwarantuję. Tyle że przestrzega pewnych zasad, rozumiesz? Bo inaczej jakże miałby domagać się od innych respektu?

Było już po północy. Obaj z Ginem spaliśmy, kiedy rozległo się kołatanie do drzwi. Zszedłem otworzyć i zaskoczony zobaczyłem Frédérica Pau palącego papierosa na ulicy. Przeprosił za to najście. Ewidentnie nie znalazł się tam przypadkiem. Sposób, w jaki zaciągał się papierosem, zdradzał nerwowość, o którą go nie podejrzewałem. Usunąłem się w bok, żeby go wpuścić. Pomyślałem, że Diuk wyleje go z roboty; myliłem się. Pan Frédéric Pau przyszedł mnie pouczyć...

Gino w samych spodenkach przyszedł do nas do salonu słabo oświetlonego starą lampką oliwną z powodu awarii elektryczności. Ledwie Pau usiadł, przystąpił do rzeczy. Polecono mu wyjaśnić popołudniowe nieporozumienie w związku ze słowami, które wygłosił do mnie Diuk w swoim gabinecie. Zaspany Gino nie bardzo rozumiał, o czym Pau mówi. Wodził oczami od moich zaciśniętych ust do ugodowych rąk Frédérica, na próżno usiłując pojąć, o co biega. Nie wspomniałem mu o tym incydencie. Diuk głęboko mnie zranił i wolałem urazę wyładować na Siglim, moim najbliższym przeciwniku, pyszałku, który rozpowiadał wszem wobec, że w pierwszej rundzie położy mnie na łopatki. Toteż byłem wściekły na Pau. Wywlekał wszystko, nie mając świadomości, w jakie zakłopotanie mnie wprawia. Rzucałem mu znaczące spojrzenia w nadziei, że powściągnie język, na próżno jednak – paplał i paplał.

Z głębi korytarza dobiegł jakiś hałas. Ku mojej wielkiej uldze Pau wreszcie zamilkł. Gestem zapytał Gina, co to ma znaczyć. Gino zapewnił, że to nie duchy, tylko pewnie szczur, który przewrócił coś w kuchni.

Skorzystałem z nieoczekiwanej przerwy, by zmienić temat rozmowy.

– Kiedy podpiszemy umowę? – zagadnąłem.

– Jaką umowę?

– Jak to, jaką umowę? Pracuję przecież dla pańskiego szefa, nie?

– Diuk nic nie mówił o umowie.

– No to pora usiąść do stołu i ustalić co i jak. Za trzy tygodnie mam walczyć z Siglim. Nie wejdę na ring, dopóki nie ustalimy szczegółów dotyczących mojej kariery. Diuk chce, żebym przestrzegał zasad. Niech on robi to samo. I uwaga: moje interesy reprezentuje nie Francis, tylko ten oto Gino. Od dzisiaj z nim należy negocjować.

– Jasne. Zobaczę, co da się zrobić.

– A teraz niech pan już idzie. Jutro skoro świt DeStefano zabiera mnie do Kristelu.

Frédéric wziął kapelusz ze stołu. Ręka mu drżała.

– Co mam powiedzieć Diukowi?

– Na jaki temat?

– Tego, co po południu zaszło w jego biurze.

– Po południu nic nie zaszło w jego biurze.

Frédéric Pau był stropiony. Nie wiedział, jak interpretować moje zachowanie. Uprzejmie wyprowadziłem go na ulicę, pomagając mu zejść po schodach spowitych ciemnością, i z trzaskiem zamknąłem za nim drzwi.

– Co to za historia? – zainteresował się Gino.

– Jaka historia? – odparłem pytaniem, wracając do swojego pokoju.

Kiedy następnego dnia wróciłem z Kristelu, Gino mnie powiadomił, że był po niego Filippi, by zawieźć go do Diuka, i chociaż nie podpisał żadnych dokumentów, sytuacja prezentuje się nadspodziewanie dobrze. Uprzedził też, że wieczorem pan Pau przyjedzie po mnie, aby definitywnie pogrzebać „nieporozumienie", w związku z czym mam wziąć kąpiel i wystroić się w paradny garnitur.

– Ty też jedziesz?

– Nie tym razem. Trochę się pozmieniało. Odtąd jak będziesz gdzieś zaproszony, nie ciągniesz ze sobą całej świty. Co do joty robisz to, co ci mówią. Ale nie martw się, będę czuwał nad twoimi interesami z bliska albo z daleka.

Wieczorem samochód z Filippim za kierownicą zajechał przed pasmanterię. Frédéric Pau osobiście otworzył przede mną drzwi auta. Gino z ganku nieznacznie skinął mi dłonią. Z jego ust wyczytałem, że mówi „baw się dobrze".

Na promenadzie nadmorskiej roiło się od ludzi w luźnych ubiorach, letnicy oblegali lodziarzy. Panie z rozpuszczonymi włosami spacerowały po deptaku. Młodzi ludzie oparci o balustradę z widokiem na port podziwiali zachód słońca, którego ognistość mocno kontrastowała z sylwetką góry Murdżadżu. Wieńcząca jej szczyt figura na kaplicy Santa Cruz czuwała nad miastem ze złożonymi rękami i rozpostartymi skrzydłami. W Oranie lato było jednym wielkim świętem, a neonowe szyldy magicznymi sztuczkami.

Samochód opuścił hałaśliwe ulice miasta i wolno podążał przez okrytą ciszą wieś. Asfaltowa wstążka pięła się zboczem Cueva del Agua. W tej części miasta nikt nie zawracał sobie głowy urokami natury. Pora nie była odpowiednia na podziwianie piękna. Tutaj nie szukano uzasadnienia ani dla nędzy, ani dla nieszczęścia – i to, i to akceptowano jako fakt. Niewydarzona kloaka kuliła się wokół swojego przekleństwa niczym ślad zbrodni, której autora nigdy nie poznamy. W wietrze niosącym chmury pyłu łopotały namioty z płótna jutowego. Na górze śmieci obdarte dzieciaki uczyły się pokonywać trudności pod kaprawym okiem starego smutnego psa... Nieco dalej tablica sygnalizowała wjazd do miejscowości Canastel. Filippi wjechał w drogę prowadzącą przez zagajnik tętniący graniem cykad. Minęliśmy szałasy ukryte za płotem uplecionym z trzciny, potem pustą polanę i dotarliśmy do ogrodzenia bogatego domostwa usadowionego na tarasie z widokiem na morze.

Filippi zaparkował auto na podwórku i czym prędzej otworzył drzwi panu Pau, który zaczekał, aż ja wysiądę, i dopiero potem postawił nogę na ziemi.

– Gdzie jesteśmy? – zapytałem.

– Gdzieś między piekłem a niebem.

Podniosłem wzrok na wielki dom pokryty dachówką. Z wysokich okien z surowymi zasłonami po bokach padało na okolicę stłumione światło. Pau zaprosił mnie, abym wszedł na podest, na który prowadziły trzy stopnie.

– Filippi nie idzie z nami? – spytałem, czując się trochę nieswojo.

– Filippi to kierowca szefa. Jego miejsce jest przy samochodzie.

Arab przebrany za abasydzkiego eunucha – w turbanie ozdobionym broszą nad czołem, w mieniącym się kamisie na bufiastych szarawarach i w babuszach z wywiniętymi czubkami, przepasany szeroką wstęgą – zgiął się w ukłonie na widok Francuza.

– Larbi, powiedz madame Camélii, że przyszedł pan Pau.

– Tak jest, sidi – szepnął lokaj i znikł w zamaskowanym przejściu.

Sala przesiąknięta nieuchwytną wonią perfum i tytoniu była dwa razy większa niż w domu Bollocqów. W tamtym czasie nie potrafiłem nazwać bogatych sprzętów, którymi była umeblowana. Wyszukane kinkiety, skośne lustra, trofea myśliwskie i mroczne malowidła przedstawiające nagie odaliski zdobiły ściany obite chłodnymi tkaninami. Na brzuchatych komodach w cieniu posążków z brązu stały porcelanowe figurki, po bokach pyszniły się kandelabry. Naprzeciwko szatni, w której straszyła leciwa blada pani, kontuar obciągnięty krwistoczerwonym suknem sąsiadował z przeszkloną szafką wypełnioną kryształami. Dziarski chłopiec z wysoko uniesioną brodą z powodu zawiązanej pod nią muchy wprawiał miarowo w ruch dźwignię jakiejś chromowanej maszyny. Powitał nas lekkim skinieniem głowy, po czym zaraz przywołał go klient, który był wyraźnie pod mocnym wpływem alkoholu. Na sofach, pod osłoną alków ozdobionych florentyńskimi mozaikami, gruchali zakochani, w ogóle się nie przejmując niedyskretnymi spojrzeniami. Ich beztroska bardziej mną wstrząsnęła niż bezwstydne pieszczoty. Myślałem, że do takiej rozpusty dochodzi jedynie w podejrzanych barach z dziwkami między jedną a drugą przyśpiewką spłukanych marynarzy i ogólną rozróbą; taki widok w bogatym, pięknie urządzonym domu, widok bezeceństw, którym odrażająco zuchwale oddawali się ludzie w białych kołnierzykach i gwiazdki festynów ludowych, niebywale mnie zaskoczył. Myślałem, że osoby dystyngowane zazdrośnie strzegą pozorów...

Marmurowe schody przykrywał czerwony chodnik aż do wyższego piętra, gdzie na podeście stróżowało usadowione na krześle grube babsko z cyckami na wierzchu i papierosem w długiej lufce. Ropucha miała oko na stadko dziewczyn o kształtnych biodrach i krągłych pośladkach, w podwiązkach czekających przy kontuarze na wysokich toboretach, każda z kieliszkiem w ręce. Gdziekolwiek spojrzeć, wszędzie na wyścielanych brokatem ławeczkach podchmielone kobiety gawędziły z panami jak spod igły, niektóre siedziały im na kolanach, inne bez sprzeciwu pozwalały na odważne gesty.

– Chodź. – Frédéric Pau szturchnął mnie, sprowadzając na ziemię. – Przedstawię ci przyszłego mistrza świata.

Poprowadził mnie w głąb sali, gdzie rosły Murzyn w trzyczęściowym garniturze zabawiał się na kanapie w towarzystwie dwóch kurtyzan, które ledwie osiągnęły dojrzałość. Od tego człowieka emanowała siła natury. Popijał z kieliszka alkohol, wolną ręką przyciskając blondynkę, która aż drżała z zadowolenia. Obydwie dziewczyny były starannie umalowane i przyodziane w satynową bieliznę, przez którą prześwitywały ich jędrne piersi i falbaniaste majtki. Wydawały się zauroczone Murzynem.

– To prawda, żeś stłukł Jacquota? – spytała krótkowłosa brunetka o oczach na poły przysłoniętych wywiniętymi rzęsami.

– Tak się złożyło niechcący – mruknął osiłek leniwie.

– Spotkałam go w kasynie – ciągnęła brunetka – i nie poznałam gościa. Czymżeś mu przywalił? Nochal mu całkiem spłaszczyło. Biedak nie ma profilu.

– Nie chcę do tego wracać.

– Proszę, opowiedz, czemuś go sprał – błagała blondynka, tuląc się do niego mocniej.

Murzyn odstawił kieliszek na stolik przed sobą, przygarnął blondyneczkę i drugą ręką zaczął gładzić uda brunetki.

– Byłem w trakcie treningu, kiedy Jacquot powiedział do Gustave'a: „Ma dryg ten twój źrebak". No to mu przyłożyłem w pysk.

– Ale to przecież nic obraźliwego! – zawołała blondynka. – Właściwie to komplement. Znaczy, że jesteś utalentowany.

– Ano... – westchnął Murzyn. – Tylko że wtedym nie znał tego powiedzonka. Gustave mi później wytłumaczył. Tom mu powiedział, że Jacquot mógł się inaczej wyrazić, jak chciał mnie pochwalić...

Dziewczyny umilkły, zauważywszy nas nad sobą. Zaintrygowany ciszą Murzyn obrócił głowę, ściągnął brwi.

Rozchylił wargi w uśmiechu, odsłaniając rząd złotych zębów.

– Podsłuchujesz teraz, Frédo?

– Skądże – zapewnił Frédéric Pau. – Chciałem ci przedstawić naszego nowego mistrza.

Rosły Murzyn zmierzył mnie z góry na dół.

Wyciągnąłem do niego rękę; popatrzył na nią wzgardliwie.

– Nie zabrałem białych rękawiczek, muczo – burknął nieuprzejmie.

– Zdaje mi się, żeśmy się gdzieś spotkali – zaryzykowałem.

– Przyśniło ci się, mały – odparł, odwracając się od nas.

Zirytowany Pau zagryzł wargę, po czym cicho rzekł do jego pleców:

– „Mieć dryg" to powiedzenie, które się adresuje częściej do pań. Oznacza pochwałę kobiecych talentów.

– Jesteś pewny? – poderwał się osiłek z morderczym ogniem w oczach.

– Jak tego, że dwa i dwa to cztery.

Pau złapał mnie za ramię i popchnął przed sobą.

– Co to za prymityw?

– Nazywa się Mus – rzekł po cichu. – Boksuje w wadze ciężkiej. Nie dziwota, że ci się wydawało, że go znasz. W mieście wszędzie wiszą afisze z nim, w gazetach zamieszczają jego zdjęcia.

– Widział pan, jak nas potraktował?

– Ma wredny charakter. Straszny z niego zadufek. Ktoś kiedyś go zapytał: „Ktoś ty?". A on na to: „Jestem Ja. – Ale chyba masz jakieś imię?". Mus odpowiedział: „Niepotrzebne mi imię, bo jestem jedyny na świecie". No więc sam rozumiesz, co to za gość... Myślałem, że się ucieszy, poznając obiecującego tubylca ze swojej społeczności. Myliłem się. Ale nie pozwólmy, żeby ten bezmózgi megaloman zepsuł nam wieczór.

Wyszła nam na spotkanie dama o wyglądzie kapłanki, z pieprzykiem nalepionym na policzku i o niebieskich oczach ocienionych sztucznymi rzęsami. Z wysoko upiętymi włosami, krocząc dostojnie, obnosiła swoją sześćdziesiątkę niczym berło. Była piękna, emanował z niej urok nieokreślony, lecz imponujący; jej pycha od pierwszej chwili mnie onieśmieliła.

– Jakie to szczęście widzieć pana – rzekła do Frédérica Pau, niecierpliwie odprawiając gestem lokaja, który dreptał za nią.

– Szczęście nigdy nie jest pełne, jeśli ktoś go nie podziela, droga Camélio.

Obrzuciła mnie władczym wzrokiem.

– Czy to nie młodzian, o którym rano wspominał pan Bollocq?

– Owszem.

Pragnąc się mnie pozbyć, dała umówiony znak babsztylowi na piętrze i gestem kazała mi tam iść. Ponieważ się wahałem, nie rozumiejąc, czego ode mnie chcą, Frédéric rzucił zachęcająco:

– No na co czekasz? Idź!

Dama wsunęła dłoń w rękawiczce pod ramię mojego towarzysza i poprowadziła go do baru.

– Chodźmy się napić, drogi Frédéricu. Coraz rzadziej mamy tu do czynienia z ludźmi o tak nienagannych manierach jak pańskie. Proszę powiedzieć, jakże się miewa urocza małżonka? Czy nadal potrafi pana rozochocić?

Zostawili mnie samego.

Niepewnym krokiem ruszyłem po stopniach. W żołądku coś mnie ugniatało nieprzyjemnie. Ropucha zgniotła papierosa w popielniczce i rozwinęła wachlarz, którym zaczęła machać przed wypacykowaną twarzą, świecąc przez rozpiętą bluzkę wałkami na brzuchu o pępku wielkim jak otwór lufy karabinu. Poprowadziła mnie krętym korytarzem o błyszczącej podłodze. Po obu jego stronach znajdowały się drzwi prowadzące do pokojów. Dobiegały zza nich śmiechy, dźwięki zmagań i lubieżne jęki. Czułem się coraz bardziej nieswojo. Ropucha pchnęła drzwi w końcu korytarza i w przytulnym pokoju ujrzałem młodą kobietę, która siedząc przed ładną toaletką, czesała długie czarne włosy opadające jej na plecach aż do pośladków. Spojrzenie, które mi rzuciła, zmroziło mnie.

– Aido, młodzieniec, na którego czekasz, już jest – powiedziała ropucha, po czym zabrała się i poszła.

Aida się uśmiechnęła. Kiwnęła na mnie palcem, żebym wszedł. Ponieważ stałem w progu jak wrośnięty, wstała, delikatnie wciągnęła mnie do środka i zamknęła drzwi. Ładnie pachniała. Wielkimi oczami gazeli wpatrywała się we mnie tak intensywnie, aż mi oddechu brakowało. Serce szalało mi w piersi; spływałem potem, w gardle miałem gulę.

– Coś nie tak? – zapytała.

Nie zdołałem wykrztusić ani słowa.

Przyjrzała mi się rozbawiona moim zmieszaniem, podeszła do niskiego stolika zastawionego butelkami z alkoholem.

– Poczęstować pana kieliszkiem czegoś?

Pokręciłem głową.

Wróciła do mnie, teraz nieco stropiona.

– Przypuszczam, że gry wstępne to strata czasu w wypadku młodych Arabów.

Mistycznym jakimś gestem rozwiązała tasiemki i okrywający ją cieniutki muślin spłynął cicho na podłogę, odsłaniając ciało doskonałe, o sterczących wysoko piersiach, pełnych biodrach i zgrabnych nogach. Nieoczekiwana nagość tej kobiety do reszty zbiła mnie z pantałyku. Obróciłem się na pięcie i niemal biegiem wypadłem z pokoju. Kilka razy musiałem zawracać, nim znalazłem właściwą drogę.

Ropucha zmarszczyła brwi, widząc, że podaję tyły.

Na podwórku zgiąłem się wpół, opierając ręce na kolanach, i łapczywie wdychałem powietrze, aby ochłonąć, lecz dla odmiany zakręciło mi się w głowie i zrobiło niedobrze. Lekki wietrzyk ocucił mnie trochę.

Filippi wysiadł z samochodu.

– Co jest?

Gestem poprosiłem, aby się nie zbliżał. Musiałem dojść do siebie. Za chwilę przyszedł Frédéric kompletnie zaskoczony moją reakcją. Zażądałem, aby natychmiast zawiózł mnie do domu. Poprosił, żebym się uspokoił i wyjaśnił, co się stało.

– Powinien był pan mnie uprzedzić – rzekłem z pretensją.

– O czym?

– Że jedziemy do domu publicznego.

– Dlaczego? Sam wybierasz publiczność?

– Nie byłem przygotowany.

– Przecież to nie mecz bokserski, Turambo. Nie powiesz, żeś nigdy nie spał z dziewczyną...

Filippi parsknął.

– To dlategoś taki sponiewierany?

– Filippi! – przywołał go do porządku Frédéric. – Stul pysk i wracaj za kierownicę.

– Nie do wiary! – zawołał Korsykanin. – Facet nokautuje osiłków jednego po drugim i poddaje się przed ładną cipką z kręconym futerkiem. „Nie byłem przygotowany" – przedrzeźniał mnie krzykliwie. – Pewnie najpierw należało potrenować w kiblu.

Frédéric objął mnie ręką i odciągnął od szofera.

– Wybacz. Nie wiedziałem, że jesteś prawiczkiem. Diuk to wymyślił. „Camélia" uchodzi za najlepszy lupanar w okolicy. Przyjmują tu tylko ludzi z wyższych sfer. Dziewczyny są zdrowe, potrafią rozmawiać i mają opiekę lekarską. W dodatku ani grosza byś nie wydał. Za wszystko płaci pan Bollocq. – Obrócił mnie twarzą do siebie, by zajrzeć mi w oczy. – Młodyś jeszcze, Turambo. Kiedy ktoś w twoim wieku zaczyna karierę, która zapowiada się olśniewająco, powinien myśleć tylko o zwycięstwach. Wiem, że u was małżeństwa zawiera się wcześnie. Ale ty już nie należysz do swojego ludu. Masz budować swoją legendę. Stoi za tobą cały Oran, dygnitarze i sługusi, damy i dziwki. Z Diukiem na czele. Chcesz żonę? Dajemy ci tyle konkubin, ile będziesz chciał. U Camélii nie będzie scen ani problemów, nie trzeba kadiego ani opłaty za kobietę. Odpoczynek wojownika. Przychodzisz, robisz swoje, dziękujesz i do widzenia... Wyobraź sobie, że negocjujesz mecz o kapitalnym znaczeniu, a twoja żona ma niedługo rodzić, wyobraź sobie, że walczysz o tytuł, a twój dzieciak akurat ma atak wyrostka, wyobraź sobie, że wychodzisz na ring, a tu dociera wieść, że twoja córka spadła ze schodów. I co byś wtedy zrobił? Włożyłbyś rękawice czy wskoczyłbyś do taksówki i wrócił do domu?... Tak że postaw krzyżyk na narzeczonych, ślubach i całym tym majdanie. Masz zdobywać góry, tytuły i trofea. Aby to osiągnąć, pozbądź się najpierw tego, co mogłoby cię spowolnić albo zdekoncentrować.

Było jasne, że Gino stał za tym „uprowadzeniem". Mówił coś podobnego tamtego dnia, gdy powiedziałem mu o Louise.

Wściekłem się. Strąciłem ręce Frédérica ze swoich ramion i oznajmiłem:

– Chcę wrócić do domu. Natychmiast.

***

Gino spokojnie czekał na mnie w kuchni przy kanapce z koszerną kiełbasą, z serwetką pod brodą, ze spuszczonymi szelkami. Kosmyk włosów opadł mu na czoło, dodając do jego wdzięku jakiś osobliwy spokój. Zatrzasnąłem drzwi za sobą, na schodach przeskakiwałem po cztery stopnie, to jednak nie zmyło z jego twarzy odrobiny zdystansowanego drwiącego uśmiechu. Wydawało się, że bardziej zwraca uwagę na fonograf cicho grający w salonie niż na mój zły humor.

– W co ty pogrywasz? – huknąłem.

Ostudził mnie, zanim całkiem wyszedłem z równowagi.

– Wybrałeś mnie, żebym zarządzał twoimi interesami – przypomniał mi. – Więc bez gadania rób, co ci każę.

Następnego wieczoru osobiście udał się ze mną do madame Camélii. Szczerze mówiąc, chciałem wrócić do domu rozpusty. Zły byłem na siebie, że nie zdołałem zachować zimnej krwi i załatwić tego honorowo. Wciąż brzmiał mi w uszach szyderczy śmiech Filippiego, który nigdy nie przepuścił okazji, żeby dociąć komuś ze swojego otoczenia. Czułem się w obowiązku zmyć hańbę, którą sam ściągnąłem...

Aida powitała mnie uprzedzająco grzecznie. Choć bardzo się starała, żebym czuł się swobodnie, nie mogłem się rozluźnić. Opowiedziała mi o sobie, wypytywała o moje życie, o plany, wygłosiła parę naiwnych dowcipów, które ledwie wywołały grymas na mojej twarzy, po czym zdjęła ze mnie marynarkę, położyła mnie na łóżku i zaczęła nadzwyczaj ostrożnie d o t y k a ć, szepcząc mi do ucha: „Pozwól mi się tym zająć. Wszystko będzie dobrze".

Byłem jak pijany, kiedy wróciłem do samochodu, w którym Gino i Filippi czekali na mnie, śmiejąc się pod nosem. Korsykanin pohamował prychnięcie i czym prędzej uruchomił silnik. Gino przesiadł się do mnie na tylną kanapę.

– I jak było? – zapytał.

– Niebo się zatrzęsło! – oznajmiłem radośnie, czując się oczyszczony z wszelkich toksyn.

Trzy dni przed walką, nie wiedząc właściwie, czy chcę rozładować napięcie, w które wprawiały mnie gromkie deklaracje Sigliego, czy też odnaleźć cząstkę raju w ramionach Aidy, zebrałem się na odwagę i pojechałem do madame Camélii. Sam jak jakieś panisko. Z wewnętrznym przekonaniem, że przekroczyłem pewną granicę i jestem teraz w stanie osiągnąć wszystko. Byłem zdecydowany wykazać się inicjatywą. Nie pozwoliłem, by Aida mnie rozebrała – chciałem jej udowodnić, że ja też potrafię ją rozebrać. Aida nie widziała w tym nic złego. Rozpiąłem jej stanik, z podziwem patrzyłem na krzywiznę bioder, powiodłem palcem po zmysłowej wypukłości piersi, ucałowałem wargi drżące z pożądania, po czym zgasiłem światło w pokoju, by wszystkie zmysły mieć wyostrzone i doznania ograniczyć jedynie do dotyku, podniosłem ją i położyłem na łóżku, jak kładzie się wiązankę pod pomnikiem. Widziałem tylko jej oczy błyszczące w ciemności i niczego więcej nie żądałem.

W ten sposób przebudziłem się do rozkosznych nieopanowanych tortur cielesnych.

Diukowi zależało, by firmować to wydarzenie. Ściągnął najlepszych fotografów, zmobilizował wielu dziennikarzy, aby mój mecz uczynili walką roku. Jego zdjęcie od kilku dni pojawiało się na pierwszej stronie w „L'Écho d'Oran". Aby mieć wejście z przytupem, wynajął w centrum ogromną salę, z której magistrat korzystał przy dużych okazjach i rozmaitych galach. Kiedy zjawiłem się na miejscu, na ulicy gęsto było od gapiów. Co rusz strzelały lampy błyskowe, dziennikarze się przepychali, by uzyskać na gorąco jakąś moją wypowiedź czy deklarację. Gino i Filippi łokciami torowali mi przejście przez tłum. Na chodniku po drugiej stronie jezdni grupa Araberberów coś pokrzykiwała, wymachując rękami w nadziei, że zwrócę na nich uwagę. Wszyscy byli odstawieni jak sardynka na święto morza, pod krawatem i uczesani z przedziałkiem.

– Hej, Turambo! – zawołał jeden. – Czemu nas nie wpuszczają? Mamy na bilety!

– To świństwo! – dodał inny. – Dla nas też boksujesz. Jesteś naszą dumą.

– Jesteś mistrzem – podjął pierwszy. – Postaw się, każ im, żeby nas wpuścili. Chcemy ci kibicować. Wokół ringu będą sami twoi wrogowie.

Rumiany grubas pilnujący wejścia poprosił, żebym już szedł do szatni.

– Czemu ich nie wpuszczacie? – zapytałem.

– W sali nie przewidziano zwierzęcych skór – odparł – a te małpy nie potrafią siedzieć na krzesłach.

Gino mnie przytrzymał, żebym facetowi nie przywalił, i popchnął mnie do holu, gdzie krzątał się komitet powitalny. Z sali dochodził głośny gwar. Frédéric Pau natychmiast wskazał mi drogę do szatni. Salvo i DeStefano już tam czekali, podenerwowani i spoceni.

– Jest tu cały kwiat miasta – zaznaczył Frédéric. – Masz podbić tych ludzi. Jeśli wygrasz, otworzy się przed nami królewska droga.

Frédéric nie przesadzał. Sala była przepełniona, a temperatura nieznośna. W pierwszych rzędach zasiedli dygnitarze, dziennikarze, sędziowie i niebywale podniecony człowiek nachylony nad mikrofonami, mający dla radia relacjonować spotkanie na żywo. Dalej widniało morze purpurowych z radości twarzy, które chłodzono wachlarzami albo gazetami. Byli tam wyłącznie rumi, którzy się nawoływali, wiercili na krzesłach albo szukali nawzajem w ciżbie. Nie widziałem ani jednego tarbuszu, ani jednego fezu. Poczułem się naraz samotny pośród wrogiego tłumu.

Kiedy wchodziłem na ring, wybuchły okrzyki szybko zagłuszone głuchym gwarem tłumu szykującego się do fety. Reflektory zalewały ring rażącym światłem. Wydało mi się, że poznaję Musa w jednym rogu, lecz w oślepiającym blasku musiałem odwrócić wzrok. W lewym skrzydle sali rozległy się oklaski, które zaraz się rozlały po całym pomieszczeniu. Do gromkich owacji dołączyło się skrzypienie krzeseł i gwizdy. Z cienia wyłonił się Sigli, w białym szlafroku przeciskał się przez tłum. Był wysokim blondynem o włosach podgolonych z boków i cienkich nogach. Ze dwa, trzy razy widziałem jego walkę i nie zrobił na mnie dobrego wrażenia. Przy swoim metrze dziewięćdziesięciu głowę miał bezpieczną, wykorzystywał długie ręce, by trzymać przeciwnika na dystans, a jego ciosy były raczej odruchowe niż faktycznie agresywne. Wiedziałem, że przeciętny z niego zawodnik i mało kto dużo na niego stawiał. Wszyscy jednak liczyli na cud i modlili się, żeby ktoś utarł nosa „koźlęciu", którego rozpalająca się gwiazda zaczynała irytować. Sigli podniósł rękę, witając swoich kibiców, zadrobił w miejscu, po czym w burzy oklasków wszedł za liny. Diuk u stóp ringu z cygarem w zębach podniósł kciuk, życząc mi powodzenia. Salvo dał mi się napić, następnie poprawił mi ochraniacz na zęby. „Podpuść go – szeptał mi DeStefano do ucha. – Niech się trochę porusza, a potem przywal mu z prawej, żeby go rozdrażnić. To furiat. Jak pierwszy mu przyłożysz, dostanie amoku i za wszelką cenę będzie chciał oddać. I wtedy się odsłoni". Sędzia poprosił sekundantów, by zeszli z desek, a Sigliego i mnie na środek. Zaczął nam wyliczać zasady. Nie słuchałem go. Widziałem, jak mojemu przeciwnikowi drgają mięśnie, szczęki się poruszają w napiętej twarzy, płuca wznoszą się i opadają w nierównym oddechu, i poczułem, że strach ściska mu trzewia, a wszystkie jego gromkie oświadczenia były tylko czczym gadaniem, które miało mu pomóc pokonać zwątpienie.

Sigli zgiął się po pierwszym ciosie. Przykląkł, trzymając się za bok, z twarzą wykrzywioną z bólu. Publiczność poderwała się oszołomiona moim „piorunującym posunięciem". Wybuchły okrzyki. Sigli stanął chwiejnie na nogach. W jego oczach dojrzałem mieszaninę strachu i wściekłości. Wiedział, że nie stanie na wysokości zadania, miał nadzieję wytrzymać trzy, cztery rundy. Rozpaczliwie runął na mnie. Poczęstowałem go lewym w podbródek. Gruchnął na deski, ewidentnie zamierzając na nich zostać do końca odliczania. Walka nie trwała nawet minuty. Publiczność okazała niezadowolenie i zaczęła opuszczać salę, przewracając krzesła i gwiżdżąc na znak zawodu. Nawet Diuk był rozczarowany. „Trzeba było pobawić się z nim trochę – powiedział mi w szatni. – Jak ludzie masowo przychodzą na przedstawienie, chcą poczuć, że nie wyrzucili pieniędzy w błoto. Zwłaszcza kiedy za miejsce płaci się jak za zboże. Byłeś za szybki. Kto się spóźnił, nie zdążył nawet zająć miejsca".

Nie dbałem o to.

Wygrałem, resztę miałem w głębokim poważaniu. Spieszyło mi się: chciałem jak najprędzej rzucić się w ramiona Aidy.

Spakowałem szybko torbę i włożyłem garnitur, przeprosiłem kolegów, że nie mogę z nimi świętować zwycięstwa, jak zaplanowano, wskoczyłem do samochodu Filippiego i popędziłem do „Camélii", by zażyć odpoczynku wojownika.

7

Na place d'Armes panowała powszechna radość. Z tramwajów wylewały się gromady ludzi, dorożki uginały się pod ciężarem pasażerów. Nieliczni stróże porządku nie nadążali w natłoku pojazdów i gapiów. Pod gigantycznymi drzewami, które otaczały fontannę, rodziny w pełnym składzie zażywały świeżego powietrza, panowie z marynarką przerzuconą przez ramię, panie pod umbrelkami, dzieciaki zaś wlokły się z tyłu jak krnąbrne kurczęta. Na stopniach teatru chmara widzów czekała na otwarcie okienek, nie bacząc na jauladów krążących wokoło. Wojskowi w paradnych mundurach konkurowali z ekscentrycznymi młodzieńcami o względy panien, każdy z rozwagą pirotechnika demonstrował swoją sztukę uwodzenia. Był piękny podkolorowany dzień, jaki zdarza się tylko w Oranie, powietrze łagodził wiaterek od portu i delikatne wonie napływające od ogrodów Cercle Militaire. Siedzieliśmy przy stole na tarasie piwiarni, DeStefano, Salvo, Tobias, Gino i ja, popijając a to anyżówkę, a to mrożoną cytronadę. Gino opowiadał mi o fecie, która się odbyła poprzedniego dnia z udziałem zaproszonych licznych lokalnych osobistości. Salvo zaś szczegółowo relacjonował, jakie smakowite potrawy wjeżdżały na stół podczas bankietu.

– Nie powinieneś był się zmyć – z wyrzutem rzekł do mnie DeStefano. – Świętowaliśmy twoje zwycięstwo. Wielu gości było zawiedzionych, że nie ma cię w restauracji.

– Nie jesteś ulicznym sprzedawcą, tylko mistrzem – zawtórował mu Tobias.

– Diuk nie mógł strawić, że cię nie ma. Opieprzył za to Frédérica.

– Byłem zmęczony – odparłem.

– Zmęczony? – powiedział Gino. – To nie jest wytłumaczenie. Obowiązują pewne zwyczaje.

– Jakie zwyczaje? Chyba mam prawo odpocząć po walce, nie?

– Fetowaliśmy ciebie – przypomniał Tobias. – Honory to coś ważnego. Ludzie, którzy przywykli, że nadstawiają ci buty, przyszli, żeby uścisnąć ci rękę, do licha! Pogratulować ci. Oklaskiwać cię. A ty lecisz do jakiejś dziwki.

– I co z tego?

– A to – spokojnie rzekł DeStefano – że to bardzo nierozsądne...

– Niedopuszczalne – wpadł mu w słowo Tobias.

– Czas, Turambo, żebyś się nauczył dobrych manier – ciągnął DeStefano. – Kiedy ludzie chcą ci wyrazić uznanie, powinieneś przynajmniej być na ceremonii.

– To była tylko kolacja – zauważyłem. – Uroczysta, ale kolacja. Poza tym były wędliny wieprzowe i wino.

– Czy ty w ogóle kiedyś myślisz, chłopie? – zdenerwował się Gino. – Postaraj się zrozumieć, co ci tłumaczymy, zamiast gadać bez sensu. Stałeś się kimś, Turambo, bohaterem miasta. A jak idzie o honory, nikt się nie targuje. Kiedy organizuje się przyjęcie na twoją cześć, a ciebie na nim nie ma, impreza jest nieudana. Rozumiesz, co mówię? Przyszli wysoko postawieni ludzie, którzy zadali sobie ten trud dla ciebie, zjawił się mer we własnej osobie, i to przed czasem. A ty zapadłeś się pod ziemię.

– To nie koniec świata – odparłem, żeby jak najszybciej zmienić temat.

– Może i nie koniec świata, ale uważaj, żeby nie stało się końcem ciebie. Mistrz nie powinien traktować z góry swoich wielbicieli, zwłaszcza jeśli od nich jest uzależniony. Nie powinien też robić, co mu strzeli do głowy...

– Do tego trzeba mieć głowę – westchnął Tobias.

– Bo ty niby masz? – podchwycił Salvo.

Tobias nie podjął zaczepki masażysty. W pyskówkach między nimi częściej górą bywał Salvo, dlatego Tobias ani myślał się podkładać. Te szpilki, które mi wbił, miały jedynie wprowadzić urozmaicenie. W gruncie rzeczy nudził się w swoim kącie, siedząc z ponurą miną. Nie odrywał wzroku od dzbanka przed sobą, ale go nie tykał.

– Nie byłeś na przyjęciu? – spytałem, licząc, że w końcu przejdziemy do czego innego.

– Byłem – mruknął, łypiąc okiem spod zrośniętych brwi przypominających dwie włochate gąsienice.

– Jest wpieniony, bo Félicie odmówiła mu tańca – wyjaśnił Salvo. – Bała się pewnie, żebyś jej nóg nie podeptał, co?

– A guzik prawda. Félicie boczy się na mnie, bo nie podarowałem jej jakiejś błyskotki na urodziny. Dostała kwiatki. Kwiatki są bardziej romantyczne, nie?

– Może i są – przyznał Salvo – tyle że nie kosztują wiele.

Tobias podrapał się po głowie. Burknął:

– Te, jajogłowy, pilnuj własnego nosa, co? Nie lubię tego twojego gadania.

Popatrzyli na siebie z ukosa.

– Coś zrobił z sygnetem, zbereźniku? Zapodziałeś w cipce jakiejś dupy?

– Uważaj, Tobias, ja nie byłem wulgarny!

– Nawet nie próbuj. To by dopiero były jaja!

– Widzę, żeś w formie, kuternogo. Czegoś się rano nażarł?

– Ja żarłem, ale ty cuchniesz. Jak otwierasz gębę, jedzie ci jak z szamba. Tacy jak ty pewnie wychodzą na świat z pierdnięciem.

DeStefano zaśmiał się, aż mu się kałdun zatrząsł.

– Masz szczęście, cwaniaku – wymamrotał Salvo – że nie mam noża przy sobie.

– Mogę ci pożyczyć swój – rzucił wyzywająco Tobias. – I co mi nim zrobisz? Obrzezasz mnie?

Pokładaliśmy się z Ginem ze śmiechu.

Przyszedł Francis zły i oburzony, aż mu się nozdrza rozdymały. Cisnął na stół „Le Petit Oranais" jak topór wojenny.

– Czytaliście tego szmatławca?

– Jeszcze nie – odparł Gino. – A co?

– Te gnojki się nie certują.

Nie usiadł, wolał bowiem stać nad nami ogarnięty furią, energicznym gestem rozłożył gazetę i podstawił nam pod nos długi artykuł.

– W życiu nie czytałem nic wstrętniejszego.

– To tylko wypociny jakiegoś pismaka, Francis – próbował go uspokoić DeStefano. – Nie zejdziesz przecież na apopleksję z tego powodu.

– Wypociny? To za mało powiedziane. To istny lincz!

– Ktoś z redakcji dał mi z rana cynk – rzekł spokojnie DeStefano. – Mniej więcej wiem, o co biega. Siadaj, zamów sobie piwo. Nie psuj nam dnia z łaski swojej. Popatrz dokoła. Nic się nie dzieje.

– Co piszą w gazecie? – zainteresował się Tobias.

– Bzdety – odparł DeStefano znużonym głosem.

– Taaa, ty wiesz, a my chcemy się dowiedzieć – nalegał Tobias.

Francis, który tylko czekał, by przejść do rzeczy, odchrząknął, odetchnął i rozgorączkowanym głosem, z rozdętymi jeszcze mocniej nozdrzami, zaczął czytać:

– „Zderzenie przeciwieństw"... Też mi tytuł!

– Daruj sobie komentarze, tylko czytaj, co napisali – upomniał go Tobias.

– Akurat będę się przejmował!

I Francis zaczął czytać z drżeniem w głosie:

Na nadzwyczaj smutne widowisko zaprosił nas wczoraj nasz drogi Oran do sali Criot. Spodziewaliśmy się meczu bokserskiego, a pokazano nam jarmarczny występ w bardzo złym guście. Na ringu przeobrażonym w arenę, gdzie skrajna śmieszność wystąpiła pospołu z profanacją, wbrew sobie oglądaliśmy z jednej strony pięknego sportowca, który uprawia boks, przyczy-

niając się do rozwoju naszego sportu narodowego, i przybył,
aby dać pokaz swojej techniki, odwagi i talentu, a naprzeciw
niego istne zaprzeczenie etyki, mianowicie dzikiego zwierza
świeżo wypuszczonego z klatki, z której w ogóle nie powinien
był wychodzić. O tym okropnym przedstawieniu doprawdy
trudno coś powiedzieć, można jedynie wyrazić nadzwyczajne
oburzenie, że przyszło nam oglądać dwa światy postawione
naprzeciw siebie wbrew elementarnym zasadom przyzwo-
itości. Czy wolno dopuszczać do tego, aby szlachetna sztuka
mierzyła się z prymitywnym barbarzyństwem? Czy wolno
nazywać meczem obsceniczną konfrontację dwóch skrajnie
przeciwnych koncepcji rywalizacji, jednej sportowej, pięknej,
szlachetnej, i drugiej dzikiej, brutalnej, nie szanującej nicze-
go? Wczoraj w sali Criot byliśmy świadkami haniebnej napaści
wymierzonej w naszą cywilizację. Jakże bowiem za napaść nie
uznać sytuacji, kiedy porządnego chrześcijanina wydaje się na
pastwę troglodyty, który ledwie się wyłonił z mroku czasów?
Jakże się nie oburzać, skoro pozwala się czarnuchowi podnieść
rękę na tego, który nauczył go patrzyć na księżyc zamiast na
czubek własnego nosa, sprowadził go z drzewa i pokazał mu,
jak kroczyć pośród ludzi? Boks to sztuka zarezerwowana dla
oświeconych. Dopuszczanie do niej nieokrzesanego prostaka to
wielka nieostrożność, błąd w samym założeniu, czyn sprzecz-
ny z naturą...

– Co to jest troglodyta? – spytałem.

– Człowiek prehistoryczny – wyjaśnił Francis, któremu pilno
było wrócić do dalszej lektury.

Nie łudźmy się. Traktowanie Arabów jak nam równych
oznacza, że wpajamy im przekonanie, iż na niewiele jeste-
śmy im już potrzebni. Zgoda na to, by stawali naprzeciw nas
na ringu, równa się przyznaniu, że kiedyś będą mieli czelność
zmierzyć się z nami na polu walki. Czarnuchy są genetycznie

215

predestynowani do pracy w polu czy kopalniach, do pasania bydła, ci zaś, którzy potrafią korzystać z naszego chrześcijańskiego miłosierdzia, zyskują w podzięce niebywały zaszczyt, jakim jest wierna służba nam: pranie naszej bielizny, zamiatanie naszych ulic, czuwanie nad naszymi domami w charakterze oddanej czeladzi...

– O jakim prehistorycznym człowieku tu piszą? – zagadnąłem.

– Nie rozumiesz? – wybuchł Francis zirytowany, że znów mu przerwałem. – O tobie!

– Wyglądam na takiego starego?

– Daj mi dokończyć, potem ci wytłumaczę.

– Nic mu nie będziesz tłumaczył – uciął Gino. – Dosyć już usłyszeliśmy. Ten artykuł jest taki sam jak jego autor: nadaje się do podtarcia tyłka. Znamy pismaków z „Le Petit Oranais". Zapiekli rasiści upierdliwi jak koński giez. Nawet splunąć na nich nie warto. Pamiętacie ten pogrom, który kilka lat temu wywołali w sefardyjskim Derbie? Moim zdaniem należy ich ignorować. To podli prowokatorzy, którzy tym szmatławcem dowodzą, że świat cywilizowany nie zawsze jest tam, gdzie można by się go spodziewać.

– Nie zgadzam się! – zaprotestował Francis z pianą na ustach. – Autor tych wypocin musi zapłacić. Znam go. Przychodził do kina Eldorado, w którym grałem na pianinie. Pisał recenzje filmów do gazety. To podlec z łbem puszczyka, chudy jak pensja ciecia, szpetny i podstępny. Powinniśmy pogadać z tą szują.

– Spokojnie, chłopaki – burknął DeStefano.

– Żaden Algierczyk z własnej woli nie zachowa spokoju wobec czegoś takiego. Przejście nad tym do porządku oznacza utratę twarzy.

– Zamknij się, Francis! – huknął Tobias. – Nie walczymy z dziennikarzami. Zawsze mają ostatnie słowo, bo oni wpływają na opinię.

– Tobias ma rację – przyznał DeStefano. – Pamiętacie, jak te gnojki z „Le Petit Oranais" obsmarowały Zagrzybionego Boba i Anielską Twarz, i Gustave'a Merciera? Najpierw ich wynosili pod niebiosa, a potem strącili na ziemię. Bobowi odbiło i wylądował w wariatkowie. Anielska Twarz tłukł swoją biedną żonę i skończył w pierdlu. Gusgus bawi się w wykidajłę... Ze sławą wiąże się szyderstwo. I nie jest ważne, kiedy i za co obrywasz, tylko jaki ślad to zostawia na tobie.

Spojrzenia wszystkich spoczęły na mnie.

Podniosłem do ust szklankę z cytronadą. Drwiny, wyzwiska, wulgarne obelgi będę słyszał, ilekroć wejdę na ring. To część klimatu. Nie ma walki bez ekscesów. Z początku wygwizdywanie i rasistowskie okrzyki sprawiały mi przykrość. Z czasem nauczyłem się je ignorować. Wspólnik mojego wujka, Mozabita, mawiał mi: „Wielkość sławy mierzy się nienawiścią, jaką wzbudza w przeciwnikach. Gdzie jedni cię czczą, tam inni cię tępią, taki jest porządek rzeczy. Jeśli chcesz osiągnąć cel, na który zasługujesz, nie zatrzymuj się przy łajnie, na które natrafiasz, bo ono zawsze będzie na drodze odważnych".

– Chcesz to odpuścić? – oburzył się Francis.

– To jedyny sposób, żeby przejść do poważnych spraw, nie uważasz? – odparłem, wytrzymując jego płonący wzrok.

Francis strzelił gazetą o stół i poszedł w miasto, niedwuznacznym gestem posyłając nas do wszystkich diabłów. Odprowadzaliśmy go spojrzeniem, póki nie zniknął za rogiem. Przy naszym stole zapanował spokój, acz zniknęła zarazem dotychczasowa komitywa. Ręce sięgnęły do szklanek i kufli; ale jeden Salvo miał odwagę się napić. DeStefano westchnął głęboko i rozparł się na krześle, wyraźnie zmartwiony wyskokiem Francisa. Gino wziął gazetę, otworzył na kontrowersyjnej stronie, w krępującej ciszy przeczytał artykuł do końca. Aby zmniejszyć napięcie, które każdego z nas po kolei ogarniało, Tobias przywołał kelnera, lecz nie bardzo wiedział, co zamówić.

Jeśli o mnie chodzi, odebrałem gniew Francisa jako przesadny, a wręcz niedopuszczalny. Sam bez żenady potrafił skopać tyłek jauladom, którzy czasami proponowali nam przekąskę. Jakoś mu nie dowierzałem, kiedy tak mnie bronił rękami i nogami. To było do niego niepodobne. Często słyszałem, jak narzeka na moje „maniery ograniczonego nieprzewidywalnego kmiotka". Jeśli w czymś się z nim nie zgadzałem, wznosił oczy do nieba na znak irytacji, jakbym nie miał prawa wygłosić własnego zdania. Tak naprawdę nigdy za mną nie przepadał. Chociaż to ukrywał, wiedziałem, że poczuł się śmiertelnie dotknięty, kiedy zamiast niego wybrałem Gina na swojego menadżera. Uważał, że wysadziłem go z siodła... Historia z gazetą miała na celu sprowokować mnie tak, żebym popełnił błąd i w nagrodę wylądował na długo w pace, co definitywnie położyłoby kres mojej karierze bokserskiej. Francis był zdolny posunąć się do tego; siedział w nim diabeł i zawzięta uraza.

Do naszego stołu podszedł jednoręki żebrak. Okrywała go obszarpana peleryna, spod której wyglądała lepka od brudu pierś, i łachman będący ongiś spodniami, na nogach miał dziurawe płócienne buty.

– Spadaj! – przegonił go Salvo. – Ściągniesz wszystkie muchy z okolicy!

Żebrak nie przejął się jego słowami. Przyglądał mi się z uśmiechem, trzymając się za podbródek palcem wskazującym i kciukiem. Był młody, chudy jak szczapa, o zniszczonej pobrużdżonej twarzy. Strasznie wyglądał łysy kikut jego ręki odciętej na wysokości łokcia.

– Ty jesteś ten bokser z afiszów? – zapytał.

– Niewykluczone.

Jego twarz nie była mi obca, nijak jednak nie mogłem jej skojarzyć.

– Znałem jednego Turambo lata temu – ciągnął żebrak, nie przestając się uśmiechać. – W Grabie niedaleko Sidi Balabbas.

Przez głowę przemknął mi szereg twarzy. Ujrzałem braci Daho, chłopaków z suku, dzieci sąsiadów; ale w żaden sposób nie mogłem we wspomnieniach zlokalizować twarzy żebraka. Mimo to miałem pewność, że go znam.

– Usiądź – zaprosiłem go.

– Nie ma mowy! – zagrzmiał kelner od drzwi. – Jak potem wyczyszczę krzesło z tego paskudztwa?

Żebrak już podał tyły. Przeszedł przez jezdnię i szybkim krokiem, kuśtykając, kierował się w stronę Derbu. Jeszcze przyspieszył, gdy usłyszał, że biegnę za nim.

– Poczekaj, chcę tylko pogadać.

Nadal gnał przed siebie. Dopadłem go za teatrem.

– Jestem z Graby – powiedziałem. – Znamy się?

– Nie chciałem się naprzykrzać. Nieładnie się zachowałem. Siedziałeś z przyjaciółmi, a ja się zjawiłem ni stąd, ni zowąd i przyniosłem ci wstyd. Przepraszam, szczerze cię przepraszam...

– Nic się nie stało. Kim jesteś? Wiem, że się znamy.

– Nie kolegowaliśmy się długo – odparł żebrak, chcąc czym prędzej ruszyć swoją drogą. – A w ogóle to dawne czasy. Teraz jesteś kimś, nie mam prawa zawracać ci głowy. Jak natknąłem się na afisz z twoim zdjęciem i imieniem, od razu cię poznałem. A potem cię zobaczyłem przy tym stole i nie mogłem się powstrzymać, żeby nie podejść. To było silniejsze ode mnie. Teraz wiem, że źle zrobiłem. Zrozumiałem to, jak twoi koledzy okazali zażenowanie, że tam jestem.

– Ja nie, naprawdę. Ale kurde, powiedz wreszcie, kim jesteś!

Zerknął na swój kikut, zastanowił się chwilę, wreszcie podniósł na mnie wzrok i wytchnął:

– Jestem Pedro, Cygan. Łapaliśmy razem zwierzaki w norach. I chodziłeś ze mną do obozowiska.

– A niech mnie!... Pedro! No jasne, Pedro... Co ci się stało w rękę?

– Pamiętasz, zawsze marzyłem, żeby mnie przyjęli do cyrku.

– Jasne! Umiałeś żonglować, rzucać nożami i robić akrobacje z nogami przełożonymi za głowę...

– No, i udało mi się dostać do cyrku. Chciałem występować na trapezie. Szef widział, co potrafię, ale nie chciał ryzykować. Byłem za młody. Ale chciał mnie trzymać na podorędziu, więc zatrudnił mnie jako chłopca stajennego. Karmiłem drapieżniki. Kiedyś zagapiłem się przy klatce i lew capnął mnie za rękę. Cud, że mnie całego nie przeciągnął przez kratę... Szef trzymał mnie, póki ręka się nie wygoiła, potem zaczął wynajdywać różne preteksty i w końcu mnie wylał.

– A to drań!

– Głodny jestem – wyznał, oglądając się na sprzedawcę zupy. Kupiłem mu miskę zupy. Przycupnął na chodniku i zaczął wcinać. Dostał drugą miskę, którą również zjadł migiem.

– Chcesz jeszcze?

– Tak – odparł, ocierając usta wierzchem zdrowej dłoni. – Szmat czasu przymieram głodem.

Czekałem, aż dokończy czwartą porcję. Łykał łyżkę po łyżce, nie gryząc nawet. Po brodzie ściekała mu strużka strawy, palce zostawiały czarne ślady na misce. Wyglądało to tak, jakby chciał się najeść na zapas w przewidywaniu następnych chudych dni. Z Pedra zostało chodzące straszydło. Stracił zęby, włosy miał mocno przerzedzone; oczy spowijała mu mgiełka równie wyblakła jak twarz. Po ciężkim oddechu odgadłem, że jest chory, zielonkawa cera mogła świadczyć, że umiera.

– Kupiłbyś mi buty? – powiedział nagle. – Skórę na nogach mam całkiem zdartą.

– Kupię ci, co tylko zechcesz. Nie mam przy sobie tyle forsy, ale jutro będę czekał na ciebie na rue Wagram i pójdziemy do sklepów. Wiesz, gdzie jest rue Wagram?

– Nie. Nikogo tu nie znam.

– Widzisz tamtą uliczkę, która prowadzi przez Derb? Na końcu jest okrągły placyk. Po prawej zobaczysz warsztat. Stajnia, w której trenuję, jest naprzeciwko. Powiesz odźwiernemu i zaraz do ciebie przyjdę. Kupię ci buty, ubranie i zabiorę cię do łaźni. Zajmę się tobą, obiecuję.

– Nie chciałbym nadużyć...

– Przyjdziesz?

– Tak...

– Słowo?

– Tak, słowo Cygana... Pamiętasz, jak mój ojciec grał na skrzypcach? Fajnie było, nie? Siadaliśmy przy ognisku i słuchaliśmy. Czas mijał nie wiadomo kiedy... Jak się nazywał ten twój kumpel?

– Nie mam pojęcia.

– Kolegujecie się dalej?

– Nie.

– Dziwny był ten chłopak...

– A jak się ma twój ojciec?

Pedro przejechał zdrową ręką po twarzy. Ruchy miał niesko-ordynowane, głos niespokojny. Kiedy mówił, oczy mu biegały, jakby gonił własne myśli.

– Nie wiem, gdzie jest mój tabor... Spotkałem kupę różnych karawan, nomadów, Cyganów, ale nikt się nie zetknął z moim taborem. Może zawędrowali do Maroka. Mama tam się urodziła. Chciała, żeby ją pochowali tam, gdzie przyszła na świat... Dzięki za zupę – powiedział, zrywając się nagle. – Diabelnie potrzebowałem się najeść. Teraz czuję się lepiej. I wybacz, jeśli przyniosłem ci wstyd przed przyjaciółmi. Muszę już iść...

– Gdzie idziesz?

– Muszę się z kimś zobaczyć. To ważne.

– Nie zapomnij: jutro rue Wagram. Liczę na ciebie.

– Tak, tak... – Odsunął się, żebym go nie objął. – Oblazło mnie robactwo. Przeskakuje, jak ktoś znajdzie się za blisko, i nie można się tego draństwa pozbyć.

Skinął mi głową, uśmiechnął się na pożegnanie i zbiegł po stopniach prowadzących do Starego Oranu. Czekałem, że się obróci, abym ja również mógł go pożegnać, lecz nie obejrzał się. Coś mi mówiło, że widzę go po raz ostatni. Nie zawiodła mnie intuicja. Pedro nie przyszedł do stajni ani nazajutrz, ani później i nigdy więcej nie natrafiłem na jego ślad.

8

Aida oparła łokieć na poduszce i policzek na dłoni, patrząc, jak się ubieram. Satynowe prześcieradło podkreślało kształtną krzywiznę jej biodra. Pięknie wyglądała w pozie nimfy zmęczonej miłością, gotowej do drzemki. Długie czarne włosy okrywały jej ramiona połyskliwą falą, a piersi, jeszcze noszące ślady moich uścisków, przywodziły na myśl dwa święte owoce. W jakim była wieku? Wydawała się taka młoda, taka krucha. Kiedy brałem ją w ramiona, zawsze uważałem, by nie ścisnąć za mocno jej porcelanowego ciała. Od dwóch miesięcy przychodziłem odreagowywać w jej pachnącym pokoju i przy każdym spotkaniu coraz mocniej serce mi biło dla niej. Chyba ją kochałem. Pochodziła ze starego beduińskiego rodu z pustyni, w wieku trzynastu lat wydano ją za mąż za syna paszagi gdzieś na Wyżynie Szottów. Po roku małżonek ją odprawił jako bezpłodną, rodzina także się jej wyrzekła, odprawienie traktując jako obrazę. Dziewczyny naznaczonej piętnem jałowej żaden krewniak nie chciał pojąć za żonę. Pewnego ranka zatem wyszła w step i maszerowała naprzód, nie oglądając się za siebie. Nomadzi doprowadzili ją do bram miasta kolonialnego, gdzie przygarnęła ją rodzina chrześcijańska. Późno w nocy synowie gospodarzy używali sobie na niej kolejno w piwnicy, w której mieszkała pośród pajęczyn i starych gratów. Kiedy gwałciciele zaczęli się przeobrażać w oprawców, Aida musiała uciec i po wielu tygodniach włóczęgi skończyła na ulicy. Spod pieczy sutenera przeszła następnie w ręce stręczycielki, jak przemycany towar, a na koniec trafiła do madame Camélii.

Zwierzając mi się ze swoich niepowodzeń, nie przejawiała ani gniewu, ani urazy. Jakby mi opowiadała o przeżyciach obcej osoby. Porażki przyjmowała rozbrajająco filozoficznie. Kiedy zauważała, że zaczynam się przejmować jej przejściami, ujmowała moją twarz w obie ręce i z uśmiechem niezadowolenia na ustach słodkim spojrzeniem zaglądała w głąb mego jestestwa. „Widzisz? Nie każ mi poruszać tego, co może nam zepsuć wieczór. Przykro by mi było, gdybyś posmutniał. Nie po to jestem tutaj". Wyznawałem, że ciężko mi pozostawać nieczułym na jej nieszczęście. Śmiała się i beształa mnie. Pytałem, jak może znieść tyle zawodów, które ją prześladują niczym dusze pokutujące. Odpowiadała jasnym głosem: „Da się przeżyć. Z czasem do wszystkiego można przywyknąć. Człowiek zapomina i wmawia sobie, że najgorsze już za nim. Oczywiście otchłań go przyciąga w chwili osamotnienia i wpada się w nią jak nic. Co ciekawe, podczas spadania odczuwa się swego rodzaju wewnętrzny spokój. Akceptuje się, że tak to już jest i tyle. Myśli się o ludziach, którzy cierpią, i porównuje się swoje bolączki. I potem lepiej się je znosi. Trzeba się po prostu oszukiwać. Obiecywać sobie, że weźmiemy się w garść, nie wpadniemy więcej w otchłań. I jeśli w końcu kiedyś udaje nam się utrzymać na skraju przepaści, znajdujemy w sobie siłę, aby się od niej odwrócić. Patrzymy gdzie indziej, nie na siebie, ale na coś innego. I życie znowu odzyskuje swoje prawa, na powrót oferuje wzloty i upadki. Bo czymże w końcu jest życie? Jednym wielkim marzeniem, ot co. Chociaż kupujemy albo sprzedajemy siebie, zawsze jesteśmy na świecie tylko przelotem. W sumie niewiele posiadamy. A skoro nic nie trwa wiecznie, po co się tym przejmować? Kiedy człowiek uświadomi sobie tę logikę rzeczy, choćby wydawała się głupia, wszystko staje się znośne. Wtedy dajemy się nieść losowi i jakoś to wszystko pchamy naprzód". Tylko ten jeden raz pozwoliła sobie na takie wynurzenia. Zwykle kończyło się na jednym zdaniu. A ja mógłbym jej słuchać i słuchać. Głos miała słodki, mówiła mądrze. Sprawiała wrażenie silnej i zdecydowanej, co wnosiło we mnie odrobinę spokoju. Pragnąłem dla niej tak wiele, pragnąłem, by na powrót stała się Aidą i oddzieliła kreską przeszłość, po czym szła naprzód dalej uzdrowiona i zwycięska. Ani na sekundę nie dopuszczałem do siebie myśli, że całe życie może spędzić w tej zabójczej ślepej uliczce, w której się znalazła, na łożu hańby wydana na pastwę okrutników kalających ją nieczystymi pocałunkami. Aida była piękna, zbyt piękna, aby być jedynie obiektem pożądania. Była młoda i czysta, tak czysta, że brudy związane z jej profesją znikały, ledwie znalazła się sama w pokoju po odejściu klienta. Bardzo lubiłem jej towarzystwo. Czasami nawet nie odczuwałem pragnienia, aby ją posiąść; wystarczała mi jej bliskość, wystarczało mi, że posiedzieliśmy naprzeciw siebie, ona na skraju łóżka, ja w fotelu. Kiedy cisza robiła się uciążliwa w tym naszym błogostanie, zaczynałem snuć wspomnienia z najlepszych chwil swojego życia. Opowiadałem jej o Sidzie Rohu, Ramdanie, Gomrim, a ona śmiała się z ich cudactw, jakby ich znała na wylot. Dumny byłem, że potrafię ją rozbawić, uwielbiałem doprowadzać ją do krystalicznego śmiechu, który zaczynał się zawsze nisko, od takiego podzwaniania, po czym piął się coraz wyżej, aż sięgał niebios... Nasz czas jednak był policzony. W pewnej chwili musiałem odejść. Przebudzić się. Aida miała innych kochanków, którzy niecierpliwie czekali w salonie. Chociaż ja ich ignorowałem, ropucha o uszminkowanej twarzy, która czuwała na podeście, przywoływała mnie w końcu do porządku. Pukała do drzwi, Aida zaś przepraszająco rozkładała ręce.

Uczucie, którym darzyłem Aidę, należało tylko do nas. Rozstawałem się z nią w poczuciu, że czynię gwałt na sobie.

Tak bardzo pragnąłem, żebyśmy razem poszli na spacer po lesie, zaznali chwil zapomnienia w cieniu drzewa, z dala od wszystkich! Zaproponowałem, aby pojechała ze mną do miasta. Nie mogła. Regulamin domu pozwalał pensjonariuszkom na wypad do Oranu tylko raz w miesiącu. I to nie na spacer, lecz w celu odnowienia garderoby. Samochód wiózł Aidę wraz z innymi prostytutkami zawsze do tych samych sklepów. Pod baczną strażą sługi. Po zakupach odstawiano je prosto do domu. Żadnej dziewczynie nie wolno było plątać się po publicznych parkach ani usiąść na kawiarnianym tarasie, a tym bardziej spotykać się z klientem na ulicy.

Jak w więzieniu.

Strażniczka z podestu zapukała do drzwi. Tym razem natarczywie. Aida wstała z łóżka.

– Już się ubiera – usłyszałem jej szept.

– Nie o to chodzi – odparła ropucha cicho. – Przysyła mnie pani. Chce zobaczyć młodego człowieka przed wyjściem.

– Oczywiście. Zaraz zejdzie na dół.

Wciągnąłem spodnie i koszulę. Aida stanęła za mną, pocałowała mnie w kark, po czym oplotła w pasie swoimi rękami hurysy.

– Wracaj szybko, mój ty mistrzu. Będzie mi ciebie brakowało.

– Chciałbym cię przedstawić swojej matce.

– Nie jestem dziewczyną, którą się przedstawia rodzicom.

– Powiem, że jesteś przyjaciółką.

– Tego słowa nie ma w naszym tradycyjnym słowniku, mistrzu. Poza tym wyobrażasz sobie mnie, jak przyjeżdżam do twojej staruszki w tym makijażu i wyzywającym stroju?

– Nie jesteś wyzywająca, Aido. Jesteś przyzwoitą dziewczyną.

– To nie wystarczy. Twoja matka nie powinna nawet podejrzewać, że jej ukochany syn bywa u dziwek. Nie zniosłaby tego. U nas rozpusta jest gorsza od grzechu... Szybciej, pani nie znosi czekać.

Ropucha wypatrywała mnie w końcu korytarza. Gestem poprosiła, abym się pospieszył. W dole schodów służący Larbi niecierpliwie dreptał z powodu mojego spóźnienia. W sali dziewczęta w zwiewnych szatkach i koronkowych majtkach uwodziły klientów. Szczebioty rozlegały się ponad kontuarem, przy którym naiwni się rujnowali, byle olśnić harem madame Camélii. Mus, ten wielki Murzyn, zajmował alkowę z dwiema rozmarzonymi panienkami na kolanach. Nie wiem dlaczego – może aby mu podziękować, że zjawił się nieproszony na mojej ostatniej walce – pozdrowiłem go gestem. Wykrzywił się, odsłaniając złote zęby, i burknął:

– Nie ciesz się z góry wygraną, muczo. Sigli to mięczak, który sra wyżej, niż dupę ma, i puszcza bąbelki uszami.

– I co z tego? Nie wytrzymał nawet minuty – przypomniałem mu zdenerwowany.

– Normalka. Bo zanim wszedł na ring, umierał ze strachu.

Larbi odsłonił kotarę w wejściu do korytarza, wskazał mi tapicerowane drzwi w głębi. Madame Camélia królowała za niedużym biurkiem, uczesana w ciasny kok i z nieprzeniknioną twarzą, w szalu z indyjskiego jedwabiu na ramionach. W pomieszczeniu nie było okna, mdło oświetlały je tylko dwie świece na komodzie. Pani tego domu zdawała się niechętna elektryczności. Pewnie lepiej się czuła w półmroku, który przydawał jej postaci czegoś mistycznego.

Jej drapieżny uśmiech miał stanowić barierę między nami.

Dłonią obleczoną w białą rękawiczkę do łokcia wskazała mi krzesło obite aksamitem, poczekała, aż zajmę miejsce, po czym popchnęła w moją stronę niedużą karteczkę.

– Co to jest?

– Adres świetnego domu schadzek w Oranie – powiedziała z nieszczerą radością. – Niedaleko centrum. Dziewczęta są ładne i miłe. Tym sposobem nie będzie pan musiał wykorzystywać szofera pana Bollocqa, żeby pana do mnie przywoził. Wskoczy pan w tramwaj albo zrobi sobie krótki spacer i już.

– Podoba mi się tutaj.

– Młodzieńcze, wszystkie dziewczęta są jednakowe. Najlepiej mieć je pod ręką.

– Dobrze mi w tym domu. Nie mam ochoty szukać innego.

– Nikt pana do tego nie zmusza. Proszę zajść pod ten adres i samemu ocenić. Jestem pewna, że szybko zmieni pan zdanie.

– Nie mam ochoty zmieniać zdania.

Madame Camélia zacisnęła usta w grymasie zawodu. Głośno wciągnęła powietrze nosem, co u niej świadczyło o usilnych staraniach, aby nie wybuchnąć. Oczy niezdrowo jej błyszczały w drżącym blasku świec.

– Czy pan Bollocq wie o pańskich częstych wizytach w moim domu?

– Przecież mi przysyła szofera.

– Daj dziadowi palec, a złapie całą rękę – rzekła przeciągłym głosem, którym jakby mnie wdeptała w ziemię.

– Proszę?

– Mówiłam do siebie... Nie uważa pan, że nadużywa hojności swego dobroczyńcy, młodzieńcze?

– Pani chyba na tym korzysta więcej niż ja, prawda?

Splotła palce i złożone dłonie oparła na blacie, z całych sił starając się zachować spokój.

– Będę z panem szczera, chłopcze. Niektórzy klienci skarżą się na pańską obecność w moim domu. To ludzie na poziomie, rozumie pan? Nie życzą sobie, by w tym samym miejscu co oni przebywali obcy wywodzący się... jak by to powiedzieć... hm, niezupełnie nawykli do specyfiki naszej oferty. Moi klienci są oficerami, finansistami, biznesmenami, krótko mówiąc, ludźmi coś znaczącymi. I wszyscy są żonaci. Zależy im na zachowaniu reputacji i rodziny. W takich miejscach jak to dyskrecja jest obowiązkowa. Proszę się postawić na ich miejscu...

– Nie mam zwyczaju biegać po ulicach i rozpowiadać, co widziałem.

– Nie chodzi o pana. Chodzi o ich samopoczucie w związku z pańską obecnością. Czują się skrępowani.

Zerwałem się na nogi.

– No to proszę im podać adres domu, o którym pani mi wspomniała.

Próbowała mnie zatrzymać. Trzasnąłem drzwiami, zanim się zorientowała, że wyszedłem. Byłem pewien, że moja obecność tutaj nikomu nie wadzi, a cała ta historia to skutek niechęci, którą darzyła mnie właścicielka. Arab w jej domu psuł reputację, jaką usiłowała sobie wypracować. Może ambitnie starała się wynieść swój lokal do rangi najbardziej elitarnego przybytku rozkoszy w Oranie?

Madame Camélia nie lubiła mnie. Nieprzypadkowo „przydzieliła" mi muzułmankę. Według niej nie byłem godny dotykać Europejki. Myślę, że ona nikogo nie lubiła. Za dużo goryczy było w jej oczach, za dużo jadu na ustach; gdyby miała serce, łamałaby zasady, którymi ono się kieruje... Ja także jej nie lubiłem. Od pierwszego wejrzenia. Jej „aura" cuchnęła siarką. Przepełniona arogancją osoby zepsutej rzucającej na kolana cnotę, ta kobieta traktowała z góry klientów, którzy od chwili gdy w szatni powiesili na kołku swój prestiż i status, rzucali się w wir rozpusty, z kieliszkiem dobrego wina w ręce poddając się mechanicznym pieszczotom. Pod swoją przychylnością skrywała śmiertelne pułapki, jej charyzma naznaczona była zimnym fałszem. Nie była osobą z krwi i kości, lecz z wyrachowania i manipulacji, mroczną kapłanką haniebnego olimpu, na którym dusza i ciało rozchodzą się na ołtarzu pożądania niczym dwie nogi na powalanym sedesie darzące się nawzajem jawną pogardą.

Nie przyjeżdżałem do niej. Ani do jej dziewcząt. Przyjeżdżałem do Aidy, wyłącznie do Aidy. I chociaż Aida należała także do innych mężczyzn, była m o j a. W każdym razie tak ją traktowałem w myślach. Nie s y p i a ł e m z Aidą podczas spotkania – ja ją p o - ś l u b i a ł e m. Darzyłem ją szacunkiem; gniewało mnie, że zły los przywiódł ją w to miejsce rozpusty i pożądania, pomiędzy demony i upadłe anioły. W czyśćcu zmysłowych rozkoszy nic nie było za darmo. Miłość sprowadzano do rangi pospolitego towaru, płatny był nawet zdawkowy uśmiech; kupowano chwilę czasu, targowano się w sprawie zbliżenia, każde spojrzenie było fakturowane. Liczyło się jedno: tak wpłynąć na klienta, by wydawał pieniądze bez umiaru, i w tym celu należało grać na jego pierwotnych instynktach, uczynić go posłusznym niewolnikiem poszukiwania upojenia, człowiekiem gotowym się rozpaść w samym środku orgazmu, by znów się odrodzić i jeszcze raz, i jeszcze na najbardziej szalone marzenia, nigdy nie zaspokojonym, zawsze wymagającym, skoro za wszystko płaci, skoro nic nie jest w stanie oprzeć się sile banknotu, gdy zegar na ścianie przeobraża się w maszynkę do robienia pieniędzy. Aida tak nie postępowała. Była wspaniałomyślna, wrażliwa, nie miała w sobie złośliwości ani skłonności do naciągania. Warta była tyle samo co czcigodne panie, przed którymi uchyla się kapelusza na ulicy. Czułem się nieszczęśliwy, gdy widziałem, jak w tym rynsztoku oddaje się na prawo i lewo zboczeńcom, którzy pod innym niebem nie śmieliby nawet podnieść na nią oczu. Nie była to rola dla dziewczyny, która tak jak ona potrafiła mnie kochać. Aida miała duszę, wyjątkowy wdzięk, szlachetność; nie nadawała się do tej profesji, było jasne, że w tym środowisku długo nie przetrwa – nie wątpiłem, że z czasem resztka człowieczeństwa, którą w sobie zachowała, przegnije w jej piersi i Aida umrze wtedy jak stoczona przez raka... Cóż jednak mogłem zrobić więcej prócz przeżuwania złości i bezsilnego uderzania pięścią w dłoń? Kiedy po przybyciu do domu rozkoszy dowiadywałem się, że ma klienta i muszę poczekać, nie widziałem końca tunelu. A gdy żegnałem się z nią, by inny zaraz mógł mnie zastąpić, płonąłem jak w ogniu piekielnym. Wracałem do Oranu taki ponury, że mój pokój ciemniał szybciej niż zwykle. A rankiem w stajni worek treningowy odkształcał się pod moimi uderzeniami i przysięgam, że słyszałem czasem, jak jęczy i prosi, aby mu darować.

Rozmowa z madame Camélią pozostawiła we mnie ślad. Zacząłem sobie zadawać pytania. Czy naprawdę wadziłem bywalcom domu rozkoszy? Czy nadużywałem wspaniałomyślności Diuka? Co dziwne, Filippi zaczął się nagle wymigiwać, kiedy prosiłem, aby mnie tam zawiózł, twierdząc, że ma coś ważnego do załatwienia albo jakieś zadanie zlecone przez szefa. W stajni moje treningi pozostawiały wiele do życzenia; z roztargnieniem słuchałem wskazówek DeStefana. O mało nie zapłaciłem drogo za ten brak koncentracji. Pod koniec miesiąca z największym trudem rozprawiłem się z przeciwnikiem, nieustępliwym synem miasta Bufarik, który aż do siódmej rundy prowadził na punkty. W końcu uratował mnie mój lewy sierpowy. Diuka tak zniesmaczył ten występ, że zmył mi głowę w szatni. Wracaliśmy do Oranu pociągiem, każdy pogrążony we własnych myślach.

W nocy, kiedy zgasiłem światło w pokoju, wsuwałem ręce pod kark i mrok ogarniał moje myśli. Aida zajmowała je bez reszty. Zastanawiałem się, z kim teraz śpi, czyje nieczyste ręce dotykają jej ciała. Byłem zazdrosny. I nieszczęśliwy, że znosi taki los. Jaka przyszłość czeka prostytutkę? Przyjdzie czas, gdy stanie się jasne, że jej świeżość się zestarzała. Jej kochankowie będą woleli inne dziewczęta. Najpierw przestaną się nią interesować, a później zaczną z niej szydzić. Kapłanka każe jej spakować rzeczy i zwrócić klucz od pokoju. Aida zostanie skazana na wegetację w wynajętym pokoiku na przedmieściach, gdzie łóżko będzie zimne, a pościel szorstka. Kiedy skończą się pieniądze i nie będzie miała na czynsz, zacznie chodzić od spelunki do jatki, plątać się po półpiętrach i klatkach schodowych, aż wróci na cieszące się złą sławą uliczki, by do reszty wykorzystać swoje atuty, wydeptując chodniki. Będzie przechodziła z rąk dokera w ręce nędznego drwala, będzie tak wulgarna i zniszczona, że żaden alfons nie zechce się nią zająć. A kiedy osiągnie dno, kiedy zazna najgorszych zniewag, skryje się gdzieś w zapchlonym szpitalu albo w jakiejś norze i u kresu sił, schorowana, wygłodzona, zużyta do cna, będzie czekała na śmierć, wycierając nos w szmatę poplamioną krwią.

Nie miałem z kim podzielić się swoim strapieniem. Gina bardziej obchodziło kupowanie garniturów i bywanie w wielkim świecie niż moje stany ducha. Nie widywaliśmy się prawie wcale – on stawał się cieniem Diuka, który obiecał mu biuro w swojej firmie, a ja przemyśliwałem, jak pokonać wątpliwości, które zasiała we mnie madame Camélia. Musiałem podjąć decyzję. Brakowało mi Aidy. Zwierzenie się Ginowi wydawało mi się poronionym pomysłem. Będzie próbował wybić mi ją z głowy, będzie się naśmiewał z uczuć, którymi obdarzyłem prostytutkę. Czy nie był przeciwny stałym związkom? Znajdzie przekonujące słowa, a ja nie chciałem przyznać mu racji. Potrzebowałem posłuchać swojego serca. Wielu bokserów miało rodzinę; nie sprawiali wrażenia, że z tego powodu zmiękli.

Udałem się po poradę do Mozabity, wspólnika mojego wujka. Naturalnie bałem się werdyktu. Aby nie wzbudzić w nim podejrzeń, opowiedziałem mu historyjkę o przyjacielu, który zakochał się w nierządnicy i planuje ją poślubić. Mozabita, którego mądrość wysoko oceniałem, nie wiedział, co na to rzec. Nie wykazał entuzjazmu. Powiedział, że mój przyjaciel może tego kiedyś pożałować.

Spytałem zatem, co nasza religia mówi o takich sytuacjach. Mozabita przyznał, że islam nie jest temu przeciwny, że wręcz za godne szacunku uznaje wyrwanie przez pobożnego muzułmanina zabłąkanej duszy z oków prostytucji. I doradził, abym skierował „przyjaciela" do imama Wielkiego Meczetu, jedynej osoby mogącej rozstrzygnąć dylemat. Imam przyjął mnie z szacunkiem. Wypytywał o „przyjaciela", czy jest muzułmaninem, czy ma żonę i dzieci. Zapewniłem, że to kawaler zdrowy na ciele i umyśle. Imam chciał się upewnić, czy prostytutka jest osobą godną zaufania, czy nie uwiodła kochanka i czy nie interesują jej tylko jego pieniądze. Odparłem, że nawet nie wie o zamiarach „przyjaciela". Imam rozłożył ręce i rzekł: „Przywrócenie czci nieszczęsnej kobiecie pozbawionej duszy jest warte tyle co tysiąc modlitw".

Ulżyło mi.

Tydzień później, przemyślawszy sprawę tak dogłębnie, że o mało zwoje mi się nie poprzepalały, kupiłem pierścionek i zażądałem, by Filippi natychmiast zawiózł mnie do Canastelu.

Aida nie była wolna. Musiałem odczekać w salonie wieczność, nieugięcie odrzucając starania naganiaczek. Było już po ósmej; za oknami zapadała noc. Jakiś rozweselony klient bębnił na fortepianie przy ścianie całej ze szkła. Walenie w klawisze na chybił trafił działało mi na nerwy. Miałem nadzieję, że ktoś mu zwróci uwagę albo że jakaś sprytna dziewczyna zaciągnie go do baru; nikt się nim jednak nie interesował. Skupiłem się na podeście piętra, gdzie sługa jak zwykle czuwała. Ilekroć u góry schodów pojawiał się jakiś klient, sługa kręciła głową. Czułem się osaczony chwilami, które mijały jedna po drugiej, omotując moją niecierpliwość. Ręce mi zwilgotniały z powodu pocierania. Wreszcie pojawił się gruby łysy gość, rumiany na obliczu i o rozbieganych oczach. To był on. Wbiegłem po schodach, puszczając mimo uszu protesty klienta, który czekał na kanapie. Sługa próbowała mnie zatrzymać; mój dziki wzrok przykuł ją do miejsca.

Aida kończyła się pudrować przed lustrem. Włosy jeszcze miała rozczochrane, łóżko nie było posłane. Stanąłem przed nią, drżąc od stóp do głów. Wydała mi się piękniejsza niż zwykle z tymi swoimi wielkimi oczami gazeli, które się do mnie ś m i a ł y.

– Myślałam, że więcej nie przyjdziesz – powiedziała, machinalnie rozwiązując tasiemki.

– Nie po to tu jestem.

– Znalazłeś lepszą gdzie indziej?

– Żadna kobieta nie odwiedzie mnie od ciebie.

Spojrzała na mnie z ukosa, lekko unosząc brwi, na powrót zawiązała tasiemkę pod szyją.

– Co się dzieje? Jesteś bardzo podekscytowany.

Chwyciłem ją za ręce, o mało ich nie łamiąc, i przyłożyłem je do swojej piersi, z której walące serce chciało wyskoczyć. Oznajmiłem:

– Mam dla ciebie wielką nowinę.

– Wielką nowinę? Jak wielką?

– Chcę cię poślubić.

– Co? – wykrzyknęła, żywo cofając ręce.

Spodziewałem się takiej reakcji. Ladacznicy nawet przez myśl nie przejdzie, że może usłyszeć deklarację tego rodzaju. W swoim mniemaniu bowiem nie czuje się godna małżeństwa. A ja byłem taki szczęśliwy za nią, taki dumny, że przywrócę jej dobre imię i godność, duszę. Ponownie ująłem ją za ręce. Omiatała mnie wzrokiem niczym wiązkami światła, które przecina rozkołysana wiatrem gałąź. Rozumiałem jej poruszenie. Na jej miejscu skakałbym pod sufit.

– Imam potwierdził, że dla wierzącego uratowanie kobiety z niesławy jest warte tyle co tysiąc modlitw.

Cofnęła się o krok, coraz bardziej zdumiona.

– O jakim imamie mówisz, o jakiej niesławie?

– Pragnę ci ofiarować dach nad głową, rodzinę, szacunek.

– Już to kiedyś miałam.

Czegoś tu nie rozumiałem.

Aidzie pobladła twarz, a ja nie pojmowałem dlaczego.

– Kto ci powiedział, że znów chcę wyjść za mąż? Tu mi jest bardzo dobrze. Mieszkam w ładnym domu, mam wikt i opierunek, opiekunów, niczego mi nie brakuje.

– Poważnie mówisz?

– A czemu miałabym kłamać?

– Zdajesz sobie sprawę, co ci chcę ofiarować?

– Niby co?

– Żebyś została moją żoną.

– O nic cię nie prosiłam.

Na skroniach jakby zaciśnięto mi imadło.

Stropiony wróciłem do tego, z czym przyszedłem:

– Chyba mnie dobrze nie zrozumiałaś: chcę zrobić z ciebie swoją żonę, wyrwać cię z tego nieprzyzwoitego życia.

– Ale ja wcale nie chcę być zależna od jednego mężczyzny! – wykrzyknęła, śmiejąc się nerwowo. – Mam ich na pęczki i wszyscy traktują mnie jak królową. Dlaczego chcesz mnie zamknąć w czterech ścianach z gromadą dzieciaków i trzymać na postronku? Poza tym gdzie tu widzisz nieprzyzwoitość? Pracuję. Mam zawód, który lubię.

– To nazywasz zawodem? Sprzedawanie własnego ciała?

– A robotnicy nie sprzedają swoich rąk? Górnicy nie ryzykują własnej skóry w podziemnych chodnikach? Tragarze nie handlują własnym grzbietem? Ja uważam, że mniej przyzwoita jest harówka biedaka, który w pracy wypruwa z siebie żyły od rana do wieczora za marne grosze, niż upojenie kurwy, która zaznaje przyjemności, zarabiając w ciągu miesiąca więcej forsy niż robotnik układający tory w ciągu dziesięciu lat. A ty? Uważasz za przyzwoite, że na ringu obijają ci pysk? Czy to także nie jest sprzedawanie swojego ciała? Różnica między twoim zawodem a moim polega na tym, że tutaj, w tym pałacu, nie zbieram uderzeń, tylko prezenty. Śpię w prawdziwym łóżku, a w moim pokoju jest luksus, jakiego nie znalazłabym w żadnym domu, nawet gdyby mój mąż był mistrzem bokserskim. Tutaj jestem królową, Turambo. Kąpię się w ciepłej różanej wodzie, noszę jedwabne stroje, namaszczam się olejkami, każdy mój posiłek to uczta, a śpię jak na puchu. Naprawdę nie mogę się na nic uskarżać. Urodziłam się pod szczęśliwą gwiazdą, Turambo, i żadne zaszczyty nie dorównają szczęściu, którego codziennie tutaj doświadczam.

Nogi się pode mną ugięły. Padłem na fotel, złapałem się za głowę; nie mieściło mi się w niej, że Aida może tak do mnie mówić, że taka jest nieustępliwa i nieodwołalna niczym śmierć. Nie mogłem nijak uporządkować kłębiących się myśli. Po plecach przebiegały mi ciarki i spływały strumienie zimnego potu, mrożąc krew w żyłach.

Nie poznałem swego głosu, gdy wreszcie wykrztusiłem:

– Myślałem, że nie jestem taki jak inni, że mnie kochasz.

– Kocham w s z y s t k i c h swoich klientów, Turambo. Wszystkich jednakowo. To mój zawód.

Już nie wiedziałem, co jest złem, a co nim nie jest. Chciałem dobrze, a tu zdałem sobie sprawę, że istnieje inny punkt widzenia i inne prawdy, które są absolutnym przeciwieństwem tego, co mi wpojono.

Gino wybuchnął śmiechem, kiedy mu opowiedziałem, jak Aida mnie odprawiła.

– Masz problem z uczuciami, Turambo. W dzieciństwie nie zaznałeś dość miłości macierzyńskiej. Aida ma rację. I w sumie powinieneś być jej wdzięczny. Nie zakochuj się w każdej kobiecie, która się do ciebie uśmiechnie. Nie stać cię na utrzymanie haremu. Próbuj tylko nie strzelać sobie w stopę. Nie wchodzi się na ring o kulach. – Klepnął mnie w ramię. – Człowiek codziennie się czegoś uczy, prawda? Ale to i tak za mało, żeby się ustrzec niepowodzeń. Chodź – dodał, rzucając mi marynarkę – w Sidi Al-Hasni mają być występy ludowe. Nie ma nic lepszego nad taniec ze strzelaniem, żeby się uwolnić od przykrych myśli.

III

Irène

1

Filippi mnie zapytał, kiedy zamierzam odryglować swój pas cnoty; odparłem, że zgubiłem od niego klucz.

Przez rok od odprawienia mnie przez Aidę zachowywałem wstrzemięźliwość, poświęcając się w pełni treningom. Nie chodziłem na klif Cueva del Agua przyglądać się kłótniom pijaczków, nie podpierałem ścian ani nie przeklinałem świętych; wreszcie dorosłem.

Po porażce życie zawsze jakoś toczy się dalej, tylko śmierć jest ostateczna.

Według Mozabity miłości nie da się okiełznać, wzbudzić na siłę, narzucić; miłość budowana jest we dwoje. Po równo. Gdyby zależała od jednej osoby, druga byłaby potencjalną przyczyną nieszczęścia piewszej. Uganianie się za miłością wprawia ją w popłoch; ucieka wtedy i nigdy nie da się jej złapać.

Miłość to owoc przypadku i szczęścia. Ni stąd, ni zowąd pojawia się w pewnym momencie na ścieżce życia. Jeżeli jest szczera, z czasem staje się coraz lepsza. A jeśli przemija, znaczy, że sposób użycia był nieprawidłowy.

Ja nie popełniłem błędu co do sposobu użycia. Pomyliłem się na całej linii.

Zamknąłem więc serce w szafie i całą uwagę poświęciłem wskazówkom DeStefana.

Dziewięć walk, dziewięć wygranych.

Na araberberyjskich bazarach wędrowni pieśniarze opiewali moje wyczyny przed oniemiałą publicznością. W Madina Dżadidzie golibrody przystrajały okna swoich zakładów moimi afiszami. Podobno słynna pieśniarka śpiewała na ślubach o moich triumfach. Pewnej nocy przyjechał po mnie powóz na rue du Général--Cérez. Stangret w czerwonym kaftanie zapinanym na mosiężne guziki, w bluzie z błyszczącymi wykończeniami i w tarbuszu nasadzonym na bakier wyglądał jak żywcem wyjęty z jakiejś wschodniej opowieści. Towarzyszył mu ktoś w rodzaju paszy z wąsem zakręconym jak baranie rogi. Zawieźli mnie do wielkiego gospodarstwa w południowej części miasta. Na dziedzińcu ozdobionym lampionami czekało na mnie około stu biesiadników. Ledwie powóz przejechał przez bramę, tamburyny, cymbały i darbuki podniosły nieopisany zgiełk. Czarnoskórzy tancerze podskakiwali w transie. I wtedy podeszła do mnie ONA, zwiewna, wyniosła, władcza – legendarna kaida Halima, o której mówiono, że jest bogata jak dziesięć majętnych wdów i równie potężna jak królowa Saby. „Jesteśmy dumni z ciebie, Turambo – rzekła mi kobieta, która podporządkowywała sobie Ziemian i zmuszała do respektu prefektów i wielkich kolonistów. – To przyjęcie jest dla ciebie. Nie tylko wysławia twoje zwycięstwa, ale też przypomina nam, że jeszcze nie pomarliśmy i nie zostaliśmy pogrzebani".

Aida nie odprawiła mnie – ona przywróciła mnie mojemu ludowi...

Byłem u mamy i wysłuchiwałem narzekań sąsiadki. Od południa wyklinała na swoje dzieciaki, co w porze sjesty było jak fanfary podczas medytacji. Smarkacze cichli na chwilę, po czym nawzajem zrzucając na siebie winę, na powrót zaczynali hałasować. Nie mogłem dłużej wytrzymać z poduszką przyciśniętą do twarzy, aby zagłuszyć wrzaski. Straciwszy cierpliwość, ubrałem się i wyszedłem na zalane skwarem miasto.

Gino był w domu. Czekał na Filippiego wystrojony jak młody nabab, pod krawatem i w ciemnych okularach przysłaniających ładną twarz, którą zdobiła wymyślna grzywka. Gino nosił tylko garnitury szyte na miarę u Storta i markowe buty. Widywaliśmy się teraz bardzo rzadko. Koniec z nocnymi włóczęgami, przesiadywaniem w kawiarniach z muzyką i kinach. Gino miał inne priorytety. Na ulicy panny pożerały go wzrokiem. Wystarczyłoby, żeby mój dziarski, o zabójczym uśmiechu przyjaciel strzelił palcami, a każda by na niego poleciała. Tyle że tak się nie działo. Te rzeczy Gina w ogóle nie kręciły. Odkąd Diuk na drugim piętrze siedziby swojej firmy przydzielił mu nieduże biuro z widokiem na platan, Gino w największe upały nie rozstawał się z krawatem i mówił tylko o interesach. Oczywiście o moje interesy walczył zębami i pazurami, niemniej brakowało mi go, nie wiedziałem, co ze sobą począć, kiedy był zajęty gdzie indziej.

– Domyślam się, że znowu masz ważne spotkanie? – zagadnąłem, gdy przeglądał się w lustrze.

– Wybacz, nie mogę go przełożyć.

– Kiedy wrócisz?

– Nie mam pojęcia. Możliwe, że później pójdziemy na kolację. To ważni ludzie. Trzeba ich dopieścić.

– Widzę.

– Nie bocz się, Turambo. W imię twojej kariery wypruwamy z siebie flaki.

– Zwolnij, Gino, inaczej jak już nadejdzie ten najważniejszy dzień, będę musiał zanieść kwiatki na twój grób.

– Czemu tak mówisz?

– Bo jestem załamany. Wiecznie plączesz się przy Diuku, a ja nie mam co ze sobą począć.

Gino poprawił kołnierz marynarki, obrócił się w prawo i lewo, sprawdzając nieskazitelny krój garnituru.

– Chłopie, miliony młodych chciałyby się znaleźć na twoim miejscu, a ty sprowadzasz wszystko do tego, że nie masz co robić. Pomyśl, kim się stajesz. Każde twoje wyjście na ulicę rozpala tłum. Nudzisz się? Wielu nie ma tego przywileju. Rozejrzyj się dokoła. Ludzie za skibkę chleba tyrają do upadłego. Tacy robotnicy akordowi daliby nie wiadomo co za chwilę wytchnienia, gdy uginają się pod ciężarami, rozpływają w słońcu i od rana do wieczora harują tak, że nawet zwierzę pociągowe by padło. Przypomnij sobie, kim ty byłeś raptem parę lat temu, zobacz, jaką drogę przebyłeś. Jeśli nie potrafisz się tym cieszyć, nie miej żalu do nikogo. – Ujął mnie za podbródek i przyjrzał mi się uważnie. – Chodzisz nadąsany, Turambo, w ogóle nie widać, żebyś się uśmiechał. Weź przykład ze mnie i zadbaj o siebie. Nie ma nic gorszego od niezadowolonego mistrza. Więc zrób się na młodego boga i przestań narzekać.

– Mozabita mówi, że tylko kobiety są piękne. Mężczyźni są po prostu narcystyczni.

Gino aż odrzucił głowę, wybuchając śmiechem.

– W pewnym sensie to prawda... Ale, ale, byłbym zapomniał. Stajnia będzie zamknięta na czas robót. Diuk wyda majątek, żeby ją odnowić od podłogi po dach. Teraz, kiedy mamy przyszłego mistrza Afryki Północnej, nie możemy sobie już pozwolić na funkcjonowanie w takiej zaplutej ruderze. Diuk zamówił ring pierwsza klasa. Założy się toalety, prysznice, będzie prawdziwe biuro, ściany odmalowane, posadzka na podłodze, nowe okna. Po powrocie nie poznasz tego miejsca.

– Po powrocie?

– DeStefano nic ci nie powiedział?

– Nie.

– Jedziesz w okolice Lourmel, żeby się przygotować do następnego meczu. U niejakiego Alarcona Ventabrena. Zdaje się, że bokserzy notowani w rankingach często jeżdżą tam, żeby się dotlenić i potrenować. Diuk się cholernie wykosztował, żebyś miał tam maksimum wygód. Za dwa miesiące walczysz z Marcelem Cargiem. A potem, przy odrobinie szczęścia, będziesz mógł pretendować do tytułu.

Filippi prowadził skrzywiony z powodu upału. Spływał potem w ubranku szofera szefa. W końcu lipca 1934 roku lato przechodziło samo siebie. Kiedy opuszczaliśmy szyby, powietrze paliło twarz;

kiedy okna były zamknięte, samochód przeobrażał się w piekarnik. Drogę przed nami miraże dzieliły na niemający końca łańcuch kawałków. Na rozpalonym do białości niebie nie pojawiał się ani jeden ptak, żaden listek nie drgnął na drzewach.

Na przednim siedzeniu przeżuwał jakieś zaszłości Frédéric Pau. Od czasu do czasu niecierpliwie machał ręką. Obserwowaliśmy go we czterech z tylnej kanapy: Gino, Salvo, DeStefano i ja.

– Diuk daje mu popalić – szepnął mi Gino do ucha.

Po obu stronach szosy gospodarstwa tonęły w perłowych blaskach popołudnia. Pola i sady były bezludne. Tylko znużona oślica ze spętanymi przednimi nogami podskokami pokonywała stromą ścieżkę.

Frédéric nareszcie otrząsnął się z zamyślenia. Wskazał przydrożną trzcinową chatkę sprzedawcy owoców na końcu szosy i poprosił Filippiego, by skręcił w dróżkę zaraz za nią.

– Nie idzie się w gości z pustymi rękami – zauważyłem.

Przystanęliśmy na poboczu blisko chatki. Sprzedawca spał snem sprawiedliwego pośród stert melonów. Usłyszawszy trzaskanie drzwi, wygramolił się z legowiska, owinął głowę obszarpanym turbanem i przeprosił, że się zdrzemnął.

– Jak się nazywasz? – spytał go Frédéric.

– Larbi, proszę pana.

– Ty też? – zawołał Frédéric, mając na myśli sługę madame Camélii. – Co was napadło, że wszyscy macie tak samo na imię? Boicie się, żeby was nie pomylić z Turkami albo z Saracenami?

DeStefanowi nie spodobała się ta uwaga Frédérica. Zerknął na mnie znacząco; wzruszyłem ramionami – byłem uodporniony na tego rodzaju skróty myślowe. Sprzedawca się speszył, nie wiedząc, czy Francuz żartuje czy też ma pretensje. Odchrząknął, szarpiąc za oszywkę. Był niewysokim chudym człowiekiem o śniadej skórze ubranym w dziurawą koszulkę i ubłocone portki. Na grzbiecie dłoni miał berberyjski tatuaż, w zakłopotanym uśmiechu odsłaniał niemal bezzębne dziąsła. Wybraliśmy dwa ogromne arbuzy, trzy melony i koszyk fig z Bu Safaru, wróciliśmy do auta i ruszyliśmy dalej drogą wijącą się pośród jałowych wzgórz. Po paru kilometrach ujrzeliśmy w górze ogromne domostwo z kamienia z przyległymi budynkami gospodarskimi. Minęliśmy plecione ogrodzenie, okrążyliśmy poidło i stanęliśmy pod drzewem. Ciężarna kobieta pospieszyła powiadomić gospodarza o naszym przybyciu.

Zaraz pojawił się tęgi pięćdziesięciolatek w fotelu na kółkach. Frédéric zdjął kapelusz na powitanie.

– Miło znów pana widzieć, panie Ventabren. Zna pan DeStefana...

– No pewnie, kto by nie znał DeStefana?

– Ten jajogłowy koło niego to Salvo masażysta. W nocy zmienia się w szperacza i jeśli nie zamyka pan spiżarni na kłódkę, rano zastanie pan puste półki. – Tu Salvo uśmiechnął się stosownie. – Ten przystojniak w krawacie to nasz księgowy Gino. I wreszcie Turambo, rodząca się legenda.

– A ja jestem Filippi – krzyknął Korsykanin, który został w samochodzie.

– Witajcie, panowie, przyjechaliście w sam raz na aperitif – rzekł gospodarz.

– W taki upał? Zimna woda wystarczy.

– Fatma przygotowała cytronadę. Wejdźcie, proszę.

W środku było przyjemnie. Weszliśmy do salonu, w którym znajdował się prosty stół, starodawna szafa i tapicerowana ława. Nad niezbyt urodziwym kominkiem fotografie za szkłem prezentowały młodego boksera pozującego dla potomności.

– Stare dobre czasy – westchnął gospodarz.

Zaprosił nas do stołu. Fatma, ta ciężarna kobieta, podała nam szklanki z cytronadą i zniknęła. Ventabren poczekał, aż się napijemy, po czym oznajmił, że jego córka zaraz przyjdzie i zaprowadzi nas na „kwaterę".

Frédéric zauważył obrazy ustawione w kącie. Podniósł się, aby obejrzeć je z bliska.

– Maluję w wolnym czasie – wyjaśnił Ventabren, popychając wózek za Frédérikiem.

– Ma pan talent – przyznał Frédéric, zerknąwszy na płótna.

– Trzeba jakoś zarobić na chleb. Spod pędzla w moich rękach wychodzą marzenia, ale pięści domagają się rękawic. Upadły wojownik, który chce jeść do syta, choćby nawet miał duszę artysty, woli zostać zbójcą.

– Nie jest pan zbójcą. Potrafi pan odtworzyć morze w sposób...

– To nie morze, tylko niebo – sprostował kobiecy głos za naszymi plecami. – Trzyma pan płótno górą do dołu.

W przedsionku stała młoda kobieta. Na szyi miała zawiązany czerwony szalik, była w bluzce z dekoltem wypuszczonej na spodnie do jazdy konnej, które podkreślały krągłość jej bioder, i w butach z cholewami do kolan, w ręce trzymała plecioną szpicrutę.

– Jeśli interesuje pana ten obraz, dogadamy się co do ceny – dodała.

– A bo to... – jąkał zaskoczony Frédéric. – No więc... pan Bollocq lubi takie obrazki.

– To się nazywa gwasz.

– Oczywiście, gwasz. Panu Bollocqowi na pewno się spodoba.

– Chyba nie jest wielkim znawcą malarstwa.

– Ale ma dobry gust. Naprawdę.

– No to załatwione. Ile da, tyle będzie dobrze.

Kobieta emanowała siłą, władczością, która z miejsca nas onieśmieliła. Ona nie mówiła – słowa wylatywały z jej ust jak seria z karabinu, na wszystko natychmiast miała gotową ripostę. Ilekroć odpowiedziała celnie, smagała się po udzie szpicrutą i głos jej się wzmagał, jakby usiłowała zepchnąć Frédérica do defensywy. Jego rosnące zażenowanie prowokowało ją do arogancji graniczącej z agresją. Boże! Jaka ona była piękna – urodą dziką, buntowniczą, z tymi czarnymi włosami związanymi w koński ogon i przenikliwym wzrokiem.

Osaczony Frédéric sam już nie wiedział, czy ma odstawić obraz na miejsce czy zabrać go ze sobą. Ventabren przyszedł mu w sukurs:

– Panowie, ta urocza młoda dama to moja córka Irène. Niestraszne jej gromy ani palące słońce. W porze, kiedy żadna jaszczurka nie wytknie nosa na zewnątrz, ona przemierza posiadłość na koniu.

– Na klaczy, tato... Przebiorę się i zaraz będę do panów dyspozycji – oznajmiła, kierując się na piętro.

Alarcon Ventabren obserwował nas kątem oka zadowolony, że milczymy oniemiali. DeStefano nachylił się do mnie i spytał szeptem, czy pamiętam dziewczynę, która galopowała wzgórzami tamtego ranka, gdy miałem rozegrać swoją pierwszą walkę w Ajn Tamuszant. Nie odpowiedziałem zapatrzony w miejsce, gdzie jeszcze kilka chwil wcześniej stała córka gospodarza. Nie widziałem jednak przedsionka, lecz blady świt rozpostarty na ekranie, na którym wspaniała amazonka pędziła, by zerwać dzień u jego źródła.

Niebawem wróciła do salonu. Odświeżyła się, zmieniła bluzkę, zamiast wysokich butów do jazdy miała sandały na konopnej podeszwie. Trudno było ocenić, w jakim jest wieku, tak mocno jej dojrzałość nakładała się na młodość. W twardym wzroku, który trzymał na dystans wszystko, na czym spoczął, widniała niewzruszona siła charakteru. Irène nie należała do kobiet, które się rumienią pod wpływem pochlebstwa albo przechodzą do porządku nad niestosowną aluzją. Byłem pod wielkim wrażeniem.

Zaprowadziła nas do chaty z czterema starannie posłanymi łóżkami piętrowymi. Pościel była nowa, poduszki obleczone w haftowany perkal. Był tam ponadto stół nakryty obrusem w kolorze indygo, cztery drewniane krzesła, dzban na emaliowanej tacy, koszyk owoców, na podłodze chodnik. Dużą część ściany zajmowało niestaranne malowidło przedstawiające pojedynek bokserski, opatrzone podpisem: „A. Ventabren". Z belek pod sufitem zwieszały się dwie lampy naftowe, szkło było wyczyszczone, knoty nowiutkie.

Z „sypialni" Irène zaprowadziła nas do przyległego pomieszczenia wyposażonego w worek treningowy, gruszkę, drążki i inne przyrządy do ćwiczeń wzmacniających.

– A gdzie sracz? – zapytał Salvo.

– Mówi się „ubikacja", mój panie – skarciła go dziewczyna. – Na zewnątrz, za drzewem świętojańskim. Jeśli chodzi o kąpiel, to nie mamy wody bieżącej, ale jest studnia.

Frédéric spytał, czy mi to odpowiada; przytaknąłem.

Alarcon Ventabren nalegał, abyśmy zostali na kolacji. Do Oranu było raptem czterdzieści kilometrów, przyjęliśmy więc zaproszenie. W oczekiwaniu na właściwą porę obejrzeliśmy majątek. Oprócz lentyszków nic nie rosło na kamienistej ziemi, którą ogołociły wiatry od morza. Ventabren wyznał, że przypadła mu do gustu ta posiadłość z jednego powodu: uwielbiał słuchać wiatru gwiżdżącego nocą za oknem. No i miał niezakłócony widok na równinę; na szczycie swego wzgórza był „bliżej Pana Boga niż ludzi". Zapewnił, że nigdy w głowie mu nie postało przedzierzgnięcie się w rolnika. Ani nie miał takiej potrzeby, ani powołania do tego. Zakończywszy karierę bokserską, przybył tutaj na spoczynek wojownika. Aby związać koniec z końcem, przystosował odpowiednio niedużą stajnię, do której przyjeżdżali trenować gwiazdorzy boksu. Czyste powietrze, odosobnienie i spokojna okolica pozwalały na lepsze przygotowanie fizyczne i psychiczne pięściarza, czego nie omieszkał zaznaczyć.

Słońce chyliło się ku zachodowi. Gino, Filippi i Frédéric otaczali byłego mistrza pod drzewem; Salvo krążył wokół opuncji w poszukiwaniu dojrzałego owocu. W dole wzgórza widać było Fatmę, która okrakiem siedząc na ośle, wracała do swojej wioski eskortowana przez jakiegoś wyrostka. Irène natomiast pokazała nam „kwaterę", po czym znikła.

Przysiadłszy na cembrowinie studni, chłonąłem piękno barw, którymi zachód okrywał ziemię surowo doświadczoną przez skwar. Od brzegu nadciągał wietrzyk, lekki i delikatny jak pieszczota. Ze swojego doraźnego punktu widokowego widziałem wszystko, słyszałem wszystko, łącznie z chrzęstem kamienia błagającego wieczór, aby przyniósł ulgę jego oparzelinom powstałym za dnia. Zmrużywszy oczy, dojrzałem w jakiejś miejscowości dzwonnicę kościoła, którą zaczynał już spowijać mrok. Domyślałem się morza za pagórkami, które grały teraz na nosie wycofującemu się skwarowi. Miałem wrażenie, że wyrzucam z siebie miejski gwar i pył, że odzyskuję zmysły oczyszczone już i całkowicie spokojne.

Kolację podano w dużym pokoju. Ponieważ służąca już wróciła do siebie, jej obowiązki przejęła Irène. Krążyła między kuchnią a stołem, znosząc półmiski, karafki, kosze z owocami i zupełnie nie zważając na nasze gadanie. Jej ojciec opowiadał o swoich pojedynkach w Algierii, we Francji i innych krajach, z uznaniem mówiąc o jednych przeciwnikach, klnąc na innych. Porwany własnymi słowami niemal wstawał z fotela na kółkach, boksował powietrze, robił uniki przed wyimaginowanymi ciosami, aby nam pokazać, że ciągle jest zwinny i zręczny. Fascynujący był z niego człowiek. Tak opisywał walki, że jakbyśmy je oglądali na żywo, czym wzbudzał w nas niesłychane emocje. Nawet gdyby poszedł o własnych siłach, pewnie byśmy tego nie zauważyli, tak przemożną cieszył się żywotnością. W głowie nie chciało mi się pomieścić, że człowiek o takiej sile godzi się spędzać życie na wózku inwalidzkim.

– Zdaje się, że władzę w nogach stracił pan na ringu? – odezwałem się.

Irène zastygła na końcu stołu. W ułamku sekundy przez jej niewzruszone oczy przebiegło drżenie, po czym spiorunowała mnie wzrokiem.

– Ojciec nie życzy sobie o tym mówić – powiedziała, zabierając ze stołu wazę.

– Nie przeszkadza mi to, skarbie.

– Ale mnie przeszkadza.

– To nic, przepraszam – ustąpiłem dla świętego spokoju.

– Nasz gość jest bokserem – rzekł Ventabren kojącym głosem. – Powinien wiedzieć o takich rzeczach i uważać na nie.

Irène obróciła się na pięcie i wyszła z pokoju zamaszystym krokiem.

– Bardzo przepraszam – powiedziałem do Ventabrena, nie wiedząc, gdzie podziać oczy.

– To nic. Irène jest nieszczęśliwa przez tę historię. Kobiety takie już są. Im żadna rana nie zasklepia się do końca. – Uzupełnił zawartość swojej szklanki. – Doszło do tego na ringu – zaczął. – W Minneapolis siedemnastego kwietnia tysiąc dziewięćset szesnastego. Niedługo miałem skończyć trzydzieści pięć lat i chciałem z wielką pompą przejść na emeryturę. Byłem dwa razy mistrzem

Afryki Północnej, mistrzem Francji i wicemistrzem świata. Jeden z przyjaciół, wpływowy angielski biznesmen, zaproponował mi zakończenie kariery galą bokserską. Miałem się zmierzyć z Jamesem Eastwalkerem, Murzynem amerykańskim, kiedyś bokserem wagi półciężkiej, który przeszedł na wrestling. Nie znałem tego gościa, myślałem, że to będzie honorowa walka. Ale stało się inaczej. Okazało się, że mam do czynienia z cyrkowcem. Zawiedziony odmówiłem wejścia na ring. Wtedy ktoś powiedział, że pękam. No i zawrzała we mnie algierska krew. To była istna jatka. Murzyn walił jak kowal w kowadło. A ja jak Wulkan. Jasne było, że jeden z nas nie zejdzie z ringu o własnych siłach. Tyle że ja się wściekłem, a taki wariacki mecz nie wybacza gniewu. Mówię ci to, żebyś wbił sobie do głowy raz na zawsze. Złość nie idzie w parze z myśleniem. Walisz w przeciwnika i tracisz z oczu co najważniejsze. Nie mam pojęcia, jak to się stało, że się odsłoniłem. Oberwałem w krzyż tak, że wszystkie trzewia mi wgniotło. Opadłem na jedno kolano w chwili, gdy rozległ się gong, ale Murzyn udał, że go nie słyszy, i drugą pięścią, mocniejszą, przywalił mi w podbródek, kiedy próbowałem się otrząsnąć i odzyskać dech. Przeleciałem nad linami ringu i spadłem na róg stolika sędziowskiego. Usłyszałem trzask w swoich plecach, a potem nic.

– No i?

– W boksie, chłopcze, kiedy myślisz, że dopiąłeś swego, często wszystko się wali. Pojechałem do Ameryki z wielką pompą, a wróciłem na wózku inwalidzkim.

Po kolacji Frédéric i Gino wsiedli do samochodu i pogonili Filippiego, by jak najszybciej zawiózł ich do Oranu. DeStefano, Salvo i ja do późnej nocy gawędziliśmy z Ventabrenem, siedząc pod zadaszeniem wokół lampy, przy której unosił się rój owadów. Przyjemnie było. Orzeźwiający chłód opadł na okolicę. Czasami gdzieś w dali odzywał się szakal, któremu natychmiast odpowiadały ujadaniem psy błąkające się w ciemnościach.

Ventabren dużo mówił. Można by powiedzieć, że opróżniał to, co się w nim nagromadziło po stuleciu milczenia. Potrafił gadać godzinami, nie dopuszczając innych do słowa. Miał tego świadomość, lecz jakże tu się powstrzymać? Przykuty do wózka, przez większość czasu gapił się na równinę, mierząc się ze wspomnieniami. Jego najbliższy sąsiad mieszkał w odległości paru kilometrów u stóp wzgórz i tak go pochłaniała uprawa winorośli, że nie starczało mu czasu na wizyty.

DeStefano się nudził. Na darmo co rusz wyciągał zegarek z kieszonki, dając do zrozumienia gospodarzowi, że zrobiło się późno – żadną miarą nie dało się zatrzymać jego słowotoku. Ostatecznie zakończył to Salvo. Wyjaśnił wprost Ventabrenowi, że pora iść spać, aby maksymalnie wykorzystać trening czekający nas o świcie. Ventabren uznał za konieczne podzielić się z nami jeszcze jedną anegdotą, po czym wreszcie nas uwolnił od swojej obecności.

Zapaliliśmy obie lampy w chacie. DeStefano rozebrał się przy nas; bez cienia wstydu zdjął nawet spodenki i wyciągnął się na łóżku. Był owłosiony od stóp do głów, na ramionach rosły mu kępki kłaków, a klatkę piersiową pokrywał okropny kędzierzawy gąszcz. Salvo stwierdził, że dupsko ma jak orangutan, i poradził mu „odchwaścić fasadę", jeśli nie chce, by zalęgła mu się kolonia insektów. „Chętnie ci udostępnię tyły, żebyś pokazał, co potrafisz", odparł trener. Uśmialiśmy się jeszcze przed zgaszeniem światła.

Przez świetlik w dachu blisko mojego legowiska widziałem okno na piętrze kamiennego domu. Było oświetlone; w blasku lampy na różowej zasłonce rysowała się sylwetka Irène. Dziewczyna się rozbierała. Ona także spała nago. Kiedy zgasiła w końcu światło, nad okolicą bez reszty zapanowała noc.

2

Dobre miejsce wybrał Diuk, abym odsapnął. Cóż to było za szczęście budzić się rankiem i nie słyszeć gwaru suków i rozmaitych
pokrzykiwań! Nie było łoskotu wywrotek, klaksonów, żelaznych rolet
podnoszonych z przeraźliwym zgrzytem. Wieś otaczała nas spokojem tak czystym, że człowiek śnił jeszcze długo po wyjściu z łóżka.
Ochlapywałem wodą twarz w korycie, wdychałem woń leżącej odło-
giem ziemi i sadów, która docierała aż do nas z głębi równiny, brałem
się pod boki i wzrokiem zespalałem się z widokami. Dolatujący nie
wiadomo skąd ryk osła upewniał mnie, że ten świat jest prawdziwy,
a oszalała ucieczka ryjówki w wyschłej trawie wzbudzała we mnie
wzniosłe odczucie prostoty. Było to magiczne. Wspominałem siebie
jako dziecko, kiedy stawałem na wysokiej skale i zastanawiałem się, co
jest za horyzontem. Pragnąłem pozostać tam na zawsze, albowiem żył-
ka człowieka ze wsi wciąż drżała we mnie niczym dopalający się knot.

Już tydzień byliśmy w posiadłości Ventabrena. O świcie De-
Stefano, Salvo i ja wyruszaliśmy zdobywać wzgórza i wracaliśmy
dopiero na obiad zlani potem, z wywieszonym językiem, ale szczęśliwi. Po posiłku znowu trening: z workiem, doskonalenie zwodów
i uników, następnie Salvo robił mi masaż relaksacyjny. Wieczorem
dosiadaliśmy się do DeStefana pod drzewem i błądziliśmy śladem
jego niewyczerpanych opowieści. Gdyby nie hałaśliwe wizyty mleczarza, który zjawiał się codziennie o dziewiątej, można by uwierzyć, że zostaliśmy odcięci od cywilizacji.

Kiedy mleczarz się zjawiał, wiejska sielskość znikała. Ten człowiek po pięćdziesiątce nikomu nie patrzył w twarz, ale ceniono jego obecność, ponieważ w całej okolicy zbierał pikantne nowiny. Nie uczestniczyłem w jego plotkarskich wywodach. Powiedziałbym nawet, że go nie lubiłem. Dziwny był z niego facet, podstępny i fałszywy, cwaniak o chytrych oczkach, a na dokładkę wstrętny zboczeniec – naszedłem go, jak trzepiąc konia, podglądał Fatmę w kuchni z nosem przyklejonym do szyby. Napawał mnie głębokim niesmakiem. Kiedy wskakiwał na swój wózek i opuszczał posiadłość, odczuwałem to niczym wyswobodzenie, jakby nagle ustępował ból głowy.

Bawiliśmy się świetnie we trzech, ja, DeStefano i Salvo. Któregoś dnia wybraliśmy się popatrzyć na morze. Zabraliśmy plecaki wypakowane jedzeniem i piciem i wspięliśmy się na szczyt góry. Cztery godziny zajęło nam dojście do kopulastego marabutu wieńczącego wierzchołek. Tam zrobiliśmy sobie postój i gapiliśmy się na morze aż do utopienia.

Irène rzadko jadała z nami obiad. Odnosiłem wrażenie, że nie za dobrze się czuje w gospodarstwie. Jej stosunki z ojcem pozostawiały wiele do życzenia. Prawie się do siebie nie odzywali. Kiedy Alarcon Ventabren zaczynał snuć opowieść ze swojego życia mistrza bokserskiego, Irène ostentacyjnie się ulatniała. Między ojcem a córką coś nie grało. Znosili się nawzajem, jakby łączyła ich jakaś umowa natury moralnej – on kurczowo się trzymał swoich niegdysiejszych osiągnięć, ona jakby przyrosła do siodła. Nic nie wskazywało na to, aby się darzyli uczuciem.

Salvo ciekaw był, czy Ventabren jest wdowcem czy rozwodnikiem. Były bokser wolał jednak mówić o swoim ojcu.

– Nigdy mi go nie brakowało – wyznał mi pewnego wieczoru między jednym a drugim kieliszkiem anyżówki Phénix. – Stary albo się włóczył po podejrzanych dzielnicach, albo siedział w pudle. Za młodu, zafascynowany łatwym zarobkiem i wszystkim, co za tym idzie, planował zostać kaidem, tyle że nie miał do tego ani dość tupetu, ani smykałki. Marzyło mu się, że uzbiera sobie stadko prostytutek, do tego bandę opryhów o pokancerowanych pyskach i będzie sobie żył jak panisko, dopóki jakiś rywal go nie skasuje. Skubał parę podstarzałych dziwek, do tego ściągał haracz z jednego czy dwóch sklepikarzy i już mu się wydawało, że będzie paradował po głównych ulicach w berecie na bakier i ze złotym sygnetem na każdym palcu. Bez powodu wdawał się w awantury w nadziei, że obrośnie legendą, i ciągle, na każdym rogu ulicy, od byle kogo obrywał po mordzie. W gruncie rzeczy nikt go nie traktował poważnie. Wszyscy wiedzieli, że jest mocny w gębie i puszy się jak paw, ale też to, że diabeł, który mu podszeptuje, nie ma dość talentu, by uczynić go wiarygodnym. Po wyjściu z długiej odsiadki postanowił się ustatkować, cóż z tego, skoro nie nadawał się do założenia rodziny. Żył jak zwierzę, bezrozumnie i nieodpowiedzialnie. Moją matkę poślubił ze względu na jej biżuterię. Ograbił ją ze wszystkiego do ostatniego centyma, oskubał do cna, ale zostawił ją sobie dla różnych użytecznych celów. Tym sposobem nasz dom przynajmniej służył mu jako kryjówka, kiedy opryhy deptały mu po piętach. Ojciec nigdy nie wziął mnie na ręce. Obcy ludzie na ulicy czochrali mi włosy, a on nie. Raz tylko odezwał się do mnie, gdy wpadł, żeby wybrać jakiś sprzęt do upłynnienia. Akurat siedziałem sobie na progu, a on zwrócił się do mnie po imieniu, tylko że to nie było moje imię. Właśnie tamtego dnia zdałem sobie sprawę, jak bardzo jest mi obcy. Po czym fiuuu! i z dnia na dzień się ulotnił. Jedni mówili, że dostał się na statek do Ameryki, inni dawali do zrozumienia, że został sprzątnięty w Marsylii. Wtedy, w latach osiemdziesiątych dziewiętnastego wieku, tajemnica zamykała się nad życiem człowieka jak ciemności nad cieniem. Jeśli ktoś zaginął, nie było co go szukać. Ludzie mieli inne pilne sprawy do załatwienia i mało czasu, żeby się z nimi uporać.

Ilekroć Ventabren wydobywał z niepamięci ducha swego rodzica, nieuchronnie przychodził mi na myśl mój ojciec. Przed oczami stawał mi cmentarz żydowski i człowiek w łachmanach zamykający bramę za pewnym rozdziałem mojego życia. I ogarniał mnie wtedy ogromny smutek.

Irène nie znosiła opowieści ojca. Trzymała się od nas jak najdalej, aby niczego nie słyszeć. Ventabren nie potrafił opowiedzieć żadnej historii tak, żeby atmosfery miłej nasiadówki nie sprowadzić do stypy. Zdawał sobie z tego sprawę, lecz to było silniejsze od niego.

Przy kolacji przesiadywaliśmy coraz dłużej, aby gospodarz maksymalnie skorzystał z naszej obecności. Cieszył się, mając nas przy sobie, zwłaszcza że widział, jak chłoniemy jego słowa. W wieku pięćdziesięciu pięciu lat Ventabren oglądał się już tylko w przeszłość, przed sobą bowiem widział jedynie zabójczą pustkę.

W nocy – każdej nocy – gdy położywszy się spać, pogasiliśmy światła w chacie, obserwowałem przez świetlik w dachu jasne okno na piętrze i czyhałem na sylwetkę Irène. Kiedy pojawiała się na zasłonce, nie spuszczałem jej z oczu, póki ciemność mi jej nie zabrała; a jeśli się nie pojawiła, to choćby ciemności ogarnęły mnie całego wraz z najskrytszymi myślami, nie mogłem zasnąć żadną miarą.

Pierwsze moje spotkanie z Irène twarzą w twarz to była katastrofa. Siedziałem na cembrowinie studni. Irène przyszła z gumowym wiadrem, zawiesiła je na sznurze i obracając korbą, opuściła do wody. Chwyciłem za sznur, by pomóc jej wyciągnąć wiadro. Zamiast mi podziękować, kazała mi nie wtykać nosa w nie swoje sprawy. „Chciałem oddać pani przysługę, to wszystko". „Mam od tego służącą!" odparła, wyrywając mi sznur.

Nazajutrz nasze drogi znów się skrzyżowały, akurat gdy kończyłem poranny bieg w terenie. Kilka kilometrów od gospodarstwa łożyskiem rzeki płynął strumyk wody. Lubiłem zamoczyć w nim nogi po ostatniej przebieżce. Woda była tak zimna, jakby wypływała z lodowca. Tego dnia Irène mnie uprzedziła. Przycupnęła na niedużym garbie i patrzyła, jak jej klacz zaspokaja pragnienie. Zawróciłem, by nie musieć z nią rozmawiać. Dogoniła mnie na zboczu wzgórza.

– Strumień jest niczyj – rzekła z wysokości siodła. – Może pan do niego wejść.

– Nie, dziękuję.

– Nie wiem, co mnie ugryzło wczoraj.

– Nic się nie stało.

– Gniewa się pan?

– Już o wszystkim zapomniałem.

– Naprawdę?

– ...

Zsiadła z konia i ruszyła obok mnie. Unosiła się wokół niej mgiełka jej zapachu. Rozpinaną bluzkę związała w pasie, odsłaniając płaski brzuch. Obfite piersi podrygiwały jej przy każdym kroku, z trudem utrzymywane przez stanik.

– Nie lubię, kiedy ktoś wyręcza mnie w tym, co sama mogę zrobić – powiedziała. – To mnie denerwuje. Mam wtedy wrażenie, że ludzie mylą mnie z ojcem, rozumie pan?

– Nie.

– I słusznie. To głupie. Widzę, że jest pan dalej urażony.

– Jest o co.

– Zachowałam się paskudnie, ale z natury taka nie jestem.

Pokiwałem głową.

– Ile ma pan lat?

– Dwadzieścia trzy, madame.

– Madame? Wyglądam na skwaśniałą starą zrzędę?

– Nie, skądże.

– Jestem raptem o sześć lat starsza od pana.

– Nie wygląda pani, madame.

– Niechże pan przestanie mówić mi „madame". To mnie nie odmładza.

Pragnąłem, aby sobie poszła.

Kiedy się schyliła, by podnieść gałązkę, bluzka rozchyliła się bardziej, aż wyskoczyła jej jedna jędrna biała pierś, którą Irène jakby nigdy nic umieściła na miejscu.

– Wieczorami słyszę ze swojego pokoju, jak mój ojciec zanudza was opowieściami, i żal mi was. Powinniście się bronić, on jest w stanie spędzić tak całą noc.

– Nam to nie przeszkadza.

– Jakie to wzruszające! Pewnie przygotowuje pana do tego, co pana czeka na emeryturze. Wszyscy bokserzy w sumie mają świra.

– Dlaczego?

– Bo trzeba mieć świra, żeby się zdecydować na karierę, która zależy od łomotu po głowie i pokiereszowanej twarzy, nie?

– Nie sądzę.

– Tak? A co? Wierzy pan w sławę? W życiu liczy się tylko jedno: szczęście rodzinne. Można być za pan brat z aniołami, ale jeśli po powrocie do domu trafia się do piekła, znaczy to, że coś człowieka omija. Mój ojciec miał wszystko, żeby być szczęśliwym: kochającą żonę, zdrową córkę... Ale nie widział tego. Radość sprawiał mu tylko gong i okrzyki publiczności. W dniu, kiedy powiesił rękawice na gwoździu, jego życie się skończyło. Do dzisiaj zapomina ożyć.

– Tak to już jest – skwitowałem, nie mając innych argumentów.

– Nie zgadzam się. Żadna kariera nie trwa wiecznie. W końcu kiedyś trafia się na kogoś lepszego. Sekundanci będą wrzeszczeli, żebyś się podniósł, ale ich nie usłyszysz. Bo wszystko dokoła będzie zamglone i rozkołysane. Posypią się na ciebie gromy i przekleństwa, a później oklaskami przywita się innego gladiatora, o krwi młodszej niż twoja. Tak zawsze było na arenach. Publika ma pamięć tak krótką jak ręce. Nikomu nie przyjdzie do głowy, żeby cię podnieść. W boksie idole muszą być przelotni, żeby pasja co rusz się odnawiała.

– Trzeba zaryzykować.

Dosiadła konia.

– Żadne ryzyko nie jest warte zachodu, mistrzu.

– Nie ma życia bez ryzyka.

– Zgadzam się. Ale są tacy, którzy poddają mu się wbrew swej woli, i tacy, którzy je prowokują albo wręcz domagają się go jak łaski.

– Każdy widzi to po swojemu.

– Mężczyźni niczego nie widzą. Oni tylko marzą.

– A kobiety?

– Kobiety nie myślą tak jak faceci. My myślimy precyzyjnie; wy myślicie tylko o sobie. My potrafimy od razu dostrzec to, co ważne, a was rozprasza otoczka. Dla nas szczęście to harmonia w otoczeniu. Dla was w zdobywaniu i nieumiarkowaniu. Wy przed tym, co jest oczywiste, macie się na baczności i gdzie indziej szukacie tego, co jest w zasięgu ręki. I rzecz jasna w końcu tracicie z pola widzenia to, co od początku należało do was.

Szarpnęła za wodze, zawracając konia, i pognała równiną przed siebie.

Kiedy przybył po nas Filippi, Irène nie zjawiła się na pożegnanie. O świcie pojechała gdzieś na swojej klaczy, przez co nasz pobyt zakończył się jakimś niedosytem. Coś mnie do tej kobiety wabiło, lecz nie chciałem słuchać tego głosu. Musiałem zachować trzeźwą głowę, nie pakować się więcej w historie, w których serce gra pierwsze skrzypce. Jednakże sadowiąc się na tylnej kanapie auta, nie zdołałem się powstrzymać i rozglądałem się na wszystkie strony w nadziei, że zobaczę amazonkę wracającą galopem.

Na placyku przy rue Wagram trzepotały liczne proporczyki. W górze splatały się girlandy usiane lampionami i papierowymi gwiazdami. Zamieciono jezdnię, pobielono chodnik przy rondzie i pnie drzew. Sprzedawcy tkwili w progu swoich sklepów z rękami założonymi na piersi; podekscytowane ruchliwe dzieci podskakiwały niecierpliwie pod parkanami; dziennikarze skrobali coś w notesach; wszyscy wpatrywali się w świeżo pomalowany front stajni. Murarze i inni rzemieślnicy przeszli samych siebie: szyby w oknach lśniły; drewniane wrota wyglądały jak nowe; w środku na pomalowanych na biało ścianach wisiały pod szkłem duże portrety i afisze wysławiające paru idoli światowego boksu. Zainstalowano tureckie ubikacje ze spłuczką, prysznice, a zamiast kanciapy pełniącej rolę biura był teraz prawdziwy gabinet wyposażony w metalową szafę, regały i wyplatane krzesła. Ring natomiast był istnym dziełem sztuki oświetlonym reflektorem zawieszonym pod sufitem.

DeStefano uśmiechał się od ucha do ucha. Jego marzenie nabierało kształtu. Czekał na tę chwilę od lat. Ze zdenerwowania przebierał nogami, chodząc po całej sali z rękami założonymi za plecy.

Tobias ogolony, wypachniony, z umytymi wypomadowanymi włosami ani chybi przetrząsnął swój strych i wygrzebał garnitur co prawda niemodny, ale po odprasowaniu nosił go z dumą.

– Wyglądasz jak grabarz, pewnie kamieniarz szył ci ten ciuch – od razu zaczął się z nim droczyć Salvo.

– Nie kamieniarz, tylko twoja obleśna siostra.

– Czemuś nie ubrał się w szorty? Jak teraz mamy podziwiać twoją słynną drewnianą nogę?

– Salvo, czy ty wiesz, czemu jeszcze żyjesz? – zdenerwował się Tobias. – Bo z ośmieszenia jeszcze nikt nie umarł.

– Ale kurde, mówię szczerze. Drewniana noga to coś!

– Coś ci powiem, jajogłowy. W Pana Boga nie wierzę, ale kiedy patrzę, jaką cię obdarzył mordą, aż mi się chce do niego modlić.

– Uwaga, idą! – krzyknął ktoś na ulicy.

Dzieciaki natychmiast oderwały się od parkanów i ustawiły szpalerem przed wejściem do stajni. Na rondo wjechało sześć samochodów. Diuk, mer i delegacja notabli z pompą wysiedli z aut, chętnie pozując żądnym zdjęć fotografom. „Oran to piękna historia – wygłosił mer przed dziennikarzami. – Naszym zadaniem jest zapewnić mu bohaterów. Dzięki mobilizacji wszystkich wkrótce to miejsce zacznie wydawać wielkich mistrzów". Dziennikarze wkroczyli do sali śladem miejscowych władz, ochrona tymczasem odpierała atak cisnących się małolatów. Trzaskały flesze. Ktoś filmował wszystko kamerą.

Delegacja zwiedziła rozmaite części stajni, winszując panu Bollocqowi doprowadzenia do końca takiego dzieła.

– Michel, a te osiłki na afiszach to kto? – zagadnął prefekt.

Diuk sam nie wiedział, obejrzał się zatem na Frédérica, który został w tyle. Doradca zaczął się rozpychać łokciami, by utorować sobie przejście w tłumie dziennikarzy. Z rewerencją wskazał portrety na ścianach.

– To najwięksi bokserzy na świecie, panie prefekcie. Ten tutaj to nasz bohater narodowy, Georges Carpentier, mistrz świata wagi półciężkiej.

– To stare zdjęcie – rzekł mer pouczająco, by dać do zrozumienia Frédéricowi, że wszelkie wyjaśnienia wychodzą od niego, najwyższej władzy miasta wybranej przez obywateli.

– Nie, panie merze, jest dość nowe.

– Wydawało mi się, że jest starszy.

Frédéric zrozumiał, że mer niezbyt zna się na boksie i głos zabrał wyłącznie dla formalności. Kontynuował omawianie portretów:

– Tu jest Battling Levinsky, Amerykanin, którego nasz Georges znokautował w czwartej rundzie dwunastego października tysiąc dziewięćset dwudziestego w Jersey City. Po prawej Tommy Loughran, Amerykanin. Ten to Mike McTingue, Irlandczyk. Maxie Rosenbloom, Amerykanin, jest aktualnym mistrzem świata. Dalej Jack Delaney, Kanadyjczyk, Battling Siki, Francuz...

DeStefano spodziewał się, że zostanie zaproszony na uroczystość. Ani na niego, ani na mnie, ani na nikogo z naszej ekipy nikt nie zważał. Dygnitarze kompletnie nas ignorowali.

– Gdybyś się ubrał w szorty – szepnął Salvo do Tobiasa – ci czcigodni dżentelmeni na pewno by się zainteresowali i zapytaliby, czy drewniana noga wypuszcza listki na wiosnę. Opowiedziałbyś im, jaki dzielny byłeś w okopach, i nie upłynąłby tydzień, a listonosz przyniósłby ci medal. A my nie kisilibyśmy się w cieniu.

– Za nic nas mają – zrzędził DeStefano.

– Wszystko przez ten garnitur Tobiasa – wtrącił Salvo. – Zalatuje niefartem i ci panowie się boją, że pech przejdzie na ich szykowne stroje.

– Przestań – poprosił go DeStefano. – Wkurzające są te twoje głupie docinki.

Po skończonym wystąpieniu Frédéric znów został zepchnięty na drugi plan, Diuk poprosił zaś gości, by kontynuowali zwiedzanie.

Wyszedłem na ulicę zawiedziony. Dzieciaki już się porozchodziły po swoich kątach. Francis, który boczył się na nas od tamtego tendencyjnego artykułu w „Le Petit Oranais", kurzył papierosa w bramie, czubkiem buta głaszcząc kota po grzbiecie. Trochę dalej Gino stał nachylony przy drzwiach osobistego samochodu Diuka.

Nawet nie przyszedł się z nami przywitać. Elegancki w dopasowanym trzyczęściowym garniturze, z promiennym uśmiechem na twarzy częściowo przysłoniętej ciemnymi okularami, stroił miny do Louise, córki Diuka, która aż się wierciła z zadowolenia na tylnej kanapie. Coś mnie ścisnęło w piersiach i czym prędzej ruszyłem uliczką prowadzącą do Madina Dżadidy.

Mama odpoczywała na patiu. Kabylska sąsiadka, która dotrzymywała jej towarzystwa, zniknęła, usłyszawszy, że otwierają się drzwi zewnętrzne. Tak przemknęła przez smugi światła sączącego się przez szpary ażurowej obudowy, że wydała mi się złudzeniem optycznym. Od lat mieszkaliśmy razem, lecz ani razu nie udało mi się zobaczyć jej twarzy. Była kobietą dyskretną, skromną; znaliśmy ją tylko z pokrzykiwań, które rozlegały się przez okrągły dzień, gdy strofowała swoje diablęta.

Mama leniwie usiadła. Postarzała się wyraźnie. Jej wytatuowana twarz przypominała kawałek starego pomiętego pergaminu. Oczywiście dzięki pieniądzom, które zarabiałem, jadła do syta i ubierała się dobrze, ale bez swojej siostry Rokai żyła jakby z rozpędu, czując się obco w hałaśliwym żywiołowym mieście. Brakowało jej rodzinnej wioski i dawnych znajomych. Coraz mniej ją cieszyły moje prezenty. Trapiła się zawodem, który sobie wybrałem. Kiedy wracałem po walce z twarzą pokiereszowaną przez przeciwnika, zamykała się w swoim pokoju, aby się pomodlić. Byłem dla niej zwyczajnym furiatem, który się awanturuje na prawo i lewo, i bała się, że pewnego dnia policja zamknie mnie w więzieniu. Na darmo jej tłumaczyłem, że to przecież sport – w tym, czym się zajmowałem, widziała jedynie przemoc i zatracenie.

Pocałowałem ją w głowę. Przytrzymała mnie za kark.

– Wrócił – powiedziała bezbarwnym głosem.

Matce oczy płonęły blaskiem nie do opanowania. Nie musiałem pytać, o kim mówi. Skierowałem się do dużego pokoju – był tam, siedział po turecku na macie okutany w wytartą pelerynę, z głową schowaną w ramiona, ledwie zauważalny w tej swojej nędzy. Stojąc w drzwiach, czekałem, aż podniesie głowę. Ani drgnął. Jakby skonał podczas medytacji. Jego ręce spoczywały w zagłębieniu ud niczym dwa wykończone skorupiaki. Spodnie miał podarte na kolanach, a po bokach niezdarnie połatane. Śmierdział starym potem i kurzem przebytych dróg, a jego postawa, to wsłuchiwanie się w swoje milczenie, miała w sobie coś na kształt patetycznie rozpaczliwego poddania.

Przykucnąłem przed nim. Drżący. Wzruszony. Nigdy nie sądziłem, że stać mnie na takie wzruszenie. Wyciągnąłem rękę ku jego dłoni. Kiedy go dotknąłem, przeszył mnie dreszcz. A on jakby był z kamienia; żaden nerw w nim nie drgnął.

– Ojcze... – wytchnąłem niesłyszalnie.

Pociągnął nosem.

Końcem palca podniosłem mu głowę. Steraną twarz miał zalaną łzami. Wziąłem go w ramiona, przytuliłem kupkę kości, którą teraz był, i płakaliśmy obaj, dusząc szloch, jakbyśmy się bali, że usłyszy nas cały świat.

3

Kiedy coś w kółko chodzi ci po głowie, ulice także zawijają się w krąg. Ja również nie chodziłem, lecz kręciłem się w koło. Chciałem iść do kawiarni na skrzyżowaniu boulevard Mascara i rue de Tlemcen, a znalazłem się w dole boulevard National – minąłem kawiarnię, nie zdając sobie z tego sprawy. Nogi zaniosły mnie na promenadę nadmorską. I stojąc oparty o poręcz, zastanowiłem się, co tam robię. Port zasłaniał mi morze, budynki za mną zastawiały drogę odwrotu. Ruszyłem w stronę place d'Armes i przy jakimś pomniku spostrzegłem, że idę złą drogą. Nie byłem na ulicy, całym sobą tkwiłem we własnej głowie. Jak w zabawnym śnie naigrawającym się z mojego błądzenia. Z początku myślałem, że tego bączka w moim umyśle uruchomił powrót ojca. Myliłem się. Ojciec był jedynie naczyniem schowanym w kącie, cieniem w mroku. Nie odzywał się, jeść wolał sam, trwał zamknięty w swojej skorupie. Przy nim szafa była bardziej kontaktowa.

Przed jakimś magazynem zatrzymał mnie bednarz.

– Moja wioska się zrzuciła na radio, żeby śledzić twoje walki.

Jego głos przyprawił mnie o ból głowy.

Była niedziela. Ludzie całymi rodzinami udali się na plażę, Oran zatem był jak wymarły. Ulice przypominały puste drogi donikąd. Otwarte były nieliczne sklepiki, w knajpach niewielu siedziało klientów. Odnosiłem wrażenie, że wylądowałem w jakimś fantasmagorycznym mieście, które ciągnie się wzdłuż niekończącej się galerii nieuchwytnych refleksów, krzywych zwierciadeł, ukrytych drzwi, zapadni i ruchomych piasków. Słyszałem głosy, spotykałem ludzi, ściskałem ręce, pozostając w swego rodzaju mgle. Błądziłem, nie wiedząc, co ze sobą począć.

Na ten dzień nie miałem żadnych planów. I oto naraz ze zdumieniem stwierdziłem, że stoję przed trzcinową chatką Labriego, sprzedawcy owoców. Moje buty nie nadawały się do marszu spękaną drogą gruntową, która prowadziła do posiadłości Ventabrenów; ale nie był to pretekst dość przekonujący, abym zawrócił. Skoro nieoczekiwanie znalazłem się tam, czterdzieści kilometrów od swojego domu, znaczy, że niewątpliwie był jakiś powód.

Do kamiennego domu dotarłem na stopach płonących ogniem. Ventabren, uprzedzony przez Fatmę, czekał na mnie na wózku inwalidzkim pod drzewem na podwórzu. Ucieszył się. Wyznał mi, że po naszym wyjeździe wiejska cisza zaczęła mu ciążyć ołowiem. Nawet powietrze, dodał, śmierdziało popiołem.

– Bardzo miło, że wróciłeś, by dotrzymać mi towarzystwa – rzekł po arabsku. – Naprawdę jestem wzruszony.

– Potrzebuję twojej rady – skłamałem.

– Ha, nie zawiedziesz się, chłopie. Kieliszeczek przed jedzeniem?

– Jestem muzułmaninem.

– Myślisz, że Bóg ma na nas oko o tej porze? W jego wieku przy takim skwarze na pewno sobie kima.

– Proszę tak nie mówić. Nieswojo się czuję.

– A jak zniesiesz te moje nudne jak flaki z olejem opowieści, jeśli wcześniej cię nie upiję?

– Lepiej je docenię na trzeźwo.

Roześmiał się.

– Pokaż pięść, chłopcze. Ktoś mnie zapewniał, że jest jak odlana z brązu. – Ujął mnie za przegub, obracał go w tę i we w tę, zważył moją pięść. – Piękna – przyznał. – Postaraj się nie wtykać jej byle gdzie.

– Postaram się.

Po posiłku Fatma podała nam herbatę miętową. Nad naszymi głowami leciutki wietrzyk poruszał gałęziami. Pomogłem Ventabrenowi wygodniej umościć się w fotelu, poprawiłem mu poduszkę podłożoną pod plecy na twarde oparcie.

– Następny mecz masz już niedługo, co?

– Pod koniec przyszłego miesiąca.

– Zdaje się, że z tego Carga twardziel nad twardziele.

– Nie znam go.

– To duży błąd. Trzeba znać tego, z kim przyjdzie ci się zmierzyć. Co robi twoja ekipa? Siedzi i dłubie w nosie? Za moich czasów wysyłało się ludzi na przeszpiegi, żeby zebrali jak najwięcej informacji o przeciwniku. Ja o każdym swoim rywalu zawsze wszystko wiedziałem: jak boksuje, jaką ma technikę, jakie silne strony i jakie słabości, z kim odbył ostatnie walki, którą ręką się podciera i jakiej szczotki używa do włosów. A i to zawsze czegoś brakowało. Nie można wchodzić na ring na oślep.

Umilkł.

Z domu wyszła Irène w stroju do jazdy konnej, oczy miała piękniejsze niż gwiazdy na niebie. Oparła się ramieniem o futrynę, ręce skrzyżowała na piersi. I w tej chwili zrozumiałem, co mnie przywiodło do posiadłości Ventabrena: potrzebowałem zobaczyć Irène, poczuć jej bliskość.

– Naprawdę nie macie innych tematów? – napomniała nas.

Po czym skierowała się do stajni. Kilka minut później wyciągniętym galopem gnała przez równinę na klaczy. Straciłem ochotę na wysłuchiwanie kolejnych opowieści.

Bez Irène ta posiadłość nie miała duszy.

Kiedy skwar uciszył furie Ventabrena, pożegnałem się z nim i pomaszerowałem do szosy, by poczekać na autobus.

Nazajutrz zażądałem od Frédérica Pau wysłania mnie do gospodarstwa Ventabrena, żebym się przygotował do walki z Marcelem Cargiem. Diuk nie miał nic przeciwko temu. DeStefano przeprosił, że przed końcem tygodnia nie może być do dyspozycji z powodów rodzinnych. Pojechał ze mną tylko Salvo. Znów było spanie w chacie, wstawanie o brzasku, bieganie po stromych ścieżkach, wspinaczki na wysokie skały i ku wielkiej radości Ventabrena przesiadywanie przy lampach obleganych przez owady; co noc obserwowałem okno naprzeciw mojego świetlika.

Irène czasami dosiadała się do nas przy posiłku. Często się do mnie uśmiechała, lecz miałem się na baczności ze względu na jej zmienne nastroje. Ta kobieta była jak karabin. Strzelała z bliska i zawsze w dziesiątkę. Kiedy siadała z nami, Ventabren rezygnował ze swoich epickich opowieści. A Salvo wgapiony w talerz powstrzymywał się od sarkastycznych uwag. Dwukrotnie usadzony, wiedział, że jest bezradny wobec Irène, która go zwyczajnie nie lubiła. Próbował się na niej wyzłośliwiać i w końcu pojął, że to żadna przyjemność. Irène miała niesłychaną pewność rozgrywek z góry dla siebie wygranych. Żaden podtekst jej nie umykał, wychwytywała każdy, zanim został wyrażony. Mimo to jej towarzystwo nie było nam niemiłe. Wnosiła swoistą świeżość do naszych posiłków.

Po porannym treningu w terenie, gdy Salvo wracał do gospodarstwa, ja szedłem się odświeżyć w strumieniu. A tak naprawdę liczyłem, że spotkam tam Irène. Przez kilka pierwszych dni nie pokazała się, by napoić klacz, po czym kiedy już zaczynałem tracić nadzieję, zjawiła się niczym błogosławiony dzień.

Zeskoczyła z siodła, klepnęła klacz w zad i przykucnęła na kamieniu.

– Jestem padnięta.

– Powinna pani oszczędzać zwierzę.

– To mój obwoźny ogród. – Podniosła się, podeszła do klaczy i pogłaskała ją. – Kiedy byłam mała, chciałam być mistrzynią jeździectwa.

– Ojciec pani nie pozwolił?

– Nie, objawił się Jean-Louis. Był przystojny, inteligentny i dowcipny. Miałam siedemnaście lat i kiełbie we łbie. Pobraliśmy się raz-dwa. Byłam szczęśliwa i myślałam, że tak już będzie zawsze.

– Co się stało?

– To, co się dzieje na ogół w zbyt spokojnych małżeństwach. Jean-Louis zaczął wracać coraz później. Pochodził z miasta, wiejski spokój bardzo mu ciążył. Pewnego dnia położył mi ręce na ramionach, popatrzył w oczy, powiedział, że jest mu przykro, i wyszedł z mojego życia.

– Głupi był. Ja bym nie zostawił takiej ładnej dziewczyny.

– On też tak mówił na początku... – Na jej twarz wrócił uśmiech. – Lubi pan konie?

– Kiedyś mieliśmy osła.

– To zupełnie co innego. Koń jest szlachetnym zwierzęciem i działa uzdrawiająco. Kiedy mam wszystkiego dość, wskakuję na siodło i galopuję do samych gór. Czuję się wtedy taka lekka, że żadna troska mi nie ciąży. Lubię pęd powietrza na twarzy. Lubię, kiedy się wdziera pod bluzkę i obejmuje mnie w pasie jak kochanek... Czasami zaznaję rozkoszy.

Szczerość tego wyznania speszyła mnie ogromnie.

Irène wybuchnęła śmiechem.

– Zarumienił się pan.

– Nie jestem przyzwyczajony do takich słów w kobiecych ustach.

– Co dowodzi, że za mało przestaje pan z kobietami.

Ujęła lejce wierzchowca i ruszyła w drogę. Szedłem obok niej stropiony. Zerkała na mnie ukradkiem, chichocząc.

– Orgazm nie jest złem, którego należy się wstydzić. To chwila łaski, w której wracamy do pierwotnych popędów.

Jej poglądy wprawiały mnie w coraz potężniejsze zażenowanie.

– Ma pan dziewczynę?

– Nasze zwyczaje nie pozwalają na to.

– Albo ślub, albo grzech?

– Mniej więcej.

– A narzeczoną?

– Jeszcze nie. Teraz muszę myśleć o karierze.

– A co pan robi, żeby wytrwać do ślubu?

Poczułem, że uszy mi płoną.

Znowu wybuchnęła śmiechem. Akrobatycznym ruchem wskoczyła na siodło.

– Turambo to pańskie prawdziwe imię?

– Przezwisko.

– Co znaczy?

– Nie wiem. To nazwa mojej wioski.

– Rozumiem. A jak się pan naprawdę nazywa?

– Wolę nazwę wioski. W ten sposób przynajmniej wiem, skąd pochodzę.

– Dlatego, że nie wie pan, od kogo pan pochodzi?

– Nie. Tak po prostu wolę.

– Ech, panie Turambo, ma pan duszę anioła w ciele nieokrzesanego brutala. I jeżeli nadal będzie panu brakowało śmiałości, niech pan jednak zachowa tę duszę w sobie. No, niech pan dalej trenuje, a ja wracam do garów. Zwierzeniami się nie najemy. – Pogoniła klacz, po kilku krokach jednak ją zatrzymała. – Jutro wieczorem jest zabawa w Lourmel. Może by mi pan towarzyszył?

– Nie umiem tańczyć.

– Będziemy patrzyć, jak inni tańczą.

– A, to w porządku.

W salucie uniosła dłoń do czoła i pognała w stronę gospodarstwa.

Odprowadzałem ją wzrokiem, póki nie zniknęła za nierównościami terenu. Kiedy tak galopowała, marzyłem, aby być pędem powietrza pod jej bluzką. Serce waliło mi tak mocno, że zrezygnowałem z ciągu dalszego treningu. Irène miała dar wynoszenia najniższych instynktów do rangi bohaterstwa i tłumienia ich samym przyłożeniem palca do ust.

Poczułem, że zagnieździło się we mnie coś, czego już nigdy się nie pozbędę.

Wieczorem czekałem jak na rozżarzonych węglach. Siedząc w salonie. Ze wzrokiem utkwionym w schody prowadzące na piętro. Irène się nie spieszyła. Słyszałem, że bierze prysznic, lecz jej toaleta trwała znacznie dłużej. Kiedy wreszcie stanęła na szczycie schodów, wydała mi się jak ze snu w białej sukience o dopasowanym staniku i z włosami opadającymi na ramiona. Przypominała mi amerykańskie aktorki, które królują na ekranie, spychając na plan dalszy dekoracje i innych aktorów.

Do Lourmel szliśmy polami. W dali miasteczka i wioski znaczyły równinę malutkimi światełkami. Noc była piękna. Księżyc w pełni zawładnął niebem, spychając gwiazdy do rangi iskierek. Słychać było gryzonie przemykające wśród roślin. Powietrze pachniało koralem, wodorostami przesiąkniętymi solą i mchem obrastającym skały podwodne. Można by rzec, że stęskniwszy się za ziemią ludzi, morze przebrało się za bryzę i przybyło tutaj, by szeleścić w sadach, piąć się korytami rzek i pieścić dzwonnice kościołów.

Podążał za nami szakal aż do asfaltowej szosy, gdzie zawrócił zawiedziony, nic nie wskórawszy.

Irène szła spokojnym krokiem. Była w płóciennych sandałach i letniej sukience. Dotąd widywałem ją w bluzce koszulowej i spodniach, zachowującą się jak nieudany chłopak; odkrycie jej jako dojrzałej dziewczyny było doprawdy ucztą dla oczu. Jej zapach unosił się dokoła. Z tysiąc razy musnąłem jej dłoń swoją, lecz nie wziąłem jej za rękę. Bałem się, że ostro przywoła mnie do porządku. Irène była nieprzewidywalna jak grom, gotowa w ułamku sekundy przejść od serdeczności do oziębłości. Była tak przewrażliwiona, że to samo słowo mogło ją zarówno wprawić w głośny śmiech, jak i wyprowadzić z równowagi. Wyczuwałem w niej jakąś tajemnicę, której nie potrafiłem zgłębić. Zdystansowana wobec ojca, niemiła wobec Salva, wzbudzała we mnie rezerwę, która pryskała, ledwie obdarzyła mnie uśmiechem. Myślę, że chciała mi udowodnić, że nie jest taka sama dla wszystkich. Od tamtego starcia przy studni odnosiła się do mnie z szacunkiem. Równocześnie ani na jotę nie zmienił się ten jej cholerny charakter buntowniczki. Nie było mowy o żadnych przeprosinach z jej strony; po prostu lubiła moje towarzystwo, nic więcej. Czuła się w zgodzie ze sobą. A ja miałem poczucie, że jestem kimś uprzywilejowanym.

Ładny plac w Lourmel płonął tysiącem ogni. Rozbawiony tłum tańczył pośród stołów nakrytych białymi obrusami, zastawionych wiktuałami i butelkami wina. Starsze i młodsze pary wirowały przy muzyce natchnionej orkiestry. Na estradzie przystrojonej proporczykami piosenkarz w bordowym garniturze zachowywał się jak bóg przybyły prosto z Olimpu. Wypomadowany, uwodzicielski i promienny, zanosił gromkie pienia pod niebiosa, teatralnie gestykulując, z dumnie wypiętą piersią i wzrokiem wlepionym w panie siedzące w pierwszych rzędach. Zauroczył je, już za nim szalały; aby je doprowadzić do paroksyzmu, ściągał brew nad błyszczącym okiem, a one oczarowane, gotowe frunąć ku niemu, kołysały się lekko na krzesłach, przyciskając chusteczkę do piersi drżącej z emocji.

Irène znalazła dla nas wolną ławkę z widokiem na bawiący się tłum. Dzieciaki w krótkich spodenkach ganiały pod drzewami. Młodzi zakochani kryli się za murkiem otaczającym park; niektórzy spali na trawniku. Młodzież zaprawiała się we flirtowaniu ukryta przed niedyskretnymi spojrzeniami. Czasem w ciemnościach skradziony był jeden czy drugi całus, przelotny jak dreszcz, który wzbudzał. Pięknie było to oglądać, pięknie było przeczuwać. Jakże odległa była moja rodzinna wioska umierająca w jakimś świecie równoległym!

Irène poszła, by przynieść mi wodę sodową.

Wróciła z dużym talerzem.

– Przyniosłam panu pieczeń z rusztu i lemoniadę. Na pewno nie chce pan wina? Najlepsze w okolicy.

– Nie, dziękuję.

– Nie wie pan, co traci.

– Proszę, proszę – odezwał się naraz jakiś człowiek, podchodząc do nas. – Nasza George Sand odstawiła swoje konie pełnej krwi i chodzi na własnych nogach wśród pieszego pospólstwa.

Irène postawiła talerz obok mnie.

Człowiek ten był przystojnym gościem około trzydziestki, poważnym i dobrze ubranym. Nie był zbyt wysoki, lecz postawę miał dumną. Zaciągnął się mocno papierosem, którego następnie pstryknięciem odrzucił. Spadając na ziemię, niedopałek rozsiał liczne iskierki.

– Dobry wieczór, André – powiedziała Irène obojętnym głosem.

– Pamiętasz moje imię?

– Co u twojej żony?

Mężczyzna wskazał kciukiem za siebie.

– Tańczy jak opętana.

– Powinieneś być przy niej. Jeszcze ktoś ci ją zwędzi.

– Wyświadczyłby mi przysługę.

Strzelił palcami na przechodzącego w pobliżu arabskiego kelnera, który krążył z tacą pośród balujących, wziął dwa kieliszki szampana i jeden podał Irène.

– Miło cię widzieć, kotku.

– Myślałam, że się przeniosłeś do Algieru.

– O, szpiegujesz mnie?

– Słyszałam, jak Jérôme mleczarz mówił mojemu ojcu.

– Otóż nie. Nadal jestem w Ajn Tamuszant. Aż do nowych rozkazów. Powiedz, co u ciebie. Co porabiasz?

– Nic.

– Służy ci to nic. Znów wypiękniałaś. Zastanawiam się, na czym ci schodzi cały boży dzień z dala od cywilizacji.

– Nie skarżę się.

– Żal mi cię. Jesteś w wieku, kiedy człowiek powinien się wyszumieć, a ty wolisz się trzymać z dala od świata... Kupiłem nieduży stateczek. Na zachód od Rachgoun są przecudne zatoczki i dzikie plaże, do których dostęp jest tylko od morza. Jeśli chcesz, mogę ci je pokazać.

– Jestem pewna, że twoja żona lepiej doceni ich urok niż ja.

– Mnie chodzi o ciebie.

– Nie mam czasu.

Mężczyzna upił łyk szampana, mlasnął, szukając bardziej przekonujących argumentów. Wtem udał, że dopiero teraz zauważył mnie. Ujął Irène za łokieć i odprowadził kawałek od ławki.

– Wygrałaś na strzelnicy to swoje zwierzątko do towarzystwa?

Mówił o mnie tak bezceremonialnie, że pewnie gdybym się znalazł na jego drodze, podeptałby mnie. W jego mniemaniu w ogóle się nie liczyłem, byłem tylko zaburzeniem widzenia, które zniknie po mrugnięciu.

– André, proszę cię. Dopiero co przyszłam. Nie zmuszaj mnie, żebym zaraz wracała.

– No tak, ale nie powiedziałaś, gdzieś wygrała tego brytana.

– Ostrzegam, on gryzie.

– To powinnaś mu założyć kaganiec.

Obrócił ją twarzą do siebie.

Irène przezornie gestem poprosiła mnie, żebym się nie wtrącał do tego, co uważała za sprawę czysto osobistą.

André zaśmiał się rozbawiony.

– Ciągle dzika i nieprzystępna.

– André, nie podoba mi się twoje zachowanie.

– A ty się zachowujesz jak należy? Ściągasz tu kolorowego i myślisz, że to nikomu nie przeszkadza. Lubisz robić z siebie widowisko, co? Jak wyleziesz ze swojej jaskini, wszyscy od razu muszą o tym wiedzieć. Ale uważaj, ludzie tu mają złośliwe języki. Będzie gadanie.

– Mam to w nosie.

– Tak też myślałem. Prowokacja leży w twojej naturze. Ale tym razem przesadziłaś. Nie możesz przychodzić na zabawę z asfaltem. Arabowie nie mają tu wstępu. Nie potrafią odróżnić żarówki od magicznej sztuczki... Popatrz tylko na tego. Dopiero co zszedł z drzewa.

– André, proszę...

– Powiedz, co takiego twoim zdaniem on ma, czego nie mam ja?

– Przykładność.

– Podejrzewam, że nie tylko to.

– Między innymi.

– Jaki jest w łóżku?

– Nie twoja sprawa.

– Z tego, co mówią, ich kobiety nie znają orgazmu. Normalne, skoro Arabowie mają wytrysk, zanim im stanie.

– Muszę cię zostawić, André. Zapomniałam zabrać maskę gazową, a cholernie ci dzisiaj cuchnie z gęby.

André znowu chwycił Irène za rękę i przyciągnął do siebie. Odepchnęła go. Raz jeszcze sięgnął do jej ramienia. Złapałem go w locie za przegub i zmusiłem, aby się cofnął. Zerknął szybko dokoła – z ulgą stwierdził, że nikt na nas nie zważa. Aby uratować twarz, zaskrzeczał:

– Nigdy więcej nie dotykaj mnie swoimi brudnymi łapskami, małpo, albo przysięgam na głowę Adama i Ewy, że każę cię chłostać na tym placu, póki nie spłyniesz krwią... Jestem oficerem policji. Nie masz tu czego szukać. Jeśli zobaczę cię tu za dziesięć minut, resztę nocy spędzisz na posterunku.

Dla Irène i dla mnie zabawa się skończyła.

Ruszyliśmy z powrotem do posiadłości.

– Przykro mi – powiedziałem, kiedy minęliśmy ostatnie ogródki miasteczka.

– To nie pana wina. Myślałam, że André zmądrzał. Ale jest z nim gorzej.

– Kim on jest?

– Kimś, kogo kiedyś znałam. I kto uważa, że wszystko mu wolno.

– Nazwał panią George. Czy to nie męskie imię?

Roześmiała się i żartobliwie pogroziła mi palcem.

– Widzę, do czego pan zmierza, Turambo. Ale nie jest tak, jak pan myśli.

Kiedy dotarliśmy do obejścia, odprowadziła mnie aż do chaty. Chrapanie Salva przenikało przez ściany i wprawiało w drżenie szyby. Warczał jak zepsuty silnik. Nawet świerszcze jakby przycichły onieśmielone jego nosowymi dźwiękami, które najzuchwalszego drapieżnika trzymałyby na odległość.

– Będzie pan mógł usnąć przy takim hałasie?

– Poradzę sobie.

– Szkoda, że tak wyszło z zabawą – powiedziała. – Myślałam, że nauczę pana tańczyć.

– Wszystko przed nami, mam nadzieję.

– Ludzie są głupi.

– Nie wszyscy.

– Sądzi pan, że powinniśmy byli zostać?

– To nie byłby dobry pomysł.

– Słusznie. Ten kretyn na pewno by wrócił. Nie chciałam, żeby narobił panu kłopotów.

– Zabrałbym się stamtąd z własnej woli. Potwornie się boję policji.

Pokiwała głową. W chwili gdy miałem pchnąć drzwi chaty, rzuciła mi się na szyję i przycisnęła wargi do moich ust. Zanim zdałem sobie sprawę, co się dzieje, już jej nie było.

Nie zapaliła światła w swoim pokoju.

Nazajutrz nie dołączyła do nas przy śniadaniu.

Myślałem, że udała się „zrywać dzień u jego źródła"; jednakże klacz była w stajni.

Nie śmiałem zapytać Alarcona, gdzie się podziewa jego córka. Tamtego dnia biegałem w pustce. Nie widziałem ani ścieżek, ani skał. Nie czułem nawet, że mam nogi, a tym bardziej nie czułem wysiłku. Biegłem nierytmicznie. Krzewy uciekały przede mną. Byłem błąkającą się jedną natrętną myślą...

Obiad jedliśmy w iście katedralnej ciszy we trzech: Salvo, Alarcon i ja. Wydawało mi się, że stół jest dwa razy większy. Potrawy bez smaku stawały mi w gardle.

Jedyne, co mnie trzymało na ziemi, to słodkie wspomnienie tamtego pocałunku na moich ustach.

Irène...

Jej nieobecność przekształcała posiadłość w ponurą zamkniętą przestrzeń, w której krążyłem w kółko. Mury były jedynie stertą kamieni, rzeźba terenu przeszkodą na trasie, pola tonęły...

Wyczekiwałem wieczoru. Wieczór nadszedł, Irène – nie. Słońce udało się na spoczynek – ja nie. W oknie naprzeciwko nie zapaliło się światło.

Następnego dnia skoro świt Salvo oznajmił, że wraca do Oranu. Wstał lewą nogą. Nie pojmował, czemu siedzi w tej zapadłej dziurze.

„Nie słuchasz mnie, nie korzystasz z moich rad, nie stosujesz mojego programu treningów, wobec czego nie rozumiem, co tu robię".

Powrzucał swoje rzeczy do torby i pomaszerował ku szosie.

Nie próbowałem go zatrzymać.

Ja puściłem się opętańczymi przebieżkami ku górom. Jakbym uciekał przed własnym cieniem.

Zrobiłem sobie chwilkę wytchnienia na polance i wtedy zza krzaków dobiegło mnie rżenie. Irène przywiązała klacz do krzewu i usiadła obok mnie. Bluzka parowała jej w słońcu. Czoło miała zaczerwienione, oczy płonęły jej dzikim upojeniem. Podniosła gałązkę, zgięła ją i zaczęła łamać na kawałeczki. Jej dyszenie zagłuszało szelest liści. Czekałem, aż się odezwie; milczała.

– Chodzi o to, co się stało na zabawie? – rzekłem w końcu, by przerwać ciszę.

– Niech pan nie gada głupot.

– Myślałem, że dąsa się pani na mnie o ten incydent z policjantem.

– Gdyby tylko o to chodziło!...

– Gdzie pani się wybrała wczoraj?

– Nie wyszłam nawet z pokoju.

– Od rana do nocy?

– Tak.

– Siedziała pani po ciemku?

– Tak.

– Coś pani dolegało?

– W pewnym sensie. – Odwróciła się wreszcie do mnie i popatrzyła mi prosto w oczy. – Przez cały dzień i noc rozmyślałam.

– O czym?

– O chwili, która zaraz nastąpi. Zastanawiałam się, czy to dobry pomysł czy raczej powinnam się powstrzymać. Strasznie trudna decyzja. Zważyłam wszystkie za i przeciw. W końcu powiedziałam sobie, że kto nie ryzykuje, ten nie ma.

Złapała mnie za szyję i przyciągnęła. Jej usta pożerały moje. I właśnie na tej polance, gdzie granie cykad sprzymierzyło się, by zagłuszyć łomot w mojej piersi, właśnie tam Irène mi się oddała – między krzakiem i samotnym drzewem, pośród obfitości złotych refleksów, które słońce łaskawie rozrzucało po ziemi. Żadna rozkosz nie dorównywała drżeniu, które przebiegło przeze mnie, kiedy się z nią zespoliłem.

4

Filippi otrzymał jasne rozkazy: „Jeśli trzeba go będzie związać, zrób to i przywieź tutaj przed południem". Nie chciał się narazić Diukowi. Blady, jąkając się, błagał, żebym pozbierał swoje rzeczy i jechał z nim. Można by powiedzieć, że jego los zależy od misji, którą mu powierzono. Spojrzałem na Irène; stała uśmiechnięta przy studni z rękami na biodrach. Dała mi znak głową, abym spakował manatki. Z litości dla Filippiego.

– Bardzo pani dziękuję – wydukał. – Zdejmuje mi pani kamień z serca.

– Następnym razem nie będę taka wyrozumiała – ostrzegła.

Ledwie wsiadłem do samochodu, Filippi ruszył z piskiem opon – z pewnością w obawie, żebym nie zmienił zdania. Obejrzałem się, by jeszcze nieznacznie skinąć dłonią Irène. Już wchodziła do stajni.

Gino przejął mnie w wejściu do firmy Bollocqa. Czekając, aż Diuk nas wezwie, pokazał mi swoje biuro na drugim piętrze z widokiem na dziedziniec wewnętrzny.

– Nie tracisz czasu – zauważyłem.

– Trzeba kuć żelazo póki gorące.

– Na czym polega twoja praca?

– Robię wszystko. Negocjuję umowy, badam rynki, sprawdzam rozliczenia... Diuk mnie uczy. Ma wobec mnie plany.

Wiek sprzyjał mojemu Ginowi. Z każdym rokiem jego uroda coraz bardziej się ujawniała. Wystarczyło, że się uśmiechnął, a wybaczano mu najgorsze grubiaństwo. Włosy najpierw zrobiły mu się jasnokasztanowe, a teraz ciemniały na skroniach, podkreślając jego urok odrobinką męskości, która wyraźnie kontrastowała z aparycją cherubina. Zaczynałem rozumieć, dlaczego nikt nie może mu się oprzeć, ani wzdychające doń panny, ani nad wyraz łaskawy Diuk. Chyba byłem o niego zazdrosny. Gino nie musiał się wysilać, gwiazdkę z nieba dostarczono by mu na tacy, gdyby poprosił.

– Jak ci idzie z Louise?

Zmarszczył brwi.

– Kto ci znów naopowiadał jakichś plotek?

– Widziałem, jak ją bajerujesz.

– Ach, na razie to nic pewnego – odparł zirytowany moim niedyskretnym pytaniem.

Opadł na fotel za biurkiem. Jak młody bogacz. Czekając na dzień, gdy będzie mógł skrzyżować nogi na biurku, co uchodzi tym, którzy pną się po drabinie społecznej jak na latającym dywanie, rozsiadał się wygodnie z niejaką obojętnością w nieskazitelnym garniturze, z bransoletką z łańcuszka na nadgarstku, ze złotymi spinkami u mankietów.

– Diuk wie o waszych gierkach?

– A co cię to obchodzi?

– Znasz przysłowie ludu Szaui? Kura znosi jajko, a koguta boli dupa.

– Nie martw się o mnie.

– Przypuszczam, że nie muszę?

– W rzeczy samej.

– Diuk nie mówił ci o platanie?

– O jakim platanie?

– O tym, co rośnie na patiu.

– Czemu miałby mi mówić o platanie?

– Zapomnij – powiedziałem, uświadomiwszy sobie, że się myliłem. – I jak się zapowiada moja walka z Cargiem?

Gino ze dwie sekundy patrzył na mnie zaskoczony tajemnicą platana, po czym poprawiając się w wyściełanym pikowanym fotelu, rzekł:

– Ustalają zasady. Jeśli wygrasz, mistrz Afryki Północnej nie da rady się wymigać. Będzie musiał stanąć do walki z tobą. Załatwimy to raz-dwa – podniecił się nagle. – Zdobędziemy tytuł. Diuk chce go za wszelką cenę. Dla miasta i dla nas wszystkich. Nawet sobie nie wyobrażasz, ile sobie zadaje trudu dla ciebie i jaką forsę wykłada, żeby zrobić z ciebie króla świata.

– Żadne szczęście nie jest pełne, jeśli nie ma z kim go dzielić.

Gino drgnął, wyraźnie zaintrygowany moimi słowami.

– Nie bardzo nadążam, Turambo. Do czego zmierzasz?

– Do niczego.

– Jakoś markotnie wyglądasz.

– Dobrze mi było na wsi.

– Diuk zdecydował, że trzeba cię ściągnąć.

– Chyba ja też mam coś do powiedzenia, nie sądzisz? To ja nadstawiam karku, nie?

– Tak, ale ja bulę! – huknął Diuk, wparowując do biura Gina.

Był w koszuli, miał pod pachami duże plamy potu i zmarszczone czoło. Gino zerwał się na baczność. Diuk ręką dał mu znak, aby usiadł z powrotem.

– Myślisz, że nie wiem? – ryczał, wymachując mi cygarem przed nosem. – Posłałem cię na wieś, żebyś trenował, a nie rozkochiwał się w jakiejś flirciarze. Nie masz żadnego wytłumaczenia – nie dopuścił mnie do słowa. Gino otarł czoło chustką. – Zachowujesz się jak rozpuszczony bachor, Turambo, a ja nie przywykłem cackać się z pętakami. Kiedy wreszcie wbijesz sobie do łba, że masz zobowiązania i musisz ich przestrzegać? Wiesz, gdzie teraz jest Marcel Cargo? W Marsylii. W obozie odciętym od świata. Przygotowuje się do walki z tobą. Nawet prasa nie ma do niego przystępu. Dzień i noc wyciska z siebie siódme poty. Nie pozwala sobie na zakrapiane wieczory, panienki ani kino.

Cisnął cygaro przez okno i wrócił do mnie. Usta drżały mu ze złości.

– Od dzisiaj, od teraz, od tej chwili nie chcę więcej słyszeć o twoich wyskokach. Masz się wziąć do roboty i co wieczór chcę dostać karafkę wypełnioną po brzegi twoim potem. Marcel Cargo też pretenduje do tytułu. Powiem ci coś: Olivier, menadżer mistrza Francji, zapowiedział, że nie chciałby wystawić swojego chłopaka przeciwko Cargowi. To świadczy o poziomie, jaki Cargo osiągnął. Nie sypiam po nocach, odkąd to usłyszałem.

Diuk ustalił drakoński program przygotowań. Przez dziesięć dni nie miałem ani minuty dla siebie. Trening gonił trening i treningiem poganiał w iście piekielnym rytmie. Przed południem biegałem po plaży. Po południu ćwiczyłem w sali przy rue Wagram. Wieczorem Gino i Frédéric zamykali mnie na klucz i pilnowali, żebym się wysypiał. Chcąc pójść do toalety, musiałem prosić o pozwolenie. Kiedy kładłem się do łóżka, światło gasło jak w koszarach. Ale po ciemku nikt mi nie zabraniał marzyć o Irène.

W niedzielę wyrwałem się pod pretekstem pilnej sprawy rodzinnej i wskoczyłem do autobusu do Lourmel. Nie mogłem dłużej wytrzymać. Fatma miała rodzić, więc była u siebie, nie miał kto zatem zajmować się Alarconem. Dlatego liczyłem, że Irène będzie w posiadłości. I była.

Zatrzymała mnie na obiedzie. Potem schowaliśmy się w chacie i kochaliśmy się.

Nazajutrz po treningu oświadczyłem, że nie idę z Ginem i Frédérikiem na boulevard Mascara. Gino się zjeżył, Frédéric próbował przemówić mi do rozsądku. Nie ustąpiłem. Potrzebowałem odskoczni. Bez Irène noc była bezdenną otchłanią. Filippi zgodził się podwieźć mnie do chaty Larbiego, sprzedawcy owoców, pod warunkiem że nie wróci beze mnie. Do samej posiadłości ani myślał się pchać. Nie chciał, aby ktoś go tam widział, bo mógłby przez to wylecieć z roboty. Przyjąłem jego warunki.

W następne noce z Filippim albo bez niego jeździłem do Irène. Co Gino bardzo przeżywał. Ale o szóstej rano w świetnej formie byłem z powrotem w Oranie. Na treningach dawałem z siebie wszystko, by zasłużyć na „dezercję" wieczorem.

– Gdyby Diuk się dowiedział, że tak oszukujemy, powiesiłby nas na żyrandolu – biadolił Frédéric.

Nie dbałem o to.

Noc z Irène warta była wszystkiego.

Gino mi zapowiedział, że wybiera się do Bône z Frédérikiem i De-Stefanem. Na zwiady. Diuk chciał na miejscu mieć ekipę, która będzie doglądała przygotowań do walki z Marcelem Cargiem. Odprowadziłem ich na dworzec, aby mieć pewność, że to nie zmyłka. Kiedy pociąg odjechał, wsiadłem do taksówki i kazałem się wieźć do Irène. Przez dużą część wieczoru dotrzymywaliśmy towarzystwa Alarconowi, po czym położyliśmy go spać. W Saint-Eugène było wesołe miasteczko. Irène zgodziła się pójść ze mną.

Zabawa trwała w najlepsze. Rodziny w komplecie tłoczyły się przy różnych atrakcjach: jedni zarzucali pętlę, inni strzelali do kartonowych celów. Mocni w gębie dziadkowie z zakasanymi rękawami odsłaniającymi zwiotczałe bicepsy próbowali swoich sił przy młocie ku uciesze dzieciarni. Podejrzane wróżki na obrzeżach grupek ludzi czyhały na ofiary, by przepowiedzieć im przyszłość z kart. Wypacykowany klaun żonglował pośród czeredy ucieszonych maluchów. Zabawić tutaj mógł się każdy, a ja widziałem jedynie Irène, cudowną w gipiurowej spódnicy. Była w tłumie jak Gwiazda Polarna na Drodze Mlecznej. Dekolt ładnej bluzki w lilie odsłaniał jej szyję, czarne włosy opadające na ramiona podkreślały delikatność rysów. Chłopaki oglądały się za nią, ścigały ją gwizdami. Irène śmiała się głośno, mile tym łechtana. Grupka podchmielonych żuawów zaczęła krążyć wokół nas. Powiedziałem do nich parę słów po arabsku i zaraz zostawili nas w spokoju. Na strzelnicy chciałem wygrać maskotkę dla Irène, lecz ani razu nie trafiłem. Prawdopodobnie dlatego, że cały dygotałem. Taki byłem szczęśliwy i taki dumny, kiedy obejmowała mnie w pasie! Nigdy nie zapomnę tamtej nocy. Lampiony, latarnie, gwiazdy na niebie, wszystko świeciło dla nas. Odkrywałem na nowo świat utracony, doznania co prawda odświe-

żone, ale nadzwyczajnie intensywne. Z Irène u boku byliśmy całym
światem kroczącym naprzód. Zachwycała się byle czym, oklaskiwa-
ła akrobatów, z radością przegrywała, chichotała, kiedy i mnie się
nie udało wygrać. Było to magiczne. Przekąsiliśmy coś przy budce
z jedzeniem, stojąc w tłumie, ostrożnie gryząc gorące zapiekanki;
ścigaliśmy się na drewnianych konikach karuzeli obleganej przez
dzieci. Chyba w życiu tak się nie uśmiałem. Śmiałem się z niczego,
śmiałem się bez powodu, śmiałem się, ponieważ Irène się śmiała.
Na autodromie, gdzie wózki zderzały się bez ustanku, rodzice za-
chęcali dzieci do większej bojowości. Irène miała ochotę na jedną rundkę. Na torze nie było kobiet, ale mnie to nie obchodziło.
Za nic w świecie nie odmówiłbym jej odrobiny szaleństwa. Przed
okienkiem stała długa kolejka. Ustawiliśmy się w niej, z bliska na-
pierali na nas żołnierze. Mieli w czubie i kleili się do pań, próbując
je obmacywać. Czyjaś ręka zuchwale sięgnęła do spódnicy Irène;
pokazałem tylko pięść i chojrak raz-dwa się wycofał. Wskoczyw-
szy do pojazdów, ruszyliśmy do ataku na innych niewyrobionych
kierowców. Pod wpływem zderzeń aż podskakiwaliśmy na siedzeniach, rechocząc rubasznie. Irène bawiła się jak pensjonarka. Żarówki oblewały jej twarz wielobarwnym światłem. Promieniała;
sam jej widok sprawiał, że czułem się szczęśliwy, tak szczęśliwy, że
nigdy bym nie pomyślał, iż może mnie to spotkać.

Upojeni sobą nawzajem opuściliśmy Saint-Eugène koło północy. Z szumem w głowie. Umęczeni, lecz przeszczęśliwi.

Zrobiło się późno. Nie było już autobusu do Lourmel, taksówki także nie było.

– Muszę się nauczyć prowadzić – powiedziałem. – Kupię samochód i nie będziemy musieli się oglądać na zegarek.

Prawdę mówiąc, nie szukałem taksówki. Miałem nadzieję, że
w ten sposób zmuszę Irène, by spędziła ze mną noc w domu przy
boulevard Mascara. Ku mojej ogromnej radości nie widziała w tym
nic zdrożnego.

– To twój dom? – spytała, oglądając mieszkanie.
– Mojego przyjaciela Gina. Pojechał do Bône.

– Rozumiem – powiedziała, zerkając na mnie domyślnie. – Mógłbyś mi zrobić kąpiel?

– Jedna chwila. Zaraz nagrzeję wody.

Kiedy skończyła się myć, podałem jej duży ręcznik kąpielowy. Stała w balii naga, włosy oklejały jej twarz. Dłoń mi drżała, gdy wycierałem jej plecy.

– Masz znamię na pośladku – powiedziałem.

– Urodziłam się z nim.

– Wygląda jak czerwony owoc.

– To truskawka.

Wyszła z balii, zabrała mi ręcznik, który rzuciła na podłogę, wzięła mnie za rękę, położyła na łóżku i nakryła sobą.

Wstawał dzień; nie zmrużyliśmy oka do rana. Chcieliśmy się nasycić każdą chwilą, chcieliśmy, aby ta noc do nas należała. Byliśmy władcami pokoju zbyt małego, by pomieścił nasze zmagania; nie musieliśmy już się spieszyć, kochać się ukradkiem. Po raz pierwszy w życiu kochałem się bez skrępowania i bez lęku, nie bałem się, że służąca zapuka do drzwi albo że klient niecierpliwi się w korytarzu.

Pragnąłem, by dzień zapomniał o nas, by minuty się rozciągały i czas trwał i trwał. Tyle że czasu nie da się obłaskawić. Dzień wstawał nieuchronnie, należało zostawić nieco marzeń na przyszłość.

– We wtorek jadę do Bône – powiedziałem z żalem.

– Po co?

– Na mecz z Marcelem Cargiem.

– Ach...

– To bardzo ważny mecz.

– Dla mnie mecz bokserski czy walka kogutów to jedno i to samo.

– Taki mam fach.

– Są inne zawody. – Powiodła palcem po moich wargach, leciutko, czule. – Jak naprawdę masz na imię?

– Amajas.

– Co znaczy?

– Chyba gepard czy coś w tym rodzaju.

– Amajas... Ładnie. Jak imię dziewczyny. W każdym razie brzmi lepiej niż Turambo.

– Może, ale nie ma historii. Turambo streszcza moje życie.

– Opowiesz mi o nim kiedyś?

– Kiedy tylko zechcesz.

Oparła się na łokciu, aby być wyżej niż ja, spojrzała na mnie z uśmiechem, znowu się przytuliła.

– Kochasz mnie?

– Tak.

– Więc powiedz mi to... Powiedz, że mnie kochasz.

– Wątpisz?

– Chcę usłyszeć, jak to mówisz. To ważne dla kobiety, ważniejsze niż walka kogutów.

– Szaleję za tobą.

– Powiedz: ko-cham-cię...

– Nie mówi się takich rzeczy wśród moich pobratymców.

– Miłość to nie rzecz.

– Nigdy nie słyszałem, żeby ktoś u nas to powiedział.

– Nie jesteś wśród swoich, jesteś ze mną. No już, słucham.

Zamknęła oczy, nastawiła uszu. Kropelki potu błyszczały na jej skórze. Jej zapach przepełniał mi głowę maleńkimi iskierkami. Zapragnąłem wziąć ją znowu i nigdy nie wypuścić.

– Zapomniałeś języka w gębie?

– Irène...

– Tak? – rzekła zachęcająco.

– Proszę...

– Nie ma mowy. Powiesz to albo przestanę ci wierzyć.

Odwróciłem głowę do ściany. Irène złapała mnie za brodę, zmusiła, bym z zamkniętymi oczami znalazł się twarzą zwrócony do niej.

– To się dzieje tu i teraz, mój drogi.

Odetchnąłem głęboko.

– Ko...

– Ko...?

– Kocham cię – wyrzuciłem wreszcie z siebie.

– No widzisz? To proste...

Otworzyła oczy i zatonąłem w nich.

Kochaliśmy się do południa.

Godzinę przed walką z Marcelem Cargiem awaria prądu wprawiła ekipę w nieopisaną panikę. Zaczęto mówić o sabotażu i ewentualnym przeniesieniu meczu na inny termin. Policja wzmocniła siły porządkowe, aby intruzi nie mogli się przedostać do sali, a widzowie z niej nie wyszli. W szatniach oświetlonych latarkami zapanowała niepokojąca nerwowość. Ponieważ technicy długo nie mogli się uporać z przywróceniem napięcia, ściągnięte na gwałt ciężarówki świeciły reflektorami w okna sali, aby uspokoić ludzi wystraszonych w ciemnościach. Frédéric co rusz biegał po wieści, lecz ciągle wracał z niczym. Atmosfera robiła się koszmarna. Starałem się zachować spokój, ale popłoch DeStefana był zaraźliwy. Nie mógł usiedzieć w miejscu, wydzierał się na organizatorów, bez powodu sztorcował Salvę. Do naszej szatni przyszedł Mus, czarnoskóry osiłek. „To tylko wyłączenie – oznajmił. – Zdaje się, że w Bône często się zdarza. Niedługo będzie naprawione. Moim zdaniem tu chodzi o taką zagrywkę, żeby zdenerwować rywala. To miasto słynie z szowinizmu. Miejscowi gotowi są na wszystko, byle dać popalić przeciwnikowi skądinąd". Udzielił mi kilku rad, namawiał mnie, żebym zachował zimną krew, po czym przeprosił, że musi iść, nie chce bowiem, aby ktoś zajął mu miejsce.

Gromki okrzyk ulgi wstrząsnął salą, gdy światło wróciło. W szatniach słyszeliśmy nawołujących się ludzi, hałas przesuwanych krzeseł; powrót normalności rozluźnił nas, DeStefano wreszcie mógł usiąść na ławce i zacząć się modlić.

W sali spowitej dymem papierosowym były dzikie tłumy. Musieliśmy rozpychać się łokciami, by utorować sobie przejście do ringu. Wejście Marcela Carga wzbudziło namiętności. Był z niego chłop na schwał o skórze tak jasnej, że wyglądała jak oprószona mąką, z włosami ostrzyżonymi przy samej skórze i nieodgadnionym spojrzeniem. Przystojniak mimo złamanego nosa i szerokich ust. Ważył kilka kilo mniej ode mnie, ale miał muskularne ciało i długie ręce. Runął na mnie, zanim jeszcze przebrzmiał gong. Ewidentnie przygotował się świetnie. Szybki, zwinny, unikał moich ciosów tylko po to, by zaraz na nie odpowiadać z zegarmistrzowską precyzją. Poruszał się swobodnie, trzymał mnie na dystans dzięki groźnemu dużemu zasięgowi ramion, udaremniał moje podpuchy z elegancją, która wprawiała w zachwyt widownię. Przez trzy pierwsze rundy Marcel Cargo prowadził na punkty. Miałem problemy z wymierzeniem swojego sierpowego. Mistrz z Bône był jak węgorz. Chociaż spychałem go do rogu, zawsze udało mu się wywinąć i jednym skokiem znajdował się pośrodku desek, nogami pracując bez przerwy i prawą wymierzając ciosy. W czwartej rundzie rozciął mi łuk brwiowy. Sędzia sprawdził, czy rana jest poważna, i pozwolił mi kontynuować walkę. Po ciosie oko mi spuchło; widzenie miałem ograniczone, lecz poza tym byłem w pełnej formie. Czekałem jedynie na chwilę, gdy będę mógł zastosować swój lewy sierpowy. Marcel był niebywale zwinny i miał kapitalną technikę. W piątej rundzie popełnił fatalny błąd. Rzucił mnie na ziemię po raz drugi. Sędzia zaczął odliczanie. Udawałem, że słaniam się na nogach. Marcel połknął haczyk. Włożył wszystkie siły w ostatni cios, aby mnie wykończyć. W zapamiętaniu opuścił gardę i wtedy mu przygrzmociłem lewym. Cargo obrócił się wokół własnej osi ze zwieszonymi rękami, głową przechyloną na ramię. Nie musiałem go dobijać – był załatwiony, zanim legł na deskach. Śmiertelna cisza ogarnęła salę. Ludzie zastygli na krzesłach równie oszołomieni jak mój przeciwnik. Słychać było tylko krzyki menadżera, który nawoływał swojego pięściarza, aby się podniósł. Marcel się nie ruszał. Leżał na plecach z przekrzywionym ochraniaczem zębów – był znokautowany. Sędzia skończył odliczanie i zaprosił sekundantów na ring. Nie udało im się ocucić Marcela. Na podwyższeniu było coraz więcej osób. Sędzia zwąchał, że sprawy mogą się potoczyć nie po jego myśli, toteż dyskretnie okraczył liny i rozpłynął się w tłumie. Naraz menadżer Marcela rzucił się na mnie, wrzeszcząc: „Chcę zobaczyć, co ma w rękawicy... Chcę zobaczyć, co ma w rękawicy... Nikt jeszcze nie znokautował Marcela w taki sposób... To niemożliwe... Ten pieprzony Arab ma coś w rękawicy!". Salvo odepchnął kogoś, oberwał z byka, przyłożył tamtemu i zaczęła się nawalanka. W ciągu kilku minut bijatyka niczym ogień trawiący słomę rozprzestrzeniła się po całej sali, stawiając naprzeciw siebie chrześcijan i muzułmanów – poleciały krzesła, posypały się wściekłe ciosy przy wtórze wielojęzycznych przekleństw i krzyków nawołujących do ukatrupienia wroga. Do sali wpadła policja, funkcjonariusze czym prędzej wyprowadzili notabli i oficjeli, a następnie runęli na awanturników i Araberberów. Widok był niewiarygodny, istne szaleństwo. Wrzaski i policyjne gwizdki dominowały nad łoskotem krzeseł. Wyłączono światło i wszyscy gremialnie rzucili się do wyjść.

Jeszcze tej nocy opuściliśmy Bône, bojąc się, że zostaniemy napadnięci w hotelu. Upchani w ośmiu w gruchocie arabskiego sklepikarza, który wzruszony naszym rozpaczliwym położeniem zgodził się wywieźć nas z miasta. Dotarliśmy z nim do jakiejś zapadłej stacyjki w odległości około sześćdziesięciu kilometrów od stolicy prowincji. Wsiedliśmy do pierwszego pociągu do Algieru, tam zaś przesiedliśmy się do pierwszego połączenia do Oranu, gdzie czekała na nas delegacja z kwiatami i chorągiewkami. O moim zwycięstwie nad Marcelem Cargiem wiedziało już całe miasto. Gazeta „L'Écho d'Oran" poświęciła temu tematowi całe trzy strony. Nawet „Le Petit Oranais" wprosił się na uroczystości, choć raz wychwalając umiejętności „syna tego miasta".

Diuk wydał huczne przyjęcie w kasynie Bastrana. Goście zostali starannie dobrani. Dygnitarze, oficerowie w mundurach, wpływowi biznesmeni i deputowani tłoczyli się w przytłumionym gwarze. Bollocqowie przyjmowali gratulacje i wyrazy uznania przy wejściu. Każdy z gości pragnął się z nimi przywitać. Diuk odgrywał swoją rolę z iście monarszą pompą. Uwielbiał być w centrum uwagi. Nie ja byłem bohaterem, lecz on. Byłem zły, że pokazuje mnie jak trofeum, po czym zaraz odsuwa na dalszy plan, eksponując siebie. Kimże właściwie byłem dla niego? Kanciarzem, mataczem, błaznem? Doprawdy, kiedy sterczałem uwięziony między jego i własnym cieniem, nikt się mną zanadto nie interesował.

Przyjęcie w Bastranie osiągnęło apogeum. Orkiestra grała lekkie melodie. Gino zajęty był uwodzeniem Louise i spełnianiem każdego jej kaprysu. DeStefano gdzieś zniknął. Nie wiedziałem, co ze sobą zrobić, z kim zamienić choćby parę słów. Niewygodnie mi było w za sztywnym garniturze, pośród balujących, którzy ze wszystkich stron chuchali na mnie alkoholem. Od czasu do czasu ktoś nieznajomy przedstawiał mnie innemu nieznajomemu, który rzucał coś w stylu „a więc to ten mistrz" i już pędził dalej nadskakiwać temu czy owemu decydentowi, ponieważ tego rodzaju spotkania są przede wszystkim okazją do nawiązania korzystnych znajomości i odświeżenia notesu z adresami.

Nie lubiłem takich światowych przyjęć. Co za nuda! Zawsze taka sama namiastka przyjaźni, takie same wymuszone śmiechy, takie samo zjadliwe gadanie. Na tego typu prestiżowych zgromadzeniach, pośród szczebioczących pań i dystyngowanych panów, byłem tylko wystawianym w walkach kogutem, który wzbudzał bardziej ciekawość niż podziw. Wielu składało mi gratulacje z daleka, aby nie uścisnąć mojej dłoni. Odnosiłem wrażenie, że pomyliłem piętra, jestem odstawiony na boczny tor. To nie był mój świat. Nienawidziłem tej zgrai parweniuszy, ludzi zgrywających się na snobów, natchnionych przeniewierców. Wśród takich jak oni źle się czułem. Myśleli tylko o tym, by zyskać: zyskać teren, zyskać czas, zyskać na wymianie. Karierowicze, przemysłowcy, rentierzy czy świeżo ozdrowiali piraci, wszyscy jak odlani z jednej formy, myśleli tylko o tym, co zrobić, aby zaowocowały ich pomysły, a oni mogli wspiąć się wyżej, i byli niejako pozbawieni szczypty szlachetności, przypominali tylko piękne oblicza bez cienia uśmiechu. Dla nich ile kto miał, tyle był wart. Jeśliś został bez grosza, nikt się z tobą nie liczył. Nie było porównania z Madina Dżadidą, Eckmühl, Derbem, Saint-Eugène, Lamur czy Sidi al-Huwari, gdzie dobry humor pomagał pokonywać przeciwności. My też mieliśmy własnych bufonów i ważniaków, własnych kacyków i dygnitarzy, tyle że nasi mieli serce i czasami umiar. U nas, w ubogich dzielnicach, oszustwo było jedynie zabawą towarzyską, podczas gdy u elit z centrum miasta stawało się drugą naturą. Byłem świadom, że świat taki już jest, że są rodziny zamożne i ubogie i że ten stan rzeczy z pewnością ma jakieś znaczenie moralne i sens. Ale przy tych odmieńcach w białych kołnierzykach, którzy deptali mi po nogach, nie przepraszając, albowiem traktowali mnie jak powietrze, nie czułem, żebym mógł się czegokolwiek dochrapać: dla nich byłem tylko znoszącą złote jajka kurą, która sama wskoczy do garnka, kiedy skończy się nieść.

Wyszedłem zaczerpnąć powietrza.

Nie ma nic straszniejszego od bożyszcza, które nikogo nie obchodzi.

Na zewnątrz długi sznur samochodów ustawionych wzdłuż ulicy czekał na swoich właścicieli. Szoferzy zebrali się grupkami i gawędzili, ćmiąc papierosy; niektórzy drzemali za kierownicą.

Poprosiłem Filippiego, żeby mnie zawiózł na boulevard Mascara.

– Czekam na Gina – odparł.

– Dobrze się bawi. Jeszcze mu trochę zejdzie.

– Wybacz. Takie dostałem polecenie.

Pojechałem tramwajem na place d'Armes i piechotą poszedłem na rue du Général-Cérez. Byłem oburzony.

Alarcon miał świadomość, jakim uczuciem darzę jego córkę. Praktycznie co dzień zjawiałem się w jego posiadłości. Czasami spędzałem tam noc. Irène wydawała się ze mną szczęśliwa. Lubiliśmy łazić po lesie i robić razem zakupy. W Lourmel przywyknięto do naszego widoku. Z początku sprawunkom towarzyszyły przykre uwagi, później, ponieważ Irène miała cięty język, zaczęto nas ignorować.

Uczyłem się prowadzić, zamierzałem bowiem kupić samochód. Chciałem zabierać Irène daleko, bardzo daleko, wozić ją tam, gdzie nic nie naruszałoby naszej idylli. Jedna chwila z nią napełniała mnie szczęściem. Kiedy zaś przychodziła dla mnie pora powrotu do Oranu, stawałem się zły.

Miałem ochotę strzelić wszystkim.

W stajni byłem taki drażliwy, że byle zarzut stawał się dramatem. Nie znosiłem żadnych uwag. Gino już nie pozwalał sobie na pouczanie. On ani trochę się nie krępował z Louise. Skoro jemu wolno było wzdychać do lubej, dlaczego ja nie mogłem robić tego samego? DeStefano próbował mnie oszczędzać. Ale jego pretensjonalność działała mi na nerwy.

W jakimś stopniu uspokajałem się jedynie u Ventabrena.

Pewnej niedzieli na pustej plaży, gdy Irène brodziła w wodzie z sukienką podkasaną powyżej kolan, zacząłem patykiem rysować na piasku formy geometryczne.

– Co piszesz? – spytała z włosami rozwiewanymi przez południowy wiatr.

– Rysuję.

– Co rysujesz?

– Twoją twarz, twoje oczy, twoje usta, twoje ramiona, twoje piersi, twoje biodra, twoje nogi...

– Mogę zobaczyć?

– Nie. Rozproszyłabyś mnie.

Wyszła z wody rozbawiona i zaciekawiona, nachyliła się nad moimi dziecięcymi gryzmołami.

– To mam być ja?

– Zacząłem dopiero.

– Nie myślałam, że mam takie chude nogi, głowę okrągłą jak dynia, a biodra... O Boże! Straszne... Jak możesz się kochać w takiej brzyduli?

– Serce nie sługa. Zakochuje się i już. – Przytuliłem ją. – Jestem szczęśliwy tylko przy tobie.

Przywarła do mnie, czule przesunęła palcami po moim policzku.

– Kocham cię, Amajasie.

Fala zuchwalsza niż inne dotarła aż do nas, polizała nam stopy; cofając się, jak za dotknięciem czarodziejskiej różdżki zmyła mój rysunek.

Irène pocałowała mnie w usta.

– Chcę dzielić z tobą życie – powiedziałem.

Drgnęła. Modliłem się z całych sił, żeby nie wybuchnęła śmiechem. Nie roześmiała się. Spojrzała na mnie w milczeniu, ustami musnęła moje wargi; drżała przytulona do mnie.

– Mówisz poważnie?

– Bardzo poważnie.

Wysunęła się z moich objęć, ruszyła w stronę skały. Usiedliśmy obok siebie. Między naszymi stopami malutkie zielonkawe kraby bawiły się w chowanego, niewidoczne w falującej pianie. Horyzont spowijała mgiełka. Od skał odbijały się ostre jak cięcia brzytwą okrzyki mew.

– Zaskoczyłeś mnie, Amajasie.

– Od miesięcy jesteśmy razem. Kiedy myślę o przyszłości, nie wyobrażam jej sobie bez ciebie.

Powiodła wzrokiem po morzu, po czym zaczęła wysuwać zastrzeżenia:

– No przecież jestem starsza od ciebie.

– Dla mnie w ogóle nie masz wieku.

– Nie zgadzam się.

– Kocham cię, tylko to się liczy. Chcę się z tobą ożenić.

Plusk fal przybojowych jakby wzmógł się stukrotnie.

– Takich decyzji nie podejmuje się pochopnie – powiedziała.

– Od tygodni o tym myślę. Nie mam cienia wątpliwości: chcę ciebie...

Położyła mi dłoń na ustach.

– Cicho, posłuchajmy szumu fal.

– Nie dowiemy się z niego nic, czego byśmy nie wiedzieli.

– A co wiemy, Amajasie?

– To, czego pragniemy z całych sił.

– Co ty wiesz o moich siłach?

Głos miała cichy, spokojny. Mocno waliło mi serce. Bałem się, że mi odmówi lub zbeszta mnie jak Aida. Irène myślała ze smutną miną. Wziąłem ją za ręce, nie cofnęła ich.

– Chciałabym założyć rodzinę – wyznała wreszcie. – Ale nie za wszelką cenę.

– Twoja cena będzie moją.

Spojrzała na mnie z powątpiewaniem we wzroku.

– Jestem dzieckiem wsi, Amajasie. Lubię prostotę. Prostego męża, proste życie, bez zgiełku i wrzawy.

– Myślisz, że nie jestem w stanie ci go zapewnić?

– Cóż, nie sądzę. Żona nie dzieli się mężem z tłumem.

Chciałem zaprotestować, lecz położyła mi dłoń na ustach, potem mnie pocałowała.

– Nie komplikujmy rzeczy – szepnęła. – Korzystajmy z teraźniejszości i zostawmy ostatnie słowo przyszłości.

Nie byłem zawiedziony. Irène nie powiedziała nie.

Młody woźnica podwiózł nas do szosy. Siedzieliśmy w tyle wozu ze zwieszonymi nogami, trzymając się burty furmanki, i patrzyliśmy na morze, które wyrzucało na brzeg swoje wojska piany. Irène się nie odzywała. Kiedy zauważała, że się jej przyglądam, kuliła ramiona.

Czekaliśmy na autobus, w milczeniu siedząc pod drzewem.

Wieczorem po kolacji pomogliśmy Alarconowi położyć się do łóżka i poszliśmy się przewietrzyć w obejściu. Jesień jest u nas ponurą porą roku. Wraz z końcem lata świerszcze składają swoje skrzypce i miny wszystkim rzedną. Jesteśmy ludem słonecznym, każde naruszenie porządku na niebie przyprawia nas o szpetotę. Kiedy jest ładnie, myśli mamy pogodne i byle co wzbudza w nas entuzjazm. I wystarczy, by jedna chmura przysłoniła nam słońce, a zaraz cień pada na naszą duszę. Irène się wahała z powodu chłodu, byłem tego pewien. Usiedliśmy na cembrowinie studni, aby pogapić się na pola. Na równinie przyodzianej w tajemnicę drgały światła miasteczka, przypominając konające świetliki. Irène otuliła się szalem, pięści wcisnęła w podołek. Odkąd zeszliśmy z plaży, nic nie powiedziała.

Jej milczenie było dla mnie jak okaleczenie. Czy byłem nietaktowny? Uraziłem ją? Nie wyglądała na obrażoną, nie potrafiłem jednak zrozumieć jej melancholijnej miny.

– Nie – powiedziała, wyczuwszy, że chcę wziąć ją za rękę. – Nie przeszkadzaj mi.

– Zraniłem cię?

– Wzburzyłeś.

– Będę dobrym mężem.

– Nie dasz rady. Jestem córką boksera. Wiem, jak wygląda życie rodzinne takiego człowieka. Wcale nie jest zabawne.

– Znam takich, którzy...

– Proszę cię – przerwała mi. – Nie masz o tym pojęcia.

– Nie będę całe życie bokserem.

– Może, ale kiedy odwiesisz rękawice, będę dla ciebie za stara. A ty będziesz za bardzo sterany, żeby nadgonić stracony czas.

Tu i ówdzie zaczęły spadać krople deszczu. Wiatr się wzmógł znacznie, był zimny, niemal lodowaty. Na księżyc nasunęła się duża chmura, zasłoniła go całkowicie.

– Nie lubię, kiedy rządzi mną coś, czego nie pojmuję – westchnęła Irène. – Chcę być panią w swoim związku, rozumiesz? Nie chcę się gryźć dlatego, że mój mąż gra w orła i reszkę o nasze życie na ringu... Kocham tamto wzgórze. Kiedyś posadzę tam winorośl, żeby patrzyć, jak rośnie, i cieszyć się. Sól morska sprawi, że urodzi piękne winogrona, które będę własnoręcznie zbierała. Będę też miała kilka krów. Dzięki temu rankiem nie będzie mnie drażnił turkot wozu mleczarza. Przy odrobinie szczęścia będę hodowała ze trzy, cztery konie. Całymi dniami będę patrzyła, jak się pasą i brykają na łące. To są moje marzenia, Amajasie. Proste jak drut.

Podniosła się, by iść do domu, udała się do swojego pokoju i nie zapaliła światła. Nie zaprosiła mnie. Nie przyszła do chaty jak w poprzednie noce. Czekałem na nią, po czym nie mogąc znieść samotności, która zagościła u mnie, wolałem opuścić posiadłość. Nie było o tej porze autobusu do Oranu, potrzebowałem jednak powietrza.

Przespałem się w chacie Larbiego, sprzedawcy owoców.

5

Mama nie posiadała się ze złości. Nie cierpiała, kiedy ktoś nachodził ją niespodziewanie. Zależało jej, by goście zostali przyjęci jak najlepiej, to znaczy w domu czystym i wysprzątanym. Minęło południe, gdy zaskoczyłem ją przy obiedzie, przy niskim stoliku zastawionym resztkami jedzenia. Popatrzyła na mnie z wyrzutem. Zwłaszcza że nie byłem sam: towarzyszyła mi Irène. Mama zmierzyła wzrokiem Francuzkę, zatrzymała się na jej za krótkiej sukience, na ustach umalowanych na czerwono i odsłoniętej szyi. Kazała nam poczekać w patiu, póki nie posprząta. Irène śmiała się pod nosem z naburmuszonej starszej pani, która nawet nie raczyła się z nią przywitać.

Dzieci sąsiadki chichotały w swoim kącie, podglądając nas, ich diablęce łebki wystawały piętrowo z framugi.

Wcześniej powiedziałem mamie o Irène, lecz nie spodziewała się jej u siebie. Nasze zwyczaje tego nie dopuszczały. Zaskoczona mama nie miała wyjścia. Przede wszystkim zamknęła drzwi do pokoju, w którym gnił mój ojciec, wprowadziła nas do pokoju dziennego. Irène wręczyła jej niedużą paczuszkę.

– Czekoladki dla pani.

Usiedliśmy na matach. Irène nie wiedziała, jak naciągnąć spódnicę na kolana. Zaproponowałem jej poduszkę, którą czym prędzej nakryła nogi. Mama poczęstowała nas herbatą miętową. Kiedy raczyliśmy się naparem, szacowała wzrokiem moją dziewczynę, przyglądała jej się dokładnie, wręcz ostentacyjnie, oceniała jej wiek, siłę, krągłości, świeżość, sposób siedzenia, czym Irène poczuła się jeszcze bardziej zażenowana, aż odstawiła szklankę w obawie, że się zakrztusi.

– Mówi po arabsku? – spytała mnie mama po kabylsku.

– Tak.

– Jest muzułmanką?

– Jest wierząca.

– Zdaje mi się za stara dla ciebie.

– Ja uważam, że jest bardzo ładna.

– Prawda, jest ładna. Ale nie wygląda mi na łatwą, nie jest z tych, które dają się wodzić na pasku.

– Pewnie dlatego ją wybrałem.

– Moim zdaniem sporo wie o mężczyznach.

– Była mężatką.

– Tak myślałam. Jest za ładna, żeby się uchowała.

Irène słuchała nas z uśmiechem. Zgadywała, że rozmawiamy o niej, domyślała się znaczenia naszych słów.

– Ma pani piękny dom – rzekła po arabsku.

Mama wykonała marabucki znak, by oddalić złe oko. Nie dodała już słowa, pozwoliła sobie nawet odejść, zostawiając nas samych. Mekki przyszedł z torbą sprawunków, którą postawił na ziemi, kiedy nas zobaczył. Spojrzenie, jakim obrzucił Irène, mówiło samo za siebie. Czym prędzej wyszedł z domu przepełniony zgrozą z powodu „obraźliwego stroju tej wypacykowanej cudzoziemki".

– Nie sprowadza się do domu półnagiej kobiety – napomniał mnie później. – Założę się, że pije i pali. Nie warto się zadawać z kobietą, która śmie patrzyć mężczyźnie prosto w oczy. Na co liczysz, spotykając się z nią? Że będziesz miał pozycję taką jak jej ziomkowie? Oni cię odrzucą. Chcesz kłuć w oczy ludzi ze swojej wspólnoty? Już się nad tobą litują. – Zwrócił się do mojej matki: – Dlaczego nic nie mówisz, Taos? To twój syn.

– Od kiedy to kobieta może mieć własne zdanie?

– Zamierza poślubić niewierną. W dodatku odprawioną przez męża. Staroć, którą swoi się znudzili. Co w niej widzi lepszego niż w naszych dziewicach? Makijaż? Nieprzystojny strój? Zuchwałość? Na pierwszy rzut oka widać, że jest starsza od niego.

– Ja też jestem starsza od swojego męża.

– Mam rozumieć, że pochwalasz to, co robi twój syn?

– Robi, co chce. To jego życie.

Mekki ze złością walnął w ścianę.

– Będziemy pośmiewiskiem sąsiadów.

– A czy kiedykolwiek nie byliśmy? – odparła moja mama.

– Nadal jestem głową rodziny i powrót twojego męża niczego tu nie zmienia. Nie wyrażę zgody na związek, którego święci nigdy by nie pobłogosławili. Twój syn schodzi na złą drogę. Przestaje z niewiernymi i zaczyna się do nich upodabniać. Skoro zarabia pieniądze, czemu nie miałaby z nich korzystać dziewczyna z naszego ludu?

Zostawiłem go, by dalej narzekał, i poszedłem do Gina, do jego domu przy boulevard Mascara.

Diuk wypłacił mi z góry część pieniędzy, żebym sobie kupił sportowego fiata 508 balille. Byłem w siódmym niebie. W Madina Dżadidzie smarkateria goniła za mną z wrzaskiem iście karnawałowym. Dzieciaki wyrzucały w powietrze szaszije, pchały się pod koła. Mama kategorycznie odmówiła przejażdżki ze mną. Nie ufała mi, nie mogła się pogodzić z myślą, że jej syn ma samochód i prowadząc go, nie ląduje na drzewie.

Kochałem jechać ulicą z łokciem opartym o drzwi, z wiatrem na twarzy. Rozkoszowałem się upojeniem wolnością, której istnienia nawet nie podejrzewałem. Jeździliśmy wszędzie z Irène, wyskakiwaliśmy aż do Nemours. Nasz był Tilimsan, niewykończone jeszcze kąpielisko w Hammam Bu Hadżar, plaże Cap-Blanc. Czasami zabieraliśmy z sobą Alarcona. Jego sadzaliśmy pod drzewem, a my rozpalaliśmy ognisko. Cały dzień śmierdzieliśmy potem mięsem pieczonym na ruszcie. Wieczorami chodziliśmy do kina. Ja najbardziej lubiłem filmy płaszcza i szpady, lecz Irène nie cierpiała przemocy, nie znosiła historii, które kończyły się dramatycznie albo wręcz źle;

wolała romantyczne opowieści ze szczęśliwym zakończeniem – pocałunkiem kochanków oklaskiwanym przez widownię.

To były najpiękniejsze dni w moim życiu.

Pięć miesięcy przed wielką walką o tytuł mistrza Afryki Północnej – Pascal Bonnot, aktualny mistrz, dwukrotnie przekładał nasze spotkanie, za każdym razem pod raczej dyskusyjnym pretekstem – Diuk wezwał mnie do swego gabinetu. Byli tam też Gino, Frédéric, DeStefano i dwa byczyska o wyglądzie gangsterów, których nigdy wcześniej nie widziałem. Diuk wyłożył swój plan. Otóż uważał, a jego doradcy w pełni się z nim zgadzali, że należy jechać do Marsylii. Z jednej strony należało mnie przygotować w sekrecie, z drugiej zaś skorzystać ze wsparcia najlepszych francuskich specjalistów w tej dziedzinie.

Zgodziłem się.

Tego samego dnia oznajmiłem Irène, że wybieram się na osiem tygodni na drugi brzeg Morza Śródziemnego. Byliśmy w stajni, Irène szczotkowała klacz. Nie zareagowała, dalej czesała końską sierść, jakby nie usłyszała. Na wzgórzu padał lekki deszczyk.

– Chciałbym, żebyś pojechała ze mną do Marsylii.

Prychnęła lekceważąco.

– Chcesz, żebym pojechała z tobą do Francji?

– Tak.

– A ojciec?

– Jego też zabierzemy.

Odłożyła zgrzebło, okryła konia derką. Ruchy miała gniewne.

– Ojciec nie będzie chciał się stąd ruszyć. Ta ziemia to jego życie. Żadne miejsce na świecie nie pasuje lepiej do jego duszy niż te wzgórza. Jaki inny krajobraz pozwoliłby mu zapomnieć o tym wspaniałym widoku gajów pomarańczowych i winnic, które się ciągną aż do Musarghinu, o makii, w której nocą wilki wyją do księżyca? – Przesunęła mnie nieco, by wpuścić do środka światło, które zasłaniałem. – Ani mój ojciec, ani ja nigdy się nie zgodzimy stracić z oczu tej ziemi, która dla nas jest tym, co bogom udało się najlepiej.

– Wrócimy tu po wszystkim.

– Czyli po czym? Mówię ci, że nie zgodzimy się stracić z oczu tej ziemi. Choćby na dzień, choćby na minutę. Nawet kiedy śpimy, we śnie widzimy tylko ją.

Wyszedłem za nią na podwórze. Szła szybko, jakby próbowała ode mnie uciec.

– Irène, tu chodzi o moją karierę.

– Nie przeczę. I nie zabraniam ci jechać, gdzie chcesz. Jeszcze nie mamy ślubu. Zresztą nie sądzę, żebyśmy go w ogóle wzięli. Nienawidzę boksu.

– To fach taki jak inne. Mój fach.

Przystanęła nagle, obróciła się na pięcie i stanęła przede mną twarzą w twarz z ustami drżącymi z gniewu.

– A co to za fach, w którym wystarczy dwa razy pod rząd paść na deski, żeby zaczęło się zejście do piekieł? Wiem coś o tym, wyobraź sobie, i wcale mnie to nie kręci. Pipo Algierczyk, Fernandez, Sidiba Marokańczyk trenowali u nas. Zajmowali tę chatę co ty teraz i biegali po tych samych ścieżkach. Wszyscy się uważali za pomniki nie do zrzucenia z piedestału. Dziewczyny mieli na wyciągnięcie ręki, tłumy ich wielbiły. Gazety drukowały ich zdjęcia, afisze wisiały na murach. Marzyło im się złoto i szalone życie, Pipo planował zbudować sobie pałac na wzgórzach Kubby. Po czym pewnego wieczoru w sali pękającej w szwach, w świetle jupiterów dup! Znalazł się na deskach! Powszechne zaskoczenie. Niepokonany Pipo leży na deskach! I wszystko mu się zawaliło. Z tego, co ostatnio słyszałam, ma w żyłach więcej alkoholu niż krwi i nie umie trafić do własnego domu.

– Ja to nie Pipo.

– Nie szkodzi, czeka cię taki sam los. To nieuniknione. Pewnego dnia trafisz na silniejszego od siebie i wylecisz na margines. Wielbiciele odwrócą się od ciebie, bo ich serce bije tylko dla świeżego mięsa. Będziesz próbował wrócić, stając do walki z miernotami. Będą cię pokazywali na ringu jak jarmarcznego osiłka. A kiedy wyssą z ciebie wszystkie soki, zaczniesz topić smutki w podłych barach i będziesz mi zakłócał spokój nocą w domu. A jeśli okażę niezadowolenie, przyłożysz mi, by udowodnić, że wcale nie jesteś taki ostatni.

– Nigdy nie podniosę ręki na ciebie.

– Tak się mówi, kiedy nie jest się pijanym na umór. Mój ojciec, wracając wieczorem do domu, zawsze miał kwiatek dla mojej matki. Był troskliwy, czuły, naprawdę szanował żonę. Była jego wisienką na torcie... Tak samo pewnie jak ty wspinał się coraz wyżej, święcie wierząc, że dostanie się na szczyt i tam zostanie. Tak jak ty na początku kariery wygrywał walkę po walce. Wszystko mu się udawało. W wieku dwudziestu siedmiu lat był mistrzem Francji i o mało nie został mistrzem świata. Potem trafił na lepszego od siebie. Pozbawiony tytułu, zaczął wątpić i zmieniać się. Kiedy wygrywał, stawał się ojcem, jakiego znałam. Kiedy przegrywał, przeobrażał się w potwora, którego dopiero poznawałam. Do domu wracał już bez kwiatka dla mamy, burczał tylko i szukał pretekstów do zwady. Leżąc w łóżku, słyszałam, jak wyklina na czym świat stoi. Rano mama zostawała w sypialni, żebym nie zobaczyła śladów po uderzeniach na jej twarzy. Wieczorem, gdy czuła, że ojciec niedługo wróci, drżała jak koza widząca skradającą się hienę. Żeby pokonać strach, zaczęła pić. Czasami nocą uciekała przez okno. Ojciec szukał jej po sąsiadach albo w polu. Przyprowadzał ją, obiecując, że już nigdy nie podniesie na nią ręki, że już nie będzie pił, że już nigdy się nie pomyli, kto jest wrogiem, a kto nie. Spokój trwał kilka dni, tydzień, po czym znienacka zaczynało się to samo od nowa.

Jej wykrzywiona bólem twarz była tuż przy mojej, na rzęsach zawisły łzy. Mówiła dalej, dobitnie akcentując słowa:

– Moja matka przeżywała piekło. Osoba anielskiej urody zestarzała się w wieku trzydziestu pięciu lat. Całą sobą zaświadczała o swoim cierpieniu. Aż do wieczoru, gdy uciekła z domu i więcej nie wróciła. Odeszła na dobre, wszelki ślad po niej zaginął... Tak, tak, Amajasie, moja matka odeszła, żeby nie służyć dłużej jako worek treningowy zdetronizowanego mistrza bokserskiego... Od tej pory nienawidzę boksu. To nie jest fach, to nałóg! Nie wybacza się upadłym bożyszczom. Wiwaty są znacznie bliższe wygwizdaniu niż rozczarowanie szaleństwu. Nie chcę dzielić życia z człowiekiem poranionym na ciele i duszy. Nie wyobrażam sobie siebie, jak starzeję się przy zgorzkniałym pijaczynie. To nie dla mnie, Amajasie. Chwała na ringach jest jak jo-jo i nie lubię ani jej wzlotów, ani upadków. Jestem głupią, naiwną marzycielką. Dla mnie szczęście to harmonia rzeczy. Chcę żyć z mężczyzną, który na moje pola będzie spoglądał takim wzrokiem jak ja i tak samo jak ja będzie miał w pogardzie iluzoryczne zaszczyty. Tylko pod tym warunkiem uwierzę, że mnie kochasz. Ja ciebie także będę kochała, z całego serca i ze wszystkich sił.

Diuk garściami rwał włosy z głowy, usłyszawszy, że rezygnuję z przygotowań w Marsylii. Zdaniem Frédérica o mało nie dostał apopleksji. Jego krzyki niosły się korytarzami na wszystkie piętra budynku. Część pracowników uciekła z biur, inni ukryli się za stosami papierów. Nie wzruszyło mnie to. Odmówiłem wyjazdu do Marsylii. Gino zwymyślał mnie od najgorszych. „Kiedy wreszcie przestaniesz świrować? – wrzasnął, nerwowo rozluźniając węzeł krawata. – Już nie mogę wszystkiego po tobie odkręcać". Nie udało mu się przekonać mnie. Diuk się nie patyczkował. Zwyczajnie zagroził Ginowi, że go wyleje, jeśli nie uda mu się przemówić mi do rozumu.

Francis stwierdził, że próba wpłynięcia na takiego zatwardziałego głąba to strata czasu.

– Policja mówi, że nacjonalistyczni agitatorzy uaktywnili się w meczetach, hamamach i kawiarniach. Ani chybi Turambo dał się nabrać na ich gadanie. On łatwo ulega wpływom, więc pewnie jakiś krętacz w turbanie nabił mu głowę kretyńskimi ideami.

– Nie zajmuję się polityką! – zawołałem.

– No to pewnie ktoś z rodziny albo zazdrosny sąsiad namieszał ci we łbie. Arabstwo zawsze odrzuca sukces. Jak tylko ktoś z was wystawi głowę, ziomkowie zaraz ją usiłują uciąć.

– Co mi tu sugerujesz, Francis?

– Próbuję ci oszczędzić upadku. Nie powinieneś słuchać swoich. To zawistnicy. Mają ci za złe, że coraz mniej ich przypominasz, że jesteś na drodze sukcesu. Zazdroszczą ci. Nie myślą o twoim dobru, tylko dążą do twojej zguby. Chcą, żebyś się usunął, żebyś stał się własnym cieniem, bo wtedy wszyscy znów będą w mroku. Właśnie dlatego wleczecie się w ogonie narodów. Wiecznie żrecie się między sobą, zwalczacie nawzajem, niszczycie się oszczerstwami i zdradą.

– Moi pobratymcy nie mają nic wspólnego z tą decyzją.

– Do diabła! Zdajesz sobie sprawę, jaki dół pod sobą kopiesz?

– Ty do niego nie wpadniesz.

Francis splunął w bok.

– Wiedziałem, że każdy Arab jest uparty jak osioł, i teraz rozumiem, czemu jesteś ich mistrzem.

Zrobiłem krok w jego stronę; dobył z kieszeni nóż sprężynowy.

– Tylko mnie dotknij tymi brudnymi łapskami, a nie zostawię ci ani jednego palca, żebyś mógł się podetrzeć.

W oczach płonął mu morderczy blask. A najdziwniejsze, że ani DeStefano, ani Frédéric, ani Gino nie oburzyli się na zachowanie Francisa. Znajdowaliśmy się w biurze menadżera. Na zgnębionych twarzach otaczających mnie osób czytałem głuchą niechęć. Zemdliło mnie na widok ich zaciśniętych szczęk, mięśni napiętych do bólu, zesztywnienia. Miałem dokoła samych obcych. Ci ludzie, których kochałem, kompani, których ceniłem sobie jak rodzinę, koledzy, z którymi dotąd dzieliłem radości i smutki, zgodnie mnie odtrącali tylko dlatego, że raz nie zgadzałem się z ich zamiarami. Zrozumiałem wtedy, że jestem tylko współczesnym gladiatorem, galowym niewolnikiem nadającym się do zabawiania gawiedzi, że moje panowanie ogranicza się jedynie do areny, poza którą w ogóle się nie liczę. Nawet Gino na pierwszym miejscu postawił własny interes; ważniejsze dlań były jego przywileje niż moje rany. Czułem się zraniony do głębi. Zraniony i zniesmaczony.

W rozpaczy wodziłem wzrokiem od Gina do Frédérica, od DeStefana do sprężynowca.

– Wy sępy! – krzyknąłem. – Moje uczucia nic dla was nie znaczą. Nie obchodzą was. Dla was liczy się tylko jedno: ciosy dla mnie, forsa dla was.

– Turambo... – jęknął Gino.

– Cicho! – warknąłem. – Myślę, że wszystko zostało już powiedziane.

Francis zaczął składać nóż. Wymierzyłem mu z prawej cios, który rzucił nim o ścianę. Zaskoczony osunął się na podłogę, rękami trzymając się za twarz. Na widok swoich zakrwawionych palców wydarł się:

– Kurwa! Rozwalił mi nos!

– A czegoś się spodziewał po jaskiniowcu? – rzekłem.

W drobny mak rozleciała się szyba w drzwiach, kiedy je zatrzasnąłem za sobą.

Kilka dni później podsłuchałem, jak Jérôme mleczarz pyta Alarcona, czy faceci, którzy go odwiedzili, to jakieś bandziory. Gawędzili za stajnią, w słońcu, stary bokser na fotelu inwalidzkim, a mleczarz siedząc okrakiem na swoim wózku. Po odjeździe mleczarza postanowiłem wywiedzieć się więcej o tej dziwnej wizycie. Alarcon wzruszył ramionami.

– Eee! To nic takiego – wyznał. – Twoi kumple są w kłopocie. Mówili, że nie chcesz jechać do Marsylii na przygotowania, i prosili, żebym ci przemówił do rozumu.

– I?

– Uważam, że taki pobyt we Francji jest dla ciebie ważny.

– Grozili ci?

– Czemu mieliby mi grozić? Zostałem wystarczająco ukarany tym... Wiesz co, chłopcze? Kiedy wybrało się jakąś drogę, choćby i trudną, trzeba twardo nią iść. Inaczej nigdy się nie dowiesz, co było na jej końcu. Jesteś mistrzem. Uosabiasz kupę wyzwań i skupiasz na sobie niewyobrażalne nadzieje. W tego rodzaju przygodach nie ma miejsca na humory. Robisz, co ci każą, i już. Irène to porządna dziewczyna, ale kobiety nie wiedzą, w którym momencie powinny dać sobie spokój z wtrącaniem się w męskie sprawy. Są zaborcze i przeceniają swoją rolę w życiu. Sprawy istotne sprowadzają do drobiazgów, które im pasują. Mężczyźni są z natury zdobywcami. Potrzebują przestrzeni, pola do manewru równie dużego jak ich pragnienie wygranej. Wojna to męska obsesja. Władza, rewolucje, wyprawy, wynalazki, ideologie, religie, w ogóle wszystko, co podlega zmianom, co daje się naprawić, co można zniszczyć i odbudować, należy do sfery męskiego powołania. Gdyby to zależało tylko od kobiet, ciągle jeszcze ogryzalibyśmy mamucie kości w jaskiniach. Bo kobieca natura jest niska, pozbawiona prawdziwych ambicji. Dla kobiety świat kończy się na rodzinie, a upływ czasu mierzony jest dorastaniem dzieci. Jeśli wolno mi coś poradzić ci, chłopcze: jedź do Marsylii i nie odchodź od stołu, kiedy na uczcie rozdają wieńce laurowe i tytuły. Dla mężczyzny życie bez sławy to najzwyczajniej jedna wielka agonia.

Moim zdaniem można by dyskutować z jego skrótami myślowymi, lecz za bardzo szanowałem weterana ringu, aby spytać, co się stało z jego żoną i co robi na wózku inwalidzkim, pokazując plecy reszcie świata. Zbyt dużą przykrość sprawiał mi jego upadek, aby jeszcze rzucić mu w twarz, że „żadne pole chwały nie równa się z kobiecym łożem", że żadna sława nie wynagrodzi zniszczonej miłości.

Gino popadł w czarną rozpacz. Jak twierdził jego sąsiad, od czterech dni tkwił za zamkniętymi drzwiami i okiennicami. Z pobrużdżoną twarzą i rozczochranymi włosami siedział zgarbiony przy kuchennym stole, rękami obejmując głowę, na blacie stała pusta butelka po alkoholu obok przewróconej szklanki. Nie przypominałem sobie, żebym widział go kiedyś pijanego. Opuszczone szelki zwisały mu po bokach, podkoszulek pozostawiał wiele do życzenia.

Podniósł na mnie wzrok zbitego psa.

– Byłeś z facetami, którzy przyszli nastraszyć Ventabrena? Wykonał nieokreślony ruch ręką.

– Wpieprzasz mnie.

– Nie odpowiedziałeś na pytanie, Gino. Byłeś z nimi?

– Nie.

– Czego się spodziewali?

– Ich zapytaj.

– Kto to był?

Gino jednym gestem zmiótł wszystko ze stołu. Butelka i szklanka roztrzaskały się na podłodze.

– Odstawiłeś cyrk i jeszcze ci mało? Przychodzisz wkurzać mnie w moim własnym domu?

– Kto to był?

– Tacy dwaj z Marsylii. Dobrze ci radzę: nie zadzieraj z nimi. Jak w coś inwestują, chcą dobrze zarobić. Postawili na ciebie, a przegrywać za diabła nie umieją.

– Próbujesz mnie nastraszyć, Gino?

– To nic nie daje, jak człowiek nie ma świadomości zagrożenia.

– Czemuś mi nic nie powiedział?

– Bo nie słuchasz. – Odepchnął krzesło, aby wstać, zachwiał się, usta wykrzywiała mu złość. – Jesteś uparty jak muł, Turambo. Przez ciebie nasza ekipa ma przechlapane, a wszystkie wysiłki idą na marne. Walczyłeś, żeby dojść do źródła, a jak dotarłeś na miejsce, plujesz do niego. To prawda, nie widzisz dalej czubka własnego nosa, ale kto nie dostrzega walącej się góry, kto nie słyszy, że skały lecą na niego, ten cierpi już nie na krótkowzroczność, ale na ślepotę, to gorsze niż niewiedza i głupota razem wzięte. Nie rozumiem cię. Obawiam się, że ty sam siebie nie rozumiesz. Każdy inny na twoim miejscu dziękowałby niebiosom rano i wieczorem. Byłeś bezdomnym mizerakiem, który nadstawiał dupę na prawo i lewo, byle załapać się do jakiejś roboty.

– Myślisz, że awansowałem? Dalej jestem takim samym mizerakiem, który ciężko tyra. Jedyna różnica to ta, że teraz zbieram kopniaki zadawane markowymi butami.

– Kto ci nakładł takich głupot do tego ptasiego móżdżku? Ta dziwka, której nikt już nie chce, więc w końcu uwiesiła się ciebie?

– Uważaj, co mówisz, Gino.

Poleciał na ścianę, odepchnął się biodrami od niej, by przysunąć się do mnie.

– No wal... Już puściłeś mnie z torbami, więc co ci szkodzi iść dalej? Rzuć mnie na deski. Oddasz mi przysługę. Trzy doby nie zmrużyłem oka. Przywal mi tak, żebym stracił przytomność, to na parę godzin może zapomnę o szambie, w które mnie wepchnąłeś. Przez twój głupi upór nie mam roboty, kontaktów, perspektyw.

6

Pojechałem do Marsylii.

Długość pobytu skrócono z powodu mojej niechęci, tak że miał potrwać trzy tygodnie; dla mnie ciągnął się miesiącami. Nic nie powiedziałem Irène. Nie miałem odwagi. Pewnego ranka wrzuciłem swoje rzeczy do dwóch worków marynarskich i wskoczyłem do auta marsylczyków, którzy czekali na mnie na rogu rue du Général-Cérez. Diuk ze swoją świtą niecierpliwie wypatrywał mnie na nabrzeżu. Wszyscy z ulgą odetchnęli na mój widok i zapewniali, że nie będę żałował. Rejs był ciężki. Nigdy wcześniej nie płynąłem statkiem. Przez chorobę morską o mało nie zwróciłem własnych trzewi. Potrzebowałem później kilku dni i różnych medykamentów, żeby dojść do siebie.

Z Marsylii zachowam wspomnienie jedynie zamkniętego obozu, tytanicznego wysiłku, porządku dnia ułożonego jak w więzieniu, sparingpartnerów nie do zdarcia i zimnych nocy przenikniętych wyciem mistrala. To wystarczyło, by wzmocnić we mnie agresję. Traktowano mnie jak zwierzę, które się poddaje przegłodzeniu w zupełnej izolacji, aby je przygotować do najstraszniejszej jatki. Istotnie więcej myślałem o Pascalu Bonnocie niż o Irène; tylko czekałem na chwilę, gdy stanę z nim na ringu i przerobię go na marmoladę. Nienawidziłem nowych trenerów, ich prostackich manier, arogancji; byli pretensjonalnymi tępakami o zakazanych gębach; nie mówili, tylko wrzeszczeli w przekonaniu, że każdy, kto przyjeżdża z kolonii, jest dzikusem dopiero co sprowadzonym na ziemię z baobabu. Od pierwszego dnia wiedziałem, że sprawy źle się potoczą. Nie mogłem znieść, kiedy ktoś wydzierał się na mnie i pryskał przy tym śliną. Doszło do rękoczynów, gdy kiedyś chudy asystent o wielkiej niekształtnej głowie zaczął wygłaszać rasistowskie uwagi na temat Arabów. Później zrozumiałem, że te prowokacje i przejawy wrogości były częścią taktyki i miały wzbudzić we mnie taką nienawiść, żebym swojego najbliższego przeciwnika, Pascala Bonnota, pożarł jednym kęsem.

Do Oranu wróciłem odmieniony, z nerwami napiętymi jak postronki, drażliwy do granic. Moje kontakty z dawnymi przyjaciółmi z rue Wagram ograniczały się do dzień dobry i do widzenia. Nic już nie było takie jak przedtem. Z wyjątkiem Tobiasa obecność innych mi ciążyła. Śmiech, który dudnił kiedyś w stajni, ustąpił miejsca chłodnej uprzejmości. DeStefano chodził cały nieszczęśliwy. Ilekroć próbował ze mną pogadać, czym prędzej wychodziłem na ring. Moje zachowanie sprawiało mu przykrość; rozumiał, że tak właśnie chcę postępować. Stałem się zjadliwy, złośliwy, małomówny, wyniosły. Nawet Irène zauważyła, że prawie się nie uśmiecham, wybucham z byle powodu, coraz rzadziej mam ochotę na wypady do miasta i kina. Nie wiedziała, gdzie spędziłem te przeklęte trzy tygodnie, i nie próbowała się dowiedzieć. Wróciłem, chociaż byłem inny, reszta jej nie obchodziła. A ja tymczasem zadawałem sobie masę pytań. Budziłem się w nocy z głową jak ściśniętą w imadle. Wychodziłem na podwórze zaczerpnąć świeżego powietrza. Irène dołączała do mnie owinięta w prześcieradło. Szła obok w milczeniu. Nie wiedziałem, co jej powiedzieć.

Algier, uczepiony wzgórz ozdobionych ogrodami i pałacami, pławił się w słońcu tamtego marcowego poranka 1935 roku. Pierwszy raz w życiu oglądałem to piękne miasto. Bogate budynki przy promenadzie nadmorskiej zdawały się uśmiechać do Morza Śródziemnego. W Oranie mówiono głównie o przesadnej elegancji algierczyków.

Nie lubiliśmy ich. Kiedy przyjeżdżali do Oranu, stroili wyniosłe miny, dystansując się od nas, dumni ze swego ostrego akcentu, przekonani, że należą do wyższej klasy. Mieli mocno rozwiniętą umiejętność ciętej riposty, przez co na naszych ulicach często wybuchały awantury, orańczycy bowiem poniżającej flegmie przyjezdnych potrafili przeciwstawić jedynie siłę własnych pięści. Ale w Madina Dżadidzie i dzielnicach araberberyjskich nie dało się odłączyć Algieru od polityki. Rozprawiano o ulemach, o stowarzyszeniach muzułmańskich, to znaczy o naszych ziomkach, którzy żyli w Algierze na przedmieściach identycznych jak nasze, ale że nie godzili się być jedynie bydłem domowym, skupiali się w ruchach ideowych odwołujących się do chlubnej przeszłości i domagających się przyznania praw, z których niewiele rozumiałem. I kiedy nasi przyjeżdżali do Oranu, byli w przeciwieństwie do chrześcijan otaczani wszelkimi względami. Wieczorne spotkania przeradzały się w długie narady, rankiem zaś w naszych kawiarniach prowadzono rozmowy ściszonym głosem, kątem oka zerkając na ulicę. W związku z otrzymywanymi donosami policja zwiększała liczbę patroli, na bazarach szpicle mieszali się z tłumem. Naprawdę nie obchodziły mnie wrzenia, które od czasu do czasu buzowały w naszych miastach. Dla mnie były to tajemnice równie niezgłębione jak ścieżki Pana. Byłem głuchy na krzyki – łącznie z wezwaniem muezina.

Wychylony z okna przedziału spoglądałem na rozświetlone miasto, na białe budynki, samochody ścigające się szerokimi ulicami, tłumy próżniaków, które sprawiały wrażenie, że się powiększają z zatrważającą prędkością. Frédéric stał obok mnie. Wymieniał nazwy miejsc, dzielnic, świątyń stolicy: ogród botaniczny, jedno z najwspanialszych miejsc na świecie, bazylikę Matki Bożej Królowej Afryki górującą nad zatoką, Kasbę skuloną nad wiekowymi patiami, Bab al-Wadi, gdzie maluczcy widzą rzeczy w powiększeniu, skwer Port Saïd oblężony przez szpanerów i poetów, a przy nim Cercle Militaire i okazały gmach teatru.

– To legendarne miasto – rzekł do mnie Frédéric. – Każdy, kto tu zawita, wyjeżdża, zabierając coś w walizce. Kiedy się idzie przez Algier, przechodzi się na drugą stronę lustra. Przybywa się z jedną duszą, a wraca do siebie z inną, nowiutką, szlachetną. Algier zmienia człowieka ot, tak... – strzelił palcami. – W Algierze bracia Goncourtowie, którzy myśleli, że urodzili się, by malować, ostatecznie dali sobie spokój ze sztuką i całym ciałem i duszą poświęcili się literaturze. W Algierze u biednego golibrody w Kasbie dwudziestego ósmego kwietnia tysiąc osiemset osiemdziesiątego drugiego roku Karol Marks, osławiony brodacz, kazał się ogolić, aby poznać się w lustrze...

– Równie dobrze możesz mu gadać o pięciu latach niewoli Cervantesa i o orgiastycznych wybrykach Maupassanta – burknął Francis, pilnując się, by pozostać poza zasięgiem moich rąk. – Niewykluczone, że nie wie nawet, kto jest teraz prezydentem Republiki.

– Daj mu spokój – warknął DeStefano.

Gromada dziennikarzy dopadła nas, kiedyśmy wysiadali z pociągu, co natychmiast wywołało na peronie zbiegowisko, nad którym garstka policjantów na próżno starała się zapanować. Ze wszystkich stron strzelały flesze. Frédéric wdał się w zabawę pytanie–odpowiedź. Fotografowie się przepychali, żeby pomieścić mnie w kadrze. Wołali, abym się obejrzał, popatrzył w obiektyw, pozował na tle wagonu. Nie słuchałem ich.

– Ile rund ma pan nadzieję wytrzymać? – rzucił jakiś chłystek z notesem w garści.

– Czy to prawda, że przed przyjazdem do Algieru spisał pan testament?

– Co tym razem będzie pan miał w rękawicach?

– Jak zwykle pięści, wyłącznie pięści – zdenerwował się DeStefano.

– W Bône mówią co innego.

– W Bône nie umieją przegrywać. Rękawice mojego boksera zbadali eksperci. Zresztą podarowaliśmy je merowi.

Napastliwość dziennikarzy i ich niestosowne aluzje doprowadziły nas do rozpaczy. Czym prędzej wyszliśmy z dworca i zapakowaliśmy się do samochodów, które czekały na chodniku przed budynkiem. Diuk zarezerwował nam pokoje w hotelu Saint-Georges. Tam znowu czekali na nas fotografowie i dziennikarze, wśród nich Anglicy mówiący po francusku z nosowym akcentem i Amerykanie, którzy zapewnili sobie wsparcie tłumaczy. Boy zaprowadził mnie do pokoju, upewnił się, że niczego mi nie brakuje, po czym przystanął w przedpokoiku, jakby na coś czekał. Odprawiłem go; wycofał się z grymasem zawodu na twarzy jeszcze dwie minuty wcześniej uśmiechniętej od ucha do ucha. Zjedliśmy obiad w restauracji hotelowej. Po południu w recepcji zjawiła się grupka Araberberów. Poprosili o spotkanie ze mną. Była to nieliczna delegacja mająca w imieniu jakiegoś stowarzyszenia muzułmańskiego zaprosić mnie na mecz piłki nożnej między Mouloudią z Algieru i chrześcijańską drużyną Ruisseau. Frédéric stanowczo odrzucił zaproszenie, argumentując, że nazajutrz mam stoczyć walkę, ulice nie są bezpieczne, a ja potrzebuję spokoju i odpoczynku. Sucho poprosiłem, żeby nie wtykał nosa w moje sprawy. Odkąd wróciłem z Marsylii, nie było już zgrania między moją ekipą a mną. Postępowałem wedle własnego widzimisię, aby jasno pokazać swoje wrodzone nieposłuszeństwo. Bojąc się, żeby sytuacja nie uległa zaognieniu, Frédéric poddał się mojej woli, aczkolwiek polecił Tobiasowi, by nie odstępował mnie na krok. Na wypełnionym po brzegi stadionie muzułmańscy dostojnicy przyszli mi powinszować kariery i zapewnić mnie o swoim błogosławieństwie. Mouloudia zdecydowanie pokonała przeciwnika wynikiem sześć do jednego. Muzułmańska delegacja zaproponowała mi zwiedzanie Kasby z przewodnikiem. Tobias kategorycznie zaprotestował; nie wiem, czy z powodu swojej drewnianej nogi czy dlatego, że otrzymał szczegółowe instrukcje.

Kilka minut przed kolacją recepcja hotelowa powiadomiła mnie, że ktoś chce ze mną mówić. Przebrałem się i zszedłem do holu, gdzie na kanapie niecierpliwił się jakiś jegomość odziany po pańsku w garnitur z kamizelką, w fezie zsuniętym na bakier. Wstał, aby uścisnąć mi rękę. Był wysoki, z wydatnym nosem i twarzą jak wykutą z kamienia. Jego przenikliwy wzrok zdradzał skrywaną władczość, nieugiętą determinację.

– Jestem Ferhat Abbas. – Odczekał chwilkę, a stwierdziwszy, że jego nazwisko nic mi nie mówi, ciągnął: – Jestem bojownikiem Sprawy naszego ludu... Wiesz przynajmniej, co to jest Stowarzyszenie Studentów Muzułmańskich?

– Czyje stowarzyszenie?

Przełknął ślinę zdziwiony moją ignorancją.

– Nie znasz Stowarzyszenia Studentów Muzułmańskich?

– Nie.

– Ależ bracie, na jakiej planecie ty żyjesz?

– Nie chodziłem do szkół.

– Tu nie idzie o szkołę, tylko o nasz naród. Trzeba od czasu do czasu nastawić ucha na to, o czym się szepcze w alkowach i na zapleczu biur... Jestem z zawodu aptekarzem, ale pisuję artykuły do gazet i organizuję tajne debaty polityczne i zjazdy. Właśnie przyjechałem z Satifu, specjalnie po to, żeby spotkać się z tobą, i muszę jeszcze tej nocy, czyli zaraz po tej rozmowie, wracać do Aurasu.

– Nie będziesz na meczu?

– Nie powinienem się kręcić w tej okolicy. – Rozłożył gazetę na stole, palcem postukał w zdjęcie sportowca biegnącego po bieżni na stadionie wypełnionym ludźmi. – Nazywa się Ahmed Bughera el-Ouafi. Słyszałeś o nim?

– Nie.

– To nasz mistrz olimpijski, zdobywca naszego pierwszego i jedynego złotego medalu wywalczonego bez trudu na igrzyskach w Amsterdamie w dwudziestym ósmym roku. Nie zna go wielu naszych rodaków. Bo nie pisze się o nim w gazetach i nie mówi w radiu. Ale zaradzimy tej niesprawiedliwości i będziemy rozgłaszać jego zasługi wszędzie, w każdym mieście i w najdalszych nawet wioskach. Sport to niezwykły argument polityczny. Żaden naród nie może osiągnąć właściwej pozycji, nie mając idoli. Potrzebujemy naszych mistrzów. Są niezbędni jak powietrze i woda. Dlatego chciałem się spotkać z tobą, drogi bracie. Jutro musisz wygrać. Jutro chcemy mieć mistrza Afryki Północnej, by udowodnić światu swoje istnienie...

Nagle poskładał gazetę, wsunął ją do wewnętrznej kieszeni marynarki. Dwaj podejrzani osobnicy weszli do holu i kierowali się do recepcji.

– Muszę zmykać – szepnął bojownik. – Nie zapomnij, bracie: twoja walka jest naszą walką; domagamy się twojego zwycięstwa. Jutro wszyscy muzułmanie w kraju będą siedzieli przyklejeni do radia. Nie zawiedź nas.

Przeszedł między kolumnami, ocierając czoło chustką, by zasłonić twarz, i szybko wymknął się przejściem służbowym.

Las widmowych głów wypełniał ogromną salę gwarem kaleczonej francuszczyzny. Cały kwiat miasta przybył na mecz. Nie było ani jednego wolnego krzesła, ani kawałka miejsca w przejściach. Panowała piekielna duchota w przytłumionym świetle, które rzucało pasiaste cienie w rogach. Ludzie wachlowali się czym się dało, aby nieco się ochłodzić.

Diuk w otoczeniu orańskich dygnitarzy rozsiadł się w pierwszym rzędzie. Miejscowe sławy i władze niecierpliwiły się w pobliżu ringu. Były także panie, zalotne i wyniosłe. Nie przypominałem sobie, żebym widział kobiety na meczu bokserskim w Oranie czy gdzie indziej – czyżby przez tę przewagę nad nami mieszkańcy Algieru rościli sobie prawo do traktowania nas z góry?

Spoglądałem na setki osób, które wierciły się na miejscach, przypominając sępy w porze posiłku. Pośród tej ludzkiej ciżby czułem się równie osamotniony jak baranek ofiarny. W trzewiach czułem niepojęty strach. Nie z powodu Pascala Bonnota ani tysięcy muzułmanów, których widziałem oczami wyobraźni przyklejonych do radia. Mój lęk nie miał nic wspólnego ze stawką, o którą szła gra tego wieczoru; wynikał z dręczących mnie pytań, których nie potrafiłem odczytać. Pragnąłem, aby czas stanął, kolejne minuty bowiem wyczerpywały mnie do cna; pragnąłem, żeby mecz odbył się wczoraj albo tydzień wcześniej, albo przed rokiem, tak bardzo oczekiwanie mnie rozpraszało. Ramiona mi ciążyły, kleszcze ściskały skronie, ugniatały tył głowy. Pot lał się ze mnie strumieniami, choć walka jeszcze się nie zaczęła.

Reflektor skierował się na podwyższenie i zatrzymał na postawnym mężczyźnie w trzyczęściowym garniturze jak spod igły, z długim fularem na szyi. Tłum natychmiast rozpoznał tego człowieka, gruchnęły burzliwe brawa. Był to Georges Carpentier z krwi i kości, zwycięski wojownik wracający z wojny, oklaskiwany przez lud i błogosławiony przez bogów. Mistrz świata podniósł ręce, dziękując publiczności, spowity nimbem przez światło reflektora...

Walka była mordercza. Pascal Bonnot nie tyle chciał bronić tytułu, ile wybić z głowy pretendentom próbę przejęcia go. Będąc mistrzem Afryki Północnej od trzech lat, rozkładał przeciwników jednego po drugim, wyraźnie dążąc do tego, by więcej żadnego nie zobaczyć na ringu. Nie bez kozery nazywano go „Czołgiem". Pascal Bonnot nie boksował, on powalał. Nie miał techniki ani elegancji Marcela Carga, niemniej był groźny niczym piorun i szybki jak moździerz. Większość legendarnych pięściarzy, którzy się z nim zmierzyli, poszła w odstawkę. Dla Pipa, Sidiby Marokańczyka, Bernarda-Bernarda, królów ringu, którzy rozpalali tłumy i przyprawiali o dreszcz różne gwiazdki, spotkanie z Bonnotem było jak wyrok losu. Dla nich już nigdy nie zaświeci słońce. Bonnot walił, aby definitywnie oczyścić swoją ścieżkę. Jego reputacja przygniatała rywali bardziej niż uderzenia. Nigdy nie walczył dłużej niż do piątej rundy, co pozwalało przypuszczać, że może mieć problem z wytrzymałością. Mogła to być jedyna jego ułomność, stąd intensywny trening, któremu poddano mnie w Marsylii. Trenerzy liczyli, że zdołam zmęczyć przeciwnika. Bonnot stawiał na swoją brutalność, by rozprawiać się z rywalami już w pierwszych rundach. Wkładał w to wszystkie siły, nie zostawiając sobie żadnych rezerw. I być może w tym braku przezorności była moja szansa. „Zrób tak, żeby zwątpił – bez przerwy przypominał mi DeStefano. – Jeśli wytrzymasz dłużej niż do szóstej rundy, zdenerwuje się i zacznie zastanawiać. Każde twoje uderzenie wytrąci go z równowagi..."

Bonnot runął na mnie jak drapieżnik na ofiarę. Walił mocno. Po kowalsku. Jego zamiary były jasne. Celował w barki, aby osłabić moją gardę. Przy takim tempie było pewne, że załatwi mnie w trzeciej rundzie. Jego taktyka nie uszła mojej uwagi. Szybko uskakiwałem, krążyłem wokół niego, unikałem zasadzek przy wtórze gwizdów publiczności, która mi zarzucała, że wystrzegam się bezpośredniego starcia. Bonnot atakował bez ustanku. Wzrostu był mniej więcej takiego jak ja. Szeroki tors mocno kontrastował z cienkimi nogami. Moim zdaniem zbudowany był śmiesznie. Dwa razy trafił mnie w głowę, lecz niegroźnie. W czwartej rundzie lewym sierpowym posłałem go na liny. Wtedy właśnie wzrok mu pociemniał. Przestałem być dla niego zwykłym workiem treningowym. Dopuściłem go blisko siebie skulony w rogu, dobrze osłonięty rękawicami. Bonnot wyładowywał na mnie furię podniecony ogłuszającym rykiem publiczności. Kiedy oddech mu przyspieszał, odrzucałem go, zmuszałem do biegu, po czym wracałem do rogu, a wtedy musiał trwonić siły. Walka przerodziła się w jatkę w siódmej rundzie. Bonnot był już zmęczony, w głowie kiełkowało mu ziarno zwątpienia. Wzmógł ataki i nieudane ciosy. Narastająca złość go rozpraszała, psuła mu finty. Nadeszła chwila, aby narzucić mój styl walki. Po raz pierwszy mój rywal się cofnął. Hakiem dwukrotnie rzuciłem go na deski. W sali przycichły krzyki. Zaczęto się obawiać tego, co zdawało się niemożliwe. Bonnot jednak szybko odzyskał siły i z kolei on mnie powalił. Jego prawy posłał mnie do świata pozbawionego dźwięków. Oszołomiony widziałem jak przez mgłę sędziego, który mnie odliczał. Kiedy się usunął, Bonnot znów zaatakował. Jego uderzenia przenikały całe moje jestestwo niczym podziemne wybuchy. Deski ringu skrzypiały mi pod nogami jak zapadnia szubienicy. Wróciłem do swojego rogu, zataczając się, zbyt rozbity, aby zrozumieć, co gada do mnie DeStefano. Salvo sprawiał mi ból swoimi staraniami. Prawym okiem widziałem przez mgłę, policzek miałem zakrwawiony, ochraniacz na zęby urażał mi boleśnie usta. Diuk podszedł do ringu, coś krzyknął. Gino oburącz trzymał się za głowę. Musiałem wyglądać nieszczególnie.

Ledwie wznowiono walkę, Bonnot zasypał mnie uderzeniami, wyraźnie zdecydowany skończyć ze mną. Opadłem na jedno kolano dosłownie bezsilny. Sędzia znowu mnie odliczył. Wydawało mi się, że liczy za szybko. Stanąłem, przytrzymując się lin. Sala dokoła falowała. Nogi się pode mną uginały. Znalazłem się w tarapatach. Bonnot zdołał mnie przyprzeć. Moje ciało było niczym stary dom podrygujący pod wpływem trzęsienia ziemi, do końca rundy sypałem się ze wszystkich stron. Dotyk mokrej gąbki, którą Salvo przetarł mi twarz, odczułem jak przypalenie lutownicą. Przy najlżejszym skrzywieniu boleśnie przeszywał mnie prąd. Bonnot obserwował mnie w napięciu, siedząc na taborecie jak na rozżarzonych węglach, niecierpliwie wyczekując wznowienia walki. Ręce drżały mu ze złości. Przez całą dziewiątą rundę osaczał mnie, ale nie dopadł. Uciekałem, by odzyskać zmysły, pewien, że jedno uderzenie w głowę będzie oznaczało mój koniec. Ten manewr wywołał gwizdy na sali. Nie wiem, dlaczego Bonnot odwrócił się do sędziego. Może chciał zaprotestować, wkurzony unikaniem przeze mnie walki. Nie powinien był spuszczać mnie z oka. Dobywając ostatnich rezerw sił, przygrzmociłem mu lewym sierpowym. Bonnotowi trzasnęło w karku pod moją rękawicą. Mistrz Afryki Północnej obrócił się wokół własnej osi, poleciał na liny, które odrzuciły go na mnie; zacząłem młócić na zmianę lewą i prawą, a on zachwiał się, cofając, opadł na tyłek oszołomiony. Próbując wstać, stracił równowagę, zwalił się na plecy i poruszał niemrawo kończynami niczym owad przyklejony do lepu. Uratował go gong.

– Już po nim! – wrzasnął DeStefano głosem zmienionym z podniecenia. – Ma dość. Skończ z nim raz-dwa!

Diuk nie posiadał się z radości. Gino tym razem ręce miał złożone jak do modlitwy. Sala wstrzymała oddech. Z Bonnotem nie było dobrze. Godzinę wcześniej na ring wstępował król osadzony na tronie. Kilka gongów później monarcha był już tylko oszołomionym skazańcem na szafocie. Wyczytałem rozpacz w jego zgnębionych oczach i prawie poczułem wyrzuty sumienia. Dziesiąta runda była straszna. Bonnot zakrwawiony, z rozciętymi łukami brwiowymi i podbitymi oczami, dostawał piekielny łomot. Teraz on kulił się w rogu i czekał, aż burza przejdzie. Runął po serii prawych–lewych, oddychając urywanie. Sędzia go odliczył. Bonnot potrząsnął głową zdecydowany iść na całość. Metodycznie tłukłem go po bokach. Moje haki rzucały jego ciałem, podrywały je, sprawiały, że zwijało się z bólu. W chwili gdy już myślałem, że jest załatwiony, jego prawy sierpowy wstrząsnął mną od stóp do głów. Deski zatrzeszczały pod moim ciężarem. Byliśmy u kresu sił – on kurczowo uczepiony swojego wieńca laurowego, ja swoich szans na pozbawienie go tego trofeum. Sala zrozumiała, że tylko jeden z nas przetrwa ten pojedynek. Nad ringiem zawisło widmo śmierci, ale żaden menadżer nie chciał przerwać walki, każdy bowiem był przekonany, że zwycięstwo jest tuż-tuż. Widać było wyraźnie, że to się skończy bardzo źle, jednakże wszyscy byli w jakiejś euforii żądnej krwi, zahipnotyzowani zwrotami w walce, które następowały w niesłychanym tempie. Bonnot za nic nie chciał oddać ani piędzi swojego terenu. Ja za nic nie chciałem oddać zdobytego kawałka. Obaj byliśmy tylko wcieleniem swojego uporu, by walczyć do samego końca. Już nie czułem uderzeń. Padałem, wstawałem, miotając się od oszołomienia do oszołomienia, trzymany przy życiu jednym przebłyskiem: świadomością śmiertelnego zagrożenia. Jakbym nie chciał przeoczyć niczego ze swojego końca. Migawki z życia przelatywały mi przez głowę w zawrotnym tempie. Byłem pewien, że dotarłem do ostatniego zakrętu, do punktu bez odwrotu, za którym rozciąga się jedynie kosmiczna pustka. Bonnot niechybnie przeżywał takie same jak ja męki i podobnie postrzegał rzeczy; zataczał się w swojej mgle, padał, wstawał, oddawał ciosy machinalnie – żałosna marionetka podskakująca na sznurkach. Wyczerpany do cna, lecz śmiesznie wręcz waleczny. Za każdym uderzeniem wydawało się, że jego głowa obraca się na szyi o trzysta sześćdziesiąt stopni. Czułem przez rękawice, jak trzaskają mu kręgi. „Nie podnoś się", błagałem w duchu przerażony jego samobójczym uporem. Nie zgadzał się abdykować, stawał na nogi skrzywiony z bólu, pozbawiony charyzmy, wyzuty z energii. W ostatnim porywie dumy wyrzucił w przód prawą pięść i trafił w drewniany element, łamiąc sobie nadgarstek. Zraniona ręka zwisła mu bezwładnie wzdłuż boku, bezbronna i niepotrzebna. Była to chwila nieznośnie tragiczna. Mistrz był skończony, ze spętanymi rękami i nogami czekał na dobicie. Spodziewałem się, że wycofa się z pojedynku, ale nie – Bonnot zagroził swojemu menadżerowi, że pożre go żywcem, jeśli walka zostanie przerwana. Chwiejnym krokiem wrócił na swój stołek, złamaną rękę trzymając na wysokości brzucha, by pokazać, że normalnie nią włada.

Dwunasta runda okazała się dla publiczności widowiskiem nadzwyczajnie krępującym. Oniemiali ludzie z zażenowaniem patrzyli na patetyczną brawurę mistrza, który stawiał wszystko na jedną kartę, licząc tylko na zdrową rękę. Wiedział, że przegrał, a mimo to się nie poddawał. To było czyste szaleństwo. Gdy patrzyłem, jak prze naprzód z opuszczoną głową i wali na oślep, zataczając się z powodu nieudolnych ruchów, oszołomiony cieknącą krwią, która go oślepiała, błądząc po ringu niczym osaczona zjawa, gdy na to wszystko patrzyłem, do mojego poszatkowanego umysłu wreszcie dotarło znaczenie słów Irène. Bonnot był moim odbiciem, widziałem w nim, co jest mi pisane. Przyjdzie kiedyś dzień, gdy broniąc się przed utratą tytułu, będę się tak samo zachowywał; w wątpliwym porywie dumy, przyprawiającym o zawrót głowy jak skok w przepaść, wyrzeknę się ocalenia, życia, wyrzeknę się wszystkiego co ważne. Ogarnie mnie zgubny amok, w którym twardo będę wierzył, że śmierć jest mniej dotkliwa niż porażka, i pozwolę się raczej zniszczyć kawałek po kawałku, niż uznam, że przeciwnik jest lepszy ode mnie. Jako niezdolni do rozumnego myślenia nie byliśmy bożyszczami, lecz upojonymi brawami zwierzętami wystawianymi do walki, dwoma powleczonymi twardą powłoką wariatami, którzy nawzajem siekali się na kawałki, dwoma zamroczonymi zmęczeniem i bólem galernikami, których jęki ginęły w zgiełku setek widzów przerażonych i zafascynowanych zarazem cechującą nas nieznośną zapalczywością...

Kiedy nareszcie Bonnot padł i już się nie podniósł, wszystkich ogarnęła ulga.

Koszmar dobiegł końca.

W mgnieniu oka ring oblegli ludzie. DeStefano i Salvo wykonywali wokół mnie triumfalny taniec. Gino płakał ze szczęścia. Nawet Francis tańczył. Diuk wszedł na krzesło, by wszyscy go widzieli, z szeroko rozłożonymi ramionami czekał na mannę z nieba.

Stałem osłupiały, o włos od utraty przytomności, pozwalając kibicom się cieszyć i nie odrywając wzroku od Bonnota, którego nie udawało się ocucić.

7

Następstwa walki z Bonnotem objawiły się po powrocie do Oranu. Zacząłem wymiotować krwią. Dręczyły mnie bóle głowy, które jeśli nawet na trochę słabły, niebawem wracały jeszcze silniejsze, dotkliwe jak ból zębów. Chwilami ziemia usuwała mi się spod nóg, mrowiło mnie w udach i ramionach, oddech miałem nierówny.

Odstawiono mnie do kliniki, którą kierował lekarz zaprzyjaźniony z Bollocqami. Na zdjęciach nie wyszło nic niepokojącego, miałem dwa żebra pęknięte, to wszystko. Przez trzy dni faszerowali mnie lekami, bóle jednak nie ustępowały. Zdarzało mi się widzieć przez mgłę i zwracać wszystko zaraz po zjedzeniu. W lustrze patrzyłem na pokancerowanego nieboraka z rozbitymi łukami brwiowymi, o opuchniętych wargach i posiniaczonej twarzy. Przy zmianie opatrunków razem z bandażem ściągano ze mnie skórę.

Gino przychodził od czasu do czasu posiedzieć ze mną. Prawie go nienawidziłem za tę jego nietkniętą urodę. Wyglądał na nieprzystępnego w stroju dopiętym na ostatni guzik.

Wieści dochodzące z Algieru nie były dobre. Były mistrz Afryki Północnej wciąż nie odzyskał przytomności. Martwiono się o jego życie. Nawet najwięksi optymiści nie wierzyli, że jeszcze kiedyś wejdzie na ring.

Przykro mi było z powodu Bonnota. Zyskał sobie mój szacunek. Walczył jak lew.

Mer wydał huczne przyjęcie dla uczczenia mojego zwycięstwa. Nie wziąłem w nim udziału. Nie zamierzałem demonstrować swoich ran ludziom żądnym sensacji.

Irène spytała mnie, gdzie się podziewałem. Odparłem, że czekałem, aż moja twarz odzyska w miarę normalne rysy, aby mnie poznała. Alarcon się pochorował. Leżał w swoim zabałaganionym pokoju zielonkawy na twarzy, w przepoconej pościeli, znalazł jednak siłę, aby mnie uścisnąć.

– Jérôme mleczarz mi powiedział – rzekł. – Podobno mecz był bombowy. Całe miasteczko słuchało go w radiu, ogryzając paznokcie. Jestem z ciebie dumny.

Irène zostawiła nas samych, bez wątpienia zdenerwowana słowami ojca.

– Usiądź koło mnie – poprosił stary pięściarz. – Chcę poczuć twój zapach wojownika. Zdajesz sobie sprawę? Jesteś nowym mistrzem Afryki Północnej. Wszystko bym oddał, żeby być na twoim miejscu. Pewno jeszcze nie dotarło do ciebie, czego dokonałeś. To fantastyczne... A Bonnot? Podobno jego życie się waży.

– A czyje się nie waży, czyje się nie waży?...

Wyszedłem na podwórze. Irène stała przechylona przez cembrowinę studni; wpatrywała się w jej głębię niczym we wróżebne lustro.

– Zdajesz sobie sprawę, co zrobiłeś? – powiedziała. – Zmasakrowałeś człowieka, którego widziałeś pierwszy raz na oczy. Myślisz czasem o jego rodzinie, o dzieciach i żonie, jeśli ją ma?

Nie byłem w stanie stawić jej czoła.

Siedziałem zgnębiony pod drzewem, gdzie znalazł mnie Filippi. Irène pojechała dokądś na klaczy, zostawiając mnie z moimi pytaniami. Dręczyły mnie bez ustanku, odkąd wyszedłem z kliniki. Musiałem dokonać wyboru i nie miałem pojęcia, co począć.

– Wszędzie cię szukamy! – zawołał Filippi, zatrzymując samochód koło mnie.

– Ja też siebie szukam i nie mogę się odnaleźć.

– Diuk chce cię widzieć.

– Nie dzisiaj. Potrzebuję spokoju.

Wrócił z niczym.

Nazajutrz w stajni zaskoczyłem wszystkich, oznajmiając, że postanowiłem skończyć z boksem. Takiego wstrząsu nie wywołałaby nawet bomba, gdyby wybuchła na rue Wagram. DeStefano o mało się nie udusił. Francis, Tobias, Salvo popatrzyli po sobie zszokowani. Wychodzący z biura Frédéric o mało nie padł jak długi. Ginowi odpłynęła z twarzy cała krew.

– Co to znowu za historia? – obruszył się Francis.

– Ciebie nie dotyczy. Odwracam kartę. Zrywam z boksem.

Cisza, która po tych słowach zapadła, przygniotła salę ogromem zaskoczenia. Nikt się nie spodziewał, że zrezygnuję. Czyż nie byłem teraz centrum świata? Czy moje imię nie znajdowało się na wszystkich ustach? Przez kilka minut wszyscy stali w udręce, zdumieni i osłupiali.

– Czy zrobiliśmy ci coś złego? – spytał wreszcie Frédéric bezbarwnym głosem.

– Nie.

– Więc dlaczego nas karzesz?

– Tu nie chodzi o karanie, tylko o moje życie.

– Jesteś nowym mistrzem Afryki Północnej. Zdajesz sobie sprawę, jacy szczęśliwi są twoi pobratymcy? Wszyscy tylko o tobie mówią na ulicach, w kawiarniach, domach, fabrykach, więzieniach. Nie masz prawa zatrzymać się na takiej dobrej drodze. Już nie należysz tylko do siebie, teraz jesteś cudowną legendą dla innych.

– Nie próbuj mnie przekabacić, Frédéric. Włożyłem sobie wosk do uszu.

Gino podbiegł do ściany. Zgięty wpół, ze strasznym rzężeniem zwymiotował.

Inni stali, nie mogąc wykrztusić słowa.

Frédéric otarł sobie skronie chustką. Twarz miał białą jak kołnierzyk koszuli.

– Nie róbmy nic pochopnie – wydusił z siebie. – Przez ostatnie miesiące ciężko pracowałeś. W pełni zasłużony urlop pozwoli ci wrócić do formy. Teraz to normalne, byłeś pod presją, która wykończyła cię nerwowo.

– A czemu nie powiesz tego Diukowi? – uniósł się Francis i aż piana mu wystąpiła na usta. – Czemu nas wpieprzasz swoimi nastrojami? Pan Bollocq buli za ciebie, nie my. Idź i powiedz mu to w twarz, jeśli masz jaja.

– Stul pysk! – huknął DeStefano gotów rzucić się na niego.

– Niech on stuli pysk – zaprotestował Francis. – Myśli, że mu wszystko wolno czy co? Jaśnie pan się znalazł! Zadziera nosa i traktuje swoich z góry. Gdzie my jesteśmy? W maglu? Przychodzi i odchodzi, kiedy mu pasuje? Nie jest sam na świecie. Dokoła są ludzie, którzy są od niego uzależnieni. Nie może się zmyć, bo tak mu się podoba. Co on myśli, że co my jesteśmy? Jakieś łachy, którymi można strzelić? Każdy ma rodzinę, dzieci do nakarmienia. A ten gnojek odcina nam powietrze. To szantaż. Chce nas poniżyć, zmusić, żebyśmy go całowali po tych brudnych łapskach obdartusa. Zawsze taki był, niewdzięczny i uparty. Głowę dam, że robi to umyślnie.

– Zjeżdżaj stąd, zanim ci wydłubię oczy – ostro rzucił DeStefano. – No już, spadaj...

Francis obciągnął marynarkę i wściekły pomaszerował do wyjścia. W progu stajni jeszcze obrócił się do mnie.

– Od początku wiedziałem, że z ciebie jest ostatnia szuja, że wcześniej czy później nasrasz do własnego gniazda. Tak to jest z Arabami: dajesz im rękę, a oni ciągną cię w dół. A jak przychodzą do studni, nie piją wody, tylko szczają do niej. Dlatego niszczą wszystko, czego się dotkną, i przynoszą niefart każdemu, kto z nimi przestaje.

Splunął w moim kierunku, po czym zniknął.

Frédéric uznał, że za wcześnie informować Diuka o mojej decyzji. Postawił na czas. Dwa dni później zaprosił nas do siebie, do willi koło Choupot. Posiłek podano w ogrodzie, w cieniu nastroszonej palmy. Przyszła cała ekipa oprócz Francisa. DeStefano obnosił grobową minę. Salvo i Tobias przestali się kłócić; przypominali dwie zagubione sieroty. Gino chudł w oczach. Z nerwów biegał do ubikacji co piętnaście minut.

Kiedy służąca przyszła pozbierać talerze, okazało się, że nikt niczego nie tknął.

Frédéric palił papierosa za papierosem. Dłoń lekko mu drżała.

– Każdy powinien mieć dzieciństwo – rzekł wreszcie. – Taki jest porządek rzeczy. Z tobą, Turambo, było inaczej. Głód i bieda odebrały ci dzieciństwo. Przez to w twoim życiu powstała luka. I wypełniła ją pierwsza kobieta, którą spotkałeś. To, co bierzesz za miłość, jest powrotem do dzieciństwa, a dzieci nie kochają rozumnie, tylko instynktownie.

– Kto ci powiedział o kobiecie?

– To wali po oczach.

– Szpiegujecie mnie?

– Czuwamy nad tobą.

– Na złego konia stawiasz, chłopcze – wtrącił DeStefano. – W tej grze nie wygrasz. Musisz usunąć ten miraż ze swojej drogi, jeśli nie chcesz stracić gruntu pod nogami. Masz przed sobą karierę, będziesz zdobywał ringi. Do rzeczywistości może cię przywołać tylko porządny cios. W dniu, kiedy wzniesiesz ręce nad głowę, żeby uciszyć okrzyki na swoją cześć, cały świat legnie u twoich stóp. Będziesz wtedy mógł wybrać sobie kobietę, która wpadnie ci w oko, nikogo nie pytając o zdanie.

– I ty mi to mówisz, DeStefano?

– Tak, ja, ja ci to mówię. Z czego będziesz żył bez boksowania? Z dorywczych prac, za które będą ci płacili grosze, jak przedtem?

– Zarobiłem dosyć, żeby zacząć od zera.

– Nigdy nie ma się dość pieniędzy na starość, Turambo.

– Poradzę sobie. Wrócę na wieś. Stamtąd pochodzę.

DeStefano ze smutkiem pokręcił głową.

– Mam żonę i dzieci, wyobraź sobie. Kiedy wracam wieczorem, czekają na mnie. Najpierw patrzą, co przyniosłem. Jeśli jedzenie, oddychają z ulgą i biorą wszystko ode mnie, zanim zamknę drzwi. Jeśli przychodzę z pustymi rękami, jestem dla nich niewidzialny. Nie chcę, żebyś przeżywał to samo, Turambo. Miłość składa się z marzeń i szczodrości, nie radzi sobie w biedzie. Jesteś mistrzem. Swój los masz w pięściach. Wykorzystaj swoją złotą żyłę, a potem rób ze swoim życiem, co chcesz. Na razie jeszcze drepczesz u dołu drabiny. Nie marnuj swoich sił poza ringiem.

Nie chciałem tego więcej słuchać. Nie miałem oręża, by bronić swojej decyzji. Wiedziałem, że jestem słaby, ponieważ kierowały mną uczucia. Nie odstępowały mnie wątpliwości. Zastanawiałem się, czy nie dokonuję złego wyboru, a równocześnie broniłem się przed wszystkim, co mogłoby mi zamącić w głowie. Irène była dla mnie warta każdego ryzyka, które przyszłoby mi podjąć. Pragnąłem zobaczyć ją jak najszybciej, za pośrednictwem jej sposobu postrzegania rzeczy upewnić się co do słuszności swojego wyboru.

Nie pojechałem z Ginem do domu przy boulevard Mascara. Jego smutek by mnie osłabił; nie chciałem zadawać sobie zbytniego gwałtu.

Stan Alarcona był coraz poważniejszy. W domu jednak bliskość Irène chroniła mnie przed napadami zwątpienia.

Pewnej niedzieli, gdy wchodziłem do parku, aby przemyśleć to i owo, za rękę przytrzymał mnie Mus. Ewidentnie nieprzypadkowo znalazł się w tej okolicy. Być może szedł za mną od rue du Général-Cérez.

– Obiecujesz, że będziesz trzymał pięści w kieszeniach, jeśli coś ci powiem w zaufaniu? – zagadnął.

– Dlaczego mam trzymać pięści w kieszeniach?

– Bo ja jestem waga ciężka i nie chciałbym cię rozwalić jak starego zgreda.

– Myślisz, że ci nie dorównuję?

– Nie masz szans.

– W takim razie na tym możemy zakończyć.

Zagrodził mi drogę.

– To dla twojego dobra, Turambo, słowo.

– Teraz ciebie namówili, żebyś mnie pouczał?

– A co w tym złego?

W jego oczach wyczytałem, że chociaż zgrywa wielkiego chojraka, jest szczery.

– A coście się tak uparli wszyscy, żeby dbać o moje dobro?

– Jesteśmy rodziną, braciszku. Czasy są trudne, więc zwieramy szyki.

– No dobra. Gadaj, z czym przyszedłeś, i miejmy to za sobą. Muszę zaczerpnąć powietrza.

– Chodźmy lepiej do parku. Mówią, że tam jest bardziej romantycznie.

Mus traktował mnie z góry, mówił leniwie, przeciągając słowa, jakby próbował mnie uśpić. Przypuszczam, że przez tę jego fenomenalną siłę normalni ludzie wydawali mu się mikroskopijni. Dziennikarze nie cierpieli go z powodu arogancji. A on miał to gdzieś. Dopóki walił jak należy, resztą nie zawracał sobie głowy. Był w porządku, co do tego przynajmniej wszyscy się zgadzali, nie wdawał się w bitki ani nie fałszował pojedynków, co w tym środowisku było na porządku dziennym. Myślę, że darzył mnie podziwem, a może szacunkiem. Nie składał mi gratulacji po walce, lecz obserwował mnie z daleka, stawał tak, żebym widział jego porozumiewawczy znak, po czym znikał w tłumie, zadzierając nosa. Przyznam, że nie przepadałem za nim. Często do granic wyolbrzymiał coś błahego, by zwrócić na siebie uwagę. Denerwował mnie jego narcyzm. Wywodziliśmy się z tego samego czyśćca, z samych dołów, tyle że pięliśmy się po stopniach z innych przyczyn. Mus na ringu był jak łamacz. Uderzał, aby zabić. Rękawice miał wykrojone z żywego ciała. Nie walczył dla kariery czy zarobku, walczył, aby sobie dowieść, że nie umarł z resztą swoich, walczył, aby wziąć odwet za ciosy, które zebrał, nie mając prawa oddać. Rodzinę stracił w bardzo młodym wieku. Jego ojciec, niewolnik, umarł pod biczem gorliwego nadzorcy, a matka skoczyła z urwiska... Kiedy rozbrzmiewał gong, dla

Musa było to przebudzenie umarłych i nieobecnych, przebudzenie dawnych demonów. W przeciwniku widział wyłącznie lekarstwo; spuszczając mu łomot, uzdrawiał siebie.

Ja byłem inny.

Dla mnie boks nie był ani terapią, ani odkupywaniem grzechów – tak po prostu zarabiałem na chleb.

Doszliśmy do placyku wyłożonego płytami i otoczonego ławkami z kutego żelaza, wybraliśmy sobie miejsce pod wierzbą płaczącą pochyloną nad fontanną. Mus przeciągnął szyję w prawo i w lewo. Przyjrzawszy mi się uważnie, zsunął kraciasty kaszkiet na czoło i położył mi na ramionach niedźwiedzie łapska.

– DeStefano chce dla ciebie dobrze – powiedział. – Ten facet wie, o czym mówi. Gdybym go nie słuchał w swoich początkach, nie nosiłbym takich ciuchów i nie spałbym w prawdziwych piernatach... – Zakołysał się, mocno pociągnął nosem, strzelił okiem w prawo i lewo jak elegancik na podrywie i mówił dalej: – Mogłem wziąć sobie żonę, ustatkować się... To dla mnie za mało, brachu. Przedtem byłem tylko Murzynem nadającym się do przerzucania węgla. Boks zrobił ze mnie pana. Kto patrzy na kolor mojej skóry? Teraz rękawice są moją wizytówką i otwierają przede mną każde drzwi. Ważę sto dwadzieścia kilo, ale czuję się lekki jak piórko. Mam do woli kobiet i przywilejów i nikt tego nie podważa. A wiesz dlaczego? Z jednego prostego powodu: żyję i korzystam z tego na maksa... Nie wolno mieszać spraw, stary. Kochać się to jedno. A samo „kochać" to zupełnie co innego, to ograniczenie umysłowe. Nie można sprowadzać świata do jednej kobiety, choćby najwspanialszej... Czemu poprzestawać na jednej królowej, skoro można mieć cały harem? Trudno o większą głupotę. Nie da się założyć sobie sznura na szyję i nie skazać się przez to na chodzenie na smyczy albo na szubienicę.

– To ma być to twoje wyznanie?

– Już dochodzę. Jestem waga ciężka, rozumiesz? Wolno się posuwam do przodu... Ja tam zgadzam się z DeStefanem. To więcej niż mądry człowiek, to święty. Jak cię prosi, żebyś dał za wygraną, dajesz za wygraną i nie próbujesz zrozumieć.

– Weź idź na skróty, co? Głowa mi pęka.

Mus zdjął ręce z moich ramion, skrzyżował je na piersi. Enigmatyczny uśmiech błąkał mu się na ustach.

– Irène nie jest przyzwoitą dziewczyną. Gra na twojej niewinności.

– Nie no, bez żartów. Bo niby ty ją znasz, co? Przodkowie szepnęli ci o niej to i owo, kiedyś był w transie? – zakpiłem, aby go zranić.

Puścił mimo uszu moje prowokujące słowa.

Zakolebał się tylko w miejscu, po czym mówił dalej:

– Dalej ma na pośladku znamię w kształcie truskawki?

Moja pięść sama wystrzeliła.

Mój rozmówca wagi ciężkiej zachwiał się, lecz nie przewrócił.

Zaklął, masując sobie szczękę od niechcenia.

– Obiecałeś trzymać pięści w kieszeniach, Turambo. Nieładnie nie dotrzymywać słowa... Szkoda, że tak to odbierasz. Nie chciałem cię ani urazić, ani zmanipulować. Uważałem, że ty masz prawo wiedzieć, a ja obowiązek powiedzieć ci prawdę. Jeśli o mnie chodzi, misja zakończona. Teraz zrobisz, co chcesz. To już nie moja sprawa.

Pożegnał się, dotykając palcem skroni, naciągnął kaszkiet na oczy i odszedł na gwarne ulice miasta.

Była już noc, kiedy dotarłem do posiadłości Ventabrena. Drobny wietrzyk skrapiał pola otulone mgłą. Grube chmury przewalały się nisko na niebie, niezwykły o tej porze chłód szczypał w skórę. Przed domem stał utytłany nieduży samochód z otwartymi drzwiami. Ventabrenowie mieli gościa. Ubrany na czarno młody lekarz osłuchiwał Alarcona, który leżał w łóżku blady, zlany potem, powalony gorączką, z podkrążonymi oczami i spękanymi suchymi wargami. Zmartwiona Irène stała w kącie pokoju, wyłamując sobie palce.

Zakłopotany lekarz poskładał do torby instrumenty.

– Podałem mu środek uspokajający – powiedział. – Temperatura spadnie. To nie jest przeziębienie ani niestrawność, nie mam pojęcia, skąd te wymioty. Może to jakieś zakażenie bakteryjne, a może nie. Jeśli jego stan się nie poprawi, proszę go zawieźć do szpitala.

Irène odprowadziła lekarza do samochodu. Ja zostałem przy starym bokserze, czułem się poruszony i zbędny, po głowie bez ustanku chodziło mi to, czego się dowiedziałem od Musa. Przez całą drogę z Oranu głos czarnoskórego boksera dudnił mi w głowie, omal jej nie rozsadzając. Nie widziałem ani drogi wijącej się przede mną, ani mgły na przedniej szybie. Szarpiąc się między smutkiem i strachem przed stawieniem czoła Irène, dwa razy o mało nie wypadłem z zakrętu i nie wylądowałem w rowie.

Po co przyjechałem do Ventabrenów?

Byłem nieszczęśliwy, przytłoczony potężną rozpaczą, zniesmaczony wszystkim.

Wróciła Irène, wyglądała upiornie. Martwił ją stan ojca czy moje mroczne spojrzenie? Usiadła na taborecie przy łóżku chorego, zamoczyła szmatkę w garnku z wodą stojącym obok i zaczęła przecierać ojcu twarz. Można by sądzić, że zgadła, dlaczego jestem taki ponury i smutny, że ktoś jej doniósł, co zaszło między Musem a mną.

Alarcon wymamrotał coś przez sen. Irène nastawiła uszu, lecz nic nie zrozumiała. Ani drgnąłem, byłem jak zamknięty w szklanej formie, która nie pozwalała mi wykonać żadnego ruchu. Krew pulsowała mi w skroniach nierówno, przypominając cieknący kran.

– Nie mam pojęcia, co mu jest – rzekła wreszcie. – Nagle go dopadło.

Nie wiem czemu, ale dźwięk jej głosu uwolnił mnie od połowy natrętnych myśli.

Irène wstała, przeszła obok mnie, myślami będąc gdzie indziej. Udałem się za nią do kuchni, gdzie naczynia z obiadu czekały na umycie. Niektóre dania były nietknięte, co pozwalało przypuszczać, że sprawy nieoczekiwanie potoczyły się źle.

– Nastraszył mnie jak nie wiem co – wyznała. – Myślałam, że wyzionie ducha. Poleciałam do miasteczka po lekarza. – Wzięła jeden z talerzy, zrzuciła jedzenie do kosza. – Gdybyś przyjechał wcześniej, nie byłabym w tym stanie. Wpadłam w popłoch, nie wiedziałam, co robić. Kompletna panika...

– Mus mi powiedział o znamieniu, które masz w dole pleców. Wyrwały mi się te słowa. Oddałbym nie wiem co, żeby je zatrzymać, cofnąć. To niedobra chwila, złajałem się w duchu. Za późno! Ciężar, który mi przygniatał piersi, uwolnił się, porywając za sobą wszystkie moje urazy i lęki. Poczułem się pusty jak człowiek opętany, z którego wypędzono demona, uwolniony, lecz zagrożony, podobny do ptaka wypuszczonego z klatki, ale narażonego na niebezpieczeństwa nieznanego świata.

Irène zastygła w pół ruchu. Przez kilka chwil stała bez słowa nad zlewem z talerzem w rękach. Po czym nagle się zgarbiła, pochyliła głowę. Wypuściła talerz do wody w zlewie, odetchnęła głęboko, potem jeszcze raz i jeszcze, wreszcie odwróciła się powoli szkarłatna na twarzy, ze łzami błyszczącymi w oczach.

– O co ci chodzi? – spytała grobowym głosem.

– To prawda, że je widział?

Szybko jej twarz nabrała normalnych kolorów, oczy zaś pociemniały.

– Nie był ślepy, jeśli dobrze pamiętam.

– Mówi...

– Cicho – przerwała mi.

Wytarła ręce w fartuch, stanęła tyłem do zlewu, opierając się o niego. Kiedy odzyskała kontrolę nad oddechem, skrzyżowała ręce na piersi i zmierzyła mnie wzrokiem z taką pogardą, jakiej nigdy u niej widziałem.

– Od kiedy przyjeżdżasz do mnie, Amajasie?

– Już prawie rok.

– Myślisz, że dopiero wtedy się urodziłam?

– Nie bardzo rozumiem.

Oparła się mocniej o zlew, coraz lepiej panując nad gniewem.

– Nie byłam dziewicą, kiedy wziąłeś mnie w krzakach, przypomnij sobie. Nie odniosłam wrażenia, że ci to przeszkadza. Co więcej, postanowiłeś mimo wszystko pokochać mnie. I założyć ze mną rodzinę.

– Tak, ale...

– Ale co? – krzyknęła. – Tu nie ma żadnych „ale". Czy ja grzebałam w twojej przeszłości?

Usta jej drżały, nie odrywała ode mnie nieruchomych oczu przypominających lufę dwururki. Czekała, aż coś powiem, by później mówić dalej. Nie wiedziałem, co powiedzieć.

– W życiu – podjęła dziwnie spokojnym tonem – człowiek nie wymazuje wszystkiego, by zacząć od nowa. To bardziej skomplikowane. Przed tobą miałam kilka przygód. Jestem żywą kobietą z krwi i kości. Mam serce, które bije w piersi, i ciało, które domaga się swojej porcji uczuć. Ale ani razu nie zdradziłam męża przed rozwodem. I nie popatrzyłam na żadnego mężczyznę, odkąd ty wziąłeś mnie w ramiona... Trzeba umieć rozdzielać różne rzeczy. – Podeszła do mnie i stanęła tak blisko, że jej oddech parzył mi twarz. – Nie wywodzę się z twojego środowiska, chłopcze. Ani z twojego ludu. Ani z twojej kultury. A świat nie ogranicza się do twoich ziomków. W twoim świecie kobieta jest własnością męża, który utrzymuje ją w przekonaniu, że jest jej przeznaczeniem, wybawieniem, panem absolutnym, że ona jest tylko żebrem wyjętym z jego boku. I kobieta w to wierzy. W moim świecie kobiety nie są częścią mężczyzny, a dziewictwo niekoniecznie świadczy o dobrym prowadzeniu się. Ludzie się pobierają, jeśli się kochają, a to, co było przedtem, nie liczy się. W moim świecie żony się nie odprawia, tylko bierze się rozwód i każdy idzie dalej swoją drogą. Nasze kobiety mają prawo żyć własnym życiem. Nic w tym wstydliwego. Dopóki nikomu nie dzieje się krzywda, z niczego nie trzeba się tłumaczyć. A zbrodnia honorowa u nas jest po prostu zbrodnią, żadne prawo nie przewiduje dla niej okoliczności łagodzących, a tym bardziej jej nie legitymizuje. Jeśli naprawdę uważasz, że obowiązana byłam grzecznie na ciebie czekać zabarykadowana w swoim pokoju, ryzykując, że nie zapuka do mnie ani książę z bajki, ani pies z kulawą nogą, znaczy, że jesteś głupszy niż cały twój lud.

Po tych słowach zerwała z siebie fartuch, cisnęła mi go w twarz i wyszła z kuchni, z trzaskiem zamykając za sobą drzwi.

Wzdrygnąłem się, kiedy huknęły. Od stóp do głów przebiegł mnie dreszcz identyczny jak ten, który odczuwałem zawsze po porządnym prawym w szczękę. Kuchnia wydała mi się zimna i mroczna jak piwniczna izba. Opadłem na krzesło i zasłoniłem twarz rękami z głębokim przekonaniem, że popełniłem oto największy nietakt w swoim życiu.

Krzyki Alarcona wyrwały mnie z dojmującego wzburzenia. Pobiegłem do jego pokoju na poły po omacku w mdłym świetle lampki. Irène usiłowała zapanować nad miotającym się ojcem, który dostał jakiegoś ataku. Biedak dusił się, z boków ust spływała mu biaława wydzielina. Górną częścią jego ciała szarpały urywane konwulsje. Odsunąłem Irène, podniosłem chorego z łóżka i zarzuciłem go sobie na plecy. Jego ślina kapała mi na kark. Irène pobiegła przodem, by otworzyć tylne drzwi mojego samochodu, pomogła mi ułożyć ojca na kanapie i siadła z nim. Uruchomiłem silnik, ruszyłem i dopiero wtedy włączyłem światła.

Byliśmy sami w ponurym korytarzu, z którego ścian łuszczyła się wyblakła farba. Irène przycupnęła pod oknem z rękami złożonymi na ustach i wzrokiem utkwionym w posadzkę, ja chodziłem tam i z powrotem. Od czasu do czasu zza którychś drzwi wyłaniała się pielęgniarka i znikała, zanim zdążyliśmy ją zatrzymać. Niekiedy dochodziły do nas rozpaczliwe krzyki pacjentów, po czym w szpitalu na powrót zapadała cisza niepokojąca jak zła wróżba.

Trudno mi było podnieść oczy na Irène. Zły byłem na siebie, że nie uszanowałem jej chwili napięcia, że nie poczekałem na stosowną porę, aby przeciąć wrzód. Przykro mi było ze względu na nią i na siebie. Jednakże patrząc na nią skuloną w strapieniu na tym korytarzu omiatanym przeciągami, w noc tak ciemną, że zdawała się odporna na modlitwy i cuda, byłem pewien, że moja miłość do niej pozostała nienaruszona, że to spięcie tylko umocniło moje uczucia. Kochałem ją, nie miałem co do tego cienia wątpliwości, kochałem ją z całych sił – nie liczyło się, czy słusznie czy nie! Moje serce tylko dla niej biło i żadna przyszłość, żadna perspektywa nie miałaby blasku ani sensu, gdyby nie było w niej Irène. Do diabła z gromami, jeśli burza jest przelotna, do diabła z hańbą, jeśli pocałunek może zaleczyć ukąszenie na ustach. Dla mnie życie zaczynało się od nowa, gdy tylko karta została przewrócona. Irène była wybranym przeze mnie rozdziałem, abym mógł być sobą, tylko sobą, zwyczajnym człowiekiem, którego miłość uwzniośli bardziej niż jakiekolwiek namaszczenie. Nie potrzebowałem czytać z linii swoich rąk, niczego nie potrzebowałem; chciałem tylko ją, Irène, ponad wszystko na świecie.

Po dwóch godzinach nareszcie wyszedł do nas lekarz.

– Jestem doktor Jacquemin.

– Jak on się czuje? – poderwała się Irène.

– Na razie śpi. Proszę wracać do domu, nic nie da siedzenie tutaj.

– Czy to coś poważnego?

– Za wcześnie, by postawić diagnozę. Moim zdaniem to mógł być silny napad lęku. U niektórych sparaliżowanych objawia się czasem dość gwałtownie, ale jest bardziej spektakularny niż niebezpieczny. Może pani być spokojna, pani ojciec jest w dobrych rękach. Osobiście się nim zajmę. Proszę przyjść jutro, będziemy mogli więcej powiedzieć.

Posłał nam pokrzepiający uśmiech i przeprosił, że musi się pożegnać.

Powrót do posiadłości upływał nam w nieznośnie ciężkiej atmosferze. Irène usiadła z tyłu na znak, że ciągle się na mnie gniewa. Źle mi się prowadziło, gdy musiałem patrzyć równocześnie na drogę i w lusterko wsteczne. Irène uparcie wpatrywała się w ciemność za bocznym oknem. Jej profil odcinał się w mroku, ostry z powodu nadąsania, lecz śliczny, delikatnie wycyzelowany w urażonej godności. Była jeszcze piękniejsza teraz, gdy gniew rozmył się nieco w zamyśleniu.

Kiedy dojechaliśmy, wysiadła z samochodu, nie obdarzając mnie nawet jednym spojrzeniem. Chwyciłem ją za rękę, gdy kierowała się do swojego pokoju.

– Proszę cię!... – jęknęła. – Chcę się położyć.

Przyciągnąłem ją; opierała się, próbowała się wyswobodzić; siłą obróciłem ją do siebie, odpychała mnie bezskutecznie, wiła się, ugryzła mnie w rękę. Nie puściłem jej, przytuliłem mocno; ze złości pokrzykiwała cicho, chciała podrapać mi twarz, waliła mnie pięściami w pierś, długo się szarpała, walcząc po cichu, lecz ostro, w końcu wyczerpana poddała się i rozszlochała. Uniosłem jej brodę. Zalaną łzami twarz miała równie błyszczącą jak oczy. Pocałowałem ją w usta. Odwróciła głowę. Pocałowałem ją znowu, na siłę; zacisnęła zęby na mojej wardze, poczułem krew na języku. Po czym nagle oplotła rękami moją szyję i zaczęła mnie całować z niemal dziką namiętnością. Uwolnieni od strapień oddaliśmy się duszą i ciałem radości odnalezienia siebie. Znowu byliśmy razem, stworzeni dla siebie, jedno zwrócone drugiemu. Legliśmy na ziemi i kochaliśmy się jak nigdy.

Koło południa Irène i ja zjedliśmy skromny obiad w kuchni. Pogodzeni. Spojrzeń, któreśmy wymieniali, nie trzeba było tłumaczyć. Słowa byłyby śmieszne, wręcz niestosowne, gdyby miały wyrazić to, co dojrzewało w naszym milczeniu. Zdarzają się takie błogosławione chwile, gdy powstrzymanie się od słów pozwala w pełni ogarnąć kwintesencję znaczeń. Serce przekazuje wówczas oczom swe najskrytsze tajemnice. Kiedy wszystko jest oczywiste, niewiele już można dodać, inaczej wszystko się rozsypie. Byliśmy spokojni, wiedzieliśmy bowiem, że nasza historia może się wreszcie otworzyć na szczęśliwe dni.

Irène chciała pojechać ze mną do szpitala. Powiedziałem, że mam pilne sprawy do załatwienia w mieście, i obiecałem przyjechać po nią później.

8

Diuk rozłożył owłosione ręce szeroko jak wrota. Siedział za biurkiem w samej koszuli. Zobaczywszy mnie w drzwiach, podskoczył w fotelu i niemal podbiegł, aby mnie uściskać. Nie odwzajemniłem powitania. Cofnął się, popatrzył i radość zaraz z niego wyparowała.

– Co jest? Wyglądasz okropnie.

– Nie powiedzieli panu?

– Co mieli powiedzieć?

– O mojej decyzji.

– Jakiej?

Niewiele myśląc, wypaliłem:

– Kończę z boksem.

Na chwilę znieruchomiał zaskoczony, po czym odrzucił głowę do tyłu i ryknął gromkim śmiechem.

– A niech cię, aleś mnie zrobił!... Cholerny jajcarzu, o mało nie uwierzyłem, naprawdę.

– Mówię poważnie.

Mój zimny głos do reszty zgasił jego entuzjazm. Twarz napięła mu się tak mocno, aż się wystraszyłem, że w miejscu zmarszczek na czole popęka skóra.

– Co mi tu wygadujesz? We łbie ci się poprzestwiało od tego łomotu czy co?

– Może...

Diuk jednym ruchem ręki zmiótł na podłogę papiery spiętrzone na biurku, kopnął krzesło, chwycił się oburącz za głowę, aby się uspokoić. Przez kilka minut stał tak tyłem do mnie, próbując zaprowadzić ład w myślach. Kiedy znowu obrócił się przodem do mnie, jego wykrzywiona twarz nie miała w sobie nic ludzkiego. Dygotał na całym ciele, nozdrza mu się rozdymały, oczy miał wybałuszone. Najpierw przytknął palec do mojej piersi, cofnął go, rozejrzał się dokoła, sapiąc szybko.

– Ja chyba śnię – burknął. – To niemożliwe.

Rzucił mi się nagle do gardła, lecz był za niski, aby je chwycić. Wrócił za biurko, popatrzył na platan na patiu.

– Gino!!! – ryknął.

Wpadła przerażona sekretarka. Kazał jej iść na drugie piętro po Gina, który zjawił się czym prędzej. Słyszałem, jak pokonuje schody po cztery stopnie. Zdziwił się na mój widok, Diuk jednak nie czekał, aż się otrząśnie.

– Możesz mi powiedzieć, co ugryzło twojego kumpla?

Gino przełknął ślinę.

– Wiesz, jaką podjął decyzję?

– Wiem.

– Od kiedy?

– Przykro mi...

– Czemuś mi nic nie powiedział?

– Myślałem, że uda się go urobić.

– Najwyraźniej nie byłeś zbyt przekonujący.

– Szczerze mówiąc, nie było okazji pogadać spokojnie.

– Tu idzie o twoją głowę, stary! – ryknął Diuk, przypadając do Gina. – Jeśli ten kretyn twój przyszywany brat natychmiast mnie nie przeprosi, niewiele dam za twoją skórę.

– To tylko przykre nieporozumienie, proszę pana. Wszystko się ułoży, obiecuję.

– Podjąłem decyzję – odezwałem się niewzruszenie. – Ani Gino, ani nikt inny nie zmusi mnie do zmiany zdania.

Diuk znowu rzucił się na mnie wykrzywiony z wściekłości.

– Chyba nie zdajesz sobie sprawy, ile ryzykujesz, durniu. Nie jestem bokserem i nie stosuję się do żadnych zasad, jeśli krzyżuję broń z przeciwnikiem. Rozumiesz? Nie wiem, czy w tym swoim łbie masz mózg czy tylko sieczkę, ale na twoim miejscu bardzo, ale to bardzo bym uważał. – Stwierdziwszy, że jego groźby na mnie nie działają, mówił dalej nieco łagodniejszym tonem: – Czy mogę się dowiedzieć, co nie gra w naszym układzie? Zawsze byliśmy przy tobie. Więc skąd ta nagła wolta? Jeśli chodzi ci o pieniądze, pogadajmy otwarcie. Zawsze można się dogadać, mistrzu.

– Przykro mi, panie Bollocq. Nie chodzi mi o pieniądze i do nikogo nie mam żalu. Ekipa była wspaniała. Nie zawiodłem was. Jesteśmy kwita.

– Nie tak szybko, ty zakuty łbie. Staram się rozwinąć twoją karierę za granicą, a ty mi ją oddajesz jak pies, który aportuje patyk rzucony przez pana.

– Nie jestem psem.

– Nie byłbym taki pewny... Za to na pewno panem tutaj jestem ja. Wszystko, co masz, zawdzięczasz mnie. Wydałem fortunę, żeby wynieść jaulada bez przyszłości i bez wykształcenia na najwyższe podium. Powiedziałem ci dawno temu: jesteś tylko inwestycją, interesem, który mnie kosztował kupę forsy i zmusił do koszmarnych negocjacji i sojuszy z osobami, na których widok chce mi się rzygać. Dla ciebie musiałem tu i ówdzie posmarować, opłacać dziennikarzy, wybaczyć zdrajcom i zawierać pokój z miernotami. A ty dzisiaj przychodzisz ot tak, bez żenady mówisz, że się wycofujesz, i myślisz, że masz do tego prawo? – Zwrócił się do Gina: – Zabieraj tego Arabusa i spadaj. Jak cię zobaczę następnym razem, macie obaj mnie przeprosić na kolanach i ze łzami. Inaczej ja do was przyjdę, a wtedy pożałujecie, żeście się w ogóle spotkali... Zjeżdżać mi stąd, ale już!

Gino zabrał mnie do swojego biura. Był niewiarygodnie spanikowany.

– Kurde, co cię napadło? W co ty nas pakujesz? Diuk cię tak nie puści. Obaj jesteśmy w niebezpieczeństwie. Na litość, wróćmy do niego z przeprosinami.

– Nic więcej nie jestem mu winien.

– Bzdura, jesteś mu winien więcej, niż ci się wydaje. Byłeś pospolitym kotem, a on zrobił z ciebie tygrysa. Bez niego dalej byś wyjadał resztki ze śmietnika. Mam lepszy ogląd spraw i mogę rozpoznać, kto jest w błędzie i kto zasługuje na szacunek... Wiesz, na czym polega twój problem? Mózg masz wielkości łebka szpilki. Nie zdajesz sobie sprawy, co jest dla ciebie dobre, a czego powinieneś unikać jak zarazy. Chcesz rady na wagę złota? Zostaw tę kobietę. Ona ci miesza w głowie. Gdyby jej na tobie zależało, nie zastawiłaby ci drogi, tylko zachęcałaby cię, żebyś szedł naprzód, zdobywał tytuł po tytule, sięgnął po gwiazdkę z nieba. Błagam cię w imię naszej braterskiej przyjaźni i chłopięcych marzeń, w imię tego, cośmy razem przeszli i własnymi rękami zbudowali z niczego, zaklinam cię, całuję po rękach i nogach, wróć do mnie, wróć do nas i pozbądź się tej dziwki, która próbuje z powrotem zepchnąć cię tam, skąd ledwie się wydostałeś.

– Masz pojęcie, czego od mnie żądasz, Gino? Zależy mi na tej kobiecie. Nie ma minuty, żebym o niej nie myślał, a ty każesz mi o niej zapomnieć. Gino, bracie kochany, czy ty nie widzisz, że po raz pierwszy w życiu jestem szczęśliwy? Kocham Irène, rozumiesz? Kocham ją. Moje dni mają sens tylko dlatego, że Irène je dla mnie odkrywa.

Uderzył mnie w twarz.

– Ty egoisto, głupi, tępy egoisto! Tyle się dla ciebie naharowałem, a ty mnie teraz puszczasz kantem!

– Nigdy więcej nie waż się podnieść na mnie ręki, Gino. Nigdy.

– To zabierz nogę z mojego karku. Depczesz po mnie jak po wycieraczce. Jak możesz rozpirzać wszystko, cośmy dla ciebie zbudowali?

– Naprawdę bardzo mi przykro. Wierz mi, jest mi ciężko. Bardzo lubię DeStefana, Tobiasa, Salva. Ty zawsze byłeś dla mnie jak brat. Ale mam dość przyjmowania ciosów. Potrzebuję zejść z chmury na ziemię, chodzić między ludźmi, żyć normalnie.

– Złożyłeś obietnicę mojej matce na łożu śmierci. Przysiągłeś, że nie pozwolisz, by wśliznął się między nas zdradziecki wąż.

– Irène nie jest wężem, Gino.

– Jest, tylko że ty, Turambo, nie zdajesz sobie z tego sprawy. Ona cię hipnotyzuje jak polną mysz.

– Przejdzie ci, Gino. Twoja przyjaźń jest dla mnie bardzo ważna. Zachowajmy ją.

– Ty właśnie naszą przyjaźń ciskasz za burtę. Nie masz dla mnie ani poważania, ani litości. Jestem o włos od ataku serca, a ciebie to ani grzeje, ani ziębi. Jeśli na tym polega twoja przyjaźń, to możesz ją sobie wsadzić gdzieś. Ja bym ciebie w życiu nie wpakował w takie szambo. Nie masz pojęcia, jak mnie rozczarowałeś. Postępujesz jak hipokryta, egoista, zimny wstrętny drań. Jesteś śmieć, ot co, ohydny śmieć. I niewdzięcznik.

Jego słowa zraniły mnie głęboko.

Gino miał ogień w oczach i jad na języku. Nozdrza drgały mu z oburzenia, usta mnie przeklinały. Dyszał jak astmatyk, oddech miał gorący od żaru, który w nim płonął, twarz wykrzywioną, wylewała się z niego nienawiść.

– Ale uważaj – wysapał, wygrażając mi palcem przed nosem. – Nie ty rozdajesz karty, Turambo. Nie rzucisz nas tak szybko. Za dużo z siebie dałem i nie pozwolę, żebyś zniszczył moją przyszłość.

– Widzisz? Mówisz: m o j ą przyszłość. Tobie tak zależy na własnej przyszłości, a dlaczego ja miałbym wyrzec się swojej?

– Jedno drugiemu nie przeszkadza. Boks nie kłóci się z małżeństwem. Ożeń się z tą swoją dziwką, skoro tak ci na niej zależy, ale na Boga! nie poświęcaj nas dla jej ładnych oczu.

– Nie tylko o to chodzi, Gino. Mam dość lizania ran, podczas gdy wy ślinicie palce, żeby liczyć pieniądze.

– Ty też zarabiasz.

– Kosztem szacunku do siebie. Nie chcę już robić z siebie widowiska.

– Błagam cię, Turambo, spróbuj pomyśleć sekundę...

– Od miesięcy nic innego nie robię. Podjąłem decyzję. N i e - o d w o ł a l n ą.

– Jesteś pewien?

– Na sto procent.

Pokręcił głową zgnębiony, wziął się w garść, podniósł na mnie przekrwione oczy. Policzkami wstrząsał mu nerwowy tik. Usta miał wykrzywione, kiedy gromko oznajmił:

– Ostrzegam cię: ja tego tak nie zostawię.

Dokonywała się na moich oczach przemiana. Wspaniała epoka niewinności i bezinteresownego koleżeństwa zrzucała maskę, przywdziewała nową skórę, odpychającą, wstrętną. Z Gina wyłaziła jakaś jego ciemna strona, której istnienia nigdy nie podejrzewałem. Przysiągłbym, że wyłania się z muru albo z grobu z kamiennym obliczem, wzrokiem przyprószonym pyłem. Spowijały go ciemności, ba! on je uosabiał. Gino miał tragiczną twarz człowieka czującego nóż na gardle i gotowego zwrócić go przeciw najlepszemu przyjacielowi, by uratować własną głowę. Nie poznawałem go. Być może on to samo myślał o mnie, tyle że ja niczego od niego nie żądałem. Poświęcenie, którego się ode mnie domagał, rozdzielało nas definitywnie. Już nie należeliśmy do tego samego obozu.

– Grozisz mi, Gino?

– Zdecydowanie tak.

– Te twoje pogróżki guzik mnie obchodzą. Diuk może cię wylać, zlinczować, zachować w formalinie, gwiżdżę na to.

– Stary, najgorzej ty na tym wyjdziesz. Otwórz wreszcie oczy. Twoja luba to latawica, która sypia z pierwszym lepszym. Wyrzuci cię z łóżka, jak tylko się tobą znudzi. Mus ci nie powiedział?

– Więc to ty go do mnie przysłałeś?

– A co, miałem się krępować? Myślałem, że masz dumę, poczucie honoru jak twoi pobratymcy. Widzę jednak, że z ciebie cymbał, którego byle dziwka owija sobie wokół palca. Sprzedałaby cię za marne grosze, nawet ich nie licząc. Udowodnię ci, że tę sukę w rui da się kupić jak każdą kurwę.

– Trzymaj się od niej z daleka, Gino.

– Czego się boisz? Że mam rację?

Odepchnąłem go i wybiegłem na schody.

Pognał za mną, wołając:

– Nie pozwolę, żebyś zniweczył moje plany, Turambo, słyszysz? Hej! Turambo! Turambo!...

Jakiś czas jeździłem bez celu ulicami miasta, później poszedłem do mauretańskiej kawiarni w pobliżu Sidi Blel. Uliczka była za wąska, by wjechać w nią samochodem. Zostawiłem auto przy placu i na piechotę udałem się do lokalu. Paru klientów w turbanach gawędziło przy herbacie. Na prowizorycznej estradzie niewidomy śpiewak przygrywał sobie na lutni. Zamówiłem kawę cynamonową i tunezyjskie racuchy. Miałem uczucie, że odradzam się w nowym świecie, zostawiając daleko za sobą to wszystko, co motywuje innych bardziej niż mnie. Kotwice, które przykuwały mnie do szalonych obietnic i umów, już nie będą mi przeszkadzały w wyjściu na wolne powietrze. Zawsze się bałem stawić czoło Diukowi; jego pozycja, wrodzona władczość, napady potężnego gniewu – to wszystko mnie onieśmielało. Nie wyobrażałem sobie, że mógłbym mu się sprzeciwić, a tym bardziej otwarcie powiadomić go o swojej decyzji. Tymczasem wychodząc z jego gabinetu, nie czułem ołowianego brzemienia na barkach; jego groźby wobec mnie nie zadziałały. Pozbyłem się strachu nierozerwalnie związanego z moją pozycją „tubylca", którą zająłem w toku zmagań i pod wpływem urojonego poczucia winy. Chyba pogwizdywałem na ulicy albo zanosiłem się nerwowym śmiechem przynoszącym ulgę po przeżytym przerażeniu, które w sumie okazało się równie trywialne jak nieuzasadnione. Dziwne było owo uczucie lekkości – zdawało mi się, że unoszę się nad ziemią. Wspomniałem dziadka Sida Roha. Według mojego przyjaciela z dzieciństwa jego przodek żył jako pan siebie również w biedzie. Kiedy ograbiono go z ziemi, przeniósł się w góry, aby nie musieć nikomu służyć. Życie mijało mu na spaniu, marzeniu, kłusowaniu i płodzeniu dzieci. Podobno mawiał: „Tylko jeden wybór się liczy: ten, by robić to, na czym nam zależy. Wszystkie inne to sprzeniewierzanie się sobie".

Ja dokonałem wyboru. Podium czy szafot – to mało mnie obchodziło, byłem ponad wątpliwości. Paradoksalnie osiągnięty spokój objawił się we mnie ogromnym zmęczeniem; bardzo chciałem położyć się gdziekolwiek i zasnąć. Piłem kawę za kawą, zjadałem racucha po racuchu, nie zdając sobie z tego sprawy.

Kiedy poprosiłem o rachunek, właściciel poinformował mnie, że ktoś już go uregulował. Nie chciał powiedzieć kto. U nas mimo biedy tego typu uprzejmość zdarza się często; nie należy wtedy dopytywać o tożsamość fundatora.

Po wyjściu na zewnątrz na wszelki wypadek podziękowałem ludziom przy stolikach ustawionych na chodniku. Serce biło mi spokojnie. Było mi dobrze.

U wejścia na patio starcy grali w domino. Przystanąłem, aby wymienić z nimi uprzejmości. Na skwerku banda smarkaczy bawiła się na masce mojego samochodu; na mój widok rozpierzchli się z piskiem i zaraz wrócili, aby mnie gonić. Najszybsi pędzili na wysokości drzwi z ustami szeroko otwartymi w triumfalnym śmiechu. Przyspieszyłem, machając im ręką na pożegnanie.

Wieczór pukał do bram miasta. Moja mama na podwórku gawędziła z kabylską sąsiadką przy lampce postawionej na cembrowinie studni. Nie chcąc im przeszkadzać, udałem się prosto do naszego mieszkania. Ojciec monologował w swoim pokoju, ręce lekko mu drżały. Pocałowałem go w czoło i usiadłem na poduszce naprzeciw niego. Popatrzył na mnie, przechylając głowę na bok, z niewyraźnym uśmiechem przecinającym twarz. Od kilku tygodni rozmawiał ze sobą i sprawiał wrażenie błądzenia w świecie cieni i ech.

Mama potrząsnęła mną. Otworzyłem oczy. Zdrzemnąłem się chwilę. Przypomniałem sobie Alarcona, czym prędzej więc wskoczyłem do samochodu i pognałem do szpitala. Doktor Jacquemin przyjął mnie nadzwyczaj uprzejmie. Wyjawił, że rozpoznał mnie poprzedniego dnia, lecz zważywszy na okoliczności, nie śmiał wyrazić podziwu, jakim darzy mnie jako boksera. Zaprowadził mnie do pokoju Alarcona, który wyglądał całkiem dobrze. Lekarz wyjaśnił mi, że nie dolega mu nic poważnego, a wczorajszy zły stan był skutkiem przejściowego ataku lęku, który występuje niekiedy przy paraliżu wywołany dyskomfortem fizycznym i psychicznym inwalidy.

– Może go pan już zabrać do domu, ale na wszelki wypadek dobrze by było, gdyby został tu jeszcze na noc. Wyśpi się zdrowo i jutro wróci do siebie ze śpiewem na ustach.

– Wolę zaczekać do jutra – poparł go Alarcon. – Nie lubię jeździć nocą, zwłaszcza w deszczu.

Lekarz wyszedł z pokoju.

Alarcon brodą wskazał talerz na stoliku nocnym.

– Żarcie tu jest paskudne. Byłbyś tak dobry i przyniósł mi miskę zupy od miejscowego sprzedawcy?

– O tej porze już pewnie zamknął interes.

– Nie wyobrażasz sobie, jaką mam ochotę na mocno przyprawioną szorbę, taką z makaronem i szczyptą kminku, na pyszną szorbę, gorącą i aromatyczną.

Wróciłem do mamy. Spała już jak suseł, lecz kiedy jej powiedziałem, że to dla chorego, wstała i ugotowała szorbę, którą Alarcon wsunął potem, mlaskając z zadowolenia.

– Muszę jechać do Irène, uspokoić ją – powiedziałem.

– Eee! Jutro zrobimy jej niespodziankę. Zostań ze mną. Tak się cieszę, że żyję! Już myślałem, że strzelę w kalendarz. I mam ochotę pogadać.

Usiadłem na metalowym krześle przy łóżku i zamieniłem się w słuch pewien, że na opowieściach zejdzie nam cała noc. Alarcon mówił i mówił, aż wreszcie zasnąłem.

Rano około dziesiątej noszowi przenieśli Alarcona do mojego samochodu. Stary pięściarz kazał się posadzić z przodu, aby mieć dobry widok. Wyznał mi, że od wieków nie był w Oranie. Niestety, miasto nieszczególnie się prezentowało przy porywistym wietrze, który przynosił ulewny deszcz. Na chodnikach było pusto, wystawy sklepów wyglądały posępnie, szyldy nad wejściem do lokali ponuro skrzypiały, działając na nerwy.

W brzydką pogodę Oran to przeklęte miejsce.

Kupiłem świeży chleb w piekarni, w koszernej masarni kotlety jagnięce i sznurek mergezów, poza tym jeszcze trochę zapasów i ruszyliśmy w kierunku Lourmel. Przydrożne drzewa wyginały się na wietrze, z gór opadała fala mgły prosto na urocze miasteczko Musarghin. Alarcon patrzył na wzgórza i ogrody z zadumanym uśmiechem na ustach. Ciężkie chmury, które wisiały nad Oranem, zaczynały się z wolna rozpraszać. Miejscami w większych lukach pojawiało się światło dnia. Im dalej byliśmy od wybrzeża, tym słabsze strugi wody spadały na szosę. Nadal siąpiło, lecz porywy wiatru łamały się na gajach pomarańczowych i winnicach. Alarcon zaczął nucić jakąś melodię wojskową, pięścią wybijając takt na desce rozdzielczej. Słuchałem go pogrążony w myślach. Pilno mi było powiedzieć Irène, że definitywnie zerwałem z Diukiem.

Chata Larbiego sprzedawcy owoców trzeszczała na wietrze, zasłony były opuszczone. Na drodze prowadzącej do posiadłości między wybojami widoczne były świeże ślady kół. Mój samochód grzązł w błocie, ślizgając się w koleinach.

Zaintrygowały mnie dwie furgonetki na podwórzu Ventabrenów. Na nasz widok garstka ludzi zaopatrzonych w kije i drągi zebrała się przed domem, wśród nich trzej funkcjonariusze w mundurach. W gardle naraz mi wyschło, grdyka zaczęła skakać.

Jeden z policjantów pomachał swoim kepi, prosząc, abym podjechał do nich. Był to chudy człowieczek z wąsikiem pod szpiczastym nosem, o dużych odstających uszach. Wyglądał na bardzo zmęczonego.

– Bogu dzięki, żyje pan! – zawołał, rozpoznawszy Ventabrena. – Już nie wiem od ilu godzin moi ludzie i ochotnicy przeczesują okolicę, szukając pana. Myśleliśmy, że zabrano pana i ciało porzucono gdzieś w makii.

Alarcon nie bardzo pojmował, o czym policjant gada, ale obcy ludzie na jego ziemi nie wróżyli nic dobrego.

– Niby jak miałbym wjechać w makię na wózku inwalidzkim? Co tu się dzieje? Co robicie w mojej posiadłości?

– Stało się straszne nieszczęście. Okropne, potworne nieszczęście...

Wyskoczyłem z samochodu i pognałem do domu, ale już w sieni stanąłem jak wryty. Stół w salonie był przesunięty, krzesła poprzewracane, niektóre połamane, ze ściany spadł obraz. Zawołałem Irène; w łazience wokół balii napełnionej wodą jeszcze dosychały na posadzce czarne kałuże wody z mydłem. Ślady walki świadczyły, że była nadzwyczajnie ostra, nigdzie jednak nie widziałem krwi. „Irène! Irène!" W głowie dudniło mi to imię, dudniło głośniej niż ciosy obuchem. W kuchni konewka leżała przewrócona w rozlanym mleku. Wbiegłem na piętro, zszedłem na dół; Irène nie odpowiadała, nie pokazywała się.

Policjant złapał mnie za rękę.

– Nie ma jej tu. Ciało przewieziono do miasteczka.

Co on gada?

– Ktoś ją zamordował. Jérôme mleczarz znalazł ją rano nieżywą w salonie.

Znienacka dotknęła mnie głuchota. Widziałem poruszające się usta policjanta, lecz nie docierał do mnie żaden dźwięk. Zawróciło mi się w głowie, zabrakło powietrza. Oparłem się o ścianę, by nie upaść, nogi jednak ugięły się pode mną. Osunąłem się na podłogę ogłuszony, powtarzając sobie: „Zaraz się obudzę, zaraz się obudzę...".

Jeden z funkcjonariuszy usiadł za kierownicą mojego samochodu. Ja nie byłem w stanie uruchomić silnika ani prowadzić. Stawy w nogach całkowicie mi się zablokowały.

W miasteczku policjanci zaprowadzili nas do przychodni, w której złożono zwłoki Irène. Nie docierały do mnie żadne dźwięki, nie postrzegałem żadnego ruchu, wszystko widziałem jak za mgłą, niewyraźne, nierealne.

Komendant policji nie pozwolił, żebym towarzyszył Alarconowi, gdy zabierano go do ciała córki; kazał mi zostać w samochodzie i jednemu z podwładnych polecił mnie pilnować.

Przy wejściu do przychodni zrobiło się małe zbiegowisko. Ludzie poruszali się w zwolnionym tempie, cisi, błędni. Niesiony przez policjantów Alarcon podążał ku swojemu dramatowi. Wrócił blady, załamany, lecz zachowując godność.

Nie odezwał się słowem od wyjazdu z posiadłości.

Komendant zabrał nas na posterunek, mnie kazał pod strażą czterech funkcjonariuszy usiąść na ławce w pokoju obok swojego biura, w którym zniknął wraz z Alarconem. Fragmenty ich rozmowy docierały chwilami do mnie:

– To na pewno nie on – westchnął Alarcon. – Całą noc spędził ze mną w szpitalu. Lekarz i pielęgniarki mogą zaświadczyć.

– Jest pan pewien?

– No mówię, że to nie on.

– Jérôme mleczarz widział, jak z posiadłości wyjeżdżał czarny samochód, kiedy on akurat jechał do was. Była punkt dziewiąta. Jérôme stanowczo twierdzi, że ciało pańskiej córki było jeszcze ciepłe, kiedy go dotknął...

Czarny samochód!

Ta rewelacja w jednej chwili mnie otrzeźwiła. W głowie mi błysnęło: ośmielił się!... Nie miałem cienia wątpliwości. Wiedziałem, kto mi odebrał osobę, która była dla mnie najważniejsza na świecie.

Wstrząsnęły mną torsje, ale nic nie zwróciłem. Odnosiłem wrażenie, że rozpadam się na tysiąc kawałków.

Odwiozłem Alarcona do domu. Ciało okrutnie mi zesztywniało, ruchy wykonywałem jak automat. Nie myślałem o niczym. Błądziłem we mgle, kierując się instynktem. Alarcon dobrze się trzymał. Oddychał ustami, wzrok miał nieruchomy, twarz nieprzeniknioną. Ledwie jednak usiadł w wózku inwalidzkim, opadło z niego całe opanowanie, do którego dotąd się zmuszał, cała jakby żołnierska dzielność, którą prezentował w miasteczku, i wybuchnął płaczem zgięty wpół.

Nadeszła noc. W chwiejnym świetle lampki cienie przybierały kształty nieszczęścia. Na dworze znowu zaczęło lać. Słyszałem wiatr wyjący w rozpadliskach wzgórza. Byłem zimny, jakbym popadł w trans. Chyba jeszcze nie w pełni uświadamiałem sobie wielkość szkód, które miały wywrócić do góry nogami resztę moich dni. Grobowy głos bez przerwy dudnił mi w głowie: „Ośmielił się! Ośmielił się!".

Byliśmy zbyt przybici, aby myśleć o jedzeniu. Pomogłem Alarconowi położyć się do łóżka, posiedziałem przy nim, póki nie zasnął. W kuchni znalazłem nóż myśliwski, wsunąłem go do kieszeni. Lustro wiszące na ścianie pokazało mi odbicie upiora. Wyglądałem jak nie wiadomo co. Niczym automat poruszany nadnaturalną siłą wsiadłem do samochodu i ruszyłem do Oranu.

Boulevard Mascara był opustoszały, pasmanteria zamknięta. W oknie pokoju Gina paliło się światło. Po schodach wbiegałem po cztery stopnie...

– Gino!!!...

To nie był krzyk, to było coś więcej niż ryk, to był gejzer nienawiści i wściekłości, od którego zadrżały ściany. Pokój był pusty, a rozesłane łóżko Gina ciepłe. Gramofon, który mu podarowałem, pracował – płyta obracała się, trzeszcząc. Jednostajne chrobotanie wwiercało mi się w uszy. Na niskim stoliku z przepełnionej popielniczki wysypywały się zgniecione niedopałki, obok stał talerz z niedojedzoną wędliną i brudna szklanka. Na podłodze rozbiła się butelka po winie, odłamki szkła odskoczyły na wszystkie strony. W pokoju unosił się silny zapach alkoholu. Z krzesła przy łóżku zwisały spodnie i koszula. Na kołdrze leżał zwinięty płaszcz i para butów. Wściekłym gestem zmiotłem gramofon, który roztrzaskał się na ziemi; tuba odbiła się od ściany, wykonała pełny obrót i znieruchomiała. Gino nie mógł być daleko. Na pewno gdzieś się schował. Szukałem go w toalecie, na ganku, w innych pokojach; widocznie wyszedł po zaopatrzenie, by mieć czym się upić, licząc, że w alkoholu utopi wyrzuty sumienia. To jeszcze podsyciło moją nienawiść. Aż zadygotałem cały. Ustawiłem się w połowie schodów pogrążonych w ciemności i czekałem z ogniem w trzewiach i nożem w garści.

Pioruny waliły jak najęte, na miasto spadały strugi deszczu. Wycie wiatru napełniało noc apokaliptyczną furią. Walcząc z trawiącym mnie gniewem, odsuwałem od siebie wszelkie myśli, nie zastanawiałem się, co tam robię. Byłem jedynie przedłużeniem ostrza, które ściskałem w dłoni.

I przyszedł w końcu Gino. Pijany na umór. W piżamie przemoczonej do suchej nitki. W pantoflach nasiąkniętych wodą. W świetle błyskawicy jego żałosny cień padł na ścianę. Nie dałem mu czasu na choćby jedno słowo. Nie chciałem niczego usłyszeć, niczego wybaczać. Rzuciłby mi się do nóg, błagałby we łzach, przysięgałby, że to był wypadek, że to nie jego wina, że Diuk go zmusił; przypominałby mi nasze najpiękniejsze wspomnienia, obietnicę złożoną jego matce, ale to niewiele by zmieniło. Gino mocno się wzdrygnął, kiedy nóż wszedł mu pod żebra. Poczułem jego ciepłą krew na dłoni. Przesiąknięty alkoholem oddech niemal uderzył mi do głowy.

Uczepił się kołnierza mojego płaszcza, zacharczał, lekko się zachwiał.

Oświetliła nas kolejna błyskawica.

– To ja, Gino... – powiedział, rozpoznawszy mnie w jej blasku.

– Może – odpowiedziałem. – Ale nie ten, którego znałem.

Jego uścisk osłabł. Gino powoli osunął się po mnie i legł u moich stóp. Okraczyłem go, wyszedłem na ulicę. Deszcz rzucił się na mnie jak zaklęcie.

Pojechałem do Saint-Eugène zaczaić się na Diuka. Miałem nadzieję, że wróci z przyjęcia czy jakiegoś nocnego spotkania. Jego willę zasłaniał ogród, okna były ciemne. Służący w kapturze naciągniętym na głowę pilnował bramy z dużym psem na smyczy. Mijały godziny. Siedziałem zziębnięty w samochodzie, obserwując okolicę. Nie pojawił się ani jeden nocny marek, ani jeden samochód. Strumienie wody, którymi chlastały porywy wiatru, ograniczały widoczność.

Wróciłem do Ventabrena. W ulewnym deszczu. Od błyskawic mając omamy.

Alarcon spał.

Rozdygotany z zimna owinąłem się w kołdrę i nie zdejmując butów, położyłem się na wyściełanej ławie w salonie.

***

Obudziło mnie podzwanianie. Było już jasno. W kuchni krzątała się kobieta. Powiedziała mi, że jest żoną sąsiada, który kazał jej przyjść do Alarcona, by sprawdziła, jak można mu pomóc w tych trudnych chwilach. Szykowała nam jedzenie. Około pierwszej jej mąż i inni sąsiedzi zjawili się w posiadłości z wyrazami pociechy dla ojca w żałobie. Alarcon nie miał siły posiedzieć z nimi. Wolał zostać w łóżku i samotnie zmagać się ze swoim bólem. Sąsiadami byli ubodzy wieśniacy o szorstkich dłoniach i grubo ciosanych ogorzałych twarzach, odziani w pogniecione ciuchy, ludzie prości, którzy na swoje pola spoglądali „takim samym wzrokiem jak na swoje kobiety i mieli w pogardzie iluzoryczne zaszczyty". Nie bardzo się rozumieli na boksie i na miejskich sprawach. Spytali, kim jestem. „Narzeczonym Irène", odparłem.

Późnym popołudniem pod dom podjechał samochód policyjny. Funkcjonariusz oznajmił, że komendant chce się widzieć z panem Ventabrenem i że to pilne. „Zdaje się, że są nowe okoliczności". Nic więcej nie dodał, sam bowiem nie wiedział, o co chodzi.

Na posterunku w Lourmel komendant wprowadził nas, Alarcona i mnie, do okratowanej celi. Siedział tam rozmamłany mężczyzna skulony za stołem, z otępieniem na twarzy, z głową wciśniętą w ramiona. Jérôme mleczarz w brudnym palcie przetartym na łokciach. Płakał, wycierając nos grzbietem dłoni skutych kajdankami, oblicze miał pomarszczone jak przejrzała pigwa.

– Plątał się w zeznaniach, co dało nam do myślenia – wyjaśnił komendant. – Przeczył sobie, odwoływał, co wcześniej powiedział. I w końcu pękł.

W pomieszczeniu zapanowała straszna cisza.

Alarcon i ja skamienieliśmy ze zdumienia.

Pierwszy otrząsnął się stary bokser. Musiał sięgnąć do głębi trzewi, by wydobyć z siebie głos, który mu drżał, gdy wykrztusił:

– Czemuś to zrobił, Jérôme?

– To nie ja, panie Ventabren – rzekł mleczarz, klękając przed Alarconem. – Diabeł to zrobił. Opętał mnie. Nie było nikogo w domu. Wszedłem z mlekiem do środka. Postawiłem kankę na stole w kuchni jak zwykle. Już miałem wyjść, ale zobaczyłem Irène, która się myła. Nie zrobiłem tego umyślnie. Drzwi do łazienki były uchylone, przysięgam, ja ich nie otworzyłem. Powiedziałem sobie: Jérôme, wracaj do domu, źle robisz. Ale to nie byłem ja. Ja bym wrócił do domu, chyba to rozumiesz, Alarcon. Znasz mnie. Może i nie jestem aniołem, ale mam umiar i zasady. Mówiłem sobie: co z tobą, Jérôme? Oszalałeś czy co? Idź stąd, nie patrz, tylko zmiataj raz-dwa. Tyle że diabeł takich rzeczy nie słucha, nie stawia sobie pytań.

– Zgwałciłeś ją, a potem udusiłeś! – krzyknął komendant.

– Diabeł to zrobił, nie ja. No bo jak inaczej wytłumaczyć, że jak tylko odzyskałem rozum, zaraz oddałem się w wasze ręce?

– Nie oddałeś się, tylko się przyznałeś. Drobna różnica, ty gnoju...

Nie wiem, czy to mój krzyk czy też piorun wstrząsnął w posadach posterunkiem, nie wiem, czy rzuciłem się na mleczarza czy też wyobraziłem sobie, że go rozszarpię gołymi rękami. Nie wiem, czy policjanci oddzielili mnie od niego pałkami czy też zraniłem się, przewracając. Pamiętam jedynie biel, która po tym spowiła wszystko. Nie było niczego przede mną ani za mną, nie było niczego po prawej ani po lewej. Niebo, calutieńkie niebo runęło mi na głowę z miliardami gwiazd, z milionami modlitw i armią demonów. Wyklinałem siebie, jak nigdy żaden potępieniec nie został wyklęty. Zabiłem Gina za nic, a wraz z nim zabiłem cały świat. Nie słyszałem swojego oddechu, straciłem go bowiem. Postarzałem się nagle, stulecia zaciążyły na mnie brzemieniem. Byłem mumią odwiniętą ze zbutwiałych bandaży, byłem Kainem powstałym z popiołów piekieł – on dokonał zabójstwa głupszego niż ludzki los. „Coś ty zrobił? – grzmiał we mnie krzyk. – Jak teraz będziesz żył? Z czego? Dla kogo? Twój sen będzie jedną wielką otchłanią, każdy dzień stosem całopalnym. Możesz się modlić aż do utraty głosu, możesz recytować zaklęcia wszystkich czarowników świata, możesz się obwiesić talizmanami albo rozpłynąć w oparach kadzidła; możesz czytać święte wersety z lewa na prawo i z prawa na lewo, możesz zdobić czoło cierniami i stąpać po wodzie, a i tak ani na jotę nie zmienisz losu, który cię czeka".

Nie pamiętam, czy pożegnałem się z Ventabrenem czy też gliniarze wyrzucili mnie na zewnątrz. Wydawało mi się, że jednym skokiem pokonałem szmat czasu, własne krzyki ścigały mnie jak wrogi tłum. Jechałem, jechałem gdzie oczy poniosą, nie wiedząc, dokąd się kieruję. Przystanąłem pod drzewem, aby się rozpłakać. Nie dobyłem z siebie ani jednego szlochu. Ani jednego spazmu. Zapadał wieczór, lecz widziałem przed sobą jedynie własną noc, mleczną zimną ciemność, która opanowała moje ciało niczym powolna śmierć. Nie wiem, jak się znalazłem w „Camélii". Piłem na umór – ja, który w życiu nie podniosłem kieliszka wina do ust. Aida znalazła się w kłopocie. Miała umówionego klienta. Na razie wsadziła mnie do wanny i szorowała moje ciało, jakby chciała zetrzeć mnie w całości. Owinięty w ręcznik kąpielowy dowlokłem się później do fotela i piłem dalej. Dokoła mnie w zwolnionym tempie poruszały się cienie. Słyszałem głosy, lecz nie byłem zdolny ich rozpoznać. A to szefowa prosiła Aidę, żeby się mnie pozbyła. Myślami byłem gdzie indziej – na posterunku w Lourmel pochylałem się nad zapłakanym mleczarzem. Powinienem był się porachować z tym zboczeńcem, który ściągnął na mnie nieszczęście, powinienem był rzucić się na niego i nie odstąpić, póki by nie padł. Złościłem się na siebie, że bez mrugnięcia wysłuchałem jego wyznania – wyznania człowieka, który całe moje życie strącił w otchłań. Aida przyniosła mi więcej butelek wina. Jednakże nawet morze nie ugasiłoby ognia, który mnie pożerał. Im więcej piłem, tym jaśniej myślałem; unosiłem się ponad falą mgły i zamroczenia z sercem jak w szponach drapieżcy i z rozbieganymi oczami. Szczękałem zębami owinięty w ten ręcznik, niezdolny uczynić jednego gestu, by czegoś nie przewrócić. Aida nie zwracała na mnie uwagi. Siedząc przed toaletką na berżerze z bocznymi podpórkami, szykowała się na wieczór. Jej plecy postrzegałem jako szaniec wykluczający mnie ze świata żywych.

– Musisz wracać do domu – powiedziała. – Najwyższa pora. Mój klient już czeka w bawialni.

– Niech idzie do diabła! – wycharczałem. – Jego forsa nie jest lepsza od mojej.

Aida zaprotestowała. Zagroziłem, że rozpirzę cały ten przybytek. Szefowa nie chciała ani awantury, ani skandalu. Zaproponowała mi pokój. Nie zgodziłem się opuścić fotela. Aida musiała przyjąć klienta w innym pomieszczeniu. Czekałem na nią. Mury dokoła zaczęły falować. Zdrzemnąłem się, a może straciłem przytomność. Kiedy się ocknąłem, przez żaluzje sączył się brzask. Aidy nie było w łóżku. Wstałem i wyszedłem na korytarz, aby jej poszukać. „Aida! Aida!..." Moje wołanie zadudniło jak wybuch. Złość zapierała mi dech w piersiach, byłem pijany w sztok. Nie słysząc odpowiedzi, zacząłem łomotać po kolei w drzwi, potem wyważałem je kopniakiem. Na korytarz wybiegły wystraszone prostytutki, niektóre zupełnie nagie; tu i ówdzie wyłonił się także klient wściekły, że wyrwano go ze snu. Jeden próbował mnie obezwładnić. Inni przyszli mu z pomocą. Waliłem krótkimi uderzeniami, aby ich odeprzeć, i cały czas wołałem Aidę. Obejmowały mnie czyjeś ręce, czyjeś dłonie złapały za gardło, sypał się grad uderzeń. A ja zadawałem ciosy, grzmociłem przy akompaniamencie gradu przekleństw, szalałem w amoku... Coś roztrzaskało się na mojej głowie. Zdążyłem jeszcze zobaczyć Aidę, która gdy padałem, stała obok z uchem dzbana w ręce.

Doszedłszy do siebie, spostrzegłem, że leżę związany u stóp schodów, zakrwawiony i z podbitym okiem. Wokół mnie w grobowej ciszy stały prostytutki i ich klienci. Tuż obok umundurowani funkcjonariusze czuwali z przygotowanymi pałkami. Dwaj ludzie układali na noszach nieruchome ciało. W trakcie awantury zabiłem człowieka.

Niczego nie pamiętałem.

Nie znałem swojej ofiary. Czy uderzyłem tego człowieka w delikatne miejsce czy może przypadkiem zrzuciłem go ze schodów? A może w zamieszaniu poślizgnął się na stopniu? Jakie to miało znaczenie? Nieznajomy leżał na noszach ze szklistymi oczami i strużką krwi na brodzie.

Kiedy już nieszczęście przychodzi, nie ma od niego odwołania.

Gdzieś zostało zapisane, że to wszystko tak się skończy.

***

Siedząc między dwoma policjantami na tylnej kanapie samochodu, czułem, że osuwam się do jakiegoś świata równoległego, z którego nie ma powrotu. Kajdanki raniły mi nadgarstki. Dusiłem się od cierpkiego smrodu funkcjonariuszy – choć może to ja tak śmierdziałem. Jakie to miało znaczenie? Zabiłem człowieka i to mnie otrzeźwiło. „Wiesz, kogoś zamordował? Bohatera narodowego, oficera, który należał do najczęściej odznaczanych w czasie Wielkiej Wojny. Trafisz na szafot, chłopie..."

Drżałem na całym ciele.

– Tak, tak, śmiej się – rzekł jeden z policjantów, szturchając mnie w bok. – Zobaczymy, czy tak samo będziesz się śmiał, kiedy twoja głowa potoczy się do kosza.

Nie śmiałem się. Szlochałem.

Wstawał dzień. Oślepiająco jasny. Bezchmurne niebo rozpościerało dywan przed wschodzącym słońcem. Ranne ptaszki spieszyły ulicami jeszcze nie całkiem rozbudzone. Sklepikarz podniósł żelazną żaluzję na wejściu do swojego lokalu ze zgrzytem, który wstrząsnął poranną ciszą. Poprawił sobie fartuch, zanim umocował drąg na haku. Strażnik miejski zagwizdał na furmana, którego wóz zastawiał drogę. Grupka zakonnic niespiesznym krokiem przeszła przez jezdnię. Dla nich wszystkich ten dzień będzie taki jak inne. Dla mnie już nic nie będzie takie jak przedtem. Życie biegło swoim torem niezależnie od banalności. Moje umykało wraz z kłębem dymu. Pomyślałem o mamie. Co robi o tej porze? Wyobraziłem ją sobie, jak siedzi na macie i patrzy na mojego ojca, który popada w szaleństwo. Ojciec! Czy zdoła się kiedyś uwolnić od swoich upiorów? Czy ucichnie w nim w końcu huk karabinów i bomb i tato będzie mógł wsłuchać się w stłumiony bieg umykającego czasu? Widniejący przede mną miękki pomarszczony kark kierowcy przypominał mi dziurawy akordeon. Można by powiedzieć, że ciężar myśli przygina mu szyję. Samochód okrążył bazar, minął kino Douniazed; na afiszach zapowiadano burleskę. Sprzedawca cieciorki układał kartonowe rożki na prowizorycznym straganie. Wkrótce ulicznicy zaczną krążyć wokół jego wózka, czyhając na chwilę nieuwagi, aby doprowadzić biedaka do ruiny. Szofer zatrąbił, by utorować sobie drogę wśród tłumu; niepotrzebnie, miał bowiem wolny przejazd. Przez przednią szybę widziałem więzienie, które niewzruszenie na mnie czekało, czułem wyziewy wilgotnego półmroku, w którym krzyk nie odzywa się echem, a wyrzuty sumienia są czymś więcej niż towarzyszem z celi albo domowym zwierzątkiem – są moim bratem syjamskim.

Pomyślałem o Edmondzie Bourgu, autorze *Cudownie ocalonego*, o tym, jak dziko zamordował żonę i jej kochanka, o ostrzu gilotyny, które zacięło się w dniu jego egzekucji, o poważanym kaznodziei, którym stał się zabójca... Czy ja także dostąpię cudu? Jakże bym chciał się odrodzić dla przyszłości oczyszczonej z moich grzechów! Raczej nie zostałbym czcigodnym kaznodzieją ani imamem, lecz nigdy więcej nie podniósłbym ręki na bliźniego. Bardzo bym uważał na przyjaciół i nie odpowiadałbym na prowokacje wrogów. Żyłbym wyzuty z gniewu, z sercem na dłoni i źródłem w pięści i potrafiłbym odnaleźć pokój, gdziekolwiek bym się znalazł. Zachowałbym po Irène czułe wspomnienie i do ostatniego dnia żałowałbym tego, co zrobiłem Ginowi; obiecam każde doświadczenie znosić bez słowa skargi, jeśli taką mam złożyć daninę, by zasłużyć na życie po najdroższych mi istotach, których nie potrafiłem zatrzymać.

Boże Wszechmogący, o Ty, którego nazywają dobrotliwym i miłosiernym, spraw, aby ostrze gilotyny się zacięło. Nie chciałbym umrzeć tak, jak żyłem: bez głowy.

Samochód okrążył place d'Armes, a ja się pożegnałem ze wszystkim, co było mi drogie. Dwa lwy czuwające przy wejściu do ratusza wydały mi się większe niż zwykle; sztywne w swojej szacie z brązu, spoglądały na świat z góry. I słusznie. Jedynie istoty z krwi i kości gniją w słońcu.

Jeszcze dzisiaj, gdy leżę podłączony do maszyn w szpitalnym pokoju, albowiem pod wpływem przeżytych lat puls mi zwalnia, patrzę na zmierzch pożerający ostatnie światła dnia i wspominam. Nie potrafię robić nic innego, tylko wspominać. Mam uczucie, że człowiek gaśnie całkowicie dopiero po skonsumowaniu całości swoich wspomnień, że śmierć jest zakończeniem wszelkiej niepamięci.

Bywa już, że mieszają mi się nazwiska i twarze. Ale pozostają inne migawki, dojmujące jak skaleczenie.

Każdy zachowuje w sobie niezatarte piętno błędu, który naznacza go bardziej niż inne. Jest mu to potrzebne. To jego sposób na zachowanie wewnętrznej równowagi, na wlanie odrobiny wody do swojego Graala, bez czego miałby się za bóstwo i żadna pochwała nie zaspokoiłaby jego pychy. Drapieżniki także pamiętają swoją pierwszą ofiarę. Za jej sprawą zaspokajają instynkt przetrwania. Jednakże ludzie, w przeciwieństwie do drapieżników, przez swój pierwszy niecny postępek nabawiają się kruchości. Aby dodać sobie odwagi, szukają później usprawiedliwień lub okoliczności łagodzących i do końca obstają przy swoim.

Ludzie już tacy są; jeśli Bóg stworzył ich na swoje podobieństwo, zapomniał sprecyzować, o które podobieństwo chodzi.

Na stoliku nocnym przy moim łóżku leży książka Edmonda Bourga. Znalazłem ją na bazarze wśród staroci i bibelotów nie nadających się do niczego. Stała się moim modlitewnikiem. Ten tekst otworzył mi oczy na wiele stref cienia, rzucił na nie święte światło, lecz nie zdołał mnie zmusić do dotrzymania obietnic, które złożyłem sobie tamtego dnia o bladym świcie, kiedy samochód policyjny wiózł mnie do więzienia. Nie zostałem ani imamem, ani sprawiedliwym. Żyłem dalej, nie będąc zanadto użyteczny dla innych. Poniekąd jak mój ojciec po powrocie z wojny. Może *Cudownie ocalony* nie był napisany dla mnie. Z jakiejś niezdrowej potrzeby doszukałem się w tej książce przesłania, znaku, wskazania drogi. Rozkładając w niej zdania na czynniki pierwsze, błąkając się między wierszami, ostatecznie wróciłem do samej opowieści człowieka, który najpierw był mordercą, a potem kaznodzieją, lecz ja nie zdołałem się na nim wzorować. W ośrodku Diar Rahma, gdzie starcy odtrąceni przez potomstwo albo bezdomni czekali na swój koniec, lektura pozwalała mi bez wstrętu przełykać lekarstwa i mdłą zupę. Z czasem przepowiednie męczą i nie ma się już ochoty komplikować sobie życia. Ach! Czas, ten leniwy uciekinier, który zdąża naszym śladem niczym bezpański pies, a kiedy już myślimy, żeśmy go oswoili, porzuca nas, pozbawiając właściwości. Wybaczenie, wyrzuty sumienia, grzech nie mają szans przetrwać w obliczu wypadającego zęba, a wiara jednoczy się z ręką drżącą niepewnie. Wina to nie tylko popełniony błąd, to także dowód, że zło jest w nas, że jest organiczne, równie niezbędne jak strach i gorączka, ponieważ kłopoty rodzą się z tego, czego nam brakuje, radość zaś mierzy się funkcją naszego trudu.

Zamknąłem książkę, ale się jej nie pozbyłem, i czekałem, aż ja również zniknę jak Sid Roho i wszyscy ci, których straciłem z oczu.

Cudów dostąpiłem dwóch.

Pierwszym był list od Gina, który otrzymałem w więzieniu kilka tygodni przed procesem. Zrobiło mi się słabo, gdy rozpoznałem jego pismo na kopercie. Uszczypnąłem się, by mieć pewność, że nie mam przywidzeń. W ciągu następnych nocy oka nie mogłem zmrużyć otoczony zjawami... Gino nie napisał do mnie z zaświatów. Cios nożem, który mu zadałem, nie był śmiertelny. Tuliłem do siebie jego list jak talizman. Oczywiście nie otworzyłem go. Byłem analfabetą, a nie chciałem, żeby ktoś mi go przeczytał. Później, dużo później, nauczyłem się czytać w pudle. Kiedy już umiałem odszyfrować znaczenie zdań, nie potykając się zanadto o słowa, wyjąłem list i chociaż był krótki, wieczność mi zajęło zapoznanie się z jego treścią: Gino mi wybaczał; przepraszał, że sprzeciwiał się mojemu związkowi z Irène, i poczuwał się do odpowiedzialności za całe zamieszanie, które z tego wynikło. Kilka razy przyszedł odwiedzić mnie w więzieniu. Nie odważyłem się zejść do niego do rozmównicy. Bałem się, że go rozczaruję, w zamian za jego uśmiech mogąc mu jedynie ofiarować skruszoną minę, a w zamian za słowa niepewne milczenie. Ale z listem nigdy się nie rozstałem. Zawinąłem go w kawałek plastiku i zaszyłem pod podszewką swojej kurtki galernika. Dziś leży wsunięty między kartki mojej książki do poduszki – *Cudownie ocalonego*.

Drugi cud nastąpił w dniu egzekucji, gdy serce mi stanęło. Nie udało się mnie ocucić. Imam by powiedział, że nie ścina się człowieka martwego. Dyrektor nie wiedział, czy ma wykonać egzekucję czy nie na skazanym pogrążonym w śpiączce... Otworzyłem oczy w szpitalu wojskowym po wielu tygodniach bez kontaktu ze światem. Atak serca poczynił we mnie znaczne spustoszenia. Przez wiele miesięcy byłem rośliną wywożoną na powietrze. Straciłem władzę w nogach i w lewej ręce, której sierpowy przenosił kiedyś góry; połowę twarzy miałem nieruchomą; robiłem pod siebie na okrągło – wystarczył jakiś hałas, jeden krzyk, a z brzucha wypływało mi wszystko, obojętne gdzie byłem. Ponad rok spędziłem w szpitalu na wózku inwalidzkim. W stanie szoku. Zamknięty w osłupieniu. Karmiono mnie łyżeczką, myto, polewając wężem, czasami zakładano mi kaftan bezpieczeństwa i zamykano mnie w izolatce z powodu ataków paniki. W nocy, gdy pielęgniarka zamknęła okno gilotynowe, podnosiłem zdrową rękę do szyi i krzyczałem, póki nie dostałem zastrzyku. Mgliście pamiętam te „równoległe" miesiące, wyraźnie za to dziwny zapach, który przepełniał mi nozdrza niczym oddech drapieżnika; czasami do głowy przychodzą mi koszmarne obrazy i wtedy zaczynam drżeć od stóp do głów. Zdjęcie z tamtych czasów uwieczniło mój upadek: widać na nim bezwładną kukłę na posłaniu, zaślinioną, o rozmiękłych rysach, kosym spojrzeniu, z idiotycznym wyrazem twarzy. Testowano na mnie rewolucyjne procedury i rozmaite specyfiki szalonych naukowców; przytomniałem z jednego odurzenia, by pogrążyć się w następnym. Jakiś lekarz uznał mnie za szaleńca, człowieka, którego nie można poddać egzekucji. Być może to mnie uratowało – według pewnych źródeł w tym ratunku jakoby maczał palce Diuk...

Nie zostałem ułaskawiony. Skazano mnie na pracę w kamieniołomach przez resztę życia. Choć ledwie mogłem ustać na nogach, odesłano mnie na galery. Strażnicy byli przekonani, że symuluję. Zastawiali pułapki, by zdemaskować moją grę, nękali mnie bez ustanku, nakłaniali innych więźniów, by uprzykrzali mi życie, a kiedy dostawałem ataku, zamykali mnie w karcerze.

Po miesiącach, po latach w końcu wróciłem na nieuchronną ścieżkę męczennika. Na powrót stałem się galernikiem całą gębą. Ohydnym bydlęciem w zwierzyńcu grozy. Ze zdziwieniem czasem stwierdzałem, że oszczędzam karaluchy, choć przywykłem rozgniatać je butami; one miały bowiem coś, czego nie miałem ja: mogły iść, dokąd chciały, nie pytając o pozwolenie. Szczury wydawały mi się mniej obrzydliwe niż uśmiech blokowych. Kiedy na dziedziniec sfrunął ptak, zazdrościłem mu z całych sił, zazdrościłem także ziarnu piasku niesionemu przez burzę, że może „oglądać świat", gdy ja tymczasem gniję w celi jak ścierwo. W nocy, gdy któryś nieborak krzyczał przez sen, użalano się nad nim, ponieważ po przebudzeniu był jeszcze bardziej nieszczęśliwy. Dni na tym niesławnym zesłaniu nosiły żałobę po opatrzności; nie docierało do nas żadne światło. Na galerach miało się nie więcej szacunku dla siebie niż litości dla skazańca wleczonego na szafot.

Ograbiałem pedałów, lałem bufonów, robiłem za szychy i odstępowałem swoją rację silniejszym.

Nie było dla Boga miejsca na zesłaniu. Każde odroczenie negocjowane było na podstawie tabeli przetrwania. Jedno niestosowne spojrzenie, jedno słowo za dużo, jeden jęk głośniejszy niż inne i niezależnie od koloru skóry i wyznania automatycznie lądowało się w trumnie. Zawsze trzeba się było mieć na baczności, najdrobniejsza nierozwaga drogo kosztowała. Nauczyłem się oszukiwać, zdradzać, bić w plecy, nie odwracać się, kiedy gwałcono kolegę z celi, i patrzyć gdzie indziej, gdy wykrwawiano go do cna. Nie byłem z siebie dumny i nie miało to znaczenia. Mówiłem sobie, że kiedyś przyjdzie moja kolej, toteż siłą rzeczy nie mogę się rozczulać nad losem tych, którzy mnie ubiegli. Zdarzyło mi się spać na stojąco, aby duchy „stukające" myślały, że czekam na nie na nogach, a kiedy mnie trącały czubkiem buta, udawałem martwego.

Zesłanie to był jeden wielki nieustający koszmar. Piekło boskie drżało przed piekłem ludzkim, a rogate diabły lizały buty klawiszom, bo nigdzie na ziemi, ani na polach walki, ani na arenach, życie i śmierć nie są w równie wielkiej pogardzie jak tam, gdzie stapiają się w jedno pod osłoną więziennych murów.

Zostałem zwolniony w roku 1962, kiedy kryminały zapełniły się więźniami politycznymi. Miałem pięćdziesiąt dwa lata.

Po wyjściu z pudła nie poznałem swoich miast i wiosek; niczyja twarz nie wydawała mi się znajoma. Alarcon Ventabren wyzionął ducha, jego posiadłość popadła w ruinę, prowadząca do niej droga zarosła chwastami. Po Diuku przetrwała jedynie wyzuta z logiki legenda, którą młode złodziejaszki podbarwiały, aby dodać sobie znaczenia. Oran nijak się miał do tego, co pamiętałem. Na rue du Général-Cérez zapomniano o mnie. Starsi osłaniali dłonią oczy, przyglądając mi się z ciekawością. „To ja, Turambo", mówiłem, boksując powietrze. Usuwali mi się z drogi, zastanawiając się, czy mam wszystkie klepki.

Dom moich rodziców zajmowali obcy ludzie. Dowiedziałem się od nich, że po śmierci mojego ojca mama wyprowadziła się za Mekkim, który wolał się przenieść w okolice Ghardai, gdzie mieszkali jego teściowie. Poszukiwania doprowadziły mnie na skromny cmentarzyk. Znalazłem tablicę z napisem na poły zatartym przez piasek niesiony wiatrem: „Khamar Taos, zm. 14 IV 1949". Sądząc po zapadniętym grobie i krzewie, który na nim wyrósł, rachitycznym i brzydkim, od bardzo dawna nikt tutaj nie przychodził.

Szukałem wujka, lecz nie natrafiłem na żaden ślad.

Jakby ziemia go pochłonęła.

Wróciłem do Oranu. Pasmanteria przy boulevard Mascara zmieniła asortyment krawiecki na odbiorniki telewizyjne i radiowe. Szyld nad wejściem obwieszczał: Radiola. Arabska rodzina zajmowała mieszkanie Ramounów na piętrze. Gino wyjechał, nie zostawiając adresu. Kiedy siedziałem w pace, ożenił się z Louise, córką Diuka, i kierował dużym przedsiębiorstwem w branży sprzętu gospodarstwa domowego, póki firma nie została zniszczona w zamachu. Nigdy już niczego się o nim nie dowiedziałem. Ja także nie miałem stałego miejsca pobytu, gdzie można by mnie spotkać. Błąkałem się w zależności od pory roku niczym zagubiona zjawa, postarzały i przerażony, niezdolny się odnaleźć pośród ludzi i rzeczy. W półmroku rządził gniew, a skwarne słońce nie było w stanie zastąpić ognisk zapalnych w moim kraju ogarniętym wojną. Sterany aż po najcieńsze włókno nerwowe, miałem sobie za złe, że myślę bardziej o sobie niż o swoich nieszczęściach. Świat, który na powrót mnie przyjął z dobrodziejstwem inwentarza, był mi zupełnie obcy.

Historia narodu zrodzonego w bólach właśnie się pisała, moje dzieje umieszczając w nawiasie. Historia, której cuda mnie już nie dotyczyły.

Swoje życie zostawiłem za sobą, daleko, w pudle; narodziłem się na nowo do czegoś, co było mi obojętne, w wieku zbyt zaawansowanym, aby zaczynać od zera. Brakowało mi oparcia i przekonania, toteż nie byłem w stanie w s z y s t k i e g o robić od nowa. Nie miałem już na to siły. Przetrwałem wyłącznie po to, aby na własnej skórze się przekonać, że zmarnowanego życia nie da się naprawić.

Nie znalazłem także miłości. Czy jej szukałem? Nie jestem pewien. Nie byłem człowiekiem zwolnionym z galer po ćwierć wieku wypierania się siebie, lecz widmem; moje serce biło tylko po to, by odmierzać to, co napawało je lękiem. Z początku po powrocie do świata żywych zapach lasu przypominał mi Irène. Tuliłem się do pnia drzewa i stałem w milczeniu. W świecie żywych martwi mają prawo jedynie do modlitwy i milczenia. Po Irène nie śmiałem marzyć o innej kobiecie. Ale też żadna kobieta nie zatrzymywała wzroku na błędnym byłym skazańcu, który na kilometr zalatywał dramatem. Moja twarz wyrażała skruchę, moje słowa nikogo nie uspokajały; w oczach miałem jedynie ciemność lochów, nie potrafiłem się uśmiechnąć inaczej, niż sprawiając wrażenie, że chcę ugryźć... „Tak, bracie mój, ty, który już nie dajesz wiary odkupieniu grzechów, który przeczysz temu co oczywiste i przeklinasz geniusz, który zakrzykujesz cnotliwych i wychwalasz obłudnych, ty, który zniekształcasz piękno, aby potworność była górą, który sprowadzasz własne szczęście do pospolitej potrzeby szkodzenia i plwasz na światło, aby świat na powrót ogarnęły ciemności, tak, ty, mój bliźniaczy bracie pogrążony w mroku, czy wiesz, dlaczego uosabiamy swoje stare demony? Dlatego, że aniołowie umarli od naszych ran".

Szukałem pracy, by nie umrzeć z głodu; pilnowałem opuszczonych budynków, byłem gałganiarzem, nocnym stróżem, egzorcystą bez owieczek i pozbawionym skuteczności; podkradałem owoce na bazarach i kurczaki w położonych na uboczu gospodarstwach, żebrałem i prosiłem o resztki z wesela, unikając pułapek dnia, jak tylko mogłem. Moje pięści, którymi niegdyś detronizowałem mistrzów, na niewiele mi się przydawały; kiedyś się okaleczyłem, obcinając sobie trzy palce, by wzbudzić litość w strażnikach – w pudle ludzie wierzyli w każdą głupotę mogącą rzekomo zwrócić wolność. Jaką wolność? Głośno się jej ongiś domagałem; ale gdy mnie wypuszczono, nie wiedziałem, co z nią począć. Włóczyłem się od miasta do wioski i z powrotem, sypiałem pod mostami. Dziwne: brakowało mi celi, towarzysze zesłania wydawali mi się drożsi niż utracona rodzina. Kraj się zmienił. Moja epoka przeminęła.

Zatrzymano mnie na terenie wojskowym i poddano ostremu przesłuchaniu, zamknięto w przytułku za włóczęgostwo, potem zakosztowałem uroków nędzy. Odziany w łachmany, pijany w sztok, pałętałem się chwiejnym krokiem po zakazanych przedmieściach, wrzeszcząc wniebogłosy, zaśliniony i z wywróconymi oczami, i uciekałem na oślep przed dzieciarnią, która obrzucała mnie kamieniami niczym zapchlonego starego psa.

Nauczyłem się żyć bez ludzi, których kochałem, kilkadziesiąt lat wałęsałem się od ugorów za miastem do centrum, a kiedy nogi nie mogły mnie już nosić, kiedy w oczach zaczęły mi się zlewać postacie i kolory, kiedy lekkie choćby ochłodzenie przeobrażało dla mnie lato w zimę, zrezygnowałem z węzełka i widoku horyzontu i otoczony swoimi nieobecnymi pozwoliłem, by przerzucano mnie z umieralni do umieralni niczym wrak statku miotanego przeciwnymi wiatrami. Z czasem moi nieobecni także po kolei odeszli. Pozostały mi tylko nieliczne mgliste wspomnienia na osłodę samotności.

W szpitalnym pokoju noc szykuje się do uśmiercenia mojej pamięci. Jest ciemno, pielęgniarka zapomniała włączyć światło; nie mogę wstać, aby je zapalić, przez te przewody, które więżą mnie przy urządzeniach opieki paliatywnej. Obok mnie wychudzony pacjent kombinuje przy swoim odtwarzaczu. To jego rytuał. Odkąd go tu przyjęto, codziennie o tej samej porze słucha piosenek Lounisa Aïta Menguelleta, którego repertuar zna na pamięć. Ciepły głos kabylskiego pieśniarza przenosi mnie daleko w przeszłość, do czasów, kiedy z Ginem chodziliśmy do lokali z muzyką w ubogich dzielnicach.

Nie wróciłem więcej na ulice swojej młodości, nie zbliżyłem się do hali sportowej, nie odnalazłem się na żadnej zabawie i żadne zwycięstwo nie wprawiło w drżenie mojej duszy. Czasem mijając jakiś afisz, przystawałem zamyślony, nie wiedząc czemu, jakbym nie rozpoznawał twarzy, po czym ruszałem dalej swoją drogą, która nigdy nie prowadziła w to samo miejsce; dla mnie świat zaludniali sami nieznajomi.

Stałem przed lustrem i nie widziałem się w nim.

Przyglądając się z bliska swojemu życiu, człowiek spostrzega, że nie jest bohaterem osobistej historii. Próżno rozczula się nad swoim losem albo raduje się popularnością często przypisującą talent tym, którzy nie potrafią go w pełni wykorzystać, zawsze znajdzie się ktoś bardziej pokrzywdzony lub cieszący się większym fartem. Ach, gdyby tylko dało się w s z y s t k o zrelatywizować – dokładność, honor, wrażliwość, wiarę i jej brak, kłamstwo na równi z prawdomównością – z pewnością dałoby się do syta zaspokoić apetyty i wcześnie ocenić, jak bardzo pokora strzeże nas przed obłędem – nie ma gorszego szaleństwa od przekonania, że jest się pępkiem świata. Tymczasem każda porażka dowodzi, jak niewiele znaczymy, któż jednak to przyzna? Marzenie bierzemy za wyzwanie, podczas gdy jest tylko złudzeniem, jakże inaczej bowiem wyjaśnić to, że i umierając, i rodząc się, jesteśmy biedni i nadzy? Logika by nakazywała sądzić, że liczy się tylko to, co zostaje, a przecież każdy kiedyś odchodzi, jaki zatem ślad pozostaje po nas w pyle wieków? Wyobrażenie, jakie mamy o sobie, nie czyni z nas prawdziwych artystów, lecz prawdziwych fałszerzy. Wierzymy, że wiemy, dokąd zmierzamy, czego pragniemy, co dla nas jest dobre, a co nie, i staramy się postępować tak, by to, co nam nie wychodzi, nie zależało od nas. Wątłe tłumaczenia stają się dla nas nieodpartymi argumentami pozwalającymi zasłonić twarz, a hipotetyczną pewność wynosimy do rangi prawd absolutnych, aby dalej móc spekulować, chociaż wszystko fałszujemy. Czy jednak w ten sposób nie depczemy sami siebie, aby współistnieć z tym, co nas przerasta? Ostatecznie cóżeśmy ścigali przez całe życie, nie doganiając tego, jeśli nie samych siebie?

Ale teraz już finisz.

Moja historia kończy się w tym ciemnym pokoju, który głos Aïta Menguelleta ratuje przed piekłem. Bez przyjaciela u wezgłowia, bez żony u boku – może i tak jest lepiej. Tym sposobem mam pewność, że niczego po sobie nie zostawię.

W wieku dziewięćdziesięciu trzech lat czego można oczekiwać po burzy czy wysychaniu rzek? Ja nie spodziewam się niczego, ani odkupienia, ani przebaczenia, ani wieści, ani spotkania po latach. Wypiłem do dna swój kielich goryczy, zaznałem zniewag do granic wytrzymałości; uważam, że w pełni się wywiązałem z tego, co mi przypadło w udziale. Mój oddech cichnie, żyły nie krwawią, teraz ból nie sprawia mi już cierpienia...

Niech nikt mi nie mówi o cudzie; czymże jest cud w szpitalnym pokoju, w którym zapomniano włączyć światło?

Oddzieliłem kreską swoje radości, pojednałem się ze swymi cierpieniami; jestem gotów. Kiedy wspomnienie ciąży nad teraźniejszością, zastępując dzień, który co rano wstaje za naszym oknem, znaczy to, że Zegar ustawił się na czyimś losie. Uczymy się wówczas zamykać oczy na nieliczne refleksy, które jeszcze postrzegamy, aby pozostać tylko ze sobą, czyli z kimś, kto staje się dla nas nieuchwytny, w miarę jak przywykamy do jego milczenia, a potem do oddalania się, póki Wielki Sen nie wyrwie nas z zamętu wszechrzeczy.